Dulce de leche

Direction des publications : Stéphanie Baronchelli
Suivi éditorial et maquette : Caroline Merceron, Alice Darondeau
Correction : Maud Placines Charier

Conception de la couverture : Tiphaine Rautureau
Conception graphique de la collection : Jeanne Mutrel, Tiphaine Rautureau
Couverture : photo © Patricia Turner / Arcangel Images

WWW.GULFSTREAM.FR

ISBN : 978-2-35488-806-0

Gulf stream éditeur

Mirabelle Borie

Dulce de leche

ÉLECTROGÈNE
RÉALISTE

Prologue

Les rues sont noires, tellement noires, à cette heure-ci, et le froid mordant de la nuit fait trembler les enfants. Blottis l'un contre l'autre au fond d'une ruelle, ils tentent de calmer les battements rapides et incontrôlés de leurs cœurs. Après avoir couru comme ils l'ont fait, leurs souffles sont encore saccadés, leurs mains moites de sueur et pourtant le froid les gagne déjà, les faisant grelotter. Pas de carton ici, ni de couverture miteuse. Pas d'autres enfants contre lesquels se pelotonner pour se tenir chaud. Juste eux deux. Alors, ils se serrent l'un contre l'autre, s'agrippant mutuellement pour calmer la peur et le froid. La fillette, du bout des doigts, essuie un filet de sang sur le pied nu de son compagnon. Il a dû se couper en dérapant sur le sol rugueux dans sa course effrénée. Ce n'est pas si grave, il en a vu d'autres mais il grimace tout de même légèrement et repousse la petite. Un peu vexée, elle recule dans l'ombre et il la cherche, à tâtons, saisissant sa main et la serrant très fort. Les préludes d'un conte lui reviennent à l'esprit, une histoire d'ogres et de nuit sans fin. Il ne se souvient pas où il a entendu cette histoire mais elle lui paraît étrangement réelle et d'autant plus effrayante dans le fond de cette ruelle. Alors, il s'accroche de toutes ses forces à la main de la petite et tous deux attendent impatiemment le lever du jour qui leur apportera un peu plus de chaleur et de sécurité. Or, au lieu des premières lueurs de l'aube, c'est une violente lumière qui vient tout à coup se braquer sur eux et des silhouettes indistinctes qui se profilent. La fillette pousse un hurlement strident et se débat comme une diablesse entre les bras qui viennent de la saisir. Le petit garçon ferme les yeux sans émettre un seul son. Il est trop tard, maintenant : impossible d'échapper à l'effrayant croque-mitaine… Étrangement, au travers des cris de sa petite compagne, il lui semble entendre une voix, bien trop douce pour être celle d'un ogre, lui demander qui il est. Il serre les lèvres, ne laissant pas échapper le moindre bruit. Le silence est dorénavant sa seule protection. Et tandis qu'on les emporte, lui et la petite, il se fait la promesse de ne rien dévoiler de lui. Ils ne sont plus seuls désormais, on les a rattrapés. On le lui avait bien dit pourtant mais il n'avait pas voulu le croire. La rue dévore tout crus les enfants innocents. Elle ne leur laisse aucune chance.

Chapitre 1

Assise à son bureau, rêveuse, le menton dans la paume, Cécilia fixe une carte de géographie accrochée au mur juste en face d'elle.

— Qu'est-ce que tu fais ?

L'adolescente sursaute, se retourne. Derrière elle, sa sœur, Chloé, lui sourit.

— Je t'ai fait peur ? Désolée. Qu'est-ce que tu faisais ?

Cécilia ne répond pas et se perd de nouveau dans la contemplation de la carte. Chloé suit son regard et soupire.

— Encore ? Oh, allez, te prends pas la tête avec ça.

— Je ne me prends pas la tête. Je veux y aller, c'est tout.

— Pourquoi ? À quoi ça t'avancerait ?

Cécilia ne prend même pas la peine de répondre à sa sœur. Elle fixe la carte avec tant d'intensité que ses yeux lui font mal. Sur cette carte, en Amérique du Sud, un pays est encerclé au feutre rouge, la Colombie, et sa capitale, Bogotá, surlignée au fluo jaune.

Dulce de leche

*

— Maman ?

Valentine essuie ses mains pleines de farine sur son jean déjà plus très propre.

— Tiens, Cécilou ? Tu te décides enfin à mettre le nez hors de ta chambre ?

Cécilia, maussade, hausse les épaules sans rien dire. Valentine, après lui avoir jeté un rapide coup d'œil, s'empresse d'ajouter :

— Je prépare un gâteau pour le goûter, tu m'aides ?

Cécilia, toujours sans répondre, se passe les mains sous l'eau puis entreprend de casser les œufs. Chloé surgit à ce moment-là.

— Qu'est-ce que vous préparez ?

Elle s'assoit à côté de Valentine et se lance dans un long bavardage « à la Chloé ». Cécilia ne l'écoute pas. Elle regarde tour à tour sa sœur et sa mère, dont la première est le portrait craché de la seconde. Mêmes grands yeux d'un bleu lumineux, même sourire un peu espiègle, même visage rond et mêmes cheveux blonds comme les blés tels que Cécilia aurait aimé avoir.

Elle, à l'inverse de sa sœur, ne ressemble pas du tout à leur mère. Cécilia a un visage ovale, plutôt fin, des yeux noirs en forme d'amande et elle est très brune, de cheveux et de peau. Exactement le contraire de Valentine. Mais après tout, Cécilia n'a aucune raison de lui ressembler. Valentine n'est pas sa vraie mère, juste sa mère adoptive. Cécilia est une petite Amérindienne, née à Bogotá, à des milliers de kilomètres du pays natal de Valentine. Alors en quoi pourrait-elle lui ressembler ?

Chapitre 1

*

— Maman ? Je peux inviter Pedro ce week-end ?

Valentine, confortablement installée sur le canapé du salon, tourne la tête vers sa fille et sourit : ce doit être les premières paroles spontanées de Cécilia aujourd'hui, aussi saute-t-elle sur l'occasion.

— Pourquoi pas, c'est une bonne idée. Je vais appeler ses parents.

Cécilia se renfrogne.

— Maman ! J'ai treize ans et demi, j'ai l'âge de l'appeler moi-même ! Et sans passer par ses parents !

— Enfin, Cécilia, c'est la moindre des choses que de leur demander l'autorisation. Et puis, j'en profiterai pour les inviter. Ce sont des gens charmants, j'aime discuter avec eux.

— Et de quoi ? De la chance qu'ont vos enfants de vous avoir et de la difficulté que vous avez eue avec les papiers d'adoption ?

— Cécilia ! Qu'est-ce qui te prend ?

Un claquement de porte indique à Valentine que sa fille ne lui répondra pas. Désemparée, elle secoue la tête et s'apprête à décrocher le téléphone lorsque Chloé entre dans la pièce.

— Tu devrais la laisser téléphoner elle-même, tu sais, conseille-t-elle à sa mère.

Celle-ci repose le combiné et désigne une chaise à Chloé.

— Je ne sais plus quoi faire avec ta sœur, soupire-t-elle, elle est tellement agressive quand elle s'y met… et tellement taciturne le reste du temps. Je ne comprends pas quel mal elle peut trouver à ce que j'invite les parents de Pedro.

Chloé hausse les épaules et répond, évasive :

— Elle sait que vous parlez d'eux.

— Mais… c'est normal, non ? Nous les avons adoptés en même temps et ils étaient déjà inséparables avant ça. C'est tout à fait normal que nous gardions contact et prenions régulièrement des nouvelles. Une adoption à six ans, c'est tardif, tu sais. À cet âge, les enfants ont déjà emmagasiné beaucoup de souvenirs. Cela engendre beaucoup de problèmes pour Cécilia. Alors, oui, je suis toujours contente de voir les parents de Pedro pour savoir si leur fils a les mêmes soucis et savoir comment ils réagissent.

Chloé lève les yeux au ciel avec impatience.

— Ce ne sont pas les souvenirs qu'elle a qui contrarient Cécilia, Maman. Ce qui ne va pas, c'est justement qu'elle n'en a pas, de souvenirs. Et c'est pour ça qu'elle veut aller en Colombie. Pour s'en constituer, pour comprendre d'où elle vient.

Valentine hoche la tête sans répondre. Contrairement à ce que croit Chloé, elle sait tout cela. Mais il n'est pas toujours facile de voir sa fille rechercher le passé alors qu'elle lui a offert l'avenir.

Dans sa tête, Valentine revit ce jour-là, le jour où son mari et elle sont devenus les parents de Cécilia. Il en avait fallu des démarches pour en arriver à ce moment, il en avait fallu du temps. Mais le jour où, pour la première fois, ils ont franchi les portes de l'orphelinat, ces difficultés leur ont paru dérisoires.

De tous les enfants qui attendaient, dans une grande salle, de faire connaissance avec leur nouvelle famille, Cécilia avait été la première à lever les yeux quand la porte s'était ouverte. Minuscule fillette de six ans aux longs cheveux emmêlés, elle tenait fermement par la main un petit garçon de son âge. L'éducatrice qui les accompagnait les avait séparés et Cécilia avait paru prête à pousser de hauts cris quand la jeune femme l'avait doucement poussée vers Valentine et son mari, Fabien. La petite fille, sans aucune timidité, s'était précipitée vers Valentine et avait saisi à pleines mains sa chevelure blonde d'un air émerveillé. Sans doute était-ce la première fois qu'elle voyait des cheveux de cette teinte. Valentine avait fondu en larmes et la petite, gravement, avait du bout des doigts suivi le trajet des larmes sur la joue de la jeune femme. Cela avait été un moment magique.

Les premières difficultés avaient surgi au moment du départ, quand Cécilia s'était rendu compte qu'on allait la séparer de son petit compagnon. Celui-ci, à l'inverse de Cécilia, n'avait pas répondu aux effusions de ses nouveaux parents. Se tenant très raide dans leurs bras, il n'avait pas un seul instant quitté Cécilia du regard qui, elle, paraissait heureuse de la joie de ses parents adoptifs. Cependant, au moment où elle comprit que ceux-ci allaient l'emmener, elle se mit à hurler, bataillant pour rejoindre le petit garçon. Aux premiers cris de Cécilia, celui-ci s'était précipité vers elle et, accrochés l'un à l'autre, sous les yeux désemparés de leurs nouveaux parents, ils ne se lâchaient plus. L'éducatrice avait expliqué aux deux couples que, sans être frère et sœur, les deux enfants avaient été découverts ensemble, seuls dans la rue, qu'ils semblaient bien se connaître mais qu'il avait été impossible de les faire adopter par la même famille. Les parents de Cécilia et ceux de Pedro avaient alors décidé de rester en contact, de se voir souvent. Au fil des années, ils s'étaient liés d'amitié.

*

Dulce de leche

— Quelle heure est-il ? demande Cécilia avec impatience.

— Onze heures trente, répond Chloé. Ils ne seront pas là avant une demi-heure alors inutile de tourner en rond et aide moi plutôt à mettre la table !

Hochant fébrilement la tête, Cécilia prend les assiettes des mains de sa sœur. Elle a finalement accepté que Valentine invite aussi les parents de Pedro et maintenant elle attend l'arrivée de son ami. Bien qu'elle ne vive qu'à une dizaine de kilomètres de Lyon, la ville où habite Pedro, elle ne le voit pas aussi souvent qu'elle le souhaiterait.

Au premier coup de sonnette, elle se précipite, devançant Valentine et Chloé. La mère de Pedro entre la première, précédée par un ventre dont la rondeur annonce une grossesse déjà avancée. Cécilia la laisse distraitement l'embrasser, passe devant son mari avec un vague salut et se jette presque dans les bras de Pedro qui se tient dans l'entrebâillement de la porte, l'air gêné. Cécilia lui plante un baiser sur la joue et l'entraîne d'un pas vif vers sa chambre, ne lui laissant même pas le temps de saluer Valentine et Chloé. À peine a-t-elle refermé la porte que Pedro semble se détendre. Il sourit à son amie et demande :

— Ton père n'est pas là ?

Cécilia secoue la tête.

— Il est dans le Nord en ce moment. Tu sais, avec son travail, il n'est pas là très souvent. Mais ne t'inquiète pas, Maman fera la conversation pour deux à tes parents !

Pedro sourit et s'assied sur le lit. Il a les mêmes yeux bridés que Cécilia et ses cheveux, très bruns et toujours ébouriffés, lui donnent un air un peu sauvage, ce qui va d'ailleurs plutôt bien avec sa personnalité. À l'inverse de Cécilia, vive, espiègle et parfois coléreuse, Pedro est quelqu'un de doux, calme et timide. Il n'aime guère le bruit ni les conflits. Il passerait volontiers sa vie à se réfugier dans les livres si ses parents lui en laissaient l'occasion. Peu bavard et expansif, il ne se confie que rarement et ne dit généralement que ce qu'il pense être essentiel. Même en famille, il reste très réservé. Seule Cécilia possède la clé de son jardin secret et encore ne réussit-elle pas toujours à l'ouvrir.

Chapitre 2

À Bogotá, les rues sont noires de monde. Des touristes surtout, ici, à deux pas du centre-ville. Européens pour la plupart. Sur les trottoirs, installés çà et là, des commerçants ambulants vendent de tout et de rien. Parmi eux, Clara, jeune Amérindienne d'une quinzaine d'années, enfile des perles les unes à la suite des autres. Devant elle sont déjà alignés plusieurs colliers. Elle n'en a pas vendu un seul aujourd'hui néanmoins elle continue d'en faire. Elle y met toute la patience du monde. Quand on est amérindien à Bogotá, on se doit d'être patient. Clara le sait, aussi attend-elle imperturbablement que l'on s'intéresse à ses colliers.

Soudain, une petite fille s'arrête devant elle et regarde les perles multicolores. Une femme blonde l'attrape par la main et tente de l'entraîner mais l'enfant désigne les colliers du doigt et parle à la femme dans une langue que Clara ne comprend pas mais qu'elle suppose être de l'allemand. En revanche, elle saisit très bien la réponse de la mère. Ce « *nein* » catégorique signifie très clairement « non ». Clara ne se fait pas d'illusion. Elle regarde disparaître au coin de la rue la petite Allemande et, avec un soupir, rassemble ses colliers et se lève.

*

— Quoi, t'as rien vendu ? Encore ?

— Ce n'est pas ma faute. Les gens ne m'achètent plus de colliers maintenant, je suis bien trop grande. Avant, je faisais pitié, j'étais petite et mignonne. Maintenant, pour qu'on m'achète quelque chose, il me faudrait un bébé, deux ou trois *chiquitos*[1] dans les jupes…

Clara est allée retrouver son copain, Rafaele. Ils se connaissent depuis qu'ils sont tout petits. Rafaele est amérindien, comme Clara. Ils ont à peu près le même âge, quinze ans, peut-être seize. Eux-mêmes ne le savent pas. Tous deux s'adorent. Ensemble, ils ont maintes fois évité les « marchands », c'est-à-dire la mort. Les « marchands », ce sont ces gens avares et sans cœur qui en ont marre de se faire voler par les enfants errant dans les rues de Bogotá. Ils n'ont qu'une idée, c'est attraper ces *gamines*, comme on les surnomme, ces petits voleurs, et s'en débarrasser. Quand un de ces enfants est attrapé par les « marchands », on ne le revoit plus jamais. Clara et Rafaele ne l'ignorent pas. Combien de fois leur ont-ils échappé ? Ils ont de la chance, à leur âge d'être encore vivants. Mais maintenant qu'ils ont grandi et ne craignent guère plus les « marchands », ce sont d'autres dangers qui les guettent. La drogue, les conflits armés, les règlements de

[1] « Petits enfants », en espagnol.

compte entre *galladas*[1]… Non, les dangers ne manquent pas. C'est vrai qu'ils ont de la chance d'être encore en vie, mais est-ce véritablement de la chance lorsque l'on vit dans la rue et que l'on n'est jamais sûr de manger à sa faim ? Et la faim, justement, c'est bien ce qui préoccupe en ce moment Rafaele et Clara, laquelle regarde d'un air désolé les colliers qu'elle n'a pas vendus. Rafaele l'embrasse.

— Je le sais bien, va, que c'est pas ta faute. T'as raison, à ton âge, les gens n'ont plus pitié… mais pour les *chiquitos*, hein, on attendra encore un peu.

Être orphelin dans les rues de Bogotá, c'est être rejeté, méprisé. C'est se battre pour survivre. Clara et Rafaele sont bien placés pour le savoir.

*

Cette nuit-là, c'est un bruit de moto qui arrache Clara à la douceur de son rêve. Réveillée en sursaut, elle repousse la couverture, jette un coup d'œil à Rafaele endormi près d'elle et se lève. Elle se frotte les yeux, cherchant à rattraper les bribes de son rêve qui s'estompe déjà. C'était pourtant un beau rêve… Il y avait sa mère et les petits. Clara essaye de ne pas penser à eux la plupart du temps mais, parfois, quand elle dort, son inconscient la trahit et tout revient. Sa mère les serrant dans ses bras, elle et son petit frère, le bidonville en feu, les cris de son frère, la disparition de leur mère et du seul toit qu'ils aient jamais eu… Tout cela

[1] On nomme *galladas* les bandes d'enfants des rues de Bogotá. Les *galladas* ont généralement des règles bien définies et les règlements de comptes entre elles sont fréquents.

est un peu flou dans la tête de Clara. Tout ce dont elle se souvient, c'est d'avoir erré dans les cendres du bidonville, la peur au ventre, appelant désespérément sa mère. Seule la chaleur d'une petite main brune dans la sienne l'avait rassurée. La main de son petit frère, si douce et si petite… Ce jour-là, il avait brusquement lâché la main de Clara en voyant une petite fille. Amérindienne comme eux. Elle était seule, accroupie dans les cendres qu'elle remuait du bout des doigts. Lorsque Clara s'était finalement décidée à entraîner son frère loin de ce qu'il restait du bidonville, la fillette les avait suivis. Ils étaient tombés sur Rafaele trois rues plus loin.

Qu'est-ce qui fait que certaines personnes se croisent et sont irrémédiablement attirées les unes vers les autres ? Qu'est-ce qui fit ce jour-là qu'à l'instant où ils se virent, ces enfants décidèrent de ne plus se quitter ? Peut-être était-ce à cause de la faim, de la peur et de la solitude mais en tout cas, à peine s'étaient-ils vus que, sans avoir échangé une seule parole, ils savaient déjà qu'ils deviendraient inséparables.

Ils étaient restés ensemble, se débrouillant pour survivre dans les rues hostiles de Bogotá. Ils ne devaient guère avoir plus de cinq à sept ans à l'époque. C'était jeune. Trop jeunes pour vivre dans la rue. Et pourtant, ils s'étaient débrouillés. Ils avaient appris à voler, à mendier, à cirer les chaussures des passants, à faire et à vendre des colliers de perles. Ils avaient appris à susciter la pitié de certaines personnes, à éviter le mépris et le rejet des autres. Ils avaient appris la bagarre avec les enfants des environs et la solidarité entre eux quatre. Ils avaient appris les « marchands ». C'était tout un art de leur échapper. Il fallait savoir escalader, courir vite, avoir l'oreille fine et de bons réflexes. Ils avaient appris tout cela.

Chapitre 2

Et pourtant, comme tant d'enfants avant eux, ils avaient fini par se faire avoir. Ils étaient une dizaine de *gamines* à dormir cette nuit-là dans « les halles », un endroit bien à eux, connu de tous les enfants des rues, et où ils se sentaient à peu près en sécurité. Aucun d'eux n'avait entendu arriver les « marchands ». Il était déjà trop tard lorsqu'ils s'étaient réveillés. *Ils* étaient là. Les enfants, telle une volée de moineaux, s'étaient enfuis tous en même temps, dans des directions différentes, passant par-dessus les murs ou entre les jambes de ceux qui les menaçaient. Rafaele avait attrapé la main de Clara qui se trouvait tout près de lui et tous deux avaient fui, le plus vite et le plus loin possible. Ils avaient juste eu le temps d'apercevoir leur amie et le frère de Clara courir dans la direction opposée.

Plus tard, quand le jour s'était levé, quand leurs souffles s'étaient calmés et qu'ils s'étaient enfin sentis en sécurité, Rafaele et Clara étaient retournés aux « halles », puis à tous les endroits qu'ils avaient l'habitude de fréquenter, leurs points de repère et de rendez-vous. Mais ils n'avaient jamais retrouvé le petit frère de Clara, ni la fillette. Alors que l'évidence s'imposait à eux, le fait que les « marchands », cette fois, avaient réussi à attraper les deux enfants, Rafaele et Clara avaient pleuré longtemps, serrés l'un contre l'autre…

La tête posée sur ses genoux relevés, Clara regarde le jour se lever sur Bogotá. Attendant que Rafaele et le reste de la bande se réveillent, elle laisse les dernières images de son rêve se perdre dans les méandres de sa mémoire.

*

Dulce de leche

Perchés sur un toit, Rafaele et Clara observent les touristes qui déambulent dans la rue. Autour d'eux, quatre autres jeunes sont en plein conciliabule.

— Là, ça y est, cette fois, c'est la bonne, souffle soudain Rafaele en désignant à ses compagnons une femme prête à s'engager dans une ruelle pratiquement déserte.

Clara, prestement, glisse du haut du toit pour se retrouver, à plat ventre, quelques mètres en dessous. Rafaele cligne de l'œil en direction de leurs compagnons.

— Juan, avec moi ! Maria, vas-y !

La plus jeune d'entre eux, une fillette aux allures de garçon, dégringole aussitôt du toit, suivie de près par Rafaele et le dénommé Juan. Mais ceux-ci s'arrêtent en bas de la maison sur laquelle ils étaient perchés, restant plaqués au mur, attendant que la fillette s'engage dans la ruelle.

Du haut de son perchoir, Clara l'observe avancer à la rencontre de la jeune femme. Celle-ci semble plutôt pressée et a un mouvement de recul lorsqu'elle voit surgir quelqu'un devant elle, mouvement qui se transforme en geste agacé lorsqu'elle s'aperçoit qu'il ne s'agit que d'un enfant qui lui tend la main.

— *Dos pesos, señora, por favor*[1], supplie Maria.

— Non, va-t'en, allez !

Mais la petite lui tourne autour, très vite, la main tendue, l'empêchant d'avancer. La femme ralentit imperceptiblement, baissant les yeux vers Maria.

— Je t'ai dit non ! Va-t'en, dépêche-toi !

C'est le moment. Un sifflement strident retentit du haut d'un toit. Juan et Rafaele déboulent à toute vitesse dans la ruelle, arrachant à la volée le sac de la jeune femme. Celle-ci n'a pas le temps de réagir qu'ils ont déjà disparu. Maria écarquille les yeux, mimant la surprise.

[1] « Deux pesos, madame, s'il vous plaît ».

Chapitre 2

— Vous voyez, déclare-t-elle avec aplomb, vous auriez mieux fait de me donner un peu d'argent : c'est toujours ça qu'ils n'auraient pas pris !

*

Assis sur des marches d'escalier, Rafaele vide nonchalamment le sac à main sous les yeux de Juan et de Clara. Un bruit de cavalcade se fait soudain entendre et la petite Maria arrive en courant, un peu essoufflée. Elle tend la main vers Rafaele d'un air malheureux en murmurant :

— *Dos pesos, por favor…*

Et elle éclate de rire. Rafaele, amusé, lui fourre un billet dans la main.

— Voilà ta part !

Puis il tend le reste de l'argent à Juan.

— On l'a bien choisie, commente celui-ci. C'est une bonne récolte !

Il se tourne vers Maria et demande :

— Où sont Manuel et Ana ?

La fillette hausse les épaules.

— Toujours au même endroit, ils ont dit qu'ils continuaient encore un peu. Ils voulaient que je reste mais je crois pas qu'on puisse prendre encore quelqu'un là-bas. La *señora* a crié, des gens sont venus. Manuel et Ana n'ont aucune chance, je voulais pas rester là-bas pour rien.

— Tu as bien fait, approuve Juan.

Maria sourit de contentement. Avec ses neuf ans, elle est la plus jeune de la *gallada*. Avoir l'approbation de ses aînés, surtout celle de Juan, le plus âgé, le chef de la bande, c'est important. Toute fière, elle s'assoit à côté de Rafaele, très intéressée par le contenu du sac. Elle le regarde jeter ce dernier au loin avec une grimace de déception. Elle aurait aimé le garder. Mais Juan est formel : on ne garde rien d'autre que de l'argent, de la nourriture ou quelques autres objets impersonnels. Surtout rien qui puisse les identifier.

Mis à part les billets, le butin n'a rien de bien passionnant : un stylo, une bouteille d'eau et divers papiers provenant du portefeuille. Des papiers d'identité sûrement, à en juger par les photos et ce gribouillage bizarre, toujours le même, au bas de chaque papier. Une signature, en déduit Rafaele. Il n'en sait rien en fait. Ni lui ni aucun de ses camarades ne savent lire. Tout juste certains d'entre eux parviennent-ils à tracer leurs prénoms respectifs et seule Clara possède quelques rudiments d'écriture et de lecture, début de science lui ayant été enseigné par Don Armindo, protecteur des enfants des rues. Mais les connaissances de Clara ne vont pas très loin.

Les papiers ne représentant donc pas grand intérêt, Rafaele s'apprête à les jeter quand la main de Clara s'en empare. Attrapant également le stylo, elle dessine quelque chose et tend la feuille à Rafaele. Celui-ci sourit en voyant la représentation d'un cœur orné d'une paire d'ailes au centre duquel s'entremêlent un *C* et un *R*. Maria pousse un sifflement moqueur et Juan ricane doucement. Mais Rafaele n'y prête aucune attention. Il regarde Clara. Et dans leurs yeux à tous les deux semblent briller des étoiles.

Chapitre 3

Assis en tailleur sur son lit, Pedro bouquine en écoutant de la musique, malgré le refrain que lui a seriné sa mère toute la matinée :

— Mais va donc un peu dehors. Tu pourrais passer la journée avec tes copains. En dehors de Cécilia, tu ne vois personne, c'est à désespérer. Sors, bouge-toi un peu…

Des copains ? Mais quels copains ? Pedro n'a pas de copain, il n'en a jamais eu. Sa mère a raison : hormis Cécilia, il ne voit personne… et ne s'en porte pas plus mal. Ses parents aimeraient qu'il soit plus sociable mais Pedro n'en voit pas tellement l'intérêt. Pour lui, la vie se résume à ses livres et à ses rêves. Observer le monde est un plaisir. Y participer, pas tellement. Trop de bruits dehors, trop de bagarres : non, vraiment, aucun intérêt.

La voix de sa mère s'élève soudain dans la pièce à côté. Elle chante. Depuis qu'elle est en congé maternité, elle chante sans arrêt et passe ses journées à la maison. Il faut dire qu'elle n'a pas tellement le loisir de faire autre chose. Le médecin lui a recommandé de se reposer : Judith et Antoine ont essayé sans succès d'avoir un bébé pendant des années et rien n'avait fonctionné, ni les FIV ni les traitements et pourtant, inexplicablement, Judith est tombée enceinte – de jumelles – à plus de quarante ans alors que plus personne n'y croyait et que toute tentative avait été abandonnée.

« Ce n'est pas parce que j'ai porté ces enfants que je les aimerai plus que toi, tu sais, lui a maintes fois répété sa mère. Ils ne changeront rien à l'amour que je te porte. »

Elle paraissait sûre d'elle en disant cela et l'a serré dans ses bras comme lorsqu'il était petit. Mais cela n'a pas suffi à convaincre Pedro. Ses parents ne l'ont pas vu naître et faire ses premiers pas, comme ce sera le cas pour ces deux bébés. Ils n'ont pas choisi son prénom et sa mère ne l'a pas senti bouger en elle. Non, elle a beau dire, ce ne sera plus jamais comme avant, Pedro le sait.

« C'est faux, l'a contredit Cécilia. Mes parents m'aiment autant que Chloé, j'en suis sûre, et pourtant, c'est leur fille biologique. Mais ça n'a rien à voir, ce n'est pas qu'une question de sang. »

Pedro n'a pas donné suite au débat mais il n'a pas changé d'avis. Il lui semble toujours impossible que ses parents l'aiment toujours autant une fois les bébés nés. C'est différent pour Cécilia, Chloé était déjà là à son arrivée. Il n'a pas voulu faire douter son amie, convaincue que ses parents l'aiment autant que sa sœur. Mais elle a beau dire, il sait bien qu'elle envie à Chloé sa ressemblance avec Valentine. Combien de fois a-t-il surpris la moue de son amie lorsque quelqu'un fait remarquer à Chloé qu'elle est tout le portrait de sa mère ? Combien de fois a-t-il vu le regard blessé de Cécilia devant l'étonnement à peine masqué des gens lorsque Valentine la présente comme sa fille ?

Chapitre 3

Non, Pedro ne croit ni sa mère ni Cécilia. Il ne croit pas non plus à la prétendue complicité – encore un mot de sa mère ! – qui le liera à ses petits frères ou sœurs. Comment peut-on être complice avec quatorze ans d'écart ? Ce seront eux qui seront complices. Ils seront deux. Pedro, lui, est tout seul. Il était seul en arrivant dans cette famille et le restera à la naissance des bébés. Être deux change tout. Même Cécilia, qui pourtant lit en lui comme un livre ouvert, ne peut pas comprendre cela. Elle, lors de son arrivée, Chloé était là. Elle ne s'est pas retrouvée seule face au monde incompréhensible des adultes. Lui, la solitude, il la connaît bien. Elle lui colle à la peau, il en est même venu à la considérer comme une personne. Si présente, elle en est presque devenue vivante.

« Mais tu n'es pas seul, proteste Cécilia lorsqu'il fait ce genre de remarque. Je suis là, moi ! Tu es mon double, mon ami, mon frère, même ! Et tu te retrouves avec deux sœurs car si je suis comme ta sœur, Chloé l'est aussi ! »

De cela, Pedro doute un peu. S'il considère en effet Cécilia comme une petite sœur, le frisson qui le parcourt lorsqu'il voit ou pense à Chloé est loin d'être fraternel. Cécilia se moquerait sûrement de lui si elle savait la manière dont il pense à elle. Alors il ne lui a jamais dit. Ni à elle, ni à personne d'autre. C'est son secret.

*

Confortablement installée sur un des poufs de la bibliothèque municipale, Chloé, une pile de livres devant elle, en feuillette un distraitement en attendant Cécilia. Celle-ci surgit alors d'une allée, trois livres supplémentaires à la main.

— Cilia, quelle surprise, raille Chloé, je ne m'attendais plus à te voir ! J'ai failli t'attendre, tu sais !

Cécilia hausse les épaules d'un air maussade et se laisse tomber sur un deuxième pouf aux côtés de sa sœur. Celle-ci lui prend les livres des mains et y jette un rapide coup d'œil.

— Tu sais que tu dois être la seule et unique fille de treize ans de cette ville à venir à la bibli pour emprunter des livres de géographie pour ton propre plaisir et non pour celui d'un prof sadique ?

Cécilia lève les yeux au ciel. Il est vrai que ses lectures se distinguent quelque peu de celles de Chloé. Cécilia a effectivement été choisir ses livres au rayon « géographie ». Mais pas n'importe quelle géographie bien entendu : uniquement celle de la Colombie, son seul centre d'intérêt en ce qui concerne la lecture. À l'inverse de Chloé qui, si on ne l'arrête pas, peut rester des heures plongée dans un livre.

Plus tard, Cécilia a l'intention de retourner dans son pays d'origine alors il faut bien qu'elle se documente. Les souvenirs qu'elle a de Colombie sont trop flous pour qu'elle sache ce qui l'attend là-bas. Elle ne se rappelle pas vraiment y avoir été malheureuse. Elle devait l'être pourtant. « Tu vivais dans la rue », lui a-t-on dit et Pedro a confirmé cela en affirmant se souvenir avoir eu faim et peur aussi, surtout peur.

Cécilia est la seule à savoir que souvent, Pedro se réveille en sursaut la nuit sans même savoir de quoi il a rêvé mais avec une sensation de terreur au fond de la poitrine. Il pense que c'est lié à leur petite enfance. Cécilia n'en sait rien. Bizarrement, ses propres souvenirs sont plutôt agréables : l'impression d'avoir été aimée, protégée. La chaleur du soleil sur sa peau. La sonorité de rires enfantins. Des jeux avec des cailloux et des ficelles. Mais ce sont des souvenirs tellement vagues, à peine plus que des sensations.

La seule chose dont elle se souvienne véritablement, c'est un collier. Un collier qu'elle avait fait elle-même. Elle se rappelle de la texture des perles qui glissaient entre ses doigts. Et leurs couleurs aussi. Il y en avait des rouges et des bleues. Elles avaient de beaux reflets, aucune n'était exactement semblable à l'autre et Cécilia avait pris beaucoup de plaisir à les enfiler. Mais elle avait été déçue par le résultat final en s'apercevant avec mécontentement qu'une perle verte, surgie d'on ne sait où, tranchait au milieu des rouges et des bleues. Elle avait voulu défaire le collier pour enlever la perle verte mais quelqu'un lui avait alors dit que celle-ci rendait le collier encore plus joli. Cécilia avait écarté des mèches de cheveux noirs pour nouer le collier autour du cou de cette personne. Qui était-ce ? Sa mère ? Une sœur ? Cécilia ne s'en rappelle plus mais elle sait qu'elle l'a aimée et a mis tout son cœur à lui faire ce collier.

Machinalement, Cécilia a détaché de son cou son propre collier, une fine chaîne en or, cadeau de ses parents adoptifs pour son dixième anniversaire, et la passe entre ses doigts d'un air distrait. Le ton impatient de Chloé la tire de ses pensées.

— Cécilia ? Cé-ci-lia ! On va être en retard, viens !

Devant l'air irrité de Chloé, Cécilia en déduit que cela doit faire un moment que sa sœur lui parle sans obtenir de réponse. Aussi la suit-elle sans protester hors de la bibliothèque.

— Tu rentres directement à la maison ou tu viens avec moi ? demande Chloé.

— Je viens avec toi.

— Tu ne dois pas voir Pedro ? Il va t'attendre…

Cécilia jette un rapide coup d'œil à sa montre.

— Il n'arrive que dans deux heures, j'ai le temps.

Dulce de leche

*

Un quart d'heure plus tard, Cécilia regrette déjà de ne pas être rentrée chez elle attendre Pedro. Elle a suivi sa sœur jusqu'au parc pour retrouver les amis de celle-ci et depuis, elle s'ennuie ferme. L'air boudeur, elle observe Chloé qui ne fait plus du tout attention à elle, trop occupée à rire aux imbécillités que lui raconte cet idiot de Tristan.

Tristan est exactement le genre de garçon que Cécilia ne supporte pas. Prétentieux et sûr de lui, il adresse à Chloé des sourires qu'il croit charmeurs et qui ne servent qu'à lui rendre l'air plus stupide encore. Qu'est-ce que Chloé peut bien lui trouver ? Que peut-elle d'ailleurs bien trouver à toute cette bande qui jacasse autour d'elle de choses on ne peut plus superficielles ? Que fait-elle avec eux ? Cécilia a toujours admiré sa sœur mais il y a vraiment des moments où elle ne la comprend pas. Toutefois il est vrai que Chloé et elle sont tellement différentes qu'il est plutôt normal qu'elles n'aient pas le même style d'amis.

Souvent, Cécilia se dit que le jour et la nuit ont plus de points communs qu'elle n'en a avec sa sœur. Mais sans doute aussi moins de complicité. Est-il d'ailleurs possible que deux sœurs soient aussi complices qu'elles deux ? Cécilia est sûre que non. Elle s'est toujours sentie très proche de Chloé et cela depuis les premiers instants où elle l'a vue.

Elles s'en souviennent d'ailleurs très bien l'une et l'autre. Chloé n'avait pas été autorisée à aller chercher Cécilia en Colombie avec ses parents. Restée à la maison sous la surveillance de sa grand-mère, elle attendait cette petite sœur avec une impatience presque égale à celle de ses parents.

Chapitre 3

Dès qu'elle avait aperçu la voiture qu'elle guettait depuis un temps infini par la fenêtre, elle s'était précipitée et avait elle-même ouvert la portière toute pressée qu'elle était de faire connaissance avec Cécilia.

— Je suis Chloé. CHLO-É.

Elle s'était désignée du doigt puis avait pointé celui-ci sur la minuscule petite fille qui la dévorait du regard.

— Toi, c'est Cécilia, moi, je suis Chloé. Je suis ta grande sœur maintenant.

Chloé savait que Cécilia venait d'un autre pays et ne parlait pas le français. Aussi était-elle fermement décidée à ne pas laisser la barrière des langues faire obstacle à tous les jeux qu'elle avait déjà prévu de faire avec sa nouvelle petite sœur.

— Ça, c'est ta maison, tu vois. C'est ta maison. Et là, c'est ta chambre, tu comprends ? C'est là que tu vas dormir et jouer aussi (elle accompagnait de gestes explicites chacune de ses paroles). Là, c'est une poupée. Et ça, c'est un nounours. Ce sont tes jouets. Je vais tout te montrer, tu verras. Je vais tout t'apprendre.

Et elle lui avait tout appris. Il suffisait que Cécilia désigne un objet ou même le regarde seulement pour que Chloé lui en donne la traduction française. Elle lui avait appris à se servir de la télé, des jeux de société. Elle lui avait montré comment sauter à l'élastique, envoyer des bisous et écrire son nom. Elle lui avait aussi appris – chose très importante ! – à faire des sourires enjôleurs à son père lorsqu'elle désirait quelque chose et à décrypter si le « non » de sa mère était un « non-définitif-pas-la-peine-d'insister » ou un « non-peut-être-qui-peut-éventuellement-se-transformer-en-oui ». Et très vite, Cécilia avait parlé français aussi bien que Chloé, connu par cœur les comptines enfantines et maîtrisé l'art de faire fondre ses parents par un simple sourire. Sans Chloé, sans doute ne se serait-elle pas si vite adaptée à sa nouvelle vie.

D'abord, elle avait des parents, ce qui était quelque chose de totalement nouveau. Cécilia ne se rappelait pas avoir connu ses parents biologiques. Jamais, dans son souvenir, aucun adulte ne l'avait cajolée ainsi et s'était tant occupé d'elle. Jamais on ne lui avait murmuré « je t'aime » à l'oreille avant de la border tous les soirs. C'était nouveau, sans doute un peu déstabilisant mais Cécilia s'y était vite habituée.

C'était une enfant liante, sociable, qui ne demandait qu'à s'intégrer à sa nouvelle famille. Très rapidement, un vrai climat de confiance s'installa entre elle et ses parents adoptifs. Sa mère, c'étaient la tendresse, les câlins interminables. Son père, c'étaient les rires, les jeux. Il était souvent absent, Cécilia s'en rendit vite compte. Mais quand il était présent, elle passait avec lui de formidables moments.

La première chose qu'il lui avait apprise, c'était à faire du vélo. Elle se rappelait parfaitement sa petite bicyclette rouge et la confiance qu'elle mettait en son père pour qu'il ne lâche pas la selle, surtout qu'il ne lâche pas la selle. Et quand enfin il l'avait lâchée et qu'elle était parvenue à rouler seule sur quelques mètres, son père avait applaudi et Cécilia s'était sentie très fière. Elle commençait tout juste à comprendre le français mais ni elle ni son père n'avaient eu besoin de mot pour se dire qu'ils étaient heureux de partager ce moment-là.

Et lorsque Cécilia faisait quelques chutes à vélo – ça lui arrivait souvent ! – elle courait chercher sa mère en pleurant. Celle-ci, après avoir soigné coudes et genoux, lui appliquait trois taches de mercurochrome sur les joues et le nez (« Et voilà un joli petit maquillage pour mademoiselle ! ») et

Cécilia, riant à travers ses larmes, courait montrer le résultat à son père. Oui, c'était bon d'avoir des parents.

Cécilia avait également découvert ce qu'était une maison. Ça aussi, c'était nouveau. Jusque-là, elle n'avait semble-t-il connu que la rue. Quand elle y réfléchissait aujourd'hui, elle n'avait aucune idée de la manière dont elle s'y était prise pour y survivre. Elle savait juste que c'était la première fois qu'elle avait un toit sur la tête, une chambre rien qu'à elle… et des jouets. Pas des bouts de bois ni des cailloux, non des poupées, des peluches, des Playmobil®…

Chloé lui avait montré comment habiller les poupées, disposer la dînette et, en échange, Cécilia lui avait appris qu'on pouvait s'amuser tout autant avec trois cailloux. Encore aujourd'hui, elle en avait toujours quelques-uns dans ses poches et s'adonnait de temps en temps à quelques jeux auxquels elle se souvenait avoir joué en Colombie avec d'autres enfants.

Et puis Cécilia avait découvert l'école. Arrivée en France en avril, ses parents n'avaient pas jugé utile de l'inscrire à la fin de l'année aussi avait-elle commencé l'école plus de quatre mois après son arrivée. Elle était entrée en CP alors que son français était encore un peu bancal mais elle comprenait déjà tout et n'avait pas eu de grande difficulté à apprendre à lire, à écrire et à compter. Cécilia aimait l'école. Elle s'y fit vite des amis. Mais sa meilleure compagne de jeux restait Chloé.

Cécilia observe toujours discrètement sa sœur qui continue de rire avec Tristan. Elle n'a guère changé, Chloé, depuis le jour où elle s'est précipitée à la rencontre d'une voiture pour accueillir Cécilia. Près de huit ans plus tard, le regard qu'elle porte sur sa petite sœur reste toujours aussi protecteur et son sourire toujours aussi complice.

Chapitre 4

Rafaele a beau être très fatigué, il lui est impossible de fermer l'œil. Voilà pourtant des heures qu'il essaye en vain de trouver le sommeil. S'il ne craignait pas de réveiller Clara, blottie contre lui, il irait bien se balader un peu. Mais son amie semble si bien dormir qu'il n'ose pas bouger. Non loin d'eux, la petite Maria dort également, pelotonnée sous une couverture miteuse. Derrière elle, Rafaele devine les silhouettes étendues de huit adolescents ronflant comme des bienheureux.

Tout ce petit monde est dissimulé derrière une pile de cartons au fond d'une impasse. Rafaele n'aime pas ça : une impasse, cela ne laisse pas beaucoup de perspective de fuite au cas où. Mais c'est Juan qui a voulu venir ici et c'est lui le chef de la bande. Quand il décide quelque chose, en général, aucun membre de la *gallada* ne proteste. Non pas que Juan soit craint par l'un ou l'autre, pas du tout. Chacun le respecte un peu plus que les autres mais aucun n'en a peur. Cela ferait d'ailleurs bien rire Juan si c'était le cas. Et Rafaele encore plus ! Juan en impose parce que c'est le plus âgé, qu'il est costaud et bagarreur mais au fond, il est plus bourru que méchant, Rafaele le sait bien. Juan est un bon chef et il est juste.

Martyrisé par des enfants plus âgés que lui quand il était petit, il a lui-même décidé que les membres de son groupe ne subiraient pas les épreuves que vivent les plus jeunes dans certaines bandes. Dans le clan de Juan, tout le monde est respecté. Rafaele sait que certains enfants subissent de cruelles mises à l'épreuve avant d'être acceptés en tant que membres d'un groupe. Ils sont parfois violés par les plus âgés, jusqu'à ce qu'ils se défendent, prouvant ainsi leur force de caractère. D'autres sont envoyés sur des lieux dangereux afin d'être testés. Juan, lui, n'a jamais imposé ce genre de choses à quiconque. Il offre sa protection contre l'assurance d'une importante loyauté et cela lui suffit.

Non, si personne ne contredit Juan, c'est que tous savent qu'il est le plus à même de les protéger et que les disputes ne feraient que diviser le clan. Et quand on vit dans la rue, on apprend vite que c'est en groupe qu'on est le plus fort. Ils ne craignent plus trop les « marchands » maintenant. Ces derniers n'oseraient plus s'attaquer à eux, ils sont trop grands. Seuls Maria et Guillermo, les plus jeunes, pourraient les intéresser mais tant qu'ils sont avec leurs amis, les petits n'ont rien à craindre de ce côté-là. Il existe d'autres dangers cependant, ne serait-ce que des petites bandes semblables à la leur… composées de gens un peu plus âgés et surtout un peu plus défoncés. Ceux que la drogue a pris dans ses filets. Rafaele et Clara n'ont jamais touché à cette drogue-là, la dure, la vraie. Leurs amis non plus mais ce n'est pas le cas de tous les jeunes des rues de Bogotá…

Rafaele risque un regard craintif autour de lui. Il a vu rôder d'autres *galladas* dans le coin et il n'est pas tranquille. Il repousse doucement Clara, se lève pour resserrer autour d'eux tous les cartons et revient s'installer auprès de son amie. Elle ne s'est pas réveillée, tant mieux. En revanche, les mouvements de Rafaele ont alerté quelqu'un.

— Tu ne dors pas, Rafaelito ?

C'est Soledad, la « chasse gardée » de Juan. Langoureusement, elle s'étire et vient s'asseoir près de Rafaele.

— Toi non plus, hein, tu n'aimes pas être ici.

Ce n'est pas une question. Soledad ne demande jamais rien, elle affirme toujours.

— Non.

Rafaele sourit, heureux de partager ses appréhensions. Il a toujours pensé que Soledad ne craignait rien ni personne. Elle est toujours si sûre d'elle. Soledad, c'est quelqu'un : un caractère piquant, charmeur et une beauté à couper le souffle. Rafaele n'a toujours aimé que Clara mais, tout de même, dans ses rêves les plus fous, il ne peut s'empêcher de s'imaginer avec Soledad. Ce rêve est partagé par tous les garçons de la bande, mais c'est Juan que Soledad a choisi. Ensemble, ils forment un couple impressionnant où la dureté et l'ironie dissimulent un amour aussi puissant que leurs caractères respectifs. Rafaele admire profondément Soledad mais il sait que même sans Juan, jamais il ne l'aurait approchée. Il tient bien trop à Clara pour cela. Clara qu'il regarde dormir en caressant doucement ses longues mèches brunes. Soledad a un sourire mi-tendre mi-moqueur.

— Vous êtes mignons tous les deux !

Rafaele hausse les épaules.

— Pas plus que toi avec Juan. Dis, tu aurais pu lui dire que tu voulais pas dormir ici. Toi, il t'aurait écoutée.

— Oh non, Juan n'écoute personne, même pas moi. Et je lui aurais dit quoi, que j'avais peur ?

Elle relève la tête avec défi.

— Peur de quoi, d'ailleurs ? J'ai pas peur, simplement, le pavé est trop dur ici !

Rafaele lève les yeux au ciel. Soledad n'avouera jamais craindre quoi que ce soit. Il n'empêche qu'elle ne se rendormira pas. Jusqu'à l'aube, elle et Rafaele resteront éveillés, guettant le moindre bruit.

*

— J'ai faim, se plaint Maria.

La journée s'annonce mauvaise. Il s'est mis à pleuvoir à verse en milieu de matinée, compromettant les chances des filles de vendre quelque chose dans la rue. Les colliers et bracelets confectionnés par Clara, Maria et Ana resteront au fond de leur sac. Rafaele et Manuel, le frère de Maria, sont partis laver les pare-brise des voitures. Vu le temps, ce n'est pas sûr qu'ils aient plus de chance. Juan a disparu on ne sait où avec les autres garçons du groupe. Les filles sont restées seules, rassemblées sous un porche à maudire les nuages.

— J'ai faim, répète Maria en se frottant le ventre.

— C'est pas en restant là à gémir que ça va changer quelque chose, répond Soledad d'un air mauvais.

Elle se lève brusquement et lisse sa jupe et ses cheveux du plat de la main.

— Où tu vas ? l'interpelle Clara.

— Voir Don Rodrigo.

Clara et Ana échangent un regard.

— Tu ne devrais pas, lance Clara.

Chapitre 4

— Pourquoi ? Lui, au moins, il paye. Cher. Je serai à l'abri et j'aurai de quoi manger ce soir.

— N'y va pas, insiste Clara. Tu ne meurs pas de faim tout de même !

— Justement, je vais pas attendre que ça arrive !

— Si vraiment tu veux aller voir quelqu'un, va ailleurs. Mais pas chez lui ! Il est dangereux Sole !

— Peut-être mais c'est lui qui paye le mieux.

Soledad se tourne vers Maria.

— Viens avec moi si t'as faim.

Maria secoue la tête.

— Non, Clara a raison. Pas Don Rodrigo, il est dangereux !

— Don Rodrigo ou un autre, quelle importance ? Ça revient au même. Sauf qu'il paye plus.

Et Soledad tourne les talons. Les trois autres la regardent disparaître au coin de la rue.

— Elle ne devrait pas, souffle Clara, visiblement inquiète.

Mais Maria paraît soudain songeuse.

— Elle a peut-être raison en fait. Lui ou un autre, quelle importance ?

— Ça a de l'importance, Maria ! Il peut t'entraîner dans ses magouilles n'importe quand. Pourquoi tu crois qu'il la paye si bien que ça, Sole ? Pour mieux pouvoir la cueillir ensuite ! Et quant aux autres… ne va pas voir les autres Maria. N'y va pas tant que t'y es pas obligée.

Maria ne répond pas. Elle pose sa tête sur ses genoux relevés, semblant ardemment réfléchir à la question. Clara tend la main vers Ana.

— Passe-moi les ciseaux.

Ana fouille dans son sac tandis que Maria se lève en glapissant :

— Ah non !

— Si, répond Clara en la tirant par le bras pour l'obliger à se rasseoir.

Elle prend la paire de ciseaux que lui tend Ana et, d'un geste assuré, tranche les quelques boucles qui descendent dans la nuque de Maria. Furieuse, la fillette lui échappe et va se réfugier derrière Ana.

— Ça commençait à repousser !

— Justement, c'est bien pour ça que je les ai coupés, répond calmement Clara.

Du bout des doigts, elle ramasse les quelques mèches éparses sur le sol et les tend à Maria. D'un air boudeur, celle-ci les fourre dans sa poche en maugréant. Clara rend les ciseaux à Ana et fixe le coin de la rue, espérant sans trop y croire voir ressurgir Soledad. Elle doit être à mi-chemin à présent. Bientôt, elle sera dans la chambre de Don Rodrigo, et tout cela pour quelques sous. Pourquoi fait-elle cela, Soledad ?

Elle, Clara, ne vend son corps aux hommes qu'en cas d'extrême nécessité. Et à chaque fois, elle a si honte qu'elle met très longtemps à recommencer. Quand on est une fille et qu'on vit dans les rues de Bogotá, on ne résiste jamais longtemps à la prostitution. On se jure qu'on ne le fera jamais et un jour, on a tellement besoin d'argent qu'on finit par le faire.

Certains garçons se prostituent également mais les proxénètes leur préfèrent souvent les filles. Et puis, en grandissant, ils trouvent souvent un autre moyen de gagner leur vie. Il leur est plus facile de se faire embaucher pour des petits boulots de quelques jours : travaux divers, vente de journaux ou de cigarettes, cirage de chaussures.

Pour les filles, c'est plus difficile. Elles ne sont pas nombreuses dans les rues. Enfants, le peu qui y vivent se font généralement passer pour des garçons, comme Maria, justement pour éviter la prostitution. Cela marche un temps, jusqu'à ce que l'adolescence les rattrape et que se couper les cheveux ne suffise plus à cacher leur véritable identité. La plupart finissent alors dans des maisons de passe quand elles ne sont pas « placées » pour travailler dans des maisons bourgeoises où là encore leurs employeurs abuseront probablement d'elles.

Clara et Ana sont longtemps restées petites et filiformes et cela ne fait pas si longtemps qu'elles ont renoncé à tailler leurs cheveux à grands coups de ciseaux.

Soledad, en revanche, dès l'âge de onze ans, paraissait déjà presque femme. D'abord contrariée, elle n'a pas tardé à en jouer et se vend désormais sans aucune hésitation. Elle en a fait son gagne-pain régulier, tandis que Clara l'évite autant que possible. Mais en fréquentant par la même occasion le monde de la drogue et de la corruption – le monde de Don Rodrigo –, elle a rendu sa situation irréparable même si, jusqu'à présent, il ne lui a rien demandé. Il la paye juste un peu plus à chaque fois qu'elle va le voir. Pour qu'elle y retourne. Un jour, Clara le sait, il exigera de Soledad ce que se sont toujours refusés de faire les membres de la petite bande de Juan. Ils savent bien que cela les priverait à jamais de leur liberté. Aucun d'eux n'est véritablement malhonnête. Ils volent, certes, mais c'est pour vivre. Don Rodrigo est malhonnête pour le plaisir. Il est déjà riche, ce n'est pas la faim qui le pousse à tout cela. Et c'est un trafiquant. Il règne en maître sur tout le réseau de drogue et de prostitution de la ville et sème régulièrement la panique dans le bidonville. Soledad court à sa perte. Clara en aurait presque les larmes aux yeux.

Elle aussi, Don Rodrigo est venu la voir. La première fois qu'il s'est approché d'elle, elles étaient ensemble, Sole, Ana et elle. Bien entendu, c'est surtout Soledad qui avait retenu son attention mais il s'était aussi intéressé de près à Ana et à Clara. Et plusieurs fois, il était revenu à la charge. Clara ne veut rien entendre. Don Rodrigo ne poserait jamais ses sales pattes sur elle. Trop d'hommes l'ont déjà fait et chaque fois que Clara y pense, elle sent la honte et la colère lui broyer l'estomac.

Mais le pire, c'est lorsqu'elle pense à Maria. Maria dont la petite taille, le visage enfantin et le corps encore si lisse ne lui donnent l'air de n'avoir guère plus de sept ans alors qu'elle en a déjà neuf. Maria, si jeune et innocente, qui rêve d'une longue chevelure et qui n'aurait, Clara en est sûre, aucune crainte à aller seule au-devant de ces hommes si ses amies la laissaient faire. Maria qui tout à l'heure avait demandé « quelle importance ? » et qui ne disait plus rien, réfléchissant à la question. Clara espère que la petite fille ne grandira pas trop vite et que les cheveux courts la feront passer pour un garçon quelques années encore.

Maria, c'est la petite sœur de Manuel mais c'est la sienne aussi, quelque part. Autrefois, Clara a eu un petit frère mais on le lui a enlevé. Maria ne le remplacera jamais, personne ne le peut mais tout de même, elle a beaucoup d'importance aux yeux de Clara. Suffisamment pour que l'inquiétude et la révolte lui mordent le cœur à l'idée que la fillette puisse penser « quelle importance ? » au sujet de Don Rodrigo.

Maria relève soudain la tête, faisant danser sur son front les quelques mèches épargnées par les ciseaux de Clara.

— Et toi Ana ? Tu dis rien, qu'est-ce que t'en penses ? Est-ce que toi aussi tu crois qu'elle a tort, Soledad, d'aller voir Don Rodrigo ?

Ana hausse les épaules.

— Sole fait ce qu'elle veut. C'est sa vie, c'est à elle de décider.

Clara lance à son amie un regard furieux.

Chapitre 4

— C'est sa vie alors tu t'en fiches, c'est ça ? Elle peut se mettre en danger si elle veut, c'est elle que ça regarde ? Et c'est tout ce que ça te fait ?

Mais Ana secoue la tête.

— Je m'en fiche pas. C'est mon amie, évidemment que ça m'inquiète ! Mais on peut pas empêcher les gens d'agir comme ils veulent, Clara ! Surtout pas Sole…

» Et puis, ajoute-t-elle au bout d'un moment, c'est vrai que lui ou un autre, ça change pas grand-chose. Jusque-là, il lui a jamais rien demandé de plus à Sole…

— Ça viendra, affirme Clara.

— Qu'est-ce que t'en sais ?

— J'le sais, c'est tout. Et toi aussi, tu devrais le savoir.

Le ton de Clara est si péremptoire qu'un instant, troublée, Ana baisse les yeux. Ses yeux si différents de ceux de ses camarades. Ana n'a pas les yeux aussi bridés que Soledad, Clara, Rafaele, Manuel et Maria qui sont amérindiens mais ils ne ressemblent pas non plus à ceux des autres membres du groupe. Ils sont moins sombres. Des yeux mi-indiens mi-européens. Elle a la peau plus claire aussi et ses cheveux tirent davantage sur le châtain que sur le brun. Le père d'Ana était européen. Était ? Est sûrement encore. Ana n'en sait rien. Elle ne l'a jamais connu. Sa mère elle-même ne garde guère de souvenirs de lui. Ana est un fruit de la prostitution. Un fruit « accident », à moitié blanc. Et pour cela, sa mère l'a toujours traitée différemment de ses frères et sœurs. Maintenant, il n'y a plus guère de distinction : presque tous vivent dans la rue comme elle. La dernière fois qu'Ana est allée voir sa mère au bidonville, seuls les deux derniers vivaient encore avec elle. Mais à sept et huit ans, ils ne ramènent plus guère d'aumône. Bientôt, l'appel de la rue résonnera aussi pour eux…

Ana relève les yeux vers Clara.

— Non, je sais pas. Mais on sait rien de lui, d'eux. Tout ce qu'on sait, c'est qu'il paye. Mieux que les autres. Et il veut la même chose que les autres, tous les autres !

Il y a tant de haine dans ces derniers mots qu'Ana les crache plus qu'elle ne les dit. Clara, qui n'ignore rien des origines de son amie, n'ose pas insister.

Quand les garçons reviennent, Clara, Ana et Maria ont ressorti perles et aiguilles, et tressent des colliers sans échanger un mot. Soledad manque à l'appel. Elle ne revient qu'à la tombée du jour et personne ne lui demande rien. Sujet tabou. Et quand Rafaele et Juan prennent Clara et Soledad dans leurs bras, ils font mine de croire qu'ils sont les seuls à pouvoir le faire.

Chapitre 5

Debout sur une chaise, sur la pointe des pieds, Cécilia tente d'atteindre le dernier tiroir tout en haut de l'armoire de la chambre de ses parents. Entreprise plutôt délicate : l'armoire est trop haute. Ou alors, Cécilia est trop petite. La seconde hypothèse est vraisemblablement la bonne : la jeune fille a toujours été la plus petite de sa classe et même en empruntant les chaussures à talons hauts de sa mère, elle n'atteint pas la taille de Chloé qui n'est pourtant pas une géante.

Il paraît que les enfants adoptés sont souvent de petite taille ou sont plutôt immatures, comme si quelque chose freinait leur développement. Cécilia l'a entendu dire il y a quelque temps par une amie de sa mère et elle a trouvé ça complètement idiot. Mais là, en l'occurrence, que l'amie de sa mère ait tort ou raison ne change rien à la situation : Cécilia est désespérément trop petite pour ouvrir ce fichu tiroir. Regardant autour d'elle, elle avise la table de nuit. Peut-être qu'en mettant la chaise dessus… En un clin d'œil, la petite table se retrouve débarrassée de tous les inutiles objets qui l'encombrent et Cécilia s'empare de la chaise quand une voix retentit derrière son dos.

— Mais qu'est-ce que tu fais ?

Chloé, une pomme à moitié croquée à la main, se tient dans l'entrebâillement de la porte, sa veste et son sac encore sur son dos.

— Je… je t'ai pas entendue rentrer, balbutie Cécilia. Qu'est-ce que tu fais là ? Il est seulement seize heures…

— J'avais un prof absent, répond Chloé. Je suis rentrée plus tôt. Et toi, qu'est-ce que tu fais là ?

— Rien…

— Ouais, c'est ça, raille Chloé.

Posant sac et pomme, elle monte sur la chaise, négligeant la table de nuit et ouvre sans difficulté le tiroir du haut sous le regard furieux et quelque peu vexé de Cécilia.

— Alors, tu cherches quoi ?

Cécilia hausse les épaules.

— Il y a quoi dans ce tiroir ?

— Dis-moi d'abord ce que tu cherches.

Cécilia secoue la tête et Chloé referme le tiroir, sautant de la chaise.

— Bon, très bien.

Cécilia, furieuse contre sa sœur et surtout contre l'absentéisme de son professeur, attrape la chaise et la juche sur la table de nuit, entreprenant une escalade plutôt risquée.

— Mais arrête, proteste Chloé, tu vas tomber ! Dis-moi plutôt ce que tu cherches, je peux peut-être t'aider. En tout cas, il y a rien d'important dans ce tiroir. Juste des napperons. Ça m'étonnerait que ce soit pour ça que tu joues les alpinistes !

Cécilia esquisse une grimace de déception. Juste des napperons ? Mais alors où peut-il donc bien être ?

Chapitre 5

— Allez, dis-moi ce que tu cherches, insiste Chloé. Tu sais bien que je connais toutes les cachettes des parents !

En effet, Chloé la fouineuse, Chloé la curieuse est toujours parvenue à trouver les paquets de bonbons dissimulés en réserve d'un anniversaire et connaît chaque année ses cadeaux de Noël à l'avance. Elle peut sûrement lui être utile.

— Je cherche mon dossier, explique-t-elle. Celui de l'adoption.

— J'aurais dû m'en douter, soupire Chloé en désignant du doigt le petit secrétaire dans un coin de la chambre sur lequel Cécilia se précipite aussitôt.

— C'est fermé, constate-t-elle dépitée.

Chloé, sans aucune gêne, fouille dans le tiroir de la table de nuit et en sort une clé qu'elle tend à sa sœur. Tout en ouvrant le secrétaire, Cécilia se fait intérieurement la promesse de ne jamais laisser traîner quelque chose de personnel à la maison et de toujours emporter son journal intime avec elle… même s'il y a fort à parier que Chloé l'ait déjà lu.

Une heure plus tard, Cécilia est plutôt déçue. Le dossier ne lui a pas appris grand-chose qu'elle ne savait déjà. Il contient surtout des papiers administratifs, toute cette paperasse à signer quand on veut adopter un enfant. Même si elle sait bien que ce n'est pas le cas, cela donne un peu à Cécilia l'impression d'avoir été achetée. C'est un sentiment plutôt désagréable. Il y a aussi divers papiers médicaux – au cas où elle n'aurait pas eu tous ses vaccins, comme un chien ? – et des analyses de sang prouvant qu'elle et Pedro ne sont pas frère et sœur. Si ces analyses avaient prétendu le contraire, auraient-ils été placés dans la même famille ? Il paraît que malgré le lien qui les unissait, aussi fort que s'ils avaient été du même sang, cela n'était pas possible.

Dulce de leche

Cécilia relit pour la quatrième fois ce qui semble être une synthèse de sa vie, avec quelque espoir d'y trouver un élément nouveau. Mais la synthèse s'obstine pour la quatrième fois à raconter la même chose : que Cécilia a été trouvée dans la rue en compagnie de Pedro, qu'elle a passé plusieurs mois dans un orphelinat de Bogotá avant d'être envoyée en France où les services sociaux lui avaient donné un toit, des parents et une identité et qu'elle était décrite comme une enfant « *très imaginative aux remarquables capacités d'adaptation* ».

Aucune phrase ne mentionne la manière dont elle vivait à Bogotá, ni aucune famille. Elle a pourtant bien dû en avoir une de famille ! Comment avait-elle atterri dans la rue ? Qui l'y avait trouvée et l'avait envoyée dans cet orphelinat ? Qui avait voulu lui donner une vie meilleure sans penser qu'il existait dans les rues de Bogotá quelqu'un qui l'aimait ? Car Cécilia avait été aimée dans sa petite enfance, elle en était persuadée. Mais par qui ? À qui avait-elle offert ce collier, seul véritable souvenir de cette vie déjà si lointaine ?

Parfois, Cécilia se dit qu'elle aimerait pouvoir ouvrir son cerveau et le décortiquer pour y retrouver tous les souvenirs oubliés. C'est une psychologue qui lui a dit ça un jour : qu'elle avait enfoui ses souvenirs au fond de son inconscient, peut-être parce qu'ils étaient trop durs à supporter ou peut-être par stratégie pour s'adapter à sa nouvelle vie et ne pas regretter ce qu'elle avait quitté en Colombie. Cécilia en avait conclu que son inconscient avait capturé ses souvenirs pour lui rendre service mais n'avait pas prévu que cette bonne intention se transformerait pour elle en véritable casse-tête chinois quelques années plus tard. Casse-tête que de toute évidence son dossier ne l'aidera pas à résoudre.

Déçue, Cécilia ouvre le tiroir du secrétaire, s'apprêtant

à tout remettre en place quand un papier coincé entre deux certificats médicaux attire son attention. C'est une feuille de journal pliée en quatre. Aussitôt, Cécilia la déplie sans prêter attention à Chloé qui tente de lui arracher la feuille des mains. Au fur et à mesure qu'elle lit l'article, la curiosité de Cécilia laisse place au dégoût et à la tristesse. Chloé observe sa sœur, se mordant les lèvres, regrettant de lui avoir indiqué l'emplacement du dossier.

*

— Tu le savais ? Tu le savais et tu ne m'as rien dit ?

La feuille de journal entre les mains, Cécilia darde sur Pedro un regard furieux. Celui-ci hausse les épaules.

— C'est pas mon sujet préféré figure-toi ! Et puis je pensais que toi aussi tu le savais…

Mais Cécilia secoue la tête. L'article l'a bouleversée. Rien dans son contenu ne lui indique quoi que ce soit sur ses origines mais plutôt sur le sort qu'elle aurait pu subir si elle n'avait pas été adoptée. Un article parlant du trafic d'enfants des rues de Bogotá. Des enfants enlevés dans le but de leur prendre leurs organes. Des enfants qui ne manqueront à personne et qui seront retrouvés morts au milieu des poubelles ou, pour les plus chanceux, si tant est que ce terme puisse s'y appliquer, se réveilleront dans la rue pour découvrir qu'ils ont un rein ou même un œil en moins. Cécilia, au bord des larmes, tourne et retourne la feuille de journal entre ses mains.

— C'est quelque chose de connu, tu sais, explique Pedro, avec tous les livres sur la Colombie que tu empruntes à la bibli, je pensais que tu le savais depuis longtemps.

Cécilia secoue la tête. Non, les livres qu'elle a pu lire ne parlent pas d'une telle horreur. Ils parlent de monuments, de lieux à visiter absolument, de coutumes ou de cuisine. Ils sont remplis de photos de jolis paysages ou d'enfants vêtus à la mode du pays qui adressent un large sourire à l'objectif. D'enfants qui ont l'air heureux, pas menacés. Sa mémoire lui joue des tours, occultant toute violence. Sans doute, au fond d'elle-même, a-t-elle toujours préféré se réfugier dans le déni. Ses lectures sont soigneusement choisies dans les rayons les plus innocents, culinaires ou touristiques. Peut-être que si elle était allée les chercher du côté de l'histoire ou de la sociologie, aurait-elle déjà fait de plus sombres découvertes. Mais qu'a-t-elle envie de connaître réellement ? La vérité ou ce dont elle rêve ?

— Les livres mentent, constate-t-elle avec amertume.

— Mais non, répond Pedro, simplement tu n'as lu que des livres qui décrivent le bon côté de la Colombie. Des livres destinés à ceux qui veulent voyager.

Puis il ajoute plus doucement :

— C'est ce que tu croyais, n'est-ce pas ? Qu'on t'avait arrachée à un endroit merveilleux où tu aurais pu vivre sans courir le moindre danger ? Mais c'est pas ça la vérité, Cilia. La vérité, c'est que tu vivais dans la rue à cinq ans et que si t'avais pas été tuée pour tes organes, tu serais probablement morte de faim ou de maladie avant d'avoir atteint tes dix ans. C'était pas merveilleux ! Qu'est-ce que tu regrettes de là-bas ? On est bien mieux ici. C'était pas merveilleux du tout, c'était horrible !

— Ce que je regrette, murmure Cécilia, c'est de pas savoir justement…

Chapitre 5

Elle essuie ses yeux rougis d'un geste rageur et reprend :

— Et puis t'as beau dire que c'était horrible, n'empêche qu'on n'était pas tout seuls, ça je le sais, j'en suis sûre. Et même si on a de la chance d'être ici, même si on a une famille qui nous aime, eh bien moi, j'ai toujours l'impression qu'il me manque quelqu'un. Toi qui as l'air de si bien te souvenir, dis-moi qui c'était !

Mais Pedro courbe les épaules et secoue lentement la tête.

— Je sais pas, souffle-t-il. Je sais plus…

*

Quelques jours plus tard, au collège, Pedro relit pour la énième fois l'article trouvé par Cécilia. Après leur conversation, il l'a glissé dans son sac dans l'intention de l'étudier plus attentivement. Il se demande maintenant s'il n'a pas été un peu maladroit avec son amie. Il aurait dû la consoler plutôt que d'insister comme il l'a fait. Avec un soupir, il lisse la feuille du plat de la main.

Le brouhaha qui règne autour de lui ne l'incite pas à lever les yeux. Peut-être, s'il le faisait, croiserait-il le regard d'un de ses camarades de classe, lequel, qui sait, pourrait engager la conversation avec lui. Peut-être même s'entendraient-ils bien et deviendraient-ils amis. Ce serait possible. En théorie. Parce que Pedro n'a pas du tout l'intention de lever les yeux de son livre.

C'est là-dedans, entre les pages, que se trouvent ses amis. « Tu vis dans un monde imaginaire », lui reproche sa mère. Et alors ? Pedro l'aime ce monde-là. C'est un monde qu'il a créé lui-même, à grand renfort de livres et de rêves. Un monde où il se sent bien. Quand la vie ne se passe pas tout à fait comme il le voudrait, il l'arrange un peu dans sa tête. Et sa vie, les héros de ses livres, les personnages qu'il invente, cela se mélange pour former tout plein d'histoires. Et ces histoires l'aident à tenir le coup quand ça ne va pas, ou à embellir les précieux moments de bonheur. Pedro ne peut vivre sans mais comment expliquer cela à sa mère ? Comment dire qu'il préfère imaginer des contes plutôt que lire d'horribles articles comme celui sur lequel est tombée Cécilia ? Qu'il préfère transformer les ogres de ses cauchemars en personnages de contes pour se rassurer ? On lui répondrait qu'il fuit la réalité et on le prendrait pour un fou, lui qui passe déjà pour un associable. Ce n'est pourtant pas que Pedro ne s'intéresse pas au monde extérieur et aux gens qui l'entourent. Pas du tout.

Il aime les observer, mais sa timidité naturelle a fait de lui une proie facile pour les moqueurs. Quitte à être considéré comme asocial, il n'ose plus trop venir à la rencontre des autres. Cette année, quelques élèves ont essayé de se lier avec lui. Méfiant, il a tout fait pour les éviter.

Le professeur vient d'entrer dans la classe. Un à un, les élèves s'assoient, sortent leurs affaires et cessent de discuter. Pedro pose son livre.

*

En rentrant chez lui après le collège, Pedro a la surprise de trouver l'appartement vide. C'est plutôt curieux. Car depuis plus d'un mois, sa mère ne sort plus : elle doit passer les dernières semaines de sa grossesse alitée et reste toute la journée dans sa chambre.

Vaguement inquiet, Pedro s'installe devant la télévision. Il y est encore deux heures plus tard quand le téléphone sonne.

— Allô ?

— Pedro, c'est papa. Je suis à l'hôpital avec ta mère. Les bébés vont naître.

Fronçant les sourcils, Pedro se livre à un bref calcul mental.

— Mais ! Il reste encore presque deux mois !

À l'autre bout du fil, un soupir lui répond.

— Je sais Pedro mais… Écoute, je te rappelle dans un moment, d'accord ? Reste à la maison et ne t'en fais pas.

Ne pas s'en faire ? Quelle idée ! Est-ce dangereux de naître prématurément ? Des jumeaux en plus : est-ce que ça change quelque chose ? Et sa mère, est-ce qu'elle ne craint rien ? Pedro n'y connaît rien en naissance, ni en bébé et quand son père le rappelle quelques heures plus tard, il a eu le temps d'envisager toutes les catastrophes possibles. Mais au téléphone, la voix paternelle est plutôt rassurante.

— Tu as deux petites sœurs : Faustine et Amélie. Deux adorables petites filles. L'ennui, c'est qu'elles sont… très petites justement. Elles sont en couveuse. Mais ça va aller, tu verras.

— Et maman ?

— Elle va bien. Je passe te chercher, d'accord ?

Le lendemain, Pedro se retrouve au milieu d'un magasin de jouets à choisir des peluches pour ses petites sœurs. Il aurait préféré aller les voir directement mais il n'en a pas l'autorisation pour l'instant. Le service des bébés prématurés est interdit aux frères et sœurs. Alors il se contente de choisir deux petits lapins, l'un bleu et l'autre jaune, en guise de bienvenue.

Chapitre 6

Les égouts de Bogotá sont un lieu sûr pour les enfants des rues. Ce n'est pas un endroit très agréable mais quand la pluie et le froid se font aussi mordants qu'aujourd'hui, ils s'y rassemblent souvent. Ils sont plus de trente aujourd'hui, sexes et âges confondus, à s'y être réfugiés. Quatre enfants d'une dizaine d'années entretiennent avec Maria une conversation animée.

— … et il nous a donné à manger, un vrai repas ! Il nous a dit de revenir quand on voudrait !

Clara, qui jusque-là somnolait dans les bras de Rafaele, tend l'oreille et rejoint le petit groupe.

— Qui vous a donné à manger ?

— Don Armindo, répond l'un des enfants.

La désignant du doigt, Maria explique aux autres :

— Elle le connaît, Clara. Elle va le voir parfois.

Aussitôt, l'attention des enfants se porte sur Clara.

— Et alors, qu'est-ce que t'en penses de lui ? demande l'un d'eux. Il nous a dit qu'il avait une maison pour nous, il veut nous enfermer…

— Mais il nous a donné à manger, coupe un autre. Et il a dit qu'on aurait des vêtements neufs et qu'il nous apprendrait à lire.

— En nous enfermant dans une école ? Brrr…

Autour d'eux, le silence se fait peu à peu et beaucoup écoutent la conversation. L'avis sur Don Armindo est mitigé. Ici, tout le monde sait qui il est : un homme bon et juste au regard doux qui a fondé une association pour venir en aide aux *gamines* de Bogotá. Il a ouvert une maison qui abrite des dizaines d'enfants qu'il oriente vers des études et un métier. Souvent, il parcourt les rues, cherchant à aborder le plus de *gamines* possible. Il leur donne à manger, les répertorie, leur parle de sa maison et compte sur eux pour faire passer le message aux autres. Le premier contact est difficile. Les enfants se méfient, ont peur pour leur liberté. Alors, Don Armindo y va doucement, étape par étape. À force, il connaît presque tous les points de ralliement des enfants des rues.

Clara a croisé son chemin il y a plusieurs années de cela. Elle tentait une fois de plus d'échapper aux « marchands ». Talonnée par l'un d'eux, elle courait la peur au ventre lorsqu'elle s'était retrouvée prise au piège. Une impasse ! Elle avait tourné dans une impasse ! Devant elle, une façade impossible à escalader. Derrière elle, son poursuivant. Il l'avait attrapée par le bras et elle criait, distribuant d'inutiles coups de pied tandis qu'il riait méchamment. En riant, il lui avait dévoilé ses dents, des dents de loup, des dents qui la mangeraient, elle le savait. Terrifiée, elle avait fermé les yeux abandonnant la lutte et c'est alors que la voix avait retenti :

— Lâchez cette enfant.

Une voix tombée du ciel. Pour la première fois de sa vie, Clara avait cru en sa bonne étoile.

Chapitre 6

Il était là, face au « marchand ». Un homme de taille moyenne mais qui en imposait malgré tout par son ton sans réplique. Le « marchand » savait que les rapts d'enfants, bien que courants, étaient illégaux. Et il voyait bien que sa chance d'enlever discrètement la fillette était perdue. Il l'avait lâchée, la laissant brutalement choir sur le sol et était parti sans demander son reste. Le mystérieux sauveur de Clara lui avait tendu la main, l'aidant à se relever. Elle s'était écorché coudes et genoux en tombant, avait les cheveux en bataille et tremblait violemment, encore effrayée. Ses égratignures sanguinolentes et son air de moineau effarouché avaient fait sourire l'homme qui s'était accroupi devant elle.

— Je m'appelle Don Armindo. Tu n'as rien à craindre de moi. Viens, il vaut mieux ne pas rester ici.

Hochant la tête, Clara l'avait suivi hors de l'impasse.

— Je n'habite pas loin, suis-moi.

Clara avait reculé, méfiante.

— Juste pour boire quelque chose et soigner tes genoux, avait-il alors précisé.

Et Clara l'avait suivi, boitillant à quelques mètres derrière lui, jusqu'à ce qu'ils arrivent devant une immense bâtisse à l'intérieur de laquelle retentissaient des rires et des cris d'enfants. Les rires avaient définitivement rassuré Clara et elle avait accepté d'entrer. Comme promis, Don Armindo avait soigné ses coudes, ses genoux et lui avait offert un verre de lait ainsi que des biscuits.

— Comment t'appelles-tu ?

— Clara.

— Et quel âge as-tu, Clara ?

Déroutée, la fillette avait haussé les épaules.

— Tu ne sais pas ?

— Non...

Il l'avait scrutée un instant du regard.

— Environ neuf ans, je dirais... Tu n'as pas de famille ? Où sont tes parents ?

— J'ai pas de parents. Il y a eu le feu au bidonville... il y a longtemps... Ma maman, elle nous a fait sortir par la fenêtre mon petit frère et moi mais elle, elle a pas pu passer... elle a pas pu...

Don Armindo avait hoché la tête.

— Et ton père ?

— Je sais pas. Je me souviens plus. Je crois pas que j'ai un père.

— Tu n'as plus personne alors ?

— Si, j'ai Rafaele.

— Ton petit frère ?

Le regard de Clara s'était assombri.

— Non, avait-elle soufflé. Mon petit frère, les « marchands » l'ont emmené. Comme ils ont voulu le faire avec moi tout à l'heure.

Don Armindo lui avait expliqué qu'il accueillait chez lui des enfants des rues et qu'il avait une place pour elle si elle le souhaitait mais Clara avait secoué la tête.

— Non, j'y vais.

Elle s'était aussitôt levée, prête à partir, époussetant d'un geste de la main les miettes de biscuits prises dans ses cheveux.

— Attends, prends d'abord ceci.

Don Armindo lui avait tendu un petit pain et des *bocadillos*[1] qu'elle avait fourrés dans sa poche.

— Tu ne les manges pas maintenant ?

[1] Confiserie traditionnelle réalisée à partir de pâte de goyave et de *panela* (jus de canne à sucre).

Chapitre 6

— Non, j'ai déjà mangé les biscuits. Le reste, je le donnerai à Rafaele. Il m'attend.

— Ah oui, Rafaele. Qui est-ce, dis-moi ?

Le visage de Clara s'était éclairé.

— C'est mon copain !

Alors Don Armindo lui avait donné un deuxième petit pain.

— Ça vous en fera un chacun. Reviens me voir, Clara. Avec Rafaele.

Et Clara était revenue. Don Armindo l'accueillait toujours avec plaisir. Six ans plus tard, elle connaissait tout de l'association, la « Maison des enfants » comme on l'appelait, mais n'y était jamais restée plus de quelques heures. Sans Rafaele, sans doute aurait-elle accepté l'offre de Don Armindo et serait-elle restée mais son copain, habitué à la liberté de la rue, avait toujours refusé de la suivre là-bas.

— On se débrouille très bien tout seuls. Et je ne veux pas qu'on m'enferme, disait-il.

Et Clara, qui pour rien au monde n'aurait quitté Rafaele, ne restait jamais bien longtemps à la Maison des enfants.

Ce soir-là, dans les égouts de Bogotá, une trentaine de *gamines* parlent de Don Armindo. Beaucoup, comme Rafaele, refusent une aide quelconque et l'idée de renoncer à leur liberté. D'autres, comme Clara, caressent le rêve d'une vie meilleure.

Chapitre 7

Comme tous les matins, le marché bat son plein. Malgré une chaleur moite et désagréable, plutôt inhabituelle, une foule de gens se pressent dans les rues, cherchant à faire les meilleures affaires possible. Clara et Maria sont arrivées très tôt ce matin pour avoir une bonne place. À présent, assises sur le sol, elles fabriquent à la chaîne collier sur collier.

Dans les cheveux de Clara brillent des chouchous de perles multicolores et à ses poignets cliquettent des bracelets de toutes sortes. Porter soi-même ses productions attire l'œil du passant, c'est bien connu.

Maria, de temps en temps, lève les yeux de son travail et laisse son regard errer sur les cheveux de son amie. Elle la trouve si belle ainsi. Elle aussi aimerait nouer des chouchous colorés dans ses cheveux et glisser des bracelets le long de ses bras mais elle doit rester, aux yeux de tous, un petit garçon. Et pourtant ne serait-elle pas belle, elle aussi, et n'attirerait-elle pas les clients du marché ainsi parée ?

Mais pour l'instant, si les passants sont nombreux, les

clients, eux, se font plutôt rares. Clara et Maria sont pourtant habiles. Leurs doigts fins s'agitent sans relâche, tressant à toute allure des bijoux de toute forme et de toute couleur et même d'amusants animaux en perles de rocaille. Ce sont des heures de travail qui s'étalent devant elles sur le pavé. Il leur a fallu une patience infinie pour apprendre tout cela.

C'est une dame sur le marché qui a enseigné ce savoir à Clara il y a quelques années pour la remercier d'avoir empêché d'autres *gamines* de dévaliser son stand. Aujourd'hui encore, c'est chez elle que les deux filles se fournissent en perles. La vendeuse les aime bien et leur cède facilement du matériel contre quelques menus services.

— J'en ai marre, se plaint Maria. J'ai chaud, j'ai mal aux doigts et personne n'achète rien !

À peine a-t-elle le temps de terminer sa phrase que deux petites filles très bien habillées, accompagnées d'un homme particulièrement élégant, se penchent sur les objets de perles. Maria leur adresse un sourire enjôleur.

— Colliers, coiffures, bracelets, porte-clés, animaux, il y a tout ce que vous voulez !

La plus grande des fillettes, guère plus âgée que Maria, lui rend son sourire et explique :

— On va à un mariage aujourd'hui. On veut être belles, belles, belles !

Clara jette un rapide coup d'œil aux fillettes, évaluant leurs tenues d'un air expert puis avance vers elles les bijoux lui semblant assortis à leurs robes. Les enfants piaillent de joie, voulant tout essayer. Elles se décident finalement pour un bracelet, un collier et un chouchou chacune. Tandis que l'homme les paye, Maria explique :

— Pour les chouchous, il y a une fille là-bas qui fait des

coiffures superbes. Comme ça, vos filles seront encore plus belles pour le mariage !

Ce disant, elle désigne à quelques mètres de là une jeune fille très menue à la longue queue-de-cheval qui tresse les cheveux d'une enfant avec des fils de toutes les couleurs.

— Oh papa, s'il te plaît, supplient aussitôt les fillettes devant l'air hésitant de leur père, on veut être belles, belles, belles !

L'homme hausse les épaules.

— Pourquoi pas ?

Et tous trois se dirigent vers Ana qui, munie d'une brosse et de divers élastiques, finit de natter les cheveux de sa petite cliente. Maria sourit à pleines dents.

— Ça valait le coup d'attendre finalement, hein Clara ? Ces gens ont de l'argent, ils ont pris beaucoup de choses ! Et Ana va être contente !

Clara hoche la tête et lève les yeux de son collier pour observer Ana qui salue ses nouveaux clients. Si Clara et Maria manient les perles avec habileté, Ana, elle, a de l'or dans les mains en ce qui concerne les cheveux. Elle peut faire n'importe quelle coiffure quel que soit le type de chevelure. Clara et Soledad laissent souvent les leurs à sa disposition et Ana invente ainsi toutes sortes de coiffures.

Il lui faut tout juste dix minutes pour rendre « belles, belles, belles » les fillettes du mariage, l'une avec des macarons, l'autre avec de longues nattes à quatre mèches entremêlées de fils de couleur. Ces dix minutes lui ont suffi à apprendre que les deux enfants allaient au mariage de leur cousine, étaient demoiselles d'honneur et seraient photographiées sous tous les angles auprès de la mariée ce jour-là.

Tandis que leur père la paye, Ana, discrètement, remue du bout des pieds la terre et la poussière du sol, salissant les chaussures flambant neuves de l'homme et de ses filles, trop occupées à se contempler l'une l'autre pour s'en apercevoir. Puis elle soupire avec un air navré :

— Ce que les gens sont pressés dans ce marché ! Vous voyez, personne ne fait attention, on a dû vous marcher sur les pieds. Heureusement qu'il y a un cireur de chaussures pas très loin, il pourra peut-être vous arranger ça…

Et souriant d'un air satisfait, elle regarde le trio se diriger vers Manuel, posté à l'autre bout de la rue avec sa boîte de cirage.

*

Rassemblés sous un porche, Clara, Maria, Manuel et Ana comparent leurs recettes. Le marché a été plutôt profitable. Alors que Clara tente laborieusement de compter la somme d'argent rapportée, Ana et Maria trient minutieusement les perles restantes. Perles de verre, de rocaille, de bois ou de terre, mates ou brillantes, lisses ou rugueuses, leur passent entre les doigts pour finalement rejoindre des petits sachets qu'elles glissent ensuite précautionneusement dans un sac prévu à cet effet. Avant de les ranger, Maria place chaque perle dans un rayon de soleil, admirant ses reflets. Elle aime les contrastes saisissants que prennent les couleurs des perles selon la luminosité. Et par-dessus tout, telle une petite pie, elle aime les voir briller.

Alors qu'elle raconte sa matinée à son frère tout en faisant jouer les perles dans la lumière, Rafaele et Juan surgissent soudain au coin de la rue, accompagnés de deux autres jeunes garçons âgés de douze et quinze ans environ. Le plus jeune s'avance vers Clara avec une boiterie assez prononcée et lui tend une poignée de pièces à rajouter au butin.

Tandis que leurs amis étaient sur le marché, Juan, Rafaele, Alejandro et Guillermo, eux, attendaient à la sortie pour laver des voitures. C'est une activité dangereuse. Ils risquent à tout moment de se faire renverser et respirent à plein nez la pollution des gaz d'échappement. Bogotá est une ville extrêmement polluée, une véritable jungle urbaine. Les garçons ont beau être habitués à cet air malsain, lorsqu'ils se retrouvent au milieu des embouteillages, il leur est difficile de respirer. C'est un bon gagne-pain cependant, qu'ils ne sont pas près d'abandonner.

Ne manquent désormais qu'Estéban et Mateo qui, ces jours-ci, passent leur temps à repeindre une façade pour quelques sous et Soledad qui a négligé le marché, préférant aller à la rencontre d'autres clients.

Un simple coup d'œil suffit à Juan pour constater l'absence de sa copine – et sans doute comprendre où elle est – mais il s'abstient de tout commentaire et tend à la petite Maria un grand gobelet encore fumant. La fillette y plonge le nez, humant avec plaisir les effluves d'épices et de cacao qui s'en échappent.

— *Una chucula*[1] ! s'exclame-t-elle avec un grand sourire avant d'en avaler une gorgée.

Elle tend le gobelet à Guillermo mais ce dernier secoue la tête.

— On en a déjà bu. C'est pour toi.

Maria, ravie, trempe de nouveau ses lèvres dans la boisson, se brûlant la langue au passage, puis le tend à Manuel. Ana abandonne le tri des perles pour se précipiter sur la barquette

[1] Boisson chaude à base de cacao, de maïs, de fèves, de blé, de pois chiches, de cannelle et de clous de girofle.

enveloppée d'aluminium qu'Alejandro vient de sortir de son sac. Le sourire de Maria s'élargit encore lorsqu'elle en découvre le contenu, *un cocido*, ragoût de porc, de tubercules et de légumes dont elle raffole. Seule Clara, se perdant dans les additions, ne prête aucune attention au repas ramené par ses amis.

— Combien ? demande Juan.

— Pas mal, répond approximativement Clara en reprenant ses comptes depuis le début. Assez pour un joli partage en tout cas !

— Assez pour nous, reprend une voix derrière son dos.

Tous se retournent d'un bloc. Ils sont onze, dix garçons et une fille, sans doute un peu plus âgés qu'eux et complètement défoncés. En un clin d'œil, Clara fait disparaître l'argent dans ses poches et Maria, l'air inquiet, se réfugie derrière son frère.

— Alors comme ça, ricane l'un des nouveaux arrivants, vous avez « pas mal » ? Quelle chance !

Puis, changeant de ton, il se plante devant Clara, la dominant de toute sa hauteur.

— Donne-moi ça !

Et alors que Clara secoue la tête, il l'attrape rudement par le poignet.

— Donne, je te dis !

Aussitôt, Rafaele s'interpose, l'obligeant à lâcher Clara. L'autre hausse les sourcils.

— Ah oui ? C'est ce que vous voulez, vraiment ?

Ses pupilles, trop dilatées, fixent Rafaele.

— Tu veux jouer dans la cour des grands, *chiquito* ? Tu es sûr ?

Derrière lui, un concert de ricanements. Ses dix compagnons, tous alignés au niveau du porche, barrent le passage.

Chapitre 7

Rafaele et Juan échangent un regard. Ils n'ont aucune chance, les autres sont plus forts, plus nombreux. Mais vont-ils vraiment se laisser dérober leur argent ainsi ? Le regard décidé et durci de Juan indique à Rafaele que la réponse est non.

Rafaele regarde Manuel et Alejandro et leur adresse un léger signe de tête. Comprenant le message, ceux-ci viennent se camper à côté d'eux, aussitôt imités par Guillermo, Ana et Maria. Clara, restée en arrière, se glisse prestement derrière Juan, sur le côté, s'apprêtant à fuir avec l'argent.

Face à eux, les onze acolytes éclatent de rire. Il faut dire que la frêle silhouette d'Ana et la petite taille de Maria les rendent peu impressionnantes, que Manuel et Rafaele ne sont pas très imposants et que la boiterie de Guillermo ne les effraye guère. Seul Juan et Alejandro paraissent plutôt costauds, les autres seront faciles à maîtriser. En moins de temps qu'il ne faut pour le dire, ils se jettent sur le petit groupe.

Tandis qu'ils échangent coup pour coup avec ses amis, Clara, toujours en possession de l'argent, tente de s'enfuir mais est aussitôt rattrapée et plaquée contre un mur par un garçon qui la dépasse de trente bons centimètres.

— Donne-moi ça, *India*, vocifère-t-il en la ceinturant.

« *India* » est par ici la pire des insultes. Les yeux en amande et la peau mate de Clara la trahissent à chaque fois. Quand en plus d'être à la rue, on est amérindien, la vie devient franchement difficile. Clara a l'habitude mais ça ne l'empêche pas de réagir à l'insulte, se débattant comme une diablesse, griffant et mordant les mains de son geôlier. Celui-ci, surpris, la lâche à peine quelques secondes, lui laissant la possibilité de filer… pas très loin.

À peine libérée, Clara se heurte à un autre garçon encore plus grand et plus costaud. Elle n'a pas le temps de voir la gifle arriver qu'elle lui brûle déjà la joue. Clara se retrouve prisonnière et recommence à se débattre mais le premier garçon a déjà rappliqué. Il a les mains en sang.

— Tu vas me payer ça, *India* !

Et tandis que son camarade achève d'immobiliser Clara, il sort un canif de sa poche et arrache d'une main les sous de la veste de Clara, levant de l'autre l'arme au-dessus de la poitrine de la jeune fille. Alors que Clara pousse un hurlement suraigu en voyant le couteau s'abaisser sur elle et ferme les yeux, quelqu'un s'interpose soudain entre elle et l'objet de la menace. Clara ouvre les yeux juste à temps pour voir Rafaele s'écrouler à ses pieds.

Chapitre 8

À moitié affalé sur son bureau, Pedro bâille à s'en décrocher la mâchoire. Ses yeux, lourds de sommeil, se ferment malgré lui. Voilà des nuits qu'il ne dort plus. Depuis que ses parents ont ramené à la maison les deux bébés.

Ses petites sœurs semblent bien décidées à ne rien faire comme tout le monde : d'abord leur conception à laquelle plus personne ne croyait ; ensuite leur gémellité ; leur naissance pour le moins originale, non seulement prématurée mais aussi particulièrement difficile ; et finalement près de deux mois en couveuse. Sans compter qu'elles ont toutes les deux eu la jaunisse du nourrisson et fait plusieurs arrêts respiratoires. Autant Pedro est d'une discrétion absolue, autant ses sœurs font parler d'elles !

Le garçon vient de passer deux mois plutôt éprouvants entrecoupés par les allers-retours, parfois en catastrophe, entre la maison et le service des prématurés, sans oublier sa mère qui éclatait en sanglots environ toutes les deux heures. Et maintenant, cela fait dix jours qu'il n'a pas fermé l'œil.

Alors qu'il s'apprête à s'endormir comme un bienheureux sur ses cahiers de cours, sa voisine de table, Candice, lui donne un léger coup de coude.

— Le prof te regarde, chuchote-t-elle.

Pedro se redresse, la remerciant d'un hochement de tête. Celle-ci lui sourit en retour.

C'est sans doute la première fois de l'année qu'elle parvient à avoir un semblant de communication avec Pedro. Candice est déléguée de classe. Au dernier conseil, elle s'est mise d'accord avec les professeurs et l'autre délégué pour venir en aide aux élèves ayant des difficultés scolaires ou d'intégration.

Pedro a immédiatement été classé parmi ces derniers et depuis, Candice s'assied à côté de lui à presque chaque cours, le choisit toujours dans son équipe aux cours d'EPS et essaye sans arrêt d'engager la conversation avec lui.

Pedro ne lui parle pas plus qu'à une autre et se sent toujours aussi peu à sa place dans sa classe. Ce n'est pas qu'il est indifférent aux efforts de Candice pourtant. Il la trouve très gentille et il l'aime bien mais peut-être que lorsqu'on se laisse enfermer dans sa timidité, sa méfiance et ses rêveries, on perd l'habitude de communiquer avec les autres.

Parfois, Pedro a l'impression que sa voix est rouillée, que les mots gèlent systématiquement avant d'avoir atteint ses lèvres. Il aimerait pourtant répondre aux sollicitations de Candice et accepter son amitié. Qu'est-ce qui l'en empêche, au fond, à part lui-même ? Mais lui-même, c'est déjà beaucoup.

Un nouveau coup de coude de Candice le tire de ses pensées. Il sursaute en apercevant le professeur, bras croisés, devant lui, qui le dévisage.

— Alors Pedro ?

Hormis un lamentable balbutiement, Pedro ne trouve rien

à répondre. Le prof secoue la tête et interroge un autre élève. Candice éclate de rire.

— Je n'ai jamais vu quelqu'un qui soit autant dans la lune que toi ! À quoi tu pensais ?

Et soudain, en croisant le regard rieur de Candice, Pedro sent enfin les mots se décider à franchir ses lèvres :

— Tu t'y connais, toi, en bébés ?

*

La sonnerie du collège arrache une exclamation de satisfaction à Cécilia. Il lui semble qu'elle attend depuis des heures que Pedro sorte enfin de cours.

Profitant d'une après-midi de libre, elle a pris le bus exprès pour venir le voir. N'étant pas certaine que sa mère lui en donne l'autorisation, elle ne lui en a tout bonnement pas parlé et attend maintenant impatiemment son ami.

Aussi fonce-t-elle vers lui dès qu'elle le voit arriver… pour s'arrêter aussitôt, coupée en plein élan. Pedro n'est pas seul, il parle avec une fille. Voilà qui a de quoi attiser la curiosité de Cécilia qui n'a jamais vu son ami discuter avec une autre qu'elle ou Chloé. Et encore, même avec Chloé, il bégaye, rougit et finit par se taire. Le voir converser avec une parfaite inconnue ne manque pas d'intriguer Cécilia. Elle se précipite à sa rencontre, bousculant quelques élèves sur son passage.

— Pedro !

— Cécilia ? Qu'est-ce que tu fais là ?

— Je n'ai pas cours cette après-midi : un prof absent ! Alors j'en ai profité pour venir jusqu'ici, j'avais envie de te voir et je sais que c'était ton dernier cours… Tu me présentes ?

— Euh… oui. Cécilia, je te présente Candice. Elle est dans ma classe. Candice, voici Cécilia, une amie.

UNE amie ? Comment cela, une amie ? Non, pas une amie, SON amie, sa meilleure amie, sa petite sœur, presque. Pas juste une amie. Se renfrognant, Cécilia tire sur la manche de son ami.

— Tu viens ?

— Ouais… Salut Candice, à demain.

À peine Candice est-elle hors de vue que Cécilia commence à harceler Pedro.

— Qui c'était ?

— Je te l'ai dit : une fille de ma classe.

— C'est tout ?

— Euh… c'est la déléguée.

— Non, je veux dire, c'est tout, juste une fille ?

— Ben… ouais, une fille très sympa.

Cécilia se renfrogne de plus en plus.

— Comment ça, « très sympa » ?

— Sympa, quoi. Elle est gentille et aussi marrante.

— Tu la connais bien ?

— Un peu, elle est souvent à côté de moi en cours.

— Tu la connais « un peu » ? Mais tu lui parlais !

Pedro s'arrête pour dévisager Cécilia.

— Oui, et alors ? répond-il lentement.

— Alors… alors tu parles avec des gens que tu connais « un peu » maintenant ?

— Mais oui, qu'est-ce qui te prend ? C'est pour me faire passer un interrogatoire que tu es venue ?

— Non, pour te voir. Et faire connaissance avec tes sœurs aussi.

Pedro étouffe un soupir.

Chapitre 8

— Alors viens, on va chez moi.

— OK. Mais dis-moi cette Can…

— Et ARRÊTE de poser des questions !

— Bon, bon…

En grommelant, Cécilia suit Pedro jusqu'à son immeuble. À peine l'ascenseur s'ouvre-t-il qu'on entend, provenant de l'appartement, des pleurs de bébés.

— C'est pas vrai mais ça ne s'arrête donc jamais, soupire Pedro. Les voisins vont finir par porter plainte, je te jure.

*

Dans les bras de Cécilia, la petite Faustine dort à poings fermés. La jeune fille, attendrie, dépose un baiser sur le fin duvet blond qui couvre la tête du bébé. Assise en face d'elle, Judith, la mère de Pedro, donne le sein à Amélie. Pedro, debout dans l'encadrement de la porte, observe la scène d'un air maussade.

Quand il voit ses petites sœurs téter, entend leurs adorables petits bruits de succion et découvre sur le visage de sa mère cette expression de douceur qu'elle prend en regardant ses filles se nourrir, Pedro sent d'étranges sentiments l'envahir.

Il les trouve si belles, si apaisées dans ces moments-là qu'il voudrait à jamais graver ces images dans sa mémoire. Mais quand il voit sa mère si heureuse, malgré la fatigue, allaiter ses bébés, il ne peut s'empêcher de ressentir une certaine amertume. Non seulement Judith aura porté ses filles dans son ventre et leur aura donné la vie mais elle les aura aussi nourries de son propre lait. C'est son corps entier qui est mobilisé pour Faustine et Amélie, c'est tant d'elle-même qu'elle leur offre. Jamais Judith n'a connu cela avec son fils. Elle ne lui a pas donné le sein, n'a pas senti sa délicate odeur de lait si caractéristique des nourrissons.

En regardant téter Amélie, Pedro se demande si un jour, une femme l'a nourri ainsi lui aussi. Sa mère biologique lui a-t-elle donné son lait ? L'a-t-elle regardé avec autant d'amour que le fait Judith avec ses filles ?

Pedro ne sait rien de sa véritable mère. Il ignore complètement ce qui a bien pu l'amener à se retrouver seul dans la rue. D'ordinaire, il évite de se poser trop de questions et est moins perturbé par le mystère qui entoure ses origines que Cécilia. Mais la naissance de ses sœurs ne peut que remuer de nombreuses interrogations, même s'il s'en défend.

Cécilia, qui comme toujours semble lire dans ses pensées, lève les yeux et lui fait signe de venir s'asseoir auprès d'elle. Puis elle se penche sur Faustine, l'embrassant de nouveau.

— Elle est vraiment adorable. Chloé serait folle de jalousie si elle me voyait ! Elle qui adore les bébés !

— Reviens avec elle la semaine prochaine, propose Judith. Ça me ferait plaisir de la voir.

— C'est vrai ? Je lui dirai !

À l'évocation de Chloé, Pedro perd soudain son air maussade, tend les bras vers Judith pour prendre la petite Amélie qui a fini de téter et ajoute :

— Oui, et moi aussi, je serais content que tu reviennes la semaine prochaine.

*

Chapitre 8

— Je te jure ! Il était avec une fille !

— Non, mais je te crois Cilia, répond Chloé l'air complètement ailleurs.

— Et il lui parlait. Vraiment je veux dire. Il *discutait* avec elle, Clo !

— Et alors ?

Chloé décoche à sa sœur un regard un peu exaspéré. Si elle a écouté avec attention la description que cette dernière lui a donnée de Faustine et d'Amélie, le fait que Pedro ait discuté avec une fille de sa classe ne l'intéresse pas plus que ça. Sans y prêter attention, Cécilia poursuit sur sa lancée :

— Et alors, Pedro ne parle pas aux filles. Juste à moi !

Chloé lève enfin les yeux vers sa sœur.

— Tu es jalouse ?

— Bien sûr que non ! Je n'ai aucune raison d'être jalouse !

Mais la voix de Cécilia flanche un peu en prononçant ces derniers mots. Elle a toujours été habituée à être la seule amie et confidente de Pedro. Il n'a jamais vraiment parlé à une autre qu'elle. Même avec ses parents, il est plutôt réservé. Cécilia est la seule à connaître ses peines, ses doutes et ses joies ou même simplement à savoir ce qu'il a pensé de tel film ou tel livre.

Et voilà qu'il se met à parler à une autre fille. Une très jolie fille qui plus est. Aura-t-il encore besoin d'elle s'il commence à discuter avec d'autres filles ? Cécilia se mord la lèvre, se trouvant égoïste et méchante. Si Pedro s'ouvre enfin aux autres, cela ne peut que lui faire du bien. Vaincre sa timidité ne le rendra que plus heureux et c'est ce qu'elle a toujours souhaité. Elle, elle a toujours été sociable, aimant prendre des risques et faire connaissance avec de nouvelles personnes. Elle a plein d'amis et surtout, elle a Chloé. Elle a toujours voulu que Pedro acquière aussi cette aisance et se fasse des camarades… Toutefois elle ne peut éviter la jalousie de lui mordre le cœur.

Chloé pose une main légère sur l'épaule de sa sœur et dit doucement :

— Pedro t'aimera toujours, tu sais. Même s'il devient ami avec cette Candice, ça ne changera rien à ce qu'il ressent pour toi.

À cet instant, Cécilia maudirait presque le lien si fort l'unissant à sa sœur qui permet à celle-ci de si bien lire dans ses pensées.

Chapitre 9

Quand ils sont venus rejoindre leurs amis, Soledad, Estéban et Mateo ne les ont pas trouvés en très bon état. Juan, plié en deux, se tenait les côtes, Manuel et Alejandro étaient tous deux pourvus d'un bel œil au beurre noir, la boiterie de Guillermo semblait s'être intensifiée, la lèvre d'Ana, fendue, saignait abondamment, une large ecchymose fleurissait sur le bras de la petite Maria et la joue de Clara était rouge et enflée. Mais le pire, c'était Rafaele, dont la large coupure à l'abdomen ne cessait de saigner.

Tant bien que mal, ils ont regagné les égouts. À présent, Soledad applique un mouchoir trempé dans de l'eau froide sur la lèvre d'Ana tout en écoutant Maria, qui sanglote de rage et de peur, expliquer ce qu'il s'est passé.

— … Et ils se sont jetés sur nous. Ils riaient en plus, ils…

Un gémissement derrière elle interrompt la fillette. Tous se tournent vers Rafaele, adossé à un mur, dont la chemise s'orne d'une large auréole rouge. Agenouillée à ses côtés, Clara appuie sur la blessure avec ce qui était, il y a peu, le tee-shirt d'Estéban, essayant tant bien que mal de stopper l'hémorragie. Soledad abandonne Ana pour venir s'asseoir à côté de Clara. Celle-ci lève vers son amie des yeux affolés.

— Il a mal. Et ça saigne encore, il faut faire quelque chose.

Rafaele se redresse un peu.

— Qu'est-ce que tu veux faire ? demande-t-il en grimaçant. C'est rien, ça va passer. Ça saigne déjà presque plus, tu vois.

Clara secoue la tête, peu convaincue.

— Et si on t'emmenait chez Don Armindo ? Il ferait venir un médecin, il te soignerait.

— Non, proteste Rafaele. Tu ne m'emmènes nulle part !

— Je vais le chercher alors. Il saura quoi faire, lui.

Rafaele repousse la main de Clara.

— Non, je ne veux pas voir Don Armindo.

— Mais…

— Je ne veux pas, Clara ! Tu m'entends, je t'interdis d'aller le chercher !

Clara se tourne vers le reste du groupe en quête d'approbation. Mais bizarrement, à la seule évocation de Don Armindo, tous ont détourné le regard et semblent soudain très absorbés dans la contemplation des murs ou du sol. Avec un soupir, Clara reprend le tee-shirt des mains de Rafaele et le presse de nouveau sur la blessure.

*

C'est un sanglot qui réveille Ana au milieu de la nuit. Écarquillant les yeux dans le noir, elle enjambe Maria et vient s'asseoir auprès de Clara passant un bras autour de ses épaules.

Chapitre 9

— Ça va pas mieux ? demande-t-elle doucement.

— Il a de la fièvre, souffle Clara en retirant sa main du front de Rafaele, étendu près d'elle. Et il ne me répond pas quand je lui parle. Il ne m'entend plus je crois…

Ana, à son tour, tâte le front de Rafaele, qui est en effet brûlant.

— Il dort, ça va peut-être lui faire du bien…

Clara secoue la tête.

— Non. Ce qui lui ferait du bien, c'est un docteur.

Se dégageant de l'étreinte de son amie, elle se lève brusquement.

— Ana, reste avec Rafaele d'accord ? Occupe-toi de lui, je reviens.

— Tu vas où ?

N'obtenant pas de réponse, Ana lève les yeux vers Clara et fronce les sourcils.

— Voir Don Armindo, c'est ça ? Rafaele ne te le pardonnera jamais, il a toujours dit qu'il ne voulait pas avoir affaire à cet homme !

— S'il me le pardonne pas, au moins, c'est qu'il est vivant !

— Mais qu'est-ce que tu racontes ? Rafaele ne va pas mourir !

— Qu'est-ce que tu en sais ? Il a reçu un coup de couteau et il a de la fièvre ! Et s'il avait perdu trop de sang ?

Sans attendre la réponse d'Ana, Clara tourne les talons et part en courant.

Une demi-heure plus tard, elle tambourine à la Maison des enfants, essoufflée, s'écorchant les poings sur la porte rugueuse. À son grand dépit, ce n'est pas Don Armindo qui lui ouvre mais une jeune femme à l'air ensommeillé qu'elle ne connaît pas et qui la dévisage d'un air méfiant.

— Bonsoir…

Jetant un coup d'œil à sa montre, elle hausse les sourcils, visiblement agacée.

— Ou plutôt, bonjour.

— Bonsoir, bonjour, balbutie Clara. Il est là, Don Armindo ?

— Non, il est parti avant-hier à Medellín.

— À Medellín ? Mais il revient quand ?

— Pas avant une semaine. Pourquoi ? Qu'est-ce que tu voulais ?

L'air perdu de Clara semble adoucir la jeune femme dont la voix perd peu à peu sa méfiance.

— Qu'est-ce que tu voulais ? répète-t-elle.

— Rien, murmure Clara avant de faire demi-tour.

— Attends ! Qu'est-ce que tu lui voulais à Don Armindo ? Je peux peut-être lui laisser un message, comment… ?

Mais Clara ne répond pas et part en courant, laissant la voix de la jeune femme se perdre dans la nuit.

Elle s'arrête quelques rues plus loin, hors d'haleine, réfléchissant à toute vitesse. Il faut un médecin à Rafaele, elle en est certaine. Mais où trouver un médecin ? Et comment le payer ?

Elle n'a plus du tout d'argent et même plus le moyen d'en gagner. Dans la bagarre, les perles ont été renversées, les colliers cassés, la boîte de cirage écrasée sur le sol… Si seulement Don Armindo avait été là. Il aurait pu l'aider, lui.

L'image de Soledad lui vient alors à l'esprit. Soledad, elle, n'aurait même pas réfléchi. Elle aurait su directement quoi faire et, sans hésiter, serait allée trouver l'un de ces hommes, ces loups qui dévorent sans pitié petites et grandes filles, leur volant pudeur et fierté… La voix de Sole résonne dans la tête de Clara : « … va voir Don Rodrigo… lui au moins, il paye. Cher. » Frissonnant dans l'air froid de la nuit, Clara se représente Don Rodrigo, son regard menaçant derrière ses lunettes de soleil, sa voix méprisante, ses mains immenses dont elle s'était juré que jamais elles ne la toucheraient. Jamais…

Puis, les traits de Rafaele se superposent à ceux de Don Rodrigo. C'est à cause d'elle que Rafaele est dans cet état. Le coup de canif ne lui était pas destiné, au départ.

Comme une automate, Clara, avalant sa salive, prend le chemin de la maison de Don Rodrigo. Le chemin de ce quartier riche où l'odeur de la drogue et de la corruption sent à des kilomètres à la ronde, ce quartier où elle s'était promis de ne pas mettre les pieds. C'est presque sans s'en rendre compte qu'elle se retrouve devant la lourde porte que lui a un jour indiquée Soledad, la main en suspens, hésitant à frapper.

Cette fois, c'est la voix pointue de Maria qui s'impose à son esprit : « Pas Don Rodrigo. Il est dangereux. » Dangereux ? Après tout, qu'y a-t-il de plus dangereux que de laisser Rafaele sans soins ?

Prenant une profonde inspiration, Clara frappe à la porte. C'est un homme à la haute stature qui vient lui ouvrir. Le renflement suspect de sa poche attire l'œil de Clara. Une arme ? Un garde du corps ? Il est maintenant trop tard pour faire demi-tour. Clara tente de se raisonner pour stopper la panique qu'elle sent poindre en elle. Soledad n'est-elle pas venue ici de nombreuses fois sans que rien ne lui arrive ?

— Qu'est-ce que tu veux ? demande l'homme d'un ton brusque.

— Je… je viens voir Don Rodrigo, bégaye Clara essayant de maîtriser le léger tremblement de sa voix.

— Tu as vu l'heure qu'il est ?

Clara esquisse un geste d'ignorance. Non, elle n'en a aucune idée si ce n'est qu'il fait nuit noire.

— Qu'est-ce que tu lui veux, à Don Rodrigo ?

— Le voir. Dites-lui que je suis Clara, l'amie de Soledad, risque-t-elle, tentant le tout pour le tout. Il sait qui je suis.

— L'amie de Soledad ?

L'homme la dévisage, son regard malsain s'arrêtant sur la poitrine de Clara. Mal à l'aise, celle-ci recule d'un pas.

— Entre, dit enfin l'homme avec lenteur.

Il la pousse dans le hall et lui désigne une chaise.

— Attends ici.

Puis il referme soigneusement la porte à clé, faisant ainsi disparaître toute tentative de fuite et s'éloigne à pas lourds dans le corridor. Clara écoute le bruit de sa marche décroître dans le couloir et se recroqueville sur son siège, tremblante. Il lui semble que les minutes passent avec une lenteur irréelle alors qu'elle jette autour d'elle des regards nerveux.

La pièce où elle se trouve n'est guère plus qu'un simple hall d'entrée, mais est suffisamment luxueuse pour que Clara n'aie jamais rien vu de tel. Essayant de calmer son angoisse et de reprendre un souffle normal, elle observe attentivement les tableaux qui ornent les murs et les motifs compliqués du carrelage sous ses pieds. Lorsque Don Rodrigo fait son apparition dans le hall un quart d'heure plus tard, elle n'a pas bougé d'un pouce.

— Bonjour, Clara.

La jeune fille se recroqueville un peu plus sur sa chaise avant de se dire qu'elle ferait peut-être mieux de se redresser. Bondissant sur ses pieds, elle lève les yeux vers Don Rodrigo. Il lui paraît immense et elle se fait l'inutile réflexion que, pour la première fois, elle le voit sans ses lunettes de soleil.

Chapitre 9

Elle frémit devant ses yeux durs et intransigeants qu'elle croise à présent sans savoir quoi dire.

— Bonjour, insiste Don Rodrigo.

— Bonjour, souffle Clara.

— Tu voulais me voir ? À cette heure-ci ? Pourquoi ?

Clara serre les mâchoires un instant. Pourquoi ? Il existe donc plusieurs raisons d'aller le voir quand on est une fille des rues de Bogotá ? Comme s'il pouvait ignorer la raison de sa visite… Elle le regarde sans répondre.

— Besoin d'argent peut-être, suggère Don Rodrigo d'une voix mielleuse.

— Et d'un médecin, ajoute Clara.

Don Rodrigo hausse les sourcils d'un air étonné.

— Un médecin ? C'est ce que tu veux ?

— Je veux que vous appeliez un médecin, un bon médecin, et que vous me donniez de quoi le payer, répond Clara insufflant à sa voix le maximum de fermeté.

— Et en échange ?

— Tout ce que vous voudrez.

*

Arrivé devant l'entrée des égouts, l'homme semble hésiter. Clara fait claquer sa langue de manière impatiente et désapprobatrice.

— J'ai l'argent, et vous l'ordre de Don Rodrigo, rappelle-t-elle.

Le médecin hoche la tête et la suit à travers les égouts, fronçant le nez en une moue écœurée. Clara, habituée aux odeurs peu ragoûtantes et à l'humidité suintant le long des murs, lui jette un regard méprisant. Pataugeant dans l'eau sale et boueuse, ils parviennent à l'endroit que Clara a quitté quelques heures auparavant. Le jour est levé depuis longtemps et pourtant, plus de la moitié de la bande est encore là. Seuls manquent Estéban, Manuel et Maria, probablement partis en quête d'argent et de nourriture. Les autres sont restés auprès de Rafaele. Celui-ci est toujours aussi mal en point, fiévreux et à demi inconscient. Agenouillée près de lui, Ana lui parle sans interruption, faute de ne pouvoir se rendre utile autrement. Son visage s'éclaire lorsqu'elle voit arriver Clara mais son soulagement laisse aussitôt place à l'inquiétude dès qu'elle aperçoit l'homme aux côtés de son amie. Juan, instinctivement, se lève et se place devant ses amis.

— Mais qui… ?

— C'est un médecin, coupe Clara. Un médecin pour Rafaele.

Sans dire un mot, celui-ci prend place aux côtés de Rafaele. Ana, stupéfaite, s'écarte brusquement et dévisage Clara.

— Mais comment ? Qu'est-ce que tu… ? Ce n'est pas Don Armindo, hein ? Tu serais revenue plus tôt et il t'aurait accompagnée…

Clara secoue la tête. Non, ce n'est pas Don Armindo et elle sait bien qu'il est inutile de mentir à Ana. Soledad plisse les yeux. Tour à tour, elle dévisage son amie, puis le médecin et étouffe soudain une exclamation, semblant reconnaître ce dernier. Ana, à qui son manège n'a pas échappé, fronce les sourcils, et, comprenant soudain, regarde Clara d'un air choqué. Ignorant l'une et l'autre, cette dernière vient rejoindre Rafaele dont elle caresse le front en lui parlant doucement.

— Alors ? demande-t-elle en se tournant vers le médecin.

— Vilaine blessure, commente le docteur. Mais aucun

organe vital n'a été touché et ce n'est pas trop infecté… pour l'instant. Il a perdu pas mal de sang mais on devrait pouvoir éviter la transfusion. J'ai désinfecté la plaie et je vais devoir la recoudre. Ça devrait aller, je lui ai donné un calmant. En principe, il aurait fallu suturer tout de suite pour éviter l'infection, mais il va falloir le faire quand même, les bords de la plaie sont trop écartés. Ce serait tout de même mieux ailleurs que dans ce trou à rats, c'est un véritable nid à microbes.

Clara n'a pas compris la moitié des mots mais la fin de la phrase ne lui échappe pas.

— Où voulez-vous qu'on l'emmène ? demande-t-elle avec un haussement d'épaules.

— À l'hôpital, ce serait plus sûr.

— On peut pas payer, murmure Clara en rougissant. Et dans les hôpitaux, ils aiment pas les *gamines* comme nous. Ils le laisseront pas ressortir.

— Je vais faire ce que je peux. Mais si jamais ça s'infecte vraiment, il lui faudra plus qu'un simple refuge dans les égouts. Il devra aller à l'hôpital… Écarte-toi, tu veux.

Clara embrasse Rafaele avant de reculer à contrecœur. Elle frémit à la vue des instruments que sort le médecin de sa trousse, en particulier devant une immense seringue. Lorsque celle-ci pénètre dans la chair de Rafaele, Soledad se détourne précipitamment, Guillermo et Mateo baissent les yeux. Même Juan, pourtant peu impressionnable, grimace. Seuls Alejandro et Ana, imperturbables, observent chaque fait et geste du docteur. Clara, entre deux haut-le-cœur, épie les mouvements du médecin avec des airs de mère-poule affolée, prête à bondir au moindre battement de cils de Rafaele.

Chapitre 10

Candice éclate de rire, rejetant ses longs cheveux en arrière et Pedro sourit, heureux de la distraire. Depuis qu'elle lui a sauvé la mise devant le professeur et qu'elle l'aide à mieux comprendre les bébés, les deux collégiens se sont rapprochés. Bizarrement, Pedro n'a pas tardé à lui parler de ce qu'il ressentait à propos de ses sœurs, de son adoption, de Cécilia.

Toujours souriant, il pousse la porte de l'appartement, Candice sur ses talons. Surpris, il tombe sur Cécilia et Chloé, attablées devant un pot de confiture, la première mordant dans une énorme tartine, la seconde chantonnant des berceuses à la petite Amélie à demi endormie.

— Ben, qu'est-ce que vous faites là ?

Cécilia se lève, essuyant prestement au coin de ses lèvres un filet de confiture avant de venir l'embrasser sur la joue.

— Tu ne te rappelles pas ? Ta mère m'avait proposé de venir cette semaine avec Chloé…

Elle sourit à son ami mais son expression se fane aussitôt qu'elle aperçoit Candice derrière lui.

— Bonjour, lâche-t-elle d'un ton glacial.

— Tu te souviens de Candice ? Tu l'avais vue l'autre jour à la sortie du collège.

Si elle s'en souvient ! Cécilia grimace en saluant Candice.

— Candice, je te présente Chloé, la sœur de Cécilia. Chloé, voici Candice.

Chloé s'excuse en souriant de ne pas pouvoir se lever en désignant Amélie sur ses genoux et engage la conversation avec Candice avec une spontanéité que lui envie Pedro. Encouragé cependant par le sourire de Candice et la présence de Chloé, il ne tarde pas à prendre part à la discussion.

La tartine dégoulinant de confiture en suspens, Cécilia observe la scène, partagée entre colère et tristesse. Elle surprend les regards complices entre Pedro et Candice, les rires qu'elle ne comprend pas et se sent soudain exclue. Elle aimerait avoir l'un des bébés dans les bras pour pouvoir se calmer en reniflant l'irrésistible odeur de lait, calquer sa respiration sur celle, si calme, des petites filles, se sentir responsable d'un minuscule être lové contre elle qui apaiserait sa colère.

Mais Amélie est toujours dans les bras de Chloé et Faustine dans ceux de sa mère. Cécilia a beau essayer de se raisonner, de se dire qu'elle devrait être contente de voir Pedro aussi à l'aise, elle sent, à son grand désarroi, des larmes lui brûler les paupières.

*

Chapitre 10

— Qu'est-ce qui t'as pris ? Tu n'as pas prononcé un seul mot tout à l'heure ! Judith m'a demandé si tu allais bien et Candice a dû te prendre pour une vraie sauvage !

Cécilia jette à sa sœur un regard mauvais.

— Alors là, si tu savais ce que je m'en fiche, de ce qu'elle pense de moi !

Chloé ajoute plus doucement :

— Et Pedro s'est inquiété en plus. Il avait peur que tu te sentes pas bien, il me l'a dit.

— Sans blague ? Il a vu que j'étais là alors ?

Chloé s'arrête net au milieu de la rue et dévisage sa sœur.

— Évidemment qu'il a vu que tu étais là. Enfin, qu'est-ce qui te prend ?

Cécilia détourne la tête sans répondre, fuyant le regard inquisiteur de Chloé.

— C'est à cause de Candice, insiste sa sœur. Tu es jalouse, c'est ça ? C'est ridicule Cilia, Pedro a quand même le droit d'avoir d'autres amis que toi, non ?

— Tu comprends vraiment rien, lance Cécilia avec colère.

Et elle part au pas de course, laissant Chloé stupéfaite qui la regarde s'éloigner en secouant ta tête.

*

— Céciliaaaaa !

La voix de Chloé résonne dans les escaliers mais au lieu de répondre, Cécilia se contente d'augmenter le volume de la radio. Elle a entendu le téléphone sonner et sait très bien pourquoi Chloé l'appelle… mais elle n'a aucune envie de répondre.

— Cécilia ! Téléphone pour toi !

Ce doit être Pedro : cela fait une dizaine de fois qu'il essaye de la joindre. En temps ordinaire, Cécilia se serait ruée sur le combiné mais aujourd'hui, elle ne tient pas du tout à parler à son ami.

Lasse de s'égosiller en bas des escaliers, Chloé a fini par se déplacer : poussant la porte avec un soupir exagéré, elle tend le téléphone à sa sœur.

— C'est pour toi, souffle-t-elle, une main sur le micro du combiné. C'est Pedro.

Cécilia secoue la tête d'un air buté, articulant silencieusement :

— *Dis-lui que je ne suis pas là.*

Levant les yeux au ciel, Chloé colle l'appareil contre son oreille.

— Pedro ? Je suis désolée, je ne la trouve pas. Elle a dû sortir… hum… hum, hum… Ouais, je lui dirai. Salut !

Elle appuie rageusement sur la touche du téléphone et se tourne vers Cécilia d'un air furieux.

— Arrête de faire ça ! Tu te rends compte du nombre de fois où tu m'as obligée à lui mentir en l'espace de trois jours ? Si t'as quelque chose à lui reprocher, dis-le-lui ! C'est parce qu'il fréquente d'autres gens que toi que tu es jalouse ? Il a le droit de se faire des amis, non ? De quel droit tu voudrais le retenir prisonnier comme ça ?

— N'importe quoi, explose Cécilia. Comment peux-tu dire ça ? J'ai jamais voulu le retenir prisonnier !

— T'es sûre ? Non, mais regarde-toi ! Pedro n'est pas à toi ! Tu ne le possèdes pas et tu n'as pas à vouloir diriger sa vie et ses fréquentations !

Blessée par les paroles de sa sœur, Cécilia sort de la chambre en claquant la porte, non sans avoir bousculé Chloé au passage. Décidément, celle-ci ne comprend rien. Ce n'est pas le fait que Pedro ait d'autres amis qu'elle qui la dérange mais cette crainte insupportable que Candice lui vole sa place dans le cœur de Pedro. À part le passé commun qui les unit, Cécilia est sûre de n'avoir rien à apporter à Pedro. Elle n'a jamais réussi à l'aider à vaincre sa timidité ni à le rassurer sur sa place au sein de sa famille. Candice, elle, semble plutôt bien partie pour lui apporter ce soutien-là. Forcément, alors, Pedro finira par lui préférer cette nouvelle amie. Cécilia a besoin de se raccrocher au seul être qui représente le passé dont elle ne se souvient plus.

De l'eau dans les yeux, Cécilia se précipite dans le jardin, escaladant le vieux tilleul comme lorsqu'elle était petite. En quelques secondes, elle se retrouve perchée en haut de l'arbre. Assise sur la plus grosse branche, appuyant sa joue contre l'écorce rugueuse du tronc et reniflant l'odeur piquante et familière des feuilles, Cécilia donne enfin libre cours à ses larmes, celles qui menacent depuis qu'elle a aperçu Candice pour la première fois mais qu'elle avait contenues jusque-là, leur préférant la froideur de la colère.

*

Une heure plus tard, Cécilia est toujours sur son perchoir. Petite, elle a passé là-haut un nombre d'heures incalculable, c'était son refuge préféré. Elle l'avait découvert dès le troisième jour après son arrivée dans sa famille, alors que sa mère avait voulu passer l'aspirateur. Effrayée par cet engin et ce bruit inconnu, Cécilia s'était enfuie en courant, puis s'était réfugiée dans l'arbre avec une agilité et une rapidité déconcertantes. Sans doute n'en était-elle pas à sa première tentative d'escalade. Au bas du tilleul, Valentine, Fabien et Chloé avaient multiplié les paroles cajolantes et rassurantes pour la faire descendre. En vain. Cécilia ne les avait même pas regardés. Terrorisée, ne comprenant pas un traître mot de ce que lui disait sa nouvelle famille, entendant toujours résonner à ses oreilles le bruit de l'aspirateur, elle était restée là, agrippée au tronc noueux de l'arbre. C'était Chloé qui était montée la chercher et l'avait convaincue de descendre. Chloé qui avait peur du vide et qui avait surmonté son vertige pour aller récupérer sa petite sœur. Cécilia, finalement, avait accepté de la suivre et, depuis, le tilleul était devenu son refuge favori. Elle pouvait y passer des heures à lire, à dessiner ou simplement à observer les ombres des feuilles.

Cela fait près de deux ans qu'elle n'était pas montée là-haut. C'est long, deux ans. Retrouver le tilleul, c'est comme retrouver un vieil ami perdu de vue. Ça fait du bien. Cécilia est prête à rester dans ses branches toute la journée, voire toute la nuit, quand, du haut de son perchoir, elle aperçoit la voiture de son père remonter l'allée.

*

Fabien a du mal à reconnaître ses filles. D'habitude, dès qu'il rentre, elles lui font la fête, chacune voulant être la première à lui raconter les dernières nouvelles.

Son travail l'oblige souvent à s'éloigner. Il est commercial et sillonne plus souvent les routes qu'il n'est chez lui. C'est pourquoi, dès qu'il rentre, il gâte ses filles un peu plus qu'il ne le faudrait, essayant de compenser son absence auprès d'elles.

Mais aujourd'hui, Fabien se retrouve face à deux adolescentes boudeuses, silencieuses et s'ignorant superbement l'une l'autre.

— Mais enfin, qu'est-ce qu'il se passe ? Vous vous êtes disputées ?

Devant le manque de réaction que suscite sa question, Fabien interroge Valentine du regard. Avec un geste d'ignorance, celle-ci questionne ses filles à son tour.

— Qu'est-ce qu'il vous arrive ? Papa rentre enfin et vous ne trouvez rien de mieux que faire la tête ?

Chloé hausse les épaules et Cécilia fixe le sol d'un air buté. Espérant détendre l'atmosphère, Fabien sort de sa valise deux paquets cadeaux qu'il tend à ses filles avec des airs enjoués de Père Noël. Il regarde Chloé sourire devant un ravissant bracelet et Cécilia découvrir une pierre violette à ajouter à sa collection.

— C'est une améthyste, précise son père.

— Merci, papa.

Cécilia embrasse son père et monte dans sa chambre rajouter l'améthyste aux nombreuses pierres qui occupent déjà l'étagère. Puis elle regagne le jardin et rejoint son cher tilleul.

*

L'après-midi est déjà bien avancée quand Cécilia entend la voix de sa sœur. Au pied de l'arbre, celle-ci l'appelle :

— Cécilia ! Descends, allez !

Cécilia ne répond pas, ne la regarde même pas. C'est Chloé qui a provoqué leur dispute avec tous ses horribles propos. Si maintenant elle s'ennuie, seule avec leurs parents, elle n'a qu'à assumer. Cependant…

Et si elle avait raison, Chloé ? Si Cécilia n'était en réalité qu'une fille possessive et égoïste ? Si elle voulait vraiment punir Pedro d'avoir d'autres amis qu'elle ? Le cœur de Cécilia se serre. Est-elle vraiment si horrible que ça ?

— Cécilia, descends s'il te plaît ! insiste Chloé. Écoute… je suis désolée, d'accord ? Je sais bien que tu ne veux pas diriger la vie de Pedro ni le retenir prisonnier. J'ai dit ça parce que j'étais en colère et que j'en avais assez que tu m'obliges à lui mentir. Je le pensais pas. Je le sais bien, va, pourquoi tu ne veux pas lui répondre au téléphone. Mais Pedro aura toujours besoin de toi, tu sais. Candice n'y changera jamais rien.

Cécilia baisse enfin les yeux et croise le regard de sa sœur. De nouveau, elle sent les larmes lui rouler sur les joues.

Et Chloé, soudain, attrape la première branche et entreprend de monter dans l'arbre. Lentement, les mains un peu hésitantes, ses boucles blondes s'accrochant dans les brindilles et le cœur battant la chamade, elle continue son ascension jusqu'à rejoindre sa sœur. Cécilia n'en revient pas.

— T'es montée jusque-là !

Chloé s'agrippe au tronc, pâle et tremblante.

— Ça fait haut, souffle-t-elle en baissant les yeux vers le sol.

— Ne regarde pas en bas, OK, lui conseille Cécilia. Regarde-moi, plutôt.

Chloé hoche la tête et lâche le tronc d'une main devant une Cécilia admirative pour sortir un portable de sa poche. Sans un mot, elle le tend à sa sœur. Cécilia s'en empare et compose le numéro de Pedro.

Chapitre 10

— Allô ? Pedro ? Euh… Oui, c'est Cécilia…

Chloé a eu tellement peur qu'elle est restée dans l'arbre, les bras noués autour du tronc pendant plus d'une demi-heure sans oser bouger. C'est Cécilia qui l'a aidée à redescendre.

Chapitre 11

Quelques jours après la visite du médecin, Rafaele semble aller mieux. Clara lui administre toutes les quatre heures les médicaments que lui a confiés le docteur. Elle a appris à nettoyer et à surveiller la plaie qui, bien que suturée, nécessite encore des soins réguliers. Mais si sa joie est grande de voir Rafaele reprendre des forces, elle se sent en exil. Ana et Maria n'ont pas compris son geste d'aller voir Don Rodrigo et la regardent de travers : « C'est toi qui nous as toujours dit de pas aller le voir ! Tu juges Soledad et puis tu fais la même chose ! », « Rafaele t'a réclamée et tu n'étais même pas là ! Et tout ça pour quoi ? Pour aller voir Don Rodrigo ! Tu aurais pu aller voir n'importe qui mais non, il a fallu que tu ailles le voir, lui ! »

Clara ne cherche même plus à se défendre devant l'avalanche de reproches mais elle ne peut s'empêcher de se sentir blessée et trahie par l'attitude de ses amis. Les garçons n'ont rien dit, faisant comme toujours semblant de ne rien voir mais Clara a bien remarqué qu'ils se faisaient distants avec elle, lui décochant des regards en biais qui n'augurent rien de bon. Seule Soledad semble comprendre – et pour cause ! – le geste de Clara et ne change rien à son comportement envers elle.

Mais si le regard de ses amis la chagrine, Clara est avant tout heureuse de voir Rafaele sur la voie de la guérison. Elle lui sourit tout en désinfectant sa blessure, lui parlant de tout et de rien d'un ton où, malgré elle, percent à la fois tristesse et soulagement.

Rafaele n'est pas dupe. Rejetant d'un mouvement de tête l'épi qui lui tombe devant les yeux, il s'inquiète :

— Tu vas bien ?

— Bien sûr, répond Clara faussement désinvolte. Tu vas bien alors moi aussi !

Rafaele fronce les sourcils et cligne des yeux dans la pénombre des égouts, observant ses amis, quelques mètres derrière Clara, qui semblent comploter d'un air absolument pas naturel. Estéban, Mateo et Alejandro manquent à l'appel mais les autres chuchotent, en plein conciliabule. Il se redresse légèrement et demande assez fort pour être entendu de tous :

— Qu'est-ce qu'il se passe, ici ? Qu'est-ce que vous avez, tous ?

— Rien du tout, s'empresse de répondre Clara.

Mais l'échange de regard entre Ana et Maria achève d'alarmer Rafaele.

— Maria, viens ici.

La fillette secoue la tête sans bouger d'un millimètre.

— Viens, ou c'est moi qui arrive !

Rafaele se lève tant bien que mal malgré les protestations de Clara. Craignant qu'il ne présume de ses forces, Maria s'approche à contrecœur.

— À qui tu fais la tête ? demande Rafaele.

— Je fais la tête à personne, maugrée Maria.

Mais la fillette, trop franche, n'a jamais su mentir. Rafaele le sait et le voit bien. Aussi poursuit-il sur sa lancée.

— Pas à Juan, tu n'oserais pas. Ni à Manuel, ça ne t'arrive jamais. Alors ? Guillermo ? Sole ? Clara ?

Chapitre 11

Maria secoue obstinément la tête mais Rafaele la connaît trop bien. Et surtout il connaît par cœur Clara dont le regard vient de se voiler.

— Clara, insiste-t-il troublant davantage la petite Maria. Mais pour quoi ?

— Pour rien, intervient Soledad d'un air faussement enjoué. Personne ne fait la tête à personne, où tu vas chercher ça ?

Peu convaincu, Rafaele secoue la tête, scrutant tour à tour ses amis dont trois détournent les yeux devant son regard insistant. Même Juan paraît gêné et ce que Rafaele lit dans les yeux de Clara ne le rassure pas. Surprenant le regard accusateur que Maria porte sur Clara, il se tourne vers cette dernière et fouille dans sa mémoire essayant de dissiper la brume qui a envahi son esprit ces derniers jours. Il se souvient vaguement avoir vu et entendu un homme inconnu alors que les ténèbres de la douleur le tiraient vers le bas.

— Don Armindo ? T'es allée voir Don Armindo ? Je t'avais dit que je voulais pas !

Sentant l'orage venir, Clara courbe l'échine.

— Je suis pas allée voir Don Armindo, lâche-t-elle du bout des lèvres.

— Oh, elle a fait pire, lance Maria, la voix vibrant de colère retenue.

Soledad l'empoigne fermement par le bras et l'entraîne à l'extérieur des égouts. Sans un mot, Juan, Manuel et Ana lui emboîtent le pas. Guillermo jette à Rafaele un regard hésitant puis boitille à la suite des autres. Resté seul avec Clara, Rafaele la fixe droit dans les yeux.

— QUI t'es allée voir ?

*

Rafaele n'a pas harcelé Clara très longtemps pour savoir ce qu'il s'était passé. Il n'a même pas eu besoin qu'elle lui dise. Il a deviné. Si Clara n'était pas allée chercher Don Armindo pour le soigner, c'est qu'elle s'était rendue chez un de ces hommes dont la simple pensée lui fait horreur. Et si Ana et Maria boudent Clara alors que Soledad prend sa défense, cet homme ne peut être que Don Rodrigo.

Rafaele connaît le différend qui oppose les quatre filles à propos du trafiquant. Il sait également ce qu'elles font lorsque l'argent vient à manquer.

Mais là, c'est différent. Non seulement il connaît Don Rodrigo mais en plus il connaît sa réputation et le danger qu'il représente. Et tout cela le fait frémir de rage et de dégoût.

Timidement, Clara l'observe du coin de l'œil, cherchant à deviner ses pensées. Et ce qu'elle pressent ne l'aide guère à se sentir mieux. Avec douceur, elle caresse la joue de son ami, écartant sa mèche rebelle qui lui tombe de nouveau sur les yeux.

— C'était pour toi, murmure-t-elle. Uniquement pour toi.

Au contact des doigts de Clara, Rafaele, ne pouvant s'empêcher de les imaginer posés sur le corps de Don Rodrigo, a un brusque mouvement de recul qu'il regrette aussitôt en voyant l'air blessé de Clara.

— Je te dégoûte, c'est ça ? demande-t-elle la voix tremblante.

Rafaele voudrait lui répondre que non, lui dire qu'il sait bien qu'elle a fait ça pour le soigner et qu'il est conscient de ce que cela a dû lui coûter mais les mots se bloquent dans sa gorge. Clara l'observe un moment et continue :

— Moi aussi je me dégoûte. Jamais j'aurais pensé faire ça, c'était affreux. Il m'a gardée longtemps avec lui, il était brutal, il me faisait peur. Je voulais pas, je te jure. Mais il me fallait l'argent et il y a que lui qui pouvait m'en donner. Alors, j'y suis allée… pour toi. Ça a été un des pires moments de ma vie je crois, c'était horrible… Il était tellement…

— Tais-toi, la coupe Rafaele.

Comme par miracle, la voix lui est revenue alors que s'imposaient à lui des images intolérables. Mais pas pour dire ce qu'il voulait. C'est étrange ce décalage entre ce que l'on dit et ce que l'on pense vraiment.

À présent, les yeux de Clara se brouillent de larmes contenues à grand-peine et Rafaele s'en veut. Il voudrait la prendre dans ses bras, la rassurer et lui dire que ce qu'elle a fait ne change rien entre eux. Non seulement sa voix refuse de nouveau de se faire entendre mais, en plus, Rafaele sait bien que si, au fond, cela change quelque chose.

*

Assise sur un mur, les jambes pendant dans le vide, Clara regarde d'un air mélancolique le soleil se coucher sur Bogotá. La ville s'étend à ses pieds et la cordillère des Andes, au loin, prend des teintes joliment orangées. Clara a monté à pied la colline de Monserrate. Pour se changer les idées, elle est allée faire un tour du côté de la basilique. Ce n'est pas tant le monument qui l'attire. Clara ne sait même pas au juste quelle en est la fonction. Elle ne connaît rien à la religion, personne ne lui en a jamais parlé. Ici, la plupart des gens sont catholiques et pratiquants. Elle aime regarder briller les bougies lors *del Día de las Velitas*[1].

[1] Le jour des petites bougies célèbre le jour de l'Immaculée Conception de la Vierge Marie et a lieu la nuit du 7 décembre. Il est coutume d'allumer des lanternes et des bougies afin d'illuminer les rues. Cela marque le début des fêtes de la Nativité en Colombie.

Il lui est d'ailleurs souvent arrivé d'en voler quelques-unes et de passer des heures, rêveuse, à les regarder brûler. Certaines années, elle a assisté à la messe de minuit lors de la *Navidad*[1], admirant les crèches dans les églises et se débrouillant toujours, à la sortie, pour se procurer un morceau de dinde farcie ou des figues confites[2]. Mais elle ne connaît que très vaguement le sens de ces fêtes, si importantes aux yeux des Colombiens.

Ce que Clara vient chercher, lorsqu'elle monte jusqu'à la basilique, ce sont les rayons de soleil passant à travers les vitraux et la vue magnifique sur la ville. Ici, à plus de trois mille mètres d'altitude, on respire bien mieux que dans le centre de Bogotá où la pollution prend à la gorge et ne vous lâche plus. La vue est à couper le souffle, les montagnes se découpant avec précision au-dessus de la ville.

De là où elle se trouve, la jeune fille domine toute la capitale et se demande à quel endroit exact se trouvent ses amis actuellement. Pour une fois, la vue ne la réconforte guère. Jamais elle ne s'est sentie aussi seule. Ana et Maria continuent de l'accabler de reproches et les garçons l'évitent. Elle est allée voir Don Rodrigo, et alors ? Soledad le fait bien elle aussi et même si les autres ne l'approuvent pas, jamais ils ne l'ont jugée avec autant de dureté que Clara. Pourquoi se comportent-ils avec elle comme si elle avait pactisé avec le diable ?

Alors que les derniers rayons de clarté disparaissent dans le ciel, la réponse s'impose, évidente, à l'esprit de Clara : elle n'est pas Soledad. Que Sole joue avec le feu ne pose problème à personne car cela fait partie de son tempérament. Sans compter que c'est la copine de Juan et pour cette simple raison, personne n'oserait s'en prendre à elle. Clara, elle, a toujours été en quelque

[1] « Nativité ».

[2] Menu traditionnel de Noël dans la région de Bogotá.

sorte la « sage » du petit groupe. Si les sages se mettent à faire ce qu'eux-mêmes déconseillent, alors rien ne va plus.

Être en froid avec ses amis fait beaucoup de peine à Clara mais ce qui la touche encore plus, c'est le regard que Rafaele pose sur elle. Il va beaucoup mieux à présent mais au fur et à mesure que sa blessure cicatrise et que ses forces reviennent, les liens qu'il entretient avec Clara semblent, eux, se distendre. Il ne lui a fait aucun reproche, n'a eu aucun mot blessant à son égard mais elle sent bien qu'il ne la considère plus comme avant. Même s'il essaye de lui dissimuler sa difficulté à admettre ce qu'il s'est passé avec Don Rodrigo mais qu'il n'y parvient pas. Clara a l'impression que tout se brise en elle. Si les choses ne redeviennent pas comme avant avec Rafaele, alors que lui reste-t-il ?

Un groupe d'enfants passe auprès d'elle en riant, la tirant de ses pensées. Avec un soupir, elle saute prestement du mur et entreprend de descendre la colline à pas lents. Il fait maintenant complètement nuit et la température a bien chuté, faisant frissonner Clara. Cependant, elle ne semble pas pressée de rejoindre l'entrepôt désaffecté dans lequel la petite bande a élu domicile depuis quelques jours. Elle erre un long moment dans les rues avant de se décider à y retourner. Il est tard lorsqu'elle escalade la fenêtre aux vitres brisées et se faufile à l'intérieur mais étrangement, seul Rafaele est présent. Assis sur une couverture miteuse, éclairé par la lumière jaunâtre d'un réverbère à l'extérieur près de la façade, il sculpte quelque chose dans un bout de bois et lève à peine les yeux à l'arrivée de Clara.

— Salut, laisse-t-il tomber du bout des lèvres.

— Salut… Qu'est-ce que tu fais ?

Rafaele écarte légèrement les doigts, laissant entrevoir une flûte à demi taillée.

— Où sont les autres ? Ils sont pas revenus ?

— Si, mais ils sont repartis tout de suite. Ils sont sur un coup. Quelqu'un que Maria a repéré depuis plusieurs jours. Ils devraient ramener un petit paquet d'argent s'ils s'y prennent bien.

Privée du cirage et des perles depuis la bagarre, la petite bande est obligée de commettre davantage de larcins que d'habitude pour se permettre de manger. Un peu trop sans doute, au risque de se faire repérer. Clara n'est pas tranquille à l'idée qu'on ait pu remonter leur piste jusqu'à l'entrepôt où ils dorment depuis maintenant plusieurs nuits. Cela lui paraît improbable que personne n'ait encore déjoué leur manège, lequel consiste, chaque soir, à escalader la palissade et à se glisser par une minuscule fenêtre, au risque de se couper avec les bouts tranchants de verre qu'ils ne sont pas parvenus à enlever.

Il faut reconnaître que l'endroit est tranquille mais ce qui dérange Clara, c'est que d'autres n'y aient pas pensé également. De toute évidence, cet entrepôt est abandonné depuis longtemps. Il y a fort à parier que d'autres *gamines* y aient déjà élu domicile. La grande question est de savoir pour quelle raison ils n'y sont plus. Non, décidément, Clara n'est pas rassurée.

*

Cela fait près d'une heure que Clara a rejoint Rafaele et, hormis son explication au sujet de l'absence de leurs camarades, il n'a pas dû lui adresser plus de trois mots malgré les tentatives de communication désespérées de Clara. Pire, il n'a pas levé les yeux vers elle une seule fois. Mal à l'aise, Clara se roule en boule sur le sol, la tête posée sur son bras replié. Après tout, mieux vaut dormir plutôt que de supporter une ambiance aussi tendue. Rafaele lâche enfin sa flûte et son couteau.

— Tu veux la couverture ? propose-t-il.

Pour un peu, Clara lui sauterait au cou.

— J'veux bien la partager avec toi, répond-elle.

Elle vient se blottir contre lui, tirant la couverture sur eux. Rafaele se raidit un peu mais Clara ne se laisse pas décourager, se serrant un peu plus contre lui. L'embrassant furtivement sur les lèvres, elle passe une main sous son tee-shirt. Rafaele la repousse doucement.

— Clara…

Levant vers lui un regard interrogateur, elle tente de se rapprocher mais Rafaele secoue la tête.

— Clara… Arrête… Écoute, je crois qu'on devrait… cesser de se voir un peu toi et moi. Pendant quelque temps.

Clara le regarde fixement, l'incompréhension se dessinant sur ses traits.

— C'est pas contre toi, poursuit Rafaele, choisissant ses mots avec soin. C'est juste que… Je crois que j'ai besoin de prendre un peu de recul, tu comprends ?

— Mais…

— Non, laisse-moi finir. Tu vois, je sais bien que si t'es allée voir Don Rodrigo, c'était pour moi… mais… j'ai du mal avec ça. Ça fait des années qu'on est collés l'un à l'autre, peut-être que ça nous ferait du bien de vivre un peu chacun de notre côté. Le temps de… digérer tout ça. Le prends pas mal mais je pense vraiment qu'on devrait s'éloigner un peu. Parce que tu vois, j'ai du mal à te parler, à être avec toi, alors…

— Alors, tu veux plus me voir !

— Non, enfin si… du moins pendant quelque temps.

Clara ne comprend pas. Rafaele sait bien qu'elle a des

relations physiques avec d'autres hommes que lui. Le fait d'en avoir eu avec Don Rodrigo est-il vraiment pire ? Elle n'a cependant pas le temps de lui poser la question que Rafaele ajoute doucement :

— Laisse-moi, OK ?

Clara le dévisage un moment sans rien dire. Puis, elle se lève brusquement et s'enfuit en courant.

Chapitre 12

Les pieds rouges et brûlants, Maria s'assoit sur le bord du trottoir et retire ses chaussures. Devant elle, s'étendent des kilomètres de baraques de tôle et de bois, parfois de briques pour les moins modestes. Des kilomètres de boue et de détritus, amoncelés là depuis des années. Des kilomètres de misère.

— Aïe aïe aïe, soupire Maria en découvrant les grosses ampoules qui ornent ses talons.

Ce sont les ampoules de la persévérance. Depuis trois jours, la petite Maria sillonne la ville en long et en large pour retrouver Clara. Quand Rafaele, après qu'elle l'a interrogé sans répit durant des heures sur l'absence de son amie, lui a avoué sa dernière conversation avec elle, Maria en a eu les larmes aux yeux. En imaginant ce que devait ressentir Clara et en voyant la peine que Rafaele tentait de lui dissimuler, elle a été saisie de remords. Si elle ne s'était pas ainsi mêlée de ce qui ne la regardait pas, et n'avait pas impitoyablement jugé Clara, peut-être les choses ne se seraient-elles pas passées ainsi.

Dulce de leche

La manière qu'a eue Ana de se mordre la lèvre d'un air contrit a indiqué à Maria que son amie non plus n'était pas très fière d'elle. Ensemble, elles ont attendu un signe de Clara pendant plusieurs jours, puis, au bout d'une semaine, Maria, inquiète, est partie à sa recherche.

Depuis, elle parcourt les rues de Bogotá, allant de bandes en bandes, interrogeant sur son passage tous les *gamines* qu'elle rencontre, y compris les plus âgés, les plus inquiétants, les plus défoncés, avec une obstination frôlant l'inconscience.

Maria masse ses pieds endoloris avec application lorsqu'un petit garçon passe près d'elle en courant.

— Pablo ! Eh, Pablo !

L'enfant s'arrête net et se retourne.

— Eh, Maria ! Salut !

Pablo est le petit frère d'Ana, l'un des plus jeunes. Maria le connaît bien pour avoir souvent accompagné Ana à *las invasiones*[1] voir sa famille. Maria espérait bien tomber sur lui, ce n'est pas pour rien qu'elle est venue rôder aux alentours du bidonville. Elle ne pense pas y trouver Clara, elle n'a aucune raison d'y être, mais ici, on trouve toutes sortes de gens, notamment des enfants qui, sans être tout à fait à la rue, y passent tout de même le plus clair de leur temps, ne revenant qu'à la nuit tombée. Ces enfants détiennent quantité d'informations, allant du simple cancan au véritable scoop, qu'ils diffusent à travers le bidonville. Alors on ne sait jamais.

Cependant, si Maria est allée sans trop de crainte interroger des jeunes complètement défoncés sous l'emprise de la drogue, elle a hésité à pénétrer dans le bidonville. Elle se méfie de cet endroit. Elle aussi, petite, a eu une « maison » – ou du moins une habitation –, en tôle comme celles qui se trouvent ici. Mais elle a fui, avec Manuel, sous la violence des coups de leur père,

[1] Terme utilisé en Colombie pour désigner les bidonvilles.

toujours ivre. Maria préfère la rue. Elle est libre, sans personne pour la menacer. La rue, contrairement à une baraque de tôle, offre bien plus d'issues de secours en cas d'urgence.

D'ordinaire, elle y va avec Ana, rendre visite à la mère de celle-ci. Ana est la seule de la *gallada* à conserver des liens avec sa famille. Bien que Pablo soit plus petit qu'elle, sa présence, familière et rassurante, lui facilite la tâche.

— T'as mal aux pieds, constate le petit garçon en la regardant frotter son talon avec des airs de martyr.

Puis il enchaîne, sans attendre la réponse :

— T'es pas avec Ana ? Ça fait longtemps qu'elle est pas venue nous voir ! Elle vient quand ?

— Je sais pas. Bientôt. Je lui dirai que tu la réclames.

Pablo fronce les sourcils.

— Si t'es pas venue pour accompagner Ana, qu'est-ce que tu fais là ?

— Je cherche une amie. Clara, tu sais.

Pablo se gratte la tête un instant, perplexe.

— La gentille ? demande-t-il. Enfin, pas la…

Avec ses mains, il mime une énorme paire de seins. Maria sourit.

— Non, pas Sole. La « gentille », oui, comme tu dis.

— Je l'ai pas vue depuis la dernière fois qu'elle est venue ici avec Ana. Mais viens, on va demander à mes copains.

Pablo entraîne Maria à travers le bidonville. Dans une allée poussiéreuse, une douzaine d'enfants jouent au foot avec une canette de soda. Ils s'arrêtent net en voyant Maria et la dévisagent d'un air méfiant. Tous sont plus jeunes qu'elle. Même si Maria est loin d'être timide, elle se sent mal à l'aise devant tant de regards. Pablo interrompt heureusement ce moment de gêne en interrogeant les enfants mais aucun ne semble connaître Clara.

Au bout d'une heure, Maria a questionné sans succès des dizaines d'enfants. Devant son air désappointé, Pablo lui pose une main sur l'épaule.

— Viens chez moi un moment. Ça te reposera, t'as l'air fatigué.

— D'accord, approuve Maria en pensant qu'une pause ne devrait pas faire de mal à ses pieds.

Ils avancent un moment encore, pataugeant sur le chemin. Maria dérape dans les longues traînées brunâtres laissées par la boue. Le bidonville est situé sur le flanc de la montagne. Plus il s'agrandit, plus il s'établit en hauteur et il est souvent victime de glissements de terrain. À chaque grosse pluie, de longues traînées de boue dévalent la pente, emportant sur leur passage les maigres biens des habitants quand ce ne sont pas des habitations ou des personnes elles-mêmes. Il y a souvent des accidents.

Non, décidément, Maria déteste cet endroit et c'est avec soulagement qu'elle voit enfin apparaître la bicoque dans laquelle vit la famille d'Ana.

Sofia, la mère de celle-ci, l'accueille avec enthousiasme et lui offre à boire. Maria n'aime pas le bidonville sauf chez son amie, où elle se sent bien. Sa mère a toujours été gentille avec elle et Maria a parfois du mal à comprendre pourquoi Ana préfère vivre dans la rue plutôt qu'avec sa famille. Mais même si elle ne les dévoile pas, Ana a des raisons bien à elle.

Sofia aime tous ses enfants et elle s'est occupée d'eux du mieux qu'elle pouvait malgré les conflits armés qui l'ont poussée à quitter son village, malgré la misère, malgré la violence régnant au sein d'un foyer brisé. Cependant, elle a toujours traité Ana, l'enfant de la honte, différemment des autres. C'est en partie pour cela que cette dernière a rejoint la rue, mais également pour fuir la violence de son beau-père. Elle revient pourtant, de temps à autre, voir sa famille. Parfois, elle reste même quelques jours mais l'appel de la rue finit toujours par résonner à ses oreilles et de nouveau, elle tourne le dos au bidonville.

Elle repasse cependant plus fréquemment depuis le départ de son beau-père. Un jour, après une énième dispute avec Sofia, il est parti travailler et n'est jamais revenu. D'après Ana, c'est ce qui a pu arriver de mieux à sa mère. De son passage, il reste à Sofia un toit sur la tête, deux dents cassées, une cicatrice sur la joue et deux enfants, les seuls qui vivent encore avec elle.

Ana a raconté tout cela à Maria et la fillette y pense en sirotant son verre d'eau pendant que Sofia, armée d'une aiguille, perce les ampoules de ses pieds.

— Eh bien, commente Sofia, tu as dû en faire du chemin ! Et Ana, qu'est-ce qu'elle devient, dis-moi ? Tu aurais pu me l'amener !

— La prochaine fois, promet Maria.

— Mama, coupe Pablo, Maria cherche son amie, Clara. Tu la connais, celle qui vient parfois avec Ana.

— Celle qui est tellement gentille ?

Maria sourit. Décidément, l'opinion sur Clara est unanime.

— Non, je l'ai pas vue depuis un moment, poursuit Sofia.

Elle marque un temps d'arrêt devant l'air déçu de Maria et demande :

— Pourquoi tu la cherches ? C'est important ?

Avant même que Maria n'ait pu répondre, une petite voix flûtée sort de l'amas de cartons qui tient lieu de table au centre de la pièce.

— Moi je l'ai vue, Clara !

Et Luisa, la benjamine de la famille, s'extirpe de sa cachette.

Sans prendre le temps de la saluer, Maria se précipite sur elle.

— Tu l'as vu ? Tu as vu Clara ?

— Mais oui. Deux fois, même !

— Où ça ?

— Près de l'école. La bande à Miguel y est souvent et Clara traînait avec eux ces jours-ci.

— Miguel ?

Devant le regard interrogatif de Maria, Luisa explique.

— C'est le frère de ma copine Conso. Il vient souvent la chercher à l'école.

— Il y a une école ici ? demande Maria étonnée.

— Mais oui ! On y va, avec Pablo !

Maria fronce les sourcils. Ana ne lui a jamais parlé d'une école. Elle n'a sans doute pas dû y aller, elle. Pour quelle raison ?

L'espace d'un instant, Maria se demande s'il est obligatoire d'aller à l'école. Elle ne pensait pas qu'il pouvait en exister une au sein du bidonville. Elle-même n'y a jamais mis les pieds et ça ne lui a pas manqué. Mais Clara ? Clara sait un peu lire et un jour elle a dit à Maria qu'elle aimerait savoir « pour de vrai ». Est-ce pour ça qu'elle s'est retrouvée près d'une école ? Maria chasse aussitôt ses pensées. Elle éclaircira cela plus tard. Pour l'instant, ce qui compte, c'est retrouver son amie.

— Elle est où cette école ? Tu peux m'emmener ?

— Bien sûr, viens ! Mais tu sais, à cette heure-là, il y aura personne. C'est fermé, aucune chance que Miguel vienne chercher sa sœur !

— Emmène-moi quand même, je reviendrai demain !

Et Maria se retrouve à suivre Pablo et Luisa, très fiers de pouvoir lui rendre service. L'école n'est pas très loin mais Maria affronte son énième déception de la journée en constatant que les alentours sont entièrement vides. Même si

Luisa l'avait prévenue, elle avait espéré, l'espace d'un instant, y trouver immédiatement Clara. Remerciant Pablo et Luisa, elle se promet de revenir le lendemain à la sortie des classes.

*

Maria est revenue le lendemain, puis les quatre jours suivants, sans aucun succès. Elle a fait la connaissance de Consolacion, l'amie de la petite Luisa mais nulle trace de son frère Miguel, ni de Clara. Maria revient quand même chaque jour. De toute manière, c'est la seule piste qu'elle a pour retrouver Clara.

En attendant, elle observe, avec un certain intérêt, les écoliers à la sortie des classes. Elle se demande ce qui peut pousser des enfants à rester enfermés et assis à un bureau pendant des heures. Leurs parents sans doute. Elle, n'entrerait dans une salle de classe pour rien au monde. Elle détesterait avoir à subir l'autorité d'un professeur, serait bien incapable de rester plusieurs heures d'affilée sans bouger et, de toute manière, n'en voit pas l'intérêt.

Ana, qui l'accompagne à l'école depuis deux jours et en profite pour rendre visite à sa famille, l'a regardée d'un air étrange quand Maria lui a fait part de ses remarques.

— Ils viennent à l'école pour apprendre, bien sûr ! lui a-t-elle répondu. C'est important d'apprendre. Ça permet d'avoir un métier plus tard.

— Parce que tu penses que tous les gosses du bidonville pourront sortir de là un jour, tout ça parce qu'ils auront *appris* ?

Ana avait réfléchi un instant.

— Pas tous, non, avait-elle finalement répondu. Mais ça leur donne toujours une chance de s'en sortir.

— Si tu penses que c'est une chance d'aller à l'école pourquoi t'es pas restée là, toi ? Pourquoi t'y vas pas comme Pablo et Luisa ? D'ailleurs… t'es déjà allée à l'école ?

— Non, jamais, avait répondu Ana d'un ton sec.

Elle s'était brusquement levée, tournant le dos à Maria et celle-ci avait compris qu'elle n'en saurait pas davantage.

À présent, toutes deux attendent en silence la sortie des classes, scrutant les alentours. Ce n'est que le sixième jour qu'elles aperçoivent enfin une bande de jeunes approcher de l'école. Un immense sourire illumine le visage de Maria lorsqu'elle repère Clara parmi eux. Aussitôt, elle se précipite au-devant de son amie.

*

Les deux dernières semaines n'ont pas été faciles pour Clara. Après s'être enfuie de l'entrepôt, elle a erré pendant trois jours sans savoir où aller. Elle a fini par se terrer dans un coin des égouts où elle a enfin pu donner libre cours à ses larmes. Cela faisait des années que Clara n'avait pas pleuré. Les enfants des rues sont bien trop endurcis pour cela. Le goût des larmes au coin de ses lèvres lui a paru étrangement salé… et libérateur.

Sans doute aurait-elle pu rester tapie dans sa cachette sans bouger ni manger durant un long moment si Miguel, le frère de la petite Consolacion, n'avait pas croisé son chemin. Cherchant un endroit sûr pour la nuit, il avait manqué trébucher sur Clara. Roulée en boule contre un mur, le front appuyé contre ses genoux relevés, Clara, pourtant habituellement toujours aux aguets, ne l'avait pas entendu venir. En relevant la tête, elle avait croisé le regard de Miguel et senti une vague de panique l'effleurer. Il ne fait pas bon pour une fille seule dans les égouts de Bogotá de se retrouver face à un inconnu. Mais Miguel n'avait posé aucune question, n'avait eu aucun geste déplacé. Il s'était contenté de demander à Clara si elle acceptait de partager son abri avec lui et ses amis pour la nuit. Devant l'acquiescement – muet ! – de l'adolescente, il avait émis un sifflement sonore, et cinq autres jeunes étaient venus la rejoindre. Clara était restée avec eux, n'en revenant pas de la manière cordiale dont ils l'avaient traitée. Elle avait vaguement reconnu l'un d'eux, Jaime, pour avoir un jour partagé la même cachette afin d'échapper aux « marchands » quelques années auparavant et elle avait très vite fait connaissance avec les autres.

Miguel était le seul d'entre eux à être amérindien mais curieusement c'était le chef de la bande. Les yeux en amande de Clara étaient sans doute ce qui lui avait permis d'être acceptée si facilement. C'était bien la première fois que le fait d'être indienne ne lui causait pas d'ennui !

Certes, ses amis, et surtout Rafaele, manquent à Clara mais rejoindre la petite bande de Miguel lui permet au moins de ne pas être seule et de se distraire de son chagrin.

Cependant, dès qu'elle voit Maria courir vers elle, Clara sent de nouveau un grand poids lui peser sur l'estomac. Quelques mètres derrière la petite fille, elle aperçoit Ana qui reste prudemment en arrière. La fureur de Clara semble soudain se décupler et elle darde sur Maria un regard furieux.

— Qu'est-ce que tu fais là ?

Sans se laisser démonter, elle glisse sa petite main dans celle de Clara.

— Je suis venue te chercher, tiens !

Et Maria entraîne son amie à l'écart. Clara retire sa main avec une brusquerie qui ne lui ressemble guère et recule d'un pas.

— Pourquoi ? De quoi t'as besoin ?

— Ben… de toi, répond doucement Maria.

Devant le silence obstiné de Clara, elle ajoute :

— Je t'ai cherchée partout, tu sais ! Je voulais pas que tu restes seule. Pas en étant malheureuse comme tu dois l'être.

Clara hausse les épaules et désigne du menton Miguel et ses compagnons.

— J'suis pas seule tu vois.

Maria grimace.

— Tu veux dire que dès que Rafaele t'a jetée, t'as couru tout de suite chercher d'autres amis que nous ?

Puis elle ajoute très vite, sentant que remuer le couteau dans la plaie ne l'aidera pas à se faire pardonner :

— Ana et moi, on est juste venues voir comment t'allais. Et… on voulait te dire qu'on n'avait pas à te juger comme on l'a fait. On le sait bien que tu serais jamais allée voir Don Rodrigo si la vie de Rafaele n'avait pas été en jeu.

Ana s'approche silencieusement et vient se camper aux côtés de Maria qui poursuit :

— On le sait, va, que ça a dû te coûter de faire ça. En fait… c'était plutôt courageux de ta part mais on n'a rien compris. On a vraiment été méchantes.

Ana approuve de la tête et murmure :

— On regrette, Clara. Vraiment.

Le regard de Clara s'adoucit quelque peu et, parlant toutes les deux à la fois, Ana et Maria réitèrent leurs excuses.

— Bon ça va, coupe Clara, laissez tomber.

Le visage de Maria se fend d'un large sourire.

Chapitre 12

— C'est vrai ? Tu nous pardonnes ?

— Mouais…

Se souvenant des paroles de Pablo et de sa mère, Maria se hisse sur la pointe des pieds, déposant une bise sonore sur la joue de Clara.

— T'es vraiment gentille. Moi, si j'étais toi, je nous aurais pas pardonné : on a été des vraies pestes !

Clara lève les yeux au ciel.

— Ça va, je te dis, on n'en parle plus.

Entourant de son bras la taille de son amie, Maria lui glisse :

— Tu sais, j'ai jamais eu de grande sœur mais si je devais en choisir une, c'est toi que je prendrais !

Et soudain, Clara se sent beaucoup mieux.

Chapitre 13

Les quais de Saône ont réuni un certain nombre de personnes profitant des derniers rayons de soleil automnal. D'ordinaire, Pedro n'aime pas la foule mais là, il est plutôt content. Assises à côté de lui sur la berge, pieds ballants au-dessus de l'eau, Cécilia et Candice discutent avec un entrain que Pedro n'aurait pas cru possible.

Il craignait un peu cette nouvelle rencontre. Même si les excuses et les explications de Cécilia, complétées par celles de Chloé, l'ont rassuré, il avait un peu peur de revoir ses amies face à face. Mais Cécilia a insisté : « J'ai dû lui faire mauvaise impression à ta copine. Je voudrais pas que tu sois gêné à cause de moi. Je te jure que je serais plus sympa si je la revois. » Pedro était plutôt sceptique mais Cécilia a tenu parole. Toute sa sociabilité et sa bonne humeur sont revenues et ont su convaincre Candice qu'elle n'était finalement pas si désagréable.

Pedro en est soulagé mais une certaine amertume lui noue encore la gorge. Comment Cécilia, son amie de toujours, a-t-elle pu se méfier de lui à ce point ? Pedro a toujours douté de l'amour de ses parents mais jamais de celui de Cécilia. De toute évidence, elle a vraiment eu peur de le perdre. Peur au point d'oublier toute son assurance.

Assurance que, cela dit, elle semble avoir retrouvée, songe Pedro en l'entendant éclater de rire. L'observant à la dérobée, il constate soudain combien elle est jolie avec ses cheveux sombres, raides et épais, ses yeux tellement expressifs tour à tour, espiègles, pensifs ou coléreux, qui ne peuvent qu'attirer les regards.

De Cécilia, les yeux de Pedro glissent sur Candice. Elle le trouble, il est bien obligé de se l'avouer.

« Cette fille est amoureuse de toi, j'en suis sûre », a dit Cécilia.

« C'est ta petite amie ? » a demandé Judith.

Pedro fixe Candice, essayant de comprendre pourquoi son visage se superpose dans son esprit à celui de Chloé puis de Cécilia. Il fronce les sourcils, ayant une subite envie de passer un peu de temps seul avec son père. Être entouré de filles lui semble soudain bien compliqué.

Le bus emportant Cécilia a à peine disparu que Pedro s'empresse de rentrer chez lui, Candice sur ses talons. Il a plus de deux heures de retard, sa mère va être furieuse. Il compte secrètement sur la présence de Candice pour calmer la colère maternelle mais quelque chose lui dit qu'il vient de perdre ses chances d'être autorisé à sortir pendant au moins un mois !

Planté sur le paillasson, il prépare dans sa tête une série d'excuses pour justifier son retard, quand la porte s'ouvre brusquement, laissant apparaître un homme qui sort d'un pas précipité. Il manque bousculer Pedro sur son passage et s'arrête net, le dévisageant d'un air étrange.

Chapitre 13

Judith surgit alors, prend son fils par les épaules et l'entraîne d'un pas vif à l'intérieur, claquant la porte si rapidement que Candice a tout juste le temps de se faufiler derrière elle. Campé devant sa mère, Pedro, mal à l'aise, courbe l'échine, prêt à affronter la fureur de Judith mais curieusement, celle-ci le serre un instant dans ses bras, avant de lui demander, d'une voix un peu plus aiguë qu'à l'ordinaire, s'il a passé une bonne journée. Pedro, ébahi, échange un regard avec Candice tout aussi surprise que lui et s'empresse de bafouiller une brève réponse avant que sa mère ne se rende compte de l'heure tardive.

— Si ça se trouve c'était son amant ! suggère Candice, sitôt la porte de la chambre refermée. Tu crois qu'elle trompe ton père ? Ça expliquerait pourquoi elle a eu l'air si bizarre…

Pedro dévisage Candice, stupéfait.

— Mais non ! Mes parents s'aiment, ils viennent d'avoir deux bébés, comment veux-tu que… ?

— Tu sais, coupe Candice, parfois ça arrive.

Cela arrive, oui, mais Pedro est sûr et certain que ce ne sera jamais le cas pour ses parents. Si cela avait dû se produire, cela aurait été à la suite du long parcours du combattant qu'ils ont vécu pour adopter Pedro ou après les fausses couches et les tentatives manquées de fécondation *in vitro* qui ont précédé la naissance des jumelles. Si le couple de ses parents a résisté à tout cela, Pedro est certain que rien ne pourra le détruire.

— Non, ma mère n'a pas d'amant, j'en suis sûr.

— Mais alors c'était qui ce type ? Et pourquoi elle avait l'air aussi bizarre ?

D'un revers de main, Pedro balaye la question, pour lui sans importance, et passe à autre chose.

*

Dulce de leche

Quelle n'est pas la surprise de Pedro le lendemain à la sortie des cours de voir, planté devant le collège, l'homme qui est sorti en trombe de son appartement la veille. À ses côtés, Candice lui donne un coup de coude.

— Dis-moi, ce ne serait pas… ?

— Si, coupe Pedro.

Intrigué, il dévisage l'homme, croisant, l'espace de quelques secondes, une paire d'yeux gris à l'expression bienveillante. Candice, l'air inquiet, tire sur la manche de Pedro.

— Viens ! Fais comme si tu ne l'avais pas vu !

— C'est un peu difficile maintenant, commente Pedro, le regard soudé à celui de l'homme.

— Viens, il est vraiment louche ce type !

Candice l'attrape par le bras et l'entraîne à sa suite. Devant son air angoissé, Pedro consent à la suivre.

Mais toute la nuit, il se retourne dans son lit, encore et encore, hanté par le regard de l'homme. Le lendemain, au petit déjeuner, il veut interroger sa mère à ce sujet mais une fois de plus, elle est accaparée par Faustine et Amélie. Alors Pedro ne dit rien et part au collège, des questions plein la tête.

Chapitre 14

Assis en tailleur sur le sol, Rafaele, grignotant du bout des dents un *empanada*[1], écoute Juan, Estéban et Alejandro débattre d'un mauvais coup à faire. La meilleure manière de gagner quelques sous. L'argent, l'argent, toujours l'argent. Continuellement devoir ruser ou mendier pour obtenir quelques pièces qui ne leur permettront même pas de faire un repas complet. Rafaele en a assez. Quand il pense à tous ces gens, dans les quartiers riches de la ville, qui se remplissent le ventre, bien au chaud dans leurs fauteuils en regardant la télévision, ça le dégoûte. L'injustice du monde le met en rage. Pourquoi lui a faim et dort dans la rue, alors que d'autres ont un toit sur leur tête et de la nourriture à volonté ? Jusqu'à présent, sa situation n'avait jamais vraiment révolté Rafaele. Il vivait ainsi, voilà tout, c'était comme ça depuis toujours et cela continuerait. S'il fallait se battre pour vivre, il se battait sans trop se poser de questions.

[1] Les *empanadas* sont des chaussons en pâte de pain. C'est un plat typique d'Amérique latine mais les recettes varient selon les lieux. En Colombie, ils sont réalisés à base de maïs, frits à l'huile et sont fourrés de pommes de terre, de viande hachée et d'*hogao* (sauce tomate avec des oignons, de l'ail et des poivrons).

Mais ça, c'était avant. Avant qu'il ne chasse Clara et qu'elle disparaisse dans le noir de la nuit. Cela fait plusieurs semaines maintenant et Rafaele ne l'a pas revue. C'est la première fois depuis qu'ils se connaissent qu'ils sont séparés si longtemps et Clara lui manque. C'est comme si, depuis le soir où elle est partie en courant, toute joie de vivre avait quitté Rafaele. Maintenant, tout lui paraît fade, sans intérêt.

Évidemment, il lui serait facile de retrouver Clara et de lui demander de revenir. Il suffirait de suivre Maria et Ana qui passent de moins en moins de temps avec la bande, préférant retrouver Clara dès qu'elles en ont l'occasion. Elles entraînent assez souvent Soledad avec elles, et Manuel, qui ne tient pas à laisser partir sa sœur, menace de suivre également.

Le petit groupe s'effiloche et Juan, qui tente difficilement de retenir les filles et Manuel, en veut un peu à Rafaele.

— Tout ça pour une histoire stupide ! On est pourtant plus forts tous ensemble Rafaele, tu le sais bien ! Va chercher Clara, dis-lui de revenir !

C'est sans compter la fierté de Rafaele. Il refuse catégoriquement d'aller supplier Clara. Après tout, c'est elle qui a tout gâché. Coucher avec Don Rodrigo aussi, quelle idée ! Elle pouvait tout lui faire, tout… sauf ça.

Lorsqu'il lui a dit ça, Juan l'a regardé bizarrement, comme s'il venait brusquement d'atterrir et, pour la première fois, les garçons ont évoqué ensemble le gagne-pain de leurs amies. Juan, Estéban, Manuel, Alejandro et Mateo n'ont pas l'air de trouver cela tellement choquant et inutile d'attendre l'avis de Guillermo qui, de toute manière, approuve toujours les propos de Juan. Comme l'a dit Estéban en haussant les épaules : « on gagne sa croûte comme on peut ».

— Quand on vit dans la rue, a ajouté Manuel, le choix est

vite fait. Tu marches ou tu crèves, alors…

— T'as pensé à ta sœur ? a rétorqué Rafaele. Tu crois qu'il y a pas un jour où elle pourra plus se faire passer pour un garçon ? Et alors, à ce moment-là, ça te fera rien de la voir se vendre comme ça ?

Manuel a reconnu qu'il préférait ne pas l'imaginer. Lorsque Rafaele lui a sorti le couplet sur la politique de l'autruche, il a répondu qu'il aimait mieux voir Maria vivre dans la rue et se prostituer plutôt que de la voir se faire tabasser par leur père.

— Quand t'es déjà mal parti dans la vie, a-t-il conclu, alors faut choisir ce qu'il y a de moins pire. Et puis tant que Maria ira voir d'autres hommes que Don Rodrigo, alors c'est qu'on aura évité le pire.

Don Rodrigo. On y revenait. Rafaele avait longuement réfléchi sur ce qui l'avait poussé à en vouloir autant à Clara. Était-ce le fait qu'elle ait des relations sexuelles avec d'autres que lui ? C'était pourtant quelque chose qu'il savait depuis longtemps même s'il s'obstinait à se voiler la face. Peut-être était-ce alors d'avoir pu mettre un nom et un visage sur l'un de ces hommes qui lui avaient rendu plus réels les actes de Clara ? Ou alors était-ce simplement parce que cet homme était Don Rodrigo, qu'il représentait à lui seul tout le danger de la drogue et de la corruption ? Peut-être les trois en même temps. Rafaele ne sait pas. Tout ce dont il est sûr, c'est que même si Clara lui manque, il lui en veut aussi énormément.

Interrompant ses pensées, Soledad surgit alors au coin de la rue, talonnée par Maria. L'une fait tinter dans sa main quelques pièces de monnaie tandis que l'autre serre contre sa poitrine une énorme miche de pain. Lorsque Maria lui en donne un morceau, Rafaele, en croquant dans la croûte dorée, ne peut s'empêcher de se demander comment ce pain a été gagné. Il regarde Maria, son corps d'enfant et sent soudain son estomac se révulser. Comment quelqu'un de normalement constitué pourrait-il poser ses mains sur une petite fille ? Rafaele secoue la tête essayant de chasser l'horrible vision de son esprit et de se raisonner mais il sent avec horreur d'autres images s'imposer à lui. Soledad et Ana… et Clara, Clara surtout… Comment assument-elles cela ? Rafaele songe soudain qu'il est heureux de ne pas être une fille. Se levant brusquement, il interpelle Maria.

— Viens avec moi ! J'ai besoin de toi pour le marché !

Guillermo, toujours en quête de reconnaissance et prêt à rendre service, se lève à son tour.

— Moi aussi, je peux t'aider ?

— Non, pas aujourd'hui !

Déçu, Guillermo se rassied et Maria suit docilement Rafaele sans lui faire remarquer qu'à cette heure-ci, il est bien trop tard pour se faire une place sur le marché. Mais en ce moment, elle le sait, mieux vaut ne pas trop contrarier Rafaele. Elle se contente de lui emboîter le pas.

Tous deux traversent en silence la *Candelaria*, le quartier colonial de Bogotá. Maria aime beaucoup cet endroit. C'est ici que sont réunis les lieux les plus célèbres de Bogotá : *la casa des Nariño*[1], *el Botero Museum*[2] ou *el museo del Oro*[3]. La *plaza Chorro de Quevedo*, avec son marché artisanal, sa chapelle datant de la fondation de la ville et ses petits cafés bohèmes, ne manque jamais d'attirer des touristes.

Mais ce n'est pas cela qui attire Maria. Ce qu'elle aime, c'est observer les ruelles hautement colorées, les églises baroques, les maisons de pierres aux teintes arc-en-ciel surmontées de

[1] Le palais présidentiel colombien.

[2] Musée d'art du peintre et sculpteur Fernando Botero. Il est célèbre pour ses sculptures inspirées de l'art précolombien.

[3] « Musée de l'Or ».

balcons de bois suspendus, aux toits à pignons et aux carreaux de céramique. Les couleurs ne manquent jamais de la faire rêver.

Jetant un coup d'œil à travers les portes ouvertes, elle aperçoit, dans le patio ombragé d'une petite maison orange vif, un garçon de son âge, plongé dans un livre, et tire sur la manche de Rafaele.

— Attends cinq minutes, j'ai besoin de chaussures !

Rafaele lance un regard aux semelles béantes de la fillette et hausse les épaules.

— OK. Je t'attends sur le marché. Mais ne traîne pas !

Maria hoche la tête. Elle attend que son ami se soit éloigné avant de retirer ses chaussures usées qu'elle dissimule dans un coin. Puis elle passe plusieurs fois en sifflotant devant la porte de la maison orange. À son troisième aller-retour, le petit garçon lève les yeux de son livre.

— Salut, lui lance Maria d'un ton désinvolte. Tu viens jouer ?

L'enfant hésite un court instant mais ne résiste pas longtemps au sourire édenté et joyeux de Maria.

— Tu veux jouer à quoi ? demande-t-il en posant son livre et en la rejoignant.

— Je sais pas… On peut faire la course si tu veux ?

— D'accord.

Il désigne du doigt la *plaza de Bolivar*, à une centaine de mètres de là.

— Le premier arrivé à la cathédrale a gagné !

Maria fait mine de se perdre dans la contemplation de la cathédrale, de ses hautes chapelles et de son immense façade de style néoclassique. Puis elle jette un regard désolé à ses pieds nus.

— Attends ! C'est pas juste, t'as des chaussures et pas moi ! Enlève-les, sinon ça compte pas !

Le garçon fronce le nez d'un air méfiant.

— Ah non alors ! J'ai pas l'habitude de courir pieds nus, je vais forcément perdre !

— C'est vrai, concède Maria. Ce serait pas juste non plus puisque moi, j'ai l'habitude de courir pieds nus. Écoute... voilà ce qu'on va faire. T'enlèves tes chaussures et moi, je te laisse un peu d'avance. Comme ça, c'est plus équilibré.

L'enfant semble réfléchir quelques secondes puis hoche la tête. Il ôte ses chaussures et les dépose soigneusement contre le mur.

— D'accord. Mais tu vas perdre si tu me laisses de l'avance !

— C'est ce qu'on va voir ! Allez, mets-toi là-bas... Non, un peu plus loin... Prêts... Feu... Partez !

Le petit garçon part en courant en direction de la cathédrale. Avec un gloussement moqueur, Maria attrape la paire de chaussures sur le sol et file comme un éclair en sens inverse. Le temps que le gamin comprenne ce qu'il se passe, elle est déjà loin.

*

Vingt minutes plus tard, elle rejoint Rafaele sur le marché. Après quelques conciliabules, ce dernier se retrouve à plat ventre sur le toit de la camionnette d'un étalage de fruits. Un mètre en dessous, Maria tend la main au maraîcher, implorant d'une voix malheureuse.

— S'il vous plaît... J'ai rien mangé depuis hier...

— Va-t'en, grogne le maraîcher. Tu vas faire fuir toute ma clientèle.

Chapitre 14

— S'il vous plaît, insiste Maria.

Agacé, l'homme fait le tour de l'étalage et, attrapant rudement Maria par le bras, la pousse de l'autre côté de la rue.

— File ! Et que je te revoie plus !

C'est l'occasion qu'attendait Rafaele. Profitant du fait que le maraîcher ait le dos tourné et que les clients présents soient occupés à regarder la scène, il rafle quelques fruits et *almojàbanas*[1], puis saute du toit de la camionnette, son butin dans les mains, pour aller s'installer deux rues plus loin. Maria le rejoint un peu plus tard et Rafaele lui tend un beignet qu'elle déguste en silence sans quitter son ami des yeux. Lorsqu'enfin elle croque la dernière bouchée, elle s'essuie la bouche d'un revers de main et demande simplement :

— Alors ?

— Alors quoi ?

— Alors tu m'as pas fait venir rien que pour quelques friandises... même si c'est très bon, ajoute-t-elle en se léchant les babines.

Rafaele sort un canif de sa poche et entreprend soigneusement de couper un avocat en deux, cherchant ses mots.

Du coin de l'œil, Maria suit tous ses faits et gestes sans manifester la moindre impatience. Rafaele finira bien par lui dire pourquoi il l'a fait venir. Essuyant le canif sur son tee-shirt, Rafaele tend à Maria la plus grosse partie de l'avocat. Détachant du bout des dents un gros morceau de la chair tendre et grasse, la fillette attend sans rien dire.

Rafaele prend le temps de rincer le gros noyau rond dans une flaque et de le fourrer dans sa poche – il le sculptera plus tard –, puis croque lui aussi dans le fruit. Enfin, il se décide à regarder Maria dans les yeux. Soutenant le regard perçant de la petite fille, il finit par demander d'une voix lente :

[1] Beignets à base de fromage et de farine.

— Quand Ana, Soledad et… et Clara ont besoin d'argent et que… enfin voilà, quoi… elles vont où ? Voir qui ?

De toute évidence, la fillette ne s'attendait pas à cela. Elle baisse les yeux, gênée.

— Alors ? insiste Rafaele, reprenant le mot de Maria.

— Ben… elles… ben…

— Montre-moi. Emmène-moi où elles vont.

L'enfant jette à Rafaele un regard lourd de reproches.

— Je croyais que t'allais me demander où était Clara. J'aurais préféré.

— Je veux pas savoir où est Clara. Mais je veux savoir où elles vont. Tu le sais, non ? Ça te dérange pas de les accompagner parfois. Alors pourquoi ça te dérangerait de m'y emmener ?

Les joues d'un rose soutenu, Maria, pourtant pleine de répartie, semble à court de mots.

— Écoute, ajoute Rafaele d'une voix plus douce, je sais bien que d'habitude on parle pas de ça. Mais moi, j'ai envie que tu m'en parles. J'ai besoin de savoir, d'accord ?… S'il te plaît, Maria.

Maria lève enfin les yeux et croise le regard de Rafaele. Un long moment, ils se fixent sans rien dire. Puis elle finit par murmurer :

— La plupart du temps, Sole, elle va voir Don Rodrigo. Chez lui. Il a une villa dans les quartiers riches du nord de la ville… Mais faut surtout pas que tu ailles par là-bas, hein…

— OK. Et Ana et Clara ?

*

Chapitre 14

Rafaele a obtenu ce qu'il voulait. Après une heure de conversation, entrecoupée de longs silences gênés, avec Maria, il se retrouve planqué à l'angle d'une rue, à observer le va-et-vient d'un hôtel dans le centre-ville. Une fois sur place, il a renvoyé Maria auprès des autres.

— Et ne reviens pas ici. Même si c'est seulement pour accompagner Ana et Clara. Ne reviens jamais ici et surtout ne fais JAMAIS ça, d'accord ? Même si tu meurs de faim, même si t'as vraiment besoin d'argent, alors dis-le-moi et on s'arrangera… mais autrement. OK ?

Maria avait haussé les épaules, peu convaincue. Elle est une fille et elle sait depuis toujours que dès qu'elle grandira et ne pourra plus le cacher, un homme finira par lui mettre la main dessus. Comme ses amies avant elle, elle s'essayera une fois à la prostitution, se promettra de ne pas recommencer et recommencera encore et encore parce que c'est un moyen efficace de se faire de l'argent. Ou alors, elle se fera engager dans une de ces grandes villas où elle fera le ménage le jour et contentera son employeur la nuit. Maria a toujours su que tel serait plus ou moins son avenir, si tant est qu'elle puisse espérer en avoir un. Mais Rafaele avait insisté.

— Promets-moi, Maria.

Et Maria avait promis. Rafaele ne pouvait rien faire pour Ana et Soledad, encore moins pour Clara maintenant, mais s'il pouvait éviter la prostitution à Maria, encore si jeune et influençable, alors il ferait ce qu'il pourrait.

Chapitre 15

Une fois de plus, Cécilia a échappé à la vigilance de sa mère, profitant de l'absence d'un professeur pour aller à Lyon retrouver Pedro. Assise sur un banc, Cécilia est tellement absorbée par sa lecture qu'elle n'entend pas son ami arriver. Celui-ci se laisse tomber à ses côtés, la faisant sursauter.

— Salut ! ça va ?

— Hum, hum…

Cécilia a à peine levé la tête. Devant le peu d'enthousiasme que suscite son arrivée, Pedro jette un rapide coup d'œil au magazine de son amie. Il grimace en découvrant le contenu : un article sur les trafics d'organes des enfants de Colombie.

— Tu devrais pas lire des trucs comme ça !

— Pourquoi ? C'est toi qui m'as dit de regarder la vérité en face et de me rendre compte à quel point c'était horrible, là-bas !

— Non, proteste Pedro, je te l'ai pas dit comme ça. Et je voulais certainement pas te déprimer en t'incitant à lire ce genre de choses !

Cécilia esquisse une moue boudeuse et caresse du bout des doigts la photographie de l'enfant à l'air malheureux qui illustre l'article.

— Tu te rends compte que ça aurait pu nous arriver, à nous ?

— Oui, mais ça n'a pas été le cas, coupe Pedro.

— Mais ça aurait pu. Ce sont des enfants des rues, des enfants colombiens, ça aurait pu être nous. Toi, moi, Chloé même ou n'importe qui d'autre.

Pedro fronce les sourcils.

— Chloé ? Chloé n'est pas colombienne.

— Nous non plus, on a la nationalité française.

— Oui, d'accord mais je vois pas pourquoi tu dis que ça aurait pu arriver à Chloé.

— Parce que Chloé est un *être humain*.

Devant l'air perplexe de Pedro, Cécilia entortille nerveusement une mèche de cheveux autour de son doigt, cherchant ses mots.

— Ce que je veux dire, reprend-elle enfin, c'est que ça pourrait arriver à n'importe qui. Il suffit de naître au mauvais endroit. Pourquoi Chloé est née en France dans une famille qui lui donne tout et que nous, on est nés dans la misère ? Pourquoi on a été adoptés et maintenant on vit dans de bonnes conditions alors que cet enfant sur la photo vit dans la rue ? Qu'est-ce qui fait que cet enfant-là soit vivant alors que d'autres ont été tués pour leurs organes ou sont morts de faim ? Qui décide de tout ça ? Juste le hasard ? C'est comme à la loterie alors ? Chic, t'as tiré le bon numéro et tu nais avec un toit sur la tête, une famille et un avenir ou alors, bang, mauvais numéro, pas de chance et te voilà plongé dans la galère dès le départ ! Qu'est-ce qui détermine l'endroit où tu vas naître et la vie que tu vas avoir ? Et pourquoi, parmi tous ces gens qui ont tiré le bon numéro, il y en a pas plus qui s'intéressent à ceux qui n'ont pas la même chance ? Je crois que j'arrive pas à comprendre le fonctionnement du monde, tu vois…

La voix tremblant légèrement sur les derniers mots, Cécilia fixe Pedro droit dans les yeux en quête d'une réponse. Mais il est bien en mal de lui en donner une. Combien de fois s'est-il lui-même posé ces questions-là ? Avec un soupir, il détourne les yeux.

— Si quelqu'un pouvait répondre à tout ça, Cilia, alors je crois que le monde entier saurait quoi faire et serait bien plus heureux…

Un long moment, tous deux se taisent, plongés dans leurs pensées. Une petite fille de deux ou trois ans passe devant eux, un bouquet de fleurs à la main. Avec une gentillesse authentique, elle tend un pissenlit aux pétales à demi arrachés à Pedro et lui adresse un sourire enjoué avant de reprendre sa route. Pedro la suit un instant du regard et, soudain, sursaute violemment. La fillette vient de passer devant un homme appuyé négligemment contre un arbre. L'homme qu'il a croisé chez lui et devant le collège. Un bref instant, Pedro paniqué se demande s'il ne va pas enlever la petite fille qui s'est accroupie à quelques mètres de lui pour cueillir de nouvelles fleurs. Mais une dame arrive justement à sa hauteur et la soulève dans ses bras. Sa mère, sans doute. Détournant son attention de l'enfant, Pedro fixe désormais l'homme, les questions tournant en boucle dans son esprit.

— Cécilia ! Tu vois cet homme là-bas ? Contre l'arbre ?

— Oui, eh bien ?

En quelques mots, Pedro lui explique tout. L'inquiétude se peint progressivement sur le visage de Cécilia.

— Il te suit, tu crois ? Je n'aime pas ça. Il a sûrement de mauvaises intentions. Viens, on s'en va !

À la hâte, Pedro et Cécilia quittent le parc, se retournant à plusieurs reprises afin de vérifier que l'homme ne les suit pas.

*

En sortant du collège le lendemain, c'est sans aucune surprise que Pedro constate la présence du mystérieux inconnu qui lui sourit, posté sur le trottoir d'en face. Cette fois, Pedro s'y attendait et il est préparé. D'un pas vif et décidé, il traverse la rue et vient se planter devant l'homme. Il n'a pas le temps d'ouvrir la bouche que celui-ci lui dit doucement :

— Bonjour Pedro.

Comme par magie, la timidité naturelle de Pedro semble s'envoler et il demande d'un ton agressif :

— Qu'est-ce que vous voulez ?

— Juste te parler. Tu veux bien venir prendre un verre avec moi ?

En un éclair défilent dans la tête de Pedro des extraits d'émissions et d'informations parlant de pédophilie et de kidnapping.

— Non, laissez-moi tranquille !

— Tu n'as rien à craindre de moi, Pedro. Si tu préfères, on peut aller au café juste là au coin de la rue. Il y a du monde, tu auras tout le loisir d'appeler au secours si tu me trouves dangereux.

Les coins de sa bouche tressaillent comme s'il voulait retenir un sourire mais ses yeux pétillent, riant malgré lui.

Chapitre 15

Pedro ne peut s'empêcher de le trouver sympathique.

— Viens, Pedro. Je ne te veux pas de mal. Je voudrais juste discuter un peu avec toi, d'accord ? *De accuerdo ?*

Le mot en espagnol fait sursauter Pedro.

— *Ven*, insiste l'homme, viens.

Puis il ajoute doucement :

— Tu parles espagnol n'est-ce pas ?

Comme hypnotisé, Pedro secoue la tête.

— Pas vraiment. Je l'apprends en cours, c'est tout. Je le parlais avant je crois, mais...

Il s'interrompt. À quoi bon expliquer ?

— Mais tu l'as oublié, achève l'homme. Alors, tu veux bien venir ?

Ignorant les recommandations persistantes de sa mère qui résonnent dans son esprit le sommant de ne pas suivre n'importe qui, Pedro acquiesce.

Un quart d'heure plus tard, il se retrouve assis dans un café devant une menthe à l'eau. Malgré les questions qui lui brûlent les lèvres, il se sent incapable de prononcer un seul mot et se contente de siroter sa boisson en jetant des regards furtifs à l'homme. Au bout d'un moment, celui-ci s'éclaircit la gorge, rompant le silence.

— Tu sais qui je suis, Pedro ?

Pedro secoue la tête, dans le flou total. L'homme l'observe par-dessus son verre, semblant chercher de quelle manière lui parler. Il finit enfin par murmurer :

— Tu ressembles à ta mère.

Pedro hausse les épaules et secoue la tête.

— Ça, c'est pas possible. Ma mère et moi on ne peut pas se ressembler, on n'a pas les mêmes gênes.

— Je parlais de ta mère biologique.

Dulce de leche

Pedro manque de s'étrangler avec sa menthe à l'eau. La gorge en feu, il tousse et regarde l'homme fixement.

— Ça fait un moment que je voulais venir te parler tu sais. Mais je ne savais pas comment t'aborder.

— Qui êtes-vous ? demande Pedro d'une voix blanche.

Un sourire plein de douceur éclaire les traits de l'homme.

— Je suis ton père.

Incrédule, Pedro fixe les yeux gris de l'homme, sa peau blanche, ses traits européens. Comme s'il lisait dans ses pensées, l'homme ajoute :

— C'est ta mère qui était indienne. Tu as pris plus d'elle que de moi.

Tremblant comme une feuille, le cœur au bord des lèvres et les pensées en désordre, Pedro se lève d'un bond renversant sa chaise et son verre qui éclate en mille morceaux sur le sol. Écrasant les bouts de verre qui scintillent autour de lui et craquent sous ses chaussures, il sort du café en courant.

Chapitre 16

Installée sur un escalier, Ana tresse les cheveux de Clara qui achève un collier de perles, assise deux marches plus bas. Surgissant soudain de nulle part, Maria arrive en courant et se campe devant ses amies. En souriant, elle laisse tomber un petit sachet de perles sur les genoux de Clara.

— Tiens. C'est Manuel qui me l'a donné. Bientôt, on aura complètement renouvelé le stock et on pourra vendre comme avant !

Clara ouvre le sachet et fait glisser entre ses doigts les perles multicolores.

— Tu l'as vu ? demande-t-elle sans lever la tête.

Le visage de Maria s'assombrit.

— Non. Il y avait juste Juan, Manuel et Guillermo… Manuel voulait venir avec moi mais Juan était furieux : il m'a dit qu'au lieu d'aller te voir, il fallait que je te ramène ! Et, toi, Ana, il veut que tu reviennes immédiatement aussi. Il dit qu'on est moins forts quand on est moins nombreux. En plus… Sole passe de plus en plus de temps… ailleurs. On la voit presque plus.

— Comment ça, ailleurs ? demande Ana.

— Je sais pas, répond Maria. Enfin... elle est avec Don Rodrigo, je crois. De plus en plus. N'empêche que c'est moi qui ai tout pris pour vous trois ! Juan n'avait pas fait tant d'histoire quand Marco a disparu !

— Marco est mort, coupe Ana, il n'y était pour rien, pourquoi voulais-tu que Juan fasse des histoires ?

— On n'en sait rien s'il est mort, rétorque Maria.

Ana lève les yeux au ciel.

— Bien sûr qu'il est mort ! Où veux-tu qu'il soit, autrement ? Volatilisé ? Comme ça, du jour au lendemain ?

Clara ne prend pas part à la discussion, se contentant d'écouter ses amies se chicaner avec un pincement au cœur. Marco faisait partie de leur bande, autrefois. C'est lui que Rafaele et Clara avaient connu le premier. Ils étaient restés ensemble un moment tous les trois avant de rejoindre Juan, Sole, Estéban, Alejandro et Guillermo. Ils avaient rencontré Manuel et Maria, puis Ana peu de temps après. Et puis un jour, alors que Clara et Rafaele avaient une dizaine d'années, Marco avait disparu. Ses compagnons l'avaient attendu et cherché, chaque jour, pendant plus d'un mois. Puis ils avaient compris que cela était inutile. Marco ne reviendrait pas, probablement enlevé et tué par un « marchand ». Mateo était venu agrandir le groupe quelque temps plus tard mais jamais il n'a remplacé Marco. Clara l'aimait bien, ils avaient passé plusieurs années dans la rue ensemble, cela crée des liens. Se lamenter n'avance à rien, elle le sait, mais penser à la disparition de Marco lui rappelle trop celle des deux petits, il y a des années de cela.

Maria explique maintenant à Ana comment Manuel a réussi à se procurer du même coup des perles, une nouvelle boîte de cirage et une épaisse couverture. Sa voix vibre de fierté, Maria admire tellement son frère. Clara étouffe un soupir. Elle aussi a eu un frère…

Secouant la tête pour en chasser ses pensées de plus en plus sombres, elle demande à Maria :

— T'as pas vu Rafaele alors ? Pas du tout ?

— Non, mais…

— Mais quoi ?

— Manuel m'a donné de ses nouvelles.

— Et alors ?

— Alors…

Maria se mord la lèvre, hésitante.

— Alors il va bien.

— Mais… ?

— Ça va pas te plaire…

— Tais-toi, alors, l'interrompt Ana.

Clara secoue la tête.

— Non, laisse-la parler. C'est pas grave si ça me plaît pas. Dis-moi quand même, Maria.

— Ben… Manuel m'a dit qu'il ne veut vraiment pas parler de toi…

Elle suspend sa phrase un instant, se rongeant l'ongle de l'index d'un air nerveux.

— Quoi ? s'impatiente Clara.

— Il a dit qu'il voulait t'oublier. Que c'était mieux pour vous deux de ne plus être ensemble.

Clara reste muette et s'enfonce les ongles dans la paume. Rafaele ne veut pas seulement « faire une pause », il veut l'oublier. Elle croyait qu'il l'aimait pourtant, elle en était tellement sûre. À côté d'elle, Ana se tourne vers Maria d'un air furieux.

— C'est pas vrai, mais tu pouvais pas la fermer pour une fois ?

Maria lui répond par une grimace et Clara serre les poings, sentant une vague de colère déferler en elle. Sans un mot, elle se lève, renversant les perles sur les marches et s'éloigne, très droite, très digne.

— Oh ben non, pas encore, soupire Maria en s'agenouillant pour ramasser les perles.

— T'en loupes vraiment pas une, toi, s'exclame Ana en lui flanquant une tape à l'arrière de la tête.

Et elle se lance à la poursuite de Clara tandis que Maria se frotte la nuque avec des airs de martyr.

*

Clara n'a eu aucun mal à semer Ana. Elle est passée en trombe devant Miguel et ses amis, ignorant leurs appels.

À présent assise contre un mur, la tête contre ses genoux relevés, elle maudit Rafaele de toute son âme. Jamais elle n'a éprouvé une telle fureur, même pas contre Ana et Maria lorsqu'elles l'ont jugée si durement quelques semaines auparavant. Elle a sauvé la vie de Rafaele. Elle lui a sauvé la vie ! Et d'une manière qui lui a coûté cher ! Et lui, non seulement il est vivant avec une simple cicatrice en souvenir, mais en plus il la rejette et prétend vouloir l'oublier !

Clara, furieuse, s'enfonce sauvagement les ongles dans la peau pour s'empêcher de hurler. Sentant un liquide chaud courir sur ses paumes, elle baisse les yeux, surprise de constater qu'elle s'est tant griffé les mains que celles-ci sont maintenant en sang. Grimaçant, elle se rend soudain compte que cela lui fait mal. Tant mieux après tout. Maintenant au moins, corps et âme sont en parfait accord. Oh, comme elle voudrait se trouver face à Rafaele et le gifler à toute volée pour lui faire payer ce qu'elle ressent. Il semblerait que la douceur et la gentillesse aient des limites, finalement.

À ce moment précis, Clara n'a plus rien de doux. Et comme un malheur n'arrive jamais seul, elle entend au-dessus de sa tête un léger toussotement à l'instant même où une ombre s'abat sur elle, lui cachant les faibles lueurs du soleil. Levant brusquement les yeux, elle manque s'étrangler en voyant Don Rodrigo qui la domine de toute sa taille.

Chapitre 17

Les pleurs des bébés retentissent d'un bout à l'autre de l'appartement. Tentant de déboutonner d'une main son chemisier tout en adressant des paroles de consolation à Amélie qui sanglote dans son lit, Judith, Faustine dans les bras, est manifestement débordée. Pedro, qui vient d'entrer en coup de vent, s'en rend à peine compte.

— Maman, il faut que je te…

— Pedro, tu es rentré, le coupe Judith. Sois gentil, prend Amélie pendant que je fais téter Faustine, d'accord ?

Sans attendre la réponse, elle se laisse tomber dans un fauteuil et entreprend de guider la bouche de Faustine vers son sein.

— Elle a peut-être faim aussi ? suggère Pedro en soulevant Amélie dans ses bras.

— Non, elle ne veut pas téter. Elle pleure comme ça depuis tout à l'heure, je n'en peux plus…

Pedro berce sa petite sœur tandis que sa mère tente de nourrir Faustine. Mais la petite bouche dérape contre son sein et s'en détourne avec résolution, laissant échapper des vagissements sonores. Après plusieurs tentatives, Judith se relève en soupirant et s'éloigne dans le couloir, serrant sa fille contre elle. Pedro se précipite à sa suite, criant pour couvrir les cris des bébés.

— Maman, il faut vraiment que je te parle…

— Chut, chut, ma puce…

Berçant la petite fille, Judith semble littéralement dépassée par les cris puissants de Faustine.

— Ma chérie, chut, je suis désolée, je t'ai fait attendre, c'est fini ma puce, tu peux manger maintenant. On va réessayer d'accord ?

— Maman, je… tente Pedro.

— Pedro, écoute, est-ce que tu peux emmener Amélie dans la pièce à côté et t'en occuper un petit moment ?

— J'ai quelque chose à te dire…

— Pedro, s'il te plaît ! Tu vois bien que ce n'est pas le moment.

Le cœur lourd, Pedro s'éloigne de la chambre avec Amélie, lui chantonnant des berceuses à l'oreille. La fillette hoquette désespérément contre son épaule tandis qu'il tourne en rond dans le salon en essayant de la calmer. Là-bas dans la chambre, les pleurs de Faustine semblent avoir cessé mais il faut bien vingt minutes supplémentaires pour que ceux d'Amélie s'atténuent enfin et que Pedro sente sa tête devenir lourde contre son épaule. À pas de loup, il rejoint sa mère, sa petite sœur enfin endormie. Judith a un sourire las en le voyant arriver. Dans ses bras, Faustine, l'estomac enfin plein, se préparer elle aussi à sombrer dans le sommeil.

— Merci, Pedro, murmure Judith.

Tout doucement, Pedro dépose Amélie dans son lit. Enfin, il va pouvoir discuter avec sa mère. Mais à peine a-t-il tourné les talons qu'Amélie, réveillée, se remet à pleurer. Dans un sursaut, Faustine ouvre les yeux à son tour et il ne faut pas plus d'une seconde pour qu'elle donne la réplique sonore à sa sœur.

— C'est pas vrai, gémit Judith, visiblement prête à s'arracher les cheveux.

Avec un soupir, Pedro reprend Amélie dans ses bras et la berce tout en cherchant à croiser le regard de sa mère. La petite fille paraît s'apaiser et il en profite pour tenter de nouveau de parler à sa mère :

— J'ai quelque chose à te dire, c'est important.

— Pedro, je n'ai pas le temps ! Eh bien alors, Faustine, mon bébé, qu'est-ce qu'il t'arrive ?

Sans un mot, Pedro dépose Amélie dans son berceau et, furieux, part s'enfermer dans sa chambre. Un bref regard en arrière lui apprend que sa mère berce désormais les deux bébés en même temps en chantonnant d'une voix quelque peu hystérique. Elle ne l'a même pas vu partir.

*

Lorsqu'Antoine, le père de Pedro, rentre du travail, l'appartement est totalement silencieux. Faustine et Amélie, ivres de larmes, ont fini par s'endormir mais l'ambiance au dîner est plutôt tendue.

Pedro joue machinalement avec ses haricots du bout de la fourchette, bouleversé par sa rencontre de l'après-midi et énervé contre sa mère. Judith, épuisée, se sentant impuissante et dépassée, n'a rien avalé du tout. Semblant subitement se souvenir de quelque chose, elle se tourne vers son fils.

— Tu avais quelque chose à me dire tout à l'heure, non ?

— Non, répond Pedro d'un ton chargé de rancune.

Puis, après un temps d'hésitation devant le regard interrogatif de sa mère, il reprend :

— Enfin, si, demain je rentrerai plus tard que d'habitude du collège. J'ai un exposé en groupe à finir après les cours. C'est tout.

— Tu es sûr ?

— Que j'ai un exposé ?

— Non, que c'est tout ce que tu avais à me dire.

— Ouais, c'est tout.

Trop fatiguée pour entamer une discussion, Judith n'insiste pas. Pedro repousse son assiette, l'appétit définitivement coupé.

*

À peine le professeur leur tourne-t-il le dos pour écrire au tableau que Candice abandonne ses airs d'élève attentive pour donner un coup de coude à Pedro.

— Qu'est-ce qu'il y a ? chuchote-t-elle. Ça ne va pas ?

— Si, pourquoi ?

— Je ne sais pas, t'as l'air bizarre…

— Ça va, je te dis.

La voix sèche du prof de maths interrompt net la conversation :

— Pedro ! Avec la note que tu as eue à ton dernier devoir, tu ferais mieux d'écouter !

Et saisissant une pile de copies sur son bureau, il pose sans ménagement le devoir en question devant le garçon. Celui-ci pousse un soupir fataliste en découvrant le trois sur vingt qui s'étale en première page, accompagné d'un commentaire bien senti.

— Et toi Candice, sache que la facilité peut disparaître aussi vite que naît le bavardage en classe !

Candice rougit mais pas trop tout de même, satisfaite du dix-huit que vient de lui remettre le prof. Aussitôt que celui-ci se tourne vers un autre élève, elle chuchote de nouveau à l'intention de Pedro :

— T'avais pas compris ? Tu veux que je t'explique ce soir après les cours ?

Pedro secoue énergiquement la tête.

— Non, ce soir je peux pas.

Dès que la sonnerie retentit, il se précipite hors de la classe sans attendre Candice. Comme il s'y attendait, posté exactement au même endroit que la veille, l'homme l'attend.

— Bonjour.

— Bonjour Pedro. Je suis heureux que tu viennes de toi-même me parler.

Pedro ouvre la bouche mais au même instant, il aperçoit Candice qui les regarde fixement, une intense expression de questionnement sur le visage.

— Venez ! On va ailleurs !

*

Une nouvelle menthe à l'eau devant lui, à la même table de café qu'hier, Pedro, silencieux jusque-là, demande soudain :

— Alors ? Vous avez rien à me dire ?

— Si… Bien sûr… C'est juste que je ne sais pas trop par où commencer… Et si on se tutoyait, ça te dit ?

— OK. Je dois vous appeler comment ? Et ne me répondez pas « papa », c'est hors de question !

Un sourire frémit derrière la barbe brune de l'homme.

— Je m'appelle Benjamin. Tu peux m'appeler comme ça.

— D'accord. Alors, Benjamin, vous… enfin tu… peux m'expliquer quelques détails ? Du genre, si t'es vraiment mon père, pourquoi vous vous êtes, enfin *tu* t'es jamais occupé de moi ? Et puis comment v… tu peux être sûr d'être mon père ? Ça doit faire un bout de temps que tu m'as pas vu, ça ne doit pas être facile de me reconnaître !

Loin d'être agressif, le ton de Pedro est plutôt curieux, avide presque d'entendre ce que ce père, si toutefois père il est, a à lui dire. Celui-ci se passe la main dans les cheveux, cherchant ses mots.

— J'ai préparé cette explication mille fois dans ma tête, Pedro. J'ai mille fois imaginé ce moment. Seulement maintenant que je t'ai devant moi, ça devient tellement plus difficile… alors autant commencer par le commencement, je pense. Je suis né en France. À Dunkerque. Ce n'est qu'à vingt ans que je suis parti en Colombie. J'étais jeune et plein de projets, j'avais décidé de faire le tour du monde. Je me suis arrêté au deuxième pays que j'ai visité : la Colombie. C'est là que j'ai rencontré Isabel. À Bogotá. Je suis tout de suite tombé amoureux d'elle. Je la trouvais… merveilleuse. Drôle, intelligente, belle… tellement belle. Elle vivait dans les quartiers pauvres de Bogotá. Je n'étais pas bien riche non plus mais j'avais un plan : m'établir dans le pays, me trouver un job et dès que j'aurais amassé assez d'argent, me payer un billet d'avion pour d'autres horizons… J'ai effectivement trouvé un petit boulot mais je ne m'en suis pas servi pour me payer un billet d'avion. Je m'en suis servi pour nous faire vivre, Isabel et moi. Nous avons vécu une folle histoire d'amour, tu sais. Une histoire passionnée comme celles qui n'arrivent qu'une seule fois dans la vie. Et très vite, tu es né. Les années ont passé et… le problème avec la passion, vois-tu, c'est que les disputes sont aussi fortes que les moments d'amour. Aussi violentes. Il y a eu un moment où tout s'est détraqué entre Isabel et moi, pour diverses raisons… Et de disputes en disputes, j'ai décidé de retourner en France pour un temps. Je ne vous abandonnais pas et ta mère le savait. Je voulais trouver un travail en France, un logement et vous faire venir tous les deux. Je pensais que la vie serait plus facile ici pour nous. Je ne vous ai pas abandonnés, je te le promets. Ta mère et toi, vous étiez mes amours, ma vie. Je pensais que mettre un peu de distance entre Isabel et moi pendant quelque temps nous serait profitable et que dès que vous me rejoindriez en France, tout irait mieux. On se retrouverait comme avant. On aurait une vie meilleure, loin de la misère… Et puis, tu sais, j'avais tout laissé en France : ma famille, mes amis… Je voulais retourner un moment auprès d'eux, m'organiser et vous faire venir. Je ne vous ai pas abandonnés, Pedro…

Pedro avale une gorgée de menthe à l'eau et demande doucement :

— Mais finalement, tu ne nous as pas fait venir… Et tu ne nous as pas rejoints non plus ?

— J'ai essayé. J'ai essayé mais c'était trop tard…

— Comment ça ? Qu'est-ce qu'il s'est passé ?

À peine Pedro a-t-il posé cette question qu'il le regrette aussitôt. Il n'est pas certain de vouloir connaître la suite de cette histoire qui pourtant avait débuté comme un conte de fées.

Quelque chose lui dit que le célèbre « *Ils eurent beaucoup d'enfants et vécurent heureux pour toujours.* » ne sera pas la fin de cette histoire-là. Mais il n'a pas le temps d'arrêter Benjamin que celui-ci reprend :

— Je suis donc retourné en France en te laissant à Isabel. Mais tous les soirs, j'appelais pour prendre de vos nouvelles. Tu avais quatre ans, déjà un grand garçon. C'est toi qui répondais au téléphone et je te racontais des histoires… Je n'ai jamais passé autant de temps au téléphone qu'à ce moment-là…

— Ni payé une note de téléphone aussi astronomique j'imagine, l'interrompt Pedro.

Benjamin sourit.

— En effet. Mais ta petite voix dans l'appareil valait largement cette somme. Et puis un jour, le téléphone a sonné dans le vide… Au début je ne me suis pas inquiété mais quand au bout de quelques jours vous ne répondiez toujours pas, j'ai paniqué. En Colombie, Isabel et moi n'avions pas de téléphone à nous, j'appelais à la cabine téléphonique au coin de la rue, tous les soirs à la même heure. C'était convenu et jusque-là, Isabel et toi, vous vous étiez toujours trouvés auprès de la cabine. J'ai d'abord pensé qu'Isabel m'en voulait, qu'elle avait décidé de rompre le contact : nous avions eu un accrochage au téléphone quelques jours auparavant. Elle n'était plus sûre de vouloir venir en France, elle voulait que je revienne… Je me suis dit qu'elle était en colère. J'ai même imaginé qu'elle avait rencontré quelqu'un d'autre, que j'étais parti depuis trop longtemps… J'ai voulu retourner en Colombie, j'ai acheté un billet d'avion et… et la veille de mon départ, ma mère a eu un accident de voiture. Grave. Les médecins n'étaient pas sûrs qu'elle se remettrait. Elle est restée plusieurs jours dans le coma. Elle s'en est finalement sortie mais il lui a fallu du temps pour se remettre... Elle était toute seule, tu sais. Mon père est mort quand j'étais enfant et je n'ai ni frère ni sœur. Il n'y avait personne pour l'aider à part moi. Je suis resté auprès d'elle...

Benjamin s'interrompt, l'air gêné, cherchant dans le regard de Pedro le jugement auquel il s'attend. Mais Pedro commente simplement :

— J'aurais fait pareil, je crois.

Rassuré, Benjamin poursuit son récit :

— Quand ma mère a pu se débrouiller seule, je suis tout de suite retourné à Bogotá. Entre-temps, chaque jour, j'avais essayé de joindre Isabel. Sans succès. Je suis rentré, m'attendant à la retrouver dans les bras d'un autre... Je ne m'attendais pas à ce que... Je ne savais pas...

Sentant le désastre venir, Pedro serre les dents, partagé entre l'envie de connaître la suite de l'histoire et celle de fuir en courant.

— C'est la voisine qui m'a appris ce qu'il s'était passé. Elle ne savait pas comment me joindre. Elle attendait mon retour pour me dire... pour me dire... Isabel n'avait pas rencontré quelqu'un d'autre... Elle avait eu un accident... quelques jours avant celui de ma mère, tu te rends compte ? Une voiture l'avait renversée alors qu'elle traversait la rue... Elle est morte sur le coup. Sous tes yeux... La voisine m'a dit qu'elle revenait de la cabine téléphonique au coin de la rue quand c'est arrivé. C'était moi qu'elle appelait. Je venais de lui parler au téléphone, elle est morte et je n'ai rien su, rien senti... Évidemment, j'ai tout de suite voulu savoir ce que tu étais devenu... La voisine m'a dit que tu avais été pris en charge par l'assistance publique. Elle aurait voulu te garder en attendant mon retour mais elle avait déjà cinq enfants qu'elle élevait seule et parvenait à peine à les nourrir. Alors, elle a regardé l'assistante sociale t'emmener. Bien entendu, j'ai tout de suite cherché à contacter cette assistante sociale et on m'a orienté du côté d'un foyer pour enfants où on t'avait placé. Seulement... tu n'y étais plus... Et le pire, c'est qu'on a été incapable de me dire ce que tu étais devenu.

— Comment c'est possible, ça ? demande Pedro en fronçant les sourcils. C'était quoi cet endroit, un foyer pour enfants ? Il y a bien des documents, des papiers, les enfants ne disparaissent pas comme ça !

Benjamin pousse un soupir.

— Il faut que tu comprennes que le contexte n'est pas le même qu'en France... Il y a des dizaines d'enfants qui se retrouvent abandonnés chaque jour là-bas... Toi... Personne n'a été en mesure, après la mort d'Isabel, de retrouver ta famille. La voisine ne savait quasiment rien de nous. Pour elle, en partant en France, je t'avais abandonné... C'est ce qu'elle a dit à l'assistante sociale. Isabel avait encore de la famille mais pas à Bogotá et personne ne savait comment la contacter... L'assistante sociale t'a classé parmi tous ces enfants abandonnés chaque jour en Colombie... Le foyer où elle t'a placé, tu sais, je l'ai visité. Ce n'était qu'un lieu de passage. Les enfants y restaient très peu de temps avant d'être confiés à d'autres structures, plus organisées. Ils dormaient tous dans un immense dortoir et, pour certains, on ne connaissait même pas leurs noms. La plupart venaient de la rue. On m'a dit qu'au cours du mois écoulé, pas moins de douze enfants s'étaient enfuis de là. Enfuis pour aller où ? Dans la rue, sans doute ? Je t'ai cherché, Pedro. Je t'ai cherché partout, j'ai exploré toutes les pistes possibles... Je ne t'ai pas retrouvé. J'avais tout perdu... mes amours, ma vie... tout...

Chapitre 17

Benjamin enfouit la tête dans ses mains et répète d'une voix brouillée :

— Tout…

Pedro l'observe du coin de l'œil, incapable du moindre geste, cherchant quelque chose à dire. Il se rend soudain compte que, captivé par le récit de Benjamin, il en a oublié ses peurs et ses doutes. Il aurait donc un père alors ? Un vrai père qui l'aurait cherché, des années durant ? Un père qui l'a aimé ?

Soudain submergé par une vague de compassion, Pedro tend la main et tapote maladroitement l'épaule de Benjamin. Il n'est pas certain d'être son fils. Comment le savoir ? La ressemblance que croit voir Benjamin entre sa femme et Pedro suffit-elle réellement à en être sûr ? Mais Benjamin est sincère, cela, Pedro en est certain. Et au moment où leurs regards se croisent, Pedro décide de lui faire confiance.

Chapitre 18

Clara se tourne et se retourne sur le sol trop dur, cherchant vainement à trouver le sommeil. Elle a froid, elle se sent seule, et surtout, elle pense à ce que Don Rodrigo lui a dit quelques jours auparavant. Dans sa tête, elle entend encore résonner la voix fausse et mielleuse : « Alors, Clara, tu n'es pas revenue me voir ? »

Non, Clara n'était pas retournée voir Don Rodrigo et à vrai dire, elle n'en avait absolument pas l'intention. Mais il semblerait que celui-ci en ait décidé autrement et qu'il savait exactement où la trouver. Il l'avait attendue, lui avait-il dit, et n'appréciait vraiment pas devoir venir lui-même jusqu'à elle.

— Vous étiez pas obligé de venir, avait rétorqué Clara.

Ce à quoi il avait répondu d'un air mauvais :

— C'est moi qui détermine les règles du jeu, Clara. C'est moi qui décide qui je veux revoir ou non. Et toi, je veux te revoir.

Dans un mélange de bravoure et d'inconscience, Clara lui avait tenu tête.

— Et si moi, j'ai décidé le contraire ?

— Mais tu n'as pas le choix.

Il avait alors caressé sa poche dont le renflement suspect avait tout de suite alerté Clara et en avait sorti une arme qu'il avait négligemment brandie au-dessus de sa tête. Après des années passées dans la rue, Clara en avait vu de toutes les couleurs mais c'était la première fois qu'on sortait un revolver devant elle. Se remémorant le coup de couteau que Rafaele avait pris à sa place, elle s'était fait la réflexion que, depuis quelque temps, sa vie devenait plutôt mouvementée. Cependant elle n'avait nullement reculé devant cette nouvelle menace.

— C'est censé me faire peur ? Vous voulez me tuer ? Mais allez-y, qu'est-ce que vous attendez ?

— Oh non, je ne veux pas te tuer, avait susurré Don Rodrigo. J'ai besoin de toi, sinon je ne serais pas venu jusqu'ici. En revanche, je n'ai pas besoin de tes amis, ils ne m'intéressent pas. Alors, par qui vais-je commencer ? Le courageux Juan, votre chef ? Ou le petit éclopé qui lui colle toujours aux basques, Guillermo, c'est bien ça ? Ou la petite maigrichonne à la queue-de-cheval… Comment déjà ? Ana ? Ou Manuel, le cireur de chaussures ? À moins que tu ne préfères Maria, sa petite sœur qui se fait passer pour un garçon… Petite mais futée, ce n'est pas sûr que je la tue celle-là, j'ai quelques idées pour elle… Alejandro, alors, le jeune coq prétentieux ? Sauf si, bien entendu, tu préfères ce charmant jeune homme aux cheveux en bataille avec sa cicatrice sur le sourcil ? Ton petit ami, Rafaele… C'est sans doute par lui que je commencerais en fait. Pour les autres… je te laisse choisir l'ordre si ça te chante…

Clara, horrifiée, avait frémi. Don Rodrigo la connaissait bien mieux qu'elle ne le pensait. Il s'était renseigné, l'avait fait suivre sûrement. À moins que Soledad n'ait trop parlé ? Clara avait aussitôt chassé cette pensée de sa tête, se refusant à croire à une trahison de son amie. Mais quelle que soit la manière dont il l'ait appris, Don Rodrigo connaissait presque tout sur la *gallada*. Il fallait qu'elle les prévienne, qu'ils se cachent. Comme s'il lisait dans ses pensées, Don Rodrigo avait ajouté :

— Je les retrouverai où qu'ils soient, tu sais. Tous. Et toi aussi, je peux te retrouver, n'importe quand. J'ai beaucoup de connaissances, Clara. J'ai des hommes partout, j'ai de l'influence, tu le sais, n'est-ce pas ? Je vous retrouverai où que vous soyez. Tu n'as pas le choix.

Bien que terrifiée, Clara y était allée au bluff :

— Faites ce que vous voulez, ça m'est égal. Je tiens pas tellement à eux.

Alors, Don Rodrigo avait décoché sa dernière flèche :

— Soledad est chez moi en ce moment, avec un de mes hommes. Il me suffit de passer un simple coup de téléphone, Clara. Un simple coup de téléphone.

N'ayant aucun moyen de vérifier cette information et paniquée à l'idée qu'il puisse arriver quelque chose à ses amis à cause d'elle, Clara avait capitulé :

— Qu'est-ce que vous voulez ?

*

Clara se retourne pour la énième fois, s'écorchant le bras sur le sol rugueux quand la petite main de Maria vint se poser sur son épaule.

— T'arrives pas à dormir ?

— Non. Toi non plus ?

— Tu m'as réveillée, répond Maria, une nuance de reproche dans la voix.

— Désolée.

— Oh, ça fait rien. De toute façon, j'aurais pas beaucoup dormi quand même. Je dors pas bien quand Manuel est pas là, j'aime pas ça. Et puis, le prend pas mal mais être seule juste avec toi la nuit, c'est pas tellement rassurant.

Non, pas rassurant du tout, approuve intérieurement Clara. *Surtout maintenant.*

— Je le prends pas mal, t'as raison. Tu devrais aller rejoindre Manuel et les autres, tu sais.

— Ben non, je vais pas te laisser toute seule. Mais on devrait peut-être aller retrouver tes copains, tu sais, Miguel, Jaime et compagnie. Pourquoi tu restes plus avec eux d'ailleurs ?

Parce que je tiens pas à ce que Don Rodrigo les inscrive eux aussi sur sa liste, voilà pourquoi, se dit Clara.

Croyant entendre un bruit, elle sursaute et regarde autour d'elle d'un air affolé.

— Maria, je suis sérieuse, va rejoindre Manuel et les autres. Dépêche-toi.

Maria frotte ses yeux encore lourds de sommeil puis observe son amie en fronçant les sourcils.

— Qu'est-ce que t'as ? T'as l'air bizarre. C'est à cause de Rafaele ?

— Mais non.

— Alors raconte-moi ! T'as des ennuis ?

Elle hésite un moment puis reprend à voix basse :

— C'est Don Rodrigo, c'est ça ?

Clara dévisage Maria, étonnée par la perspicacité de la fillette.

— Qu'est-ce qui te fait dire ça ?

— C'est Sole. Elle m'a demandé si Don Rodrigo te courait pas après. Elle, elle peut plus s'en dépêtrer, il refuse de la laisser tranquille.

— C'est elle qui te l'a dit ?

— Oui… enfin presque. Je l'ai suivie en fait, plusieurs fois, et puis… j'ai deviné. Je devine beaucoup de choses, tu sais.

— Ça veut dire quoi « il refuse de la laisser tranquille » ? Qu'est-ce qu'il lui demande, à Sole ?

Maria hausse les épaules.

— Je te le dirai si tu m'expliques ce qu'il te veut, à toi. Alors ?

Clara hésite. Sans doute vaudrait-il mieux laisser Maria en dehors de tout cela et la renvoyer au plus vite auprès de son frère. Mais après tout, Maria a déjà compris plus de choses que Clara ne l'aurait imaginé. En plus, elle la connaît bien et sait que la fillette n'aura de cesse de la harceler et de fouiner partout pour découvrir ce qu'elle veut savoir.

Et puis… Clara se sent tellement seule. Si, presque tous les jours, Maria, Ana et Soledad se relaient pour rester avec elle, elle n'a plus aucun contact avec les garçons. Rafaele ne veut plus la voir et tous ses amis sont ensemble, loin d'elle. « Ensemble » : Clara a peur d'oublier ce que cela signifie, être ensemble.

D'après Maria, Rafaele aussi reste de moins en moins souvent avec eux alors, qui sait, peut-être pourrait-elle reprendre sa place dans le groupe ? Mais est-ce de la fierté ? De la peur ? Clara s'y refuse, pour des raisons qu'elle ne connaît même pas. Ce qu'elle sait en revanche, c'est qu'elle se sent prise au piège et qu'elle aurait vraiment besoin de se confier à quelqu'un.

Assise en face d'elle, ses yeux perçants fixés droit sur les siens, Maria attend, imperturbable, certaine que son amie finira bien par lui livrer la cause de ses tracas. Petite Maria, si jeune encore mais qui connaît déjà le monde de la violence et de la désillusion. Regard de velours et regard de braise s'affrontent un instant en un bras de fer silencieux, puis Clara finit par demander :

— Maria, est-ce que tu peux garder un secret ?

*

— À quoi tu penses ?

Manuel décoche à Maria un regard inquiet. Elle n'a pas dit un mot de toute la matinée, ce qui ne lui ressemble pas. N'importe qui pourrait la croire très absorbée par le chouchou de perles qu'elle confectionne mais Manuel connaît sa petite sœur par cœur. Il sait bien qu'elle est totalement incapable de rester concentrée sur une même tâche aussi longtemps, encore moins sans parler. Maria enfile pour la troisième fois son aiguille dans la même perle. L'air complètement ailleurs, elle ne prête guère plus d'attention à son frère qu'à son chouchou.

— Hou, hou ! Maaariaaa !

Manuel agite les doigts de manière significative devant le visage de sa sœur mais celle-ci se contente d'un geste de main, comme pour chasser une mouche, et entreprend d'enfiler une perle dans une autre. Manuel échange un regard avec Rafaele, assis à ses côtés.

— Quelque chose qui ne va pas, Maria ? interroge Rafaele en lui tapant sur l'épaule.

La fillette sursaute, laissant échapper le chouchou.

— Quoi ?

Chapitre 18

— Quelque chose ne va pas ? répète Rafaele en ramassant le chouchou et en lui tendant.

— Non, non, tout va bien.

— Tu es sûre ? s'enquiert Manuel. T'es bizarre depuis que t'es revenue. Revenue d'où d'ailleurs ? T'étais où ?

— Avec Clara, répond Maria l'air absent.

Le visage de Rafaele se ferme et il détourne les yeux.

— Et c'est d'avoir été avec Clara qui te met dans cet état ? interroge Ana.

— Quel état ? grogne Maria.

Ana mime un avion qui plane et Maria se renfrogne. Ana change alors de ton :

— Comment elle va, Clara ? Ça fait une semaine que je l'ai pas vue, j'irai la rejoindre ce soir.

Maria hausse les épaules sans répondre et Soledad, alarmée, se dégage des bras de Juan pour venir s'asseoir auprès d'elle.

— Qu'est-ce qu'il y a ? Il y a un problème avec Clara ?

— Mais non, répond Maria d'un ton exaspéré.

Soledad et Ana échangent un regard alors que Rafaele garde obstinément les yeux baissés.

— On ira la voir ce soir Ana et moi, annonce Soledad. Elle est où, dis-moi ?

Une fois encore, la petite fille ne répond pas, l'air très concentré sur son chouchou de perles.

— Maria, insiste Soledad. Où est Clara ?

Devant le silence buté de Maria, Soledad, qui n'a aucune patience, lui arrache le chouchou des mains. Maria bondit sur ses pieds avec un cri indigné mais Soledad tient le chouchou hors de sa portée.

— Où-est-Cla-ra ? demande-t-elle en détachant les syllabes d'un air menaçant.

Maria, furieuse, fonce sur Soledad, toutes griffes dehors, prête à récupérer son bien mais Juan l'intercepte au passage.

— Eh ! On se calme là !

Avec colère, Maria se dégage et crache en direction de Soledad :

— Elle veut pas te voir de toute façon, Clara ! Elle veut voir personne et c'est ta faute !

Elle jette à Rafaele un regard mauvais :

— Et la tienne surtout !

Les voilà les reproches que Rafaele attendait. Il hausse les épaules sans répondre mais Maria, de plus en plus déchaînée, se campe devant lui et poursuit sur sa lancée, oubliant totalement la promesse faite à Clara :

— Don Rodrigo lui a mis le grappin dessus ! À cause de toi !

À son tour, Rafaele se lève, dominant Maria de toute sa taille. Estéban et Mateo, occupés à sniffer de la colle, assis dans un coin, lèvent les yeux vers leurs amis. Guillermo, sentant venir l'orage, vient se poster à côté de Juan, comme toujours lorsqu'il ne se sent pas en sécurité.

— À cause de moi ? répète Rafaele d'un ton où perce la colère.

— Oui, c'est ta faute !

— Ma faute ? Mais je lui ai jamais demandé, moi, d'aller voir Don Rodrigo !

— Elle l'a fait pour te sauver la vie !

— Mais c'est moi qui lui ai sauvé la vie, rétorque Rafaele. C'est elle qui aurait dû se prendre un coup de couteau, au départ !

— Eh bien c'est comme pour Don Rodrigo ! Elle non plus, elle ne t'a pas demandé de prendre ce coup de couteau à sa place ! Et toi… toi, tu la laisses toute seule face à Don Rodrigo, tout ça parce que t'es orgueilleux et jaloux !

— Tais-toi, gronde Rafaele les dents serrées. De quoi tu te mêles ?

— De ce qui me regarde ! Clara est mon amie ! Tu sais ce que Don Rodrigo l'oblige à faire à cause de toi, hein, tu le sais ?

— Sûrement quelque chose qu'elle t'a fait promettre de ne pas révéler, persifle Soledad se mêlant soudain à la dispute.

— Ferme-la, vocifère Maria. À toi aussi, c'est ta faute ! À toi aussi, il te demande la même chose que Clara, je le sais ! Clara, elle le fait parce qu'elle a pas le choix, parce qu'il l'a menacée ! Il l'a menacée de nous faire du mal à tous ! Mais toi, tu le fais pour quoi, hein ? Pour de l'argent ?

Un instant, Soledad, des éclairs dans les yeux, semble prête à gifler Maria mais elle se détourne soudain sans répondre.

— Faire quoi ? demande Manuel alarmé. Qu'est-ce qu'il vous oblige à faire ?

Trop défoncés pour se mêler à la conversation qui dégénère de plus en plus, Estéban et Mateo ont laissé tomber leur mauvaise colle et tentent, malgré la brume dans laquelle se trouvent leurs esprits, de comprendre de quoi il retourne exactement. Juan, fronçant les sourcils, s'approche de Soledad et la prend par les épaules.

— Faire quoi ? demande-t-il doucement, reprenant les mots de Manuel.

Tous les regards sont maintenant braqués sur Soledad. Sentant avec humiliation ses lèvres se mettre à trembler, elle se dégage brusquement de l'étreinte de Juan et s'enfuit en courant. Juan esquisse un geste pour lui courir après mais Ana le retient par un bras.

— Laisse-la, murmure-t-elle. Elle est bouleversée et elle voudrait pas que tu la vois comme ça, tu la connais.

Juan se tourne alors vers Maria.

— Tu vas nous expliquer ce qu'il se passe à la fin ?

— Non, réplique Maria. J'ai promis à Clara.

— Ça te va bien de dire ça alors qu'il y a deux secondes tu étais prête à le hurler à toute la rue, intervient Ana.

De nouveau, les yeux de Maria étincellent de rage. Sentant venir le début d'une nouvelle dispute, Manuel se place entre les deux filles.

— Allez, Maria. Ana a raison, t'en as déjà trop dit alors vas-y, explique-nous !

— Mais qu'est-ce que ça peut vous faire ? Vous vous en fichez pas mal de ce qui peut arriver à Clara !

— C'est pas vrai, proteste Ana, piquée au vif. Clara est notre amie, comment tu peux dire ça ?

— Oui, renchérit Juan, et en plus d'après ce que tu dis, Sole aussi a des ennuis.

— Comme si ça t'intéressait que Sole ait des ennuis ou pas !

Guillermo lève des yeux inquiets vers Juan, essayant de déterminer si cette dernière phrase est celle qui le mettra en colère pour de bon. Mais Juan semble plus troublé que furieux.

— Mais bien sûr que ça m'intéresse, enfin !

— Tu parles ! Ça fait des mois que Soledad va voir Don Rodrigo et t'as jamais rien fait, jamais rien dit ! Vous faites tous semblant de rien voir !

— Ça suffit maintenant, gronde Rafaele à l'intention de Maria. Mêle-toi un peu de ce qui te regarde pour une fois !

Il n'en faut pas plus pour que la fillette se jette sur lui, poings en avant. Il faut une bonne dose de sang-froid à Rafaele pour ne pas trop s'énerver et se contenter de la repousser. Juan attrape fermement Maria par un bras et l'entraîne un peu plus loin.

Chapitre 18

— Tu te calmes, maintenant, ordonne-t-il en serrant les dents.

Mais au fond, il ne peut s'empêcher d'admirer celle qui, du haut de ses neuf ans, est prête à leur tenir tête à tous. Sans doute a-t-elle plus de cran qu'eux réunis. Juan se dit que cela lui permettra d'aller loin dans la vie… à moins que cela ne la perde. Et même s'il est trop fier pour l'avouer devant elle, il pense qu'elle n'a pas entièrement tort.

La prostitution, c'est une affaire de filles, voilà ce que lui et les autres garçons ont toujours pensé. Ce n'est rien de plus qu'une manière de toucher quelques sous et de survivre. Mais peut-il réellement laisser Soledad et Clara se mettre en danger sans intervenir ? Clara avait confiance en lui, en Rafaele surtout et ils l'ont abandonnée à son sort. Et Soledad… Juan ne lui a jamais dit mais Soledad est tout pour lui et il tient à elle plus qu'à n'importe qui d'autre. Qu'est-ce que Don Rodrigo l'oblige à faire exactement ? Juan s'en doute quelque peu et il ne peut que s'en vouloir de l'avoir laissée s'attirer des ennuis sans rien faire.

Devant lui, la petite Maria le fixe avec rancune. Manuel s'approche de sa sœur et lui pose une main apaisante sur l'épaule.

— On s'en fiche pas, Maria.

— Bien sûr que si, rétorque la fillette en se dégageant. Vous en avez rien à faire de ce qui peut arriver à Clara ou à Sole… ou de ce qui va nous arriver un jour à Ana et à moi. C'est plus facile pour vous de faire toujours semblant de rien, vous êtes pas des filles.

— Têtue, hein, marmonne Juan.

Manuel regarde tour à tour Maria, Rafaele et Juan puis, dans un élan de loyauté, se tourne vers sa sœur :

— T'as peut-être raison. Faire semblant de ne rien voir,

c'est plus facile. Mais… Maria, tu te rappelles quand on est partis de la maison ? Tu t'en souviens ?

Maria, toute à sa colère, ne daigne pas regarder son frère mais celui-ci poursuit d'une voix un peu rauque :

— *Il* avait encore bu ce soir-là, tu te rappelles ? Plus que d'habitude, je crois. Et quand il est rentré, tu étais là, sur son chemin. Et il s'est mis à t'insulter, comme ça, juste parce que tu étais là. Et avant même que j'aie eu le temps de venir te chercher et de te faire sortir, il te tapait déjà dessus. Fort. Il t'a coupée au bras avec un tesson de bouteille, tu t'en souviens ? Et *elle*, elle te regardait sans lever le petit doigt, comme toujours. Et toi, tu hurlais, c'était insupportable de t'entendre hurler comme ça et c'est là que je me suis dit qu'il lèverait plus jamais la main sur toi. Je pouvais rien faire, j'étais trop petit mais c'est là que je me suis juré de t'emmener loin d'ici. Et pendant la nuit, je t'ai réveillée et on est partis. J'avais une maison, Maria. C'était juste un baraquement de tôle et de bois mais j'avais une maison. C'est pour toi que je l'ai quittée parce que je supportais plus de le voir te faire du mal chaque fois qu'il avait bu. Alors comment tu peux penser que je m'en fiche de ce qui peut t'arriver ?

Maria lève enfin les yeux vers son frère, buvant chacune de ses paroles. Juan, Ana, Guillermo et Rafaele écoutent sans rien dire. Ils n'ont jamais su la véritable raison qui a poussé Manuel et Maria dans la rue. Ni l'un ni l'autre jusqu'à présent n'en avaient jamais parlé. Même Estéban et Mateo, toujours sous l'emprise de leur mauvaise colle, semblent attentifs aux paroles de Manuel. Celui-ci a glissé une main dans celle de sa petite sœur et poursuit sur sa lancée :

— C'est pas vrai qu'on s'en fiche, pas du tout. C'est… je sais pas, moi… plus facile de se voiler la face. Plus facile de pas en parler. Mais on s'en fiche pas. Et d'ailleurs, écoute-moi, écoute-moi bien Maria, je T'INTERDIS d'aller voir Don Rodrigo, que ce soit maintenant ou plus tard. Je t'interdis d'aller le voir, lui ou n'importe quel autre homme… Tu m'as bien compris ?

Les yeux brillants, Maria acquiesce sans dire à son frère qu'elle a promis la même chose à Rafaele quelques jours plus tôt. Du bout des doigts, elle caresse la longue cicatrice sur son bras, là où, plus de quatre ans auparavant, son père l'a blessée avec un tesson de bouteille. Manuel, habituellement si discret et silencieux, se tourne à présent vers Rafaele :

— Tu sais, j'ai jamais regretté d'avoir quitté ma maison, dit-il. Je me suis retrouvé à la rue en ayant plus que Maria comme seule famille mais je l'ai jamais regretté. Ce qui comptait, c'était que ma sœur soit plus heureuse et que personne lui tape dessus. Mais j'étais quand même à la rue. Je crois qu'il y a un prix à payer pour tout, Rafaele. Pour chaque décision qu'on prend. Quand tu t'es mis devant Clara pour la protéger, tu l'as payé d'un coup de couteau. Et quand Clara est allée voir Don Rodrigo pour pouvoir te soigner, elle l'a payé de ton attitude… de notre attitude à tous envers elle. Vous êtes quittes, non ? Avoue que tu l'aimes, Clara, me dis pas le contraire. Alors… va la chercher !

Un long moment, Rafaele dévisage Manuel d'un air songeur. Puis, sans dire un mot, il tourne les talons et disparaît au coin de la rue.

Chapitre 19

Pedro fixe le miroir depuis si longtemps que son reflet s'est troublé en un assemblage d'ombres et de couleurs. Sa propre image lui semble désormais aussi brouillée que ses pensées. Les pleurs soudains de l'une de ses sœurs dans la pièce voisine le font sursauter, rompant le charme.

De nouveau, son visage lui apparaît clairement. Cela fait maintenant plus d'une demi-heure qu'il fixe ostensiblement son reflet, cherchant à déceler dans ses traits la moindre ressemblance avec Benjamin. Jusque-là, l'observation ne s'est guère révélée concluante. Avec un gros effort d'imagination, on peut peut-être supposer une timide ressemblance dans la forme du visage, vaguement triangulaire, mais cela s'arrête là.

« Tu ressembles à ta mère », a dit Benjamin. Sa mère… même quand Pedro essaye, avec beaucoup de volonté, de se la représenter, de s'en souvenir, c'est l'image de Judith qui s'impose à lui. Il n'a même pas demandé une photo à son soi-disant père biologique. C'est pourtant la première chose qui aurait dû lui venir à l'esprit.

Dulce de leche

L'histoire que lui a contée Benjamin lui paraît à la fois très proche et très irréelle. Il a beau fouiller dans sa mémoire, aucun détail concernant sa mère, ou même Benjamin, ne lui revient.

« Tu avais quatre ans », a précisé Benjamin. Évidemment, quatre ans, c'est encore très jeune mais de là à ne se souvenir de rien… Pedro comprend soudain, avec plus de netteté que jamais, la frustration de Cécilia qui se plaint toujours de ne pas avoir de souvenirs de sa petite enfance. Pourtant, Pedro a davantage de souvenirs de la Colombie que Cécilia. Mais ce sont des réminiscences de la rue et aucune d'entre elles ne peut l'éclairer sur ses origines. La sensation d'avoir eu faim et froid. Sa joie en trouvant un jour une pièce de monnaie par terre. Un jeu avec des cailloux et une ficelle auquel il s'adonnait avec d'autres enfants. Un homme se dressant devant lui, menaçant. Ses mains rouges et couvertes d'engelures… Et quelques autres souvenirs encore, tout aussi dépourvus d'intérêt.

De nouveau, le doute assaille Pedro. Et si Benjamin lui avait menti ? S'il n'était pas son père ? Si seulement Pedro pouvait déceler une once de ressemblance entre eux, il en serait rassuré. En même temps, pourquoi Benjamin lui aurait-il menti ? Il avait l'air tellement sincère, tellement bouleversé. Et c'est vrai que Pedro a les yeux un peu moins bridés que ceux de Cécilia et la peau légèrement plus claire. Cela ne serait-il pas dû à des origines européennes ? Ou alors est-ce simplement le hasard ?

Le regard de Pedro revient au miroir. Non, vraiment, s'il est à moitié français, rien dans son apparence ne lui a jamais permis de le soupçonner… Et si Benjamin lui a bien dit la vérité, alors que deviennent pour lui Judith et Antoine ? Pedro n'a jamais été aussi proche de sa famille que l'est Cécilia avec la sienne. Il y a toujours eu entre eux une invisible barrière depuis l'instant où, huit ans plus tôt, dans un orphelinat, ses parents l'ont serré dans leurs bras alors que d'autres gens en faisaient autant avec Cécilia et qu'il a compris qu'on allait les séparer. Quand Cécilia a lâché sa main, le monde est soudain devenu encore plus hostile et effrayant qu'il ne l'était déjà.

Pourtant, Pedro aime son père et sa mère. Il leur est reconnaissant de lui avoir offert une vie bien plus agréable et sécurisante que celle qu'il avait toujours connue. Mais jamais il n'est parvenu à leur accorder la même confiance que Cécilia avec ses propres parents.

Et parfois, il a l'impression qu'Antoine et Judith lui en veulent d'être si secret, si introverti, qu'ils sont déçus et auraient préféré avoir un fils plus ouvert et plus bavard. Et puis, il revoit Antoine lui apprenant à jouer au foot et le soulever dans ses bras en riant. Il pense à Judith lui chuchotant à l'oreille que la naissance des jumelles ne changerait rien à son amour pour lui et se précipiter auprès de lui quand il se réveillait la nuit en hurlant après un cauchemar.

Devant ses pensées, généralement, les doutes de Pedro s'évanouissent et il sent déferler en lui une vague de reconnaissance pour ses parents. Mais sont-ils encore ses parents si sa famille biologique revient vers lui ? Légalement oui mais affectivement ? Le considéreront-ils encore comme leur enfant s'ils savent que son « vrai » père est revenu ?

Brusquement, Pedro comprend qu'ils doivent déjà le savoir, qu'ils l'ont probablement su avant lui. N'a-t-il pas vu Benjamin sortir de chez lui laissant Judith visiblement bouleversée ? Que lui a-t-il dit ce jour-là ? Et s'il lui a raconté la même chose qu'à Pedro, pourquoi Judith ne lui en a-t-elle pas parlé ? Par peur de sa réaction ? Par possessivité maternelle ? Parce qu'elle craignait qu'il se détourne d'elle et d'Antoine ?

Peut-être pensait-elle qu'il cesserait de les aimer ? Oui, mais alors, c'est qu'elle n'a pas confiance en lui, en son amour. Peut-on aimer sans confiance, aimer comme une mère ? Pedro se traite mentalement d'imbécile. Pourquoi ces mots « comme une mère » lui sont-ils venus à l'esprit ? Judith *est* sa mère. Mais justement, l'est-elle réellement si sa véritable mère se nomme en réalité Isabel ? Pourtant cette Isabel ne l'a pas vu grandir, c'est Judith qui l'a élevé, qui l'a aimé. Cependant, sans doute Isabel l'a-t-elle aimé elle aussi et ce n'est pas sa faute si un accident l'a empêchée de l'élever.

L'esprit de plus en plus embrouillé, Pedro appuie son front contre la surface glacée du miroir. Comment peut-il savoir de qui il est réellement le fils alors qu'il ne semble plus savoir lui-même qui il est ?

*

Lorsque Pedro abandonne enfin le miroir et sort de la salle de bains, c'est avec l'intention d'avoir une grande discussion avec ses parents. Heureusement, c'est samedi et le collège est fermé, le garçon aurait été bien incapable de se concentrer sur ses cours aujourd'hui. Antoine présent, il lui sera peut-être plus facile de parler de Benjamin. Pedro est toujours mieux parvenu à parler en présence de son père que lorsqu'il se retrouve seul avec sa mère. De plus, aucun pleur de bébé ne parvient à son oreille. Faustine et Amélie doivent dormir, c'est le moment propice. Il se glisse dans le couloir en prenant une grande inspiration… et s'arrête net devant le seuil du salon.

Chapitre 19

Ses parents sont assis sur le canapé, l'un contre l'autre. Faustine dort à poings fermés, blottie contre Judith, et Amélie gazouille joyeusement sur les genoux d'Antoine. Il règne une telle harmonie, une telle douceur dans ce tableau si semblable à une image de film que Pedro en a presque les larmes aux yeux. Voir ses parents si détendus, l'air si heureux, l'attendrit. Cela fait longtemps qu'il ne les avait pas vus ainsi. Ils sont tellement beaux tous les quatre, exactement l'idée qu'on se fait d'une famille aimante et heureuse. Pour un peu, Pedro courrait chercher son appareil photo pour immortaliser ce moment.

Mais il reste cloué sur place, sentant une vague de tristesse déferler en lui. Quelque chose dans cette jolie scène lui fait soudain très mal. La famille unie qu'il voit sous ses yeux ne comporte que quatre personnes. Deux enfants pour deux parents. Pedro songe que c'est sans doute la première fois depuis la naissance des jumelles que ses parents profitent pleinement d'un moment en famille. À cet instant-là, rien ne semble les troubler, ni inquiétude sur la santé de leurs filles, ni pleurs, ni angoisse de ne pas être de bons parents. Le moment si plein de joie et de tendresse qu'ils n'ont pas connu à l'arrivée de Faustine et d'Amélie à cause de leur prématurité et de leur état de santé précaire semble enfin leur être offert.

On peut considérer l'adoption comme une seconde naissance, se dit Pedro mais il n'empêche que tenter d'apprivoiser un enfant de six ans, si méfiant et distant, n'a rien à voir avec le bonheur de câliner deux beaux bébés nés dans la famille qui les élèvera.

Se sentant douloureusement de trop, Pedro fait demi-tour et sort, à pas de loup, de l'appartement. Ni son père ni sa mère ne l'ont aperçu sur le seuil du salon. Ils ne l'entendent pas sortir non plus.

Dulce de leche

*

— Qu'est-ce que tu dis ? Mais c'est pas possible !

Cécilia fixe Pedro d'un air incrédule. Après avoir longtemps erré dans la ville sans savoir quoi faire de lui-même, ses pas l'ont porté presque instinctivement vers le bus qui lui a permis de rejoindre son amie. Après l'avoir appelée discrètement, ils se sont donné rendez-vous non loin de chez Cécilia qui, une fois de plus, s'est éclipsée de la maison pour le voir. C'est avec empressement que Pedro lui a expliqué les évènements des derniers jours. Mais devant le regard sceptique de son amie, il en vient presque à le regretter.

— C'est pas possible, répète Cécilia à mi-voix.

— Et pourquoi pas ? demande Pedro, une nuance de défi dans la voix.

— Mais parce que… comment il t'aurait retrouvé d'abord ? Ça colle pas son histoire ! Avec des millions d'enfants adoptés à travers le monde entier, comme par hasard, il aurait réussi à te retrouver ? Et qui lui a dit que son fils avait été adopté d'ailleurs ? Il t'a dit que ce n'était pas sûr, qu'il avait peut-être fugué. Ça pourrait être n'importe qui d'autre que toi. Et puis, franchement, regarde-toi, Pedro ! T'as pas l'air européen du tout !

— D'après lui, je ressemble à ma mère. Il a dit qu'elle était indienne.

— Ta mère, mais est-ce que tu t'en souviens ? Au moins un petit peu ? Il a pu te raconter n'importe quoi…

— Non, je m'en souviens pas. Pas du tout. Mais j'étais petit, il a dit que j'avais juste quatre ans.

Voyant Cécilia ouvrir la bouche, prête à protester, il ajoute :

Chapitre 19

— T'as presque pas de souvenirs des six premières années de ta vie, toi. Alors, me dis pas que je suis censé me rappeler mes quatre ans ! Et puis… il avait l'air sincère, Cilia, je t'assure. Tu ne l'as pas vu. Tu n'as pas vu ses yeux quand il me racontait ça.

— Non, mais il suffit de t'écouter pour comprendre que c'est pas possible. Il se trompe ou alors il t'a menti. Les enfants adoptés qui retrouvent leur vraie famille, ça se voit que dans les films, ou alors, quand ça se passe dans la vraie vie, c'est qu'ils ont fait des recherches pour retrouver leurs parents et qu'ils avaient déjà des infos au départ. T'as aucune information sur ton histoire : on t'a trouvé dans la rue.

— Sauf qu'en l'occurrence, c'est lui qui m'a retrouvé.

— Ah oui ? Et comment ?

— Il m'a dit que c'était par le biais d'un foyer d'accueil. Il a visité tous ceux de la ville et épluché les dossiers de tous les enfants de mon âge. Dans l'un des dossiers, tous les renseignements concordaient : les dates, le prénom, les circonstances…

— C'est plutôt léger, comme preuve, non ?

— Je ne sais pas. C'est la meilleure « preuve » qu'il ait trouvée en tout cas. Et il me dit que je ressemble à sa femme… Je crois vraiment qu'il m'a retrouvé, Cécilia, je crois que c'est vrai.

Cécilia le regarde intensément puis demande d'une voix prudente :

— Tu penses que c'est vrai ou tu aimerais que ça le soit ?

Pedro réfléchit un instant.

— Les deux sans doute, admet-il à mi-voix. C'est possible, tu sais. Peut-être pas certain. Peut-être qu'effectivement, il s'est trompé mais il m'a pas menti, j'en suis sûr. Je pense vraiment que c'est possible. Si jamais c'est mon père…

— Et alors, coupe Cécilia, si vraiment c'est ton père, quelle importance ? Il t'a pas élevé, ni rien. Tu le connais pas et lui, il ne sait rien de toi. Ton père, c'est Antoine.

Pedro dévisage Cécilia, immensément déçu par sa réaction.

— Comment ça quelle importance ? Ça a de l'importance. Je pensais que *toi*, tu aurais pu le comprendre !

Et il tourne les talons, laissant sur place une Cécilia pétrifiée.

*

Pedro avait fini par composer le numéro de téléphone que lui a laissé Benjamin l'autre jour. Résigné à ne pouvoir se confier ni à ses parents ni à Cécilia, il avait passé le reste de la journée avec Benjamin, le pressant de multiples questions.

Il fait déjà nuit lorsqu'il rentre enfin chez lui. À peine a-t-il passé le pas de la porte qu'Antoine et Judith se précipitent sur lui. Le calme qui semblait habiter Antoine quelques heures auparavant lorsqu'il câlinait ses filles l'a complètement quitté. Il crie à présent après Pedro comme il ne l'a sans doute jamais fait :

— … Et tu pars comme ça, sans prévenir ? Pour revenir à cette heure-ci ? Mais enfin qu'est-ce qui t'a pris ? Où est-ce que tu étais ?

Pedro fixe le sol sans répondre. Ce n'est certainement pas le moment de dire à ses parents où il était et encore moins avec qui. Il songe vaguement que Cécilia, à sa place, aurait déjà imaginé tout un scénario. Ses talents de comédienne auraient été si persuasifs qu'elle aurait échappé à la scène que lui vit en ce moment. Or, Pedro n'est pas Cécilia et il ne trouve rien à dire, se contentant de courber les épaules en attendant que l'orage passe. Mais le silence obstiné de son fils semble rendre Antoine encore plus furieux qu'il ne l'ait déjà.

— Cette fois, ça suffit ! J'en ai assez, Pedro ! C'est facile de ne jamais répondre et de se murer dans le silence comme ça tout le temps ! Alors pour une fois, tu vas faire fonctionner tes cordes vocales et t'expliquer !

Une vague de colère inhabituelle submerge alors Pedro. Sa difficulté à s'exprimer est ce qu'il déteste le plus en lui, ce qui lui gâche la vie depuis des années. Et non seulement son père le lui reproche mais prétend qu'il se sert de cette difficulté pour échapper aux questions. N'a-t-il jamais vu, jamais compris, à quel point son fils en souffrait ?

— … Tu sais ce que j'en pense de cette attitude, Pedro ? Hein, tu le sais ?

Mû par une incontrôlable rage, Pedro relève brusquement la tête, fixant son père avec tout le mépris dont il est capable.

— J'en ai rien à faire de ce que tu penses ! De toute façon, t'es pas mon père !

Chapitre 20

Voilà des heures que Rafaele tourne en rond dans les rues de Bogotá, sans savoir où aller. Les paroles de Maria, et surtout de Manuel, six jours plus tôt, ont fait mouche. Le visage de Clara hante Rafaele sans interruption. Il a beau essayer de la chasser de ses pensées, une folle envie de courir la retrouver et de la serrer contre lui le taraude, refusant de le laisser en paix. Évidemment, le plus simple serait d'obéir à cette envie et d'aller demander à Maria où se trouve Clara. C'est sûrement ce que n'importe qui ferait. N'importe qui mais pas lui. Rejoindre Clara serait admettre qu'il a eu tort et Rafaele est bien trop fier pour ça. Il s'en rend compte maintenant : il a été injuste et cruel envers elle. Manuel a raison, ils sont quittes après tout et pourtant il a pris comme un malin plaisir à lui faire du mal, comme s'il voulait lui faire payer le prix de sa propre souffrance. Et non seulement il lui a fait du mal mais il ne l'a pas aidée au moment où elle en aurait eu besoin.

Qu'est-ce que Don Rodrigo peut bien l'obliger à faire ? Si Maria a fini par le révéler, il n'était déjà plus là pour l'entendre mais ce qui est certain, c'est que Clara a des ennuis. Rafaele sait bien qu'il en est un peu responsable et que s'il ne peut pas l'aider, il pourrait au moins lui apporter un peu de soutien.

Mais il se voit mal retourner auprès de Clara comme si rien ne s'était passé. Il paraît que le temps efface bien des choses. En ce cas, ne serait-il pas plus simple de laisser le temps faire son œuvre et que l'image de Clara finisse par s'estomper ? En a-t-il vraiment envie ?

En un éclair, le souvenir des compagnons d'enfance qu'il a perdus lui revient en mémoire. La mort est si présente lorsqu'on vit dans la rue. C'est quelque chose de tellement banal, qui peut survenir si vite et de mille manières différentes. Tant de *gamines* meurent tués par la maladie, pour leurs organes ou par la drogue. Cela pourrait lui arriver dès demain. Et à Clara aussi. Et s'il arrivait quelque chose à Clara, dans un an, un mois ou une semaine, sans qu'il lui ait dit à quel point il l'aime et combien il regrette tout ce qu'il s'est passé, que ressentirait-il ? Devant l'horreur de cette perspective, Rafaele se décide brusquement. Maria sait sûrement où doit se trouver Clara, il suffit de le lui demander.

*

Quand Rafaele rejoint ses amis, il comprend aussitôt que quelque chose ne va pas. Guillermo, l'air particulièrement nerveux, tourne en rond en se rongeant les ongles. Juan et Soledad manquent à l'appel et Estéban, Mateo et Maria, en plein conciliabule, se taisent brusquement en le voyant arriver. Les autres, muets, ne lui jettent qu'un morne regard sans le saluer.

Chapitre 20

— Ça va ? demande-t-il.

Seule Ana tente un pâle sourire dans sa direction et marmonne un vague acquiescement. Rafaele se sent soudain mal à l'aise. Est-ce qu'ils lui en veulent à cause de sa dispute avec Maria l'autre jour ?

Il tente une approche en direction de la fillette, lui tendant un petit sac de perles. Il a eu du mal à le trouver mais a bien senti qu'un geste envers Maria serait le bienvenu. Ne tenant pas à ce qu'elle reste fâchée contre lui, il a pris un temps fou à lui choisir des perles de terre cuite sur le marché. Il ne les a même pas volées, il les a achetées. Un vrai cadeau. Mais Maria empoche le présent avec un vague remerciement sans même laisser ses yeux s'attarder sur les perles. Rafaele grimace.

— Écoute, Maria, pour l'autre jour…

— Laisse tomber, répond-elle sur un ton laconique bien loin de sa vivacité habituelle.

Rafaele fait un gros effort sur lui-même pour ravaler son orgueil.

— Non, écoute, si tu veux, on peut en parler. J'ai réfléchi tu sais et…

— C'est bon, laisse tomber Rafaele.

Rafaele regarde longuement Maria mais elle garde les yeux baissés sans rien ajouter. Il cherche alors le regard de Manuel, sans succès. Se tournant vers les autres, il ne peut que constater que tous ont l'air passablement déprimé. Un grand frisson l'envahit soudain.

— Qu'est-ce qu'il y a ? Il s'est passé quelque chose ?

Nulle réponse ne lui parvient et Rafaele sent croître son malaise.

— Qu'est-ce qu'il se passe ? insiste-t-il.

Puis soudain, mû par un doute affreux :

— C'est Clara ?

L'angoisse doit percer dans sa voix car Ana, aussitôt, lui pose une main rassurante sur l'épaule.

— Non, non. Clara va bien, t'inquiète pas.

Puis elle ajoute doucement :

— Sole est partie.

— Comment ça ?

— Elle est partie chez Don Rodrigo.

Rafaele a une mimique d'incompréhension.

— Et alors ? Elle y va tout le temps chez Don Rodrigo, non ?

Ana le regarde droit dans les yeux.

— Je veux dire qu'elle est partie *définitivement* chez Don Rodrigo.

— Qu'est-ce que c'est que cette histoire ?

Guillermo vient se camper devant lui et explique la voix vibrante de colère :

— Elle a laissé tomber Juan !

— Quoi ?

— Elle a laissé tomber Juan ! Il y a trois jours, elle a débarqué comme ça, super bien habillée, et elle a dit qu'elle allait vivre *avec* Don Rodrigo. Dans sa villa, avec lui. Elle a dit qu'il le lui avait proposé et qu'elle en avait marre de la rue, qu'avec lui, elle aurait une bien meilleure vie avec de l'argent et une maison.

— C'est pas possible, qu'est-ce que tu racontes ? s'exclame Rafaele incrédule.

— Il te raconte ce qu'il s'est passé, intervient Ana. Sole a dit à Juan qu'il pourrait jamais lui offrir tout ce que lui proposait Don Rodrigo et que c'était pas la peine de chercher à la retenir. Et elle est partie.

Rafaele regarde ses amis à tour de rôle mais tous approuvent les propos de Guillermo et d'Ana.

Chapitre 20

— Ça ressemble pas à Sole, ça. Il s'est forcément passé quelque chose, elle aurait jamais fait ça.

— Il s'est juste passé que cette ordure lui a proposé de vivre comme une bourge et elle a accepté, crache Guillermo, une rancune tenace dans la voix.

— C'est pas possible, murmure Rafaele.

— On était tous là, on l'a tous entendue ! Elle a dit des choses affreuses à Juan !

— Mais il est où, Juan ?

Guillermo prend un air complètement perdu.

— On sait pas… Il est parti aussi. Il a rien dit, ça fait trois jours qu'on l'a pas vu.

— C'est pas possible, répète Rafaele.

Il ne comprend pas. Soledad et Juan sont inséparables. S'ils se disputent régulièrement, tous deux ayant un caractère assez fort, ils se complètent aussi parfaitement et finissent toujours par s'entendre.

Et pour autant que le sache Rafaele, Soledad a toujours détesté Don Rodrigo. Pour elle, il n'est guère qu'un client comme un autre qui, certes, la paye plus cher mais pour qui elle n'éprouve qu'aversion et mépris.

Quant au fait que Don Rodrigo lui ait proposé de vivre avec lui, cela ne tient tout simplement pas debout. Don Rodrigo se sert de Soledad uniquement pour assouvir ses besoins sexuels et sans doute pour faire passer de la drogue ou autre joyeuseté du même style. Mais vivre avec une fille des rues, amérindienne qui plus est ? Rafaele n'y croit pas une seconde.

— Mais vous avez essayé de discuter avec Soledad ? demande-t-il.

— Si t'avais entendu la manière dont elle a parlé à Juan et vu comment elle nous a regardés, tu n'aurais pas essayé de lui parler non plus, répond Mateo.

Rafaele réfléchit un instant.

— Il faut aller la voir, qu'elle s'explique… Ana, Maria, c'est peut-être vous les mieux placées pour le faire.

Ana le regarde comme s'il était devenu fou.

— Tu veux qu'on aille la chercher chez Don Rodrigo ? Ça va pas, non ? Autant se jeter tout de suite dans la gueule du loup !

Rafaele ne peut que reconnaître que ce n'est absolument pas dans l'intérêt d'Ana et de Maria de se faire repérer par Don Rodrigo. Inutile de compter sur Guillermo : il est bien trop fidèle à Juan et en colère contre Soledad. Manuel et Mateo n'ont jamais été vraiment proches d'elle. Quant à lui-même, il sait bien que Sole lui en veut de sa querelle avec Clara. Elle a très clairement pris la défense de cette dernière, Rafaele n'est sans doute pas la personne à qui elle souhaiterait le plus parler.

Restent Alejandro et Estéban. Ce sont eux qui ont rencontré Soledad les premiers, ils la connaissent bien et seraient sans doute plus à même d'obtenir quelques explications de sa part. Rafaele a d'ailleurs toujours soupçonné Alejandro d'être secrètement amoureux de Sole. Juan et lui n'ont jamais dissimulé une certaine rivalité, soi-disant pour la place de chef du groupe, mais Rafaele s'est souvent demandé si celle-ci n'était pas réellement due à Soledad. Est-ce que, par hasard, une brouille entre Juan et Soledad n'arrangerait-elle pas Alejandro ?

Tout naturellement, Rafaele se tourne alors vers Estéban.

— Va voir Sole, Estéban. Essaye de savoir ce qui lui est vraiment passé par la tête.

Il a toujours existé une certaine hiérarchie dans la petite bande. Selon cette hiérarchie, Alejandro et Rafaele sont clairement les bras droits de Juan. Estéban le sait et il ne pense même pas à protester. D'ailleurs, il est plutôt content que cette mission lui soit due. Lui aussi aime beaucoup Soledad et il lui a été insupportable de la voir s'en aller dans ces conditions. Hochant simplement la tête en guise d'assentiment, il disparaît au coin de la rue.

— Il faut aller chercher Juan aussi, s'écrie aussitôt Guillermo.

Rafaele étouffe un soupir. Cette dévotion envers Juan l'a toujours un peu agacé mais aujourd'hui, Guillermo lui fait presque de la peine, l'air complètement perdu sans son héros.

— On va y aller, répond-il, partagé entre irritation et complaisance. Mais je sais pas du tout où il peut être.

*

Juan passe une main sur son arcade sourcilière et essuie ses doigts rougis de sang sur son tee-shirt, contemplant avec mépris l'adolescent qui, devant lui, se relève difficilement. Une fois sur pied, le gamin détale en courant et Juan hésite un instant à se lancer à sa poursuite mais y renonce finalement.

Se battre ainsi, pour rien, n'est certainement pas ce que Juan a fait de mieux ces temps-ci mais cela a eu l'avantage de le distraire et de lui permettre d'oublier Soledad pendant quelques minutes. Quelques minutes seulement car de nouveau de sombres pensées lui viennent à l'esprit.

Juan ne comprend pas. Il est furieux, se sent blessé et trahi. Comment Sole a-t-elle pu l'abandonner pour un homme pareil ? Comment a-t-elle pu l'abandonner tout court, d'ailleurs ? Elle et lui ont toujours été inséparables. Ils s'aiment avec toute la rage et la force de ceux qui n'ont rien d'autre à donner, rien d'autre à posséder que l'amour.

L'espace d'un instant, il revoit la fillette qu'a été Soledad, fière et intrépide, persuadée qu'elle arriverait à tout dans la vie. Que lui est-il arrivé au juste à cette petite fille ? Que leur est-il arrivé à tous les deux ?

Juan n'avait que dix ans lorsqu'il a connu Soledad et dès leur première rencontre, il avait su qu'elle tiendrait une grande importance dans sa vie. C'était grâce à Guillermo qu'ils s'étaient connus. Juan, une fois de plus, venait de se faire chasser par le chef d'une bande de *gamines* dont il rêvait de faire partie.

— Dégage de là, *chiquito*, et que je te revois plus ! Tu sais ce qu'on leur fait aux mômes comme toi qui viennent nous traîner dans les pattes ?

Humilié, Juan avait tourné les talons quand un cri et un bruit de freins avaient attiré son attention. Au milieu de la route, en pleine heure de circulation, un petit laveur de pare-brise avait manqué se faire renverser par une voiture. Affolé, le gamin tentait de gagner le bas-côté de la route, boitillant entre les véhicules lancés à pleine vitesse. Juan n'avait même pas réfléchi et s'était précipité. Zigzaguant entre les voitures, il avait attrapé l'enfant par un bras et l'avait tiré derrière lui jusqu'au trottoir. Une fois en sécurité sur l'accotement de la route, alors que les coups de klaxons et les cris des conducteurs résonnaient dans ses oreilles, il avait dévisagé le petit garçon qui se tenait devant lui, essoufflé et l'air totalement paniqué.

— T'es dingue ! T'es complètement dingue ! avait crié Juan. Qu'est-ce que tu foutais là ? T'as failli te faire tuer !

En balbutiant, l'enfant lui avait expliqué avoir voulu laver les voitures au feu rouge. Tous les conducteurs détournant les yeux et lui fermant les fenêtres au nez, il avait décidé de faire preuve d'audace, comme il avait vu d'autres enfants le faire et laver un pare-brise de force, s'aventurant entre les voitures à l'arrêt. Mais il n'avait pas été assez rapide quand le feu était passé au vert, se retrouvant piégé au milieu de la route.

— C'est à cause de ma jambe, avait-il expliqué en désignant sa jambe droite et en esquissant quelques pas pour montrer à Juan la faiblesse de celle-ci.

— T'es complètement idiot, avait commenté Juan. On lave pas les pare-brise et on va pas sur la route quand on boite comme ça !

— J'avais faim, s'était justifié l'enfant.

— Bah, viens, on va trouver à manger ! Tu t'appelles comment ?

— Guillermo, et toi ?

— Juan.

Juan avait entraîné Guillermo à sa suite et lui avait déniché de quoi manger. Le petit garçon avait dévoré son maigre repas, fixant Juan d'un air si reconnaissant qu'il était vite devenu évident que Juan ne pourrait plus s'en dépêtrer. S'il avait au début essayé de chasser Guillermo, il s'était finalement senti plutôt flatté de l'admiration toute neuve que lui vouait le petit garçon et il l'avait laissé le suivre aux quatre coins de la ville.

Ce n'est que quelques jours plus tard, alors qu'il avait envoyé Guillermo sur le marché avec une boîte de cirage, jugeant cette activité moins dangereuse pour lui, qu'il avait soudain senti quelqu'un se laisser tomber à ses côtés.

— Salut !

Juan avait tourné la tête. Assise à côté de lui, une fillette de son âge lui souriait. Ses cheveux, hâtivement coupés, étaient courts, ne laissant courir sur son front que quelques boucles inégales et elle était habillée avec des vêtements de garçon, mais c'était bien une fille. Ses yeux en amande, immenses, bordés de longs cils, ses traits fins et ses lèvres pleines ne laissaient aucune place au doute. Juan l'avait trouvée très belle.

— Salut, avait-il répondu, étonné.

— Tu t'appelles Juan, hein ? avait demandé la fillette.

— Oui…

— J'ai quelque chose à te proposer, Juan.

Le jeune homme avait froncé les sourcils, se demandant d'où sortait cette gamine qui semblait le connaître.

— Qu'est-ce que tu veux ? T'es qui ?

— Mes copains et moi, on te suit depuis plusieurs jours, avait expliqué la petite fille sans aucune gêne.

— Comment ça ?

— On t'a vu l'autre jour, venir au secours du petit gosse sur la route. On a trouvé ça super courageux ! Depuis, on te suit et on t'observe !

— « On », c'est qui ?

La fillette s'était retournée et avait fait un grand geste de la main. Aussitôt, deux garçons s'étaient matérialisés à ses côtés, l'un, maigre et efflanqué, un peu plus jeune qu'elle et l'autre, à peu près de son âge, un petit air suffisant dans le regard et l'allure.

— « On », c'est nous trois. Je te présente Alejandro…

Le plus grand des deux avait eu un petit signe de tête à l'égard de Juan.

— … Et Estéban.

Ce dernier lui avait souri, révélant une dent de devant cassée ce qui lui donnait un air curieusement amical.

— Et toi ? avait demandé Juan, captivé par l'impertinence et la sûreté de la fillette.

— Moi, c'est Soledad. Mais tu peux m'appeler Sole.

Chapitre 20

— Enchanté, avait marmonné Juan. Et sinon, qu'est-ce que vous voulez ?

— On est sur un coup absolument génial. Mais on a besoin d'une quatrième personne. Et on a pensé à toi.

— Ah oui ? Et pourquoi moi ?

Soledad lui avait adressé un sourire charmeur.

— Parce que tu nous plais. Je te l'ai dit, on t'observe depuis plusieurs jours.

Juan avait croisé les bras et secoué la tête en mettant dans sa voix le plus de mépris possible.

— J'm'en étais aperçu, qu'est-ce que tu crois ? Mais vous m'intéressiez pas assez pour que j'y prête attention !

Soledad avait éclaté de rire.

— Menteur !

Juan s'était renfrogné mais le regard que lui adressait Soledad était tellement lumineux qu'il n'avait même pas eu envie de la contredire. Sous le charme, il n'avait qu'une envie : plaire à cette fille étrange à qui rien ne semblait faire peur.

— Bon, c'est quoi votre coup ?

— On veut cambrioler une villa.

L'espace d'un instant, Juan avait cru qu'elle se moquait de lui mais elle ne riait plus, paraissant tout à fait sérieuse. À ses côtés, Estéban et Alejandro avaient approuvé avec tout autant de sérieux.

— Cambrioler une villa, avait répété Juan. Non mais vous avez fumé quoi ?

— Rien, on fume pas, nous, avait répondu Soledad sans saisir l'ironie.

— C'est une villa que je connais bien, avait expliqué Alejandro, prenant la parole pour la première fois. J'y travaille depuis quelque temps. Je fais des petits travaux pour les proprios…

— Alejandro, c'est le roi du bricolage, était intervenue Soledad, une nuance de fierté dans la voix.

Juan avait éprouvé un pincement de jalousie en voyant l'air satisfait que venait de prendre Alejandro. Il avait su à cet instant précis qu'il ferait tout pour que la fillette parle aussi de lui sur ce ton-là. Soledad venait de le prendre dans ses filets. Quoi qu'elle lui demande, il accepterait. Cambrioler une villa, peu importe le plan de Soledad, c'était une idée complètement folle, il en était bien conscient. Or, il voulait l'impressionner mais ne comptait absolument pas le lui montrer.

— C'est n'importe quoi, avait-il décrété. On peut pas cambrioler une villa.

— Mais si ! Écoute : les proprios partent en vacances dans quelques jours. On a un plan, tu vas voir !

Et Soledad lui avait exposé son plan, digne d'un roman policier, abracadabrant et décousu mais en lequel elle avait une confiance absolue. À ce stade-là, Juan ne réfléchissait même plus, tout captivé qu'il était par le sourire et les grands gestes de la fillette. Et quand Soledad s'était tue, il était lui aussi persuadé que cambrioler une villa était une idée excellente.

— On a juste besoin d'un quatrième, avait conclu Soledad, et le quatrième, on a décidé que ce serait toi. Tu marches avec nous ?

— OK, avait répondu Juan. Mais on partage tout, bien sûr ?

— Bien sûr !

— Et on sera cinq.

En face de lui, les trois enfants s'étaient regardés en fronçant les sourcils.

— Non, quatre, avait aussitôt corrigé Estéban.

— Cinq. Je prends Guillermo avec moi.

— Guillermo ?

Chapitre 20

— Le petit boiteux, c'est ça ? avait demandé Alejandro. Ah non alors ! Pas question ! Il fera que nous ralentir.

Juan avait vu là une excellente occasion de prendre enfin le dessus sur Soledad. Elle était certes très jolie mais il était hors de question qu'elle le mène par le bout du nez comme elle semblait le faire avec Estéban et Alejandro. À dix ans, Juan avait déjà une âme de chef et il ne comptait pas laisser Soledad penser qu'elle déciderait de tout.

— C'est ça ou rien. Je marche pas avec vous si on prend pas Guillermo.

— Avec sa patte folle, il peut rien faire.

— Il a peut-être une patte folle mais il est malin.

— Malin au point de se retrouver piégé au milieu des voitures ?

— Ça, c'était idiot, c'est sûr. Mais à part ça, il est chouette, il sait faire plein de choses. C'est pas sa faute s'il boite : il a eu un accident quand il était petit.

— En se précipitant au milieu d'une route ? avait rétorqué Soledad d'un air ironique.

— Non. Tu peux toujours te moquer, de toute façon, c'est ça ou alors vous vous trouvez quelqu'un d'autre.

Un instant, Soledad et Juan s'étaient affrontés du regard, comme ils le feraient si souvent par la suite.

— OK, avait finalement concédé la fillette.

Et ils étaient partis chercher Guillermo.

Le cambriolage de la villa s'était bien sûr révélé être un véritable fiasco, l'imagination sans borne de Soledad n'étant pas parvenue à pallier certains détails tels que les voisins ou le système d'alarme.

Ils n'avaient donc pas cambriolé de villa mais ils étaient restés ensemble, tous les cinq. Juan, après avoir affronté plusieurs fois Alejandro, avait fini par obtenir la place de chef qu'il convoitait tant. Mais au fond, les véritables décisions, c'était Soledad qui les prenait. Elle avait sur Juan une influence qu'il redoutait mais aimait malgré tout. Les années passant n'y avaient rien changé, si ce n'est que la bande n'avait cessé de s'agrandir.

Si Soledad est partie, c'est lui, Juan, lui seul qui doit maintenant veiller sur ses amis. Il pense à Rafaele qu'il s'est juré de réconcilier avec Clara, à Ana et à Maria à qui il lui faut absolument éviter de tomber également dans le piège que représente Don Rodrigo, à Manuel dont la sagesse des paroles l'autre jour l'ont marqué presque autant que Rafaele, à Estéban qui aime tant Soledad lui aussi et doit être bien malheureux de la situation, à Mateo dont les airs bravaches dissimulent une terrible crainte de se retrouver seul et à Alejandro qui finira par prendre sa place de chef s'il ne se dépêche pas de revenir. Et bien sûr, il pense à Guillermo. Depuis que Juan l'a tiré de la route six ans auparavant, Guillermo est comme son ombre et calque chacun de ses gestes sur les siens ce qui a un côté agaçant mais un peu attendrissant aussi. Juan est tellement habitué à entendre le pas traînant du gamin derrière son dos et à se cogner à lui dès qu'il se retourne qu'il n'y fait même plus attention. Sans lui, Guillermo doit être complètement perdu. Il a beau être futé, il n'a aucune autonomie pour ses douze ans, son monde semblant se limiter à celui de son aîné. Juan étouffe un soupir. Que Soledad lui manque ou non, il doit retourner auprès de Guillermo et des autres.

*

Chapitre 20

Rafaele, Guillermo et Mateo ont parcouru la ville pendant plusieurs heures sans parvenir à retrouver la trace de leur chef. Ils sont revenus au vieil entrepôt fatigués et déçus, Guillermo traînant sa jambe plus que jamais.

— T'aurais pas dû marcher autant, commente Maria en le voyant s'affaler par terre en grimaçant.

— Pourquoi ? J'suis capable de marcher autant que toi, répond Guillermo d'un ton grinçant.

Il est un peu pâle cependant et doit bien s'avouer à lui-même que sa hanche le fait souffrir mais jamais il ne le dira à voix haute. Guillermo déteste cette faiblesse qui fait de lui le membre le moins indispensable du groupe.

Même Maria, de trois ans plus jeune que lui, est considérée par les autres comme plus forte. Maligne et impertinente comme elle est, elle peut se sortir de toutes les situations et est suffisamment habile pour faire de ses perles un bon objet de commerce.

Estéban et Mateo trouvent toujours des bons plans tels que repeindre des façades et faire de menus travaux qui leur rapportent un peu d'argent. Ils sont toujours fourrés ensemble, prêts à faire les quatre cents coups.

Manuel a sa boîte de cirage et son rôle de grand frère protecteur auprès de Maria.

Ana, Clara et Soledad ont leurs perles ou talents de coiffeuse et se débrouillent avec leurs corps – même si cela semble leur apporter quelques ennuis ces derniers temps ! – pour apporter une contribution financière au groupe.

Alejandro, l'as du bricolage, est capable de trouver des petits boulots en exploitant ce don très facilement et cela lui est aussi utile pour les mauvais coups.

Quant à Rafaele, son statut de bras droit auprès de Juan lui offre toutes les opportunités. Juan le choisit toujours en binôme que ce soit pour laver des pare-brise ou commettre quelques larcins.

Et bien sûr, Juan, lui, sait tout faire et tous les autres comptent sur lui pour assurer la protection du groupe.

Il n'y a que lui, Guillermo, qui ne serve pas à grand-chose. Juan a bien essayé de lui mettre une boîte de cirage entre les mains mais les mouvements répétitifs consistant à se baisser pour cirer les chaussures des clients sont vite devenus douloureux pour sa jambe droite. Tout ce qui demande de la rapidité n'est bien sûr pas fait pour lui et s'il suscitait la pitié des passants et de leurs porte-monnaie quand il était plus jeune, ce temps-là est maintenant révolu. Il sculpte souvent des objets dans des bouts de bois mais se sait moins habile que Rafaele pour cette activité et cela lui donne des complexes. La plupart du temps, il se retrouve à seconder l'un ou l'autre de ses camarades dans leurs tâches mais n'a jamais le premier rôle. Guillermo sait très bien que si Juan ne s'était pas pris d'affection pour lui, il n'aurait jamais eu sa place dans la bande et n'aurait certainement pas survécu bien longtemps dans la rue. Ce n'est pourtant pas sa faute s'il boite et que cela le gêne dans sa manière de faire les choses.

Ce n'est pas sa faute mais il en a déjà fait les frais lorsque son père l'a abandonné en lui disant qu'il ne perdrait pas de temps ni d'argent à élever un estropié. Et pourtant, si son père avait accepté de prendre le temps de le faire soigner suite à une mauvaise chute quand il était petit, sa hanche ne l'aurait sûrement pas handicapé à vie. Guillermo se souvient comme si c'était hier du jour où, après avoir boitillé derrière son père sur toute la longueur du bidonville, celui-ci l'avait entraîné au cœur de la ville pour l'y laisser avec rien d'autre qu'un petit sac de nourriture et d'horribles paroles. Guillermo n'est jamais retourné au bidonville même si Ana lui a déjà proposé de l'y accompagner. Il n'a jamais cherché à rentrer chez lui et à rejoindre ses parents. À quoi cela aurait-il servi ? Il a eu la chance de croiser le chemin de Juan et cela vaut pour lui toutes les familles.

Mais que lui arrivera-t-il si Juan ne revient pas ? Les autres accepteront-ils de le garder avec eux, même s'il ne leur apporte rien d'autre que sa bonne volonté ? Guillermo en veut terriblement à Soledad d'avoir ainsi brisé tout sentiment de sécurité et surtout d'avoir fait du mal à Juan. Il aurait tant aimé le retrouver et lui dire que lui ne l'abandonnerait jamais mais il n'a aucune idée de l'endroit où son ami se trouve. Et il a maintenant trop mal à la jambe pour repartir à sa recherche. Guillermo se sent complètement perdu et comme si cela ne suffisait pas, il sent le regard de Maria fixé sur lui, ce qui le met particulièrement mal à l'aise. Il voit la fillette donner un coup de coude à Ana et le désigner du menton. Celle-ci vient s'asseoir à côté de lui.

— Tu devrais peut-être mettre de l'eau froide sur ta jambe, suggère-t-elle. Ça te ferait du bien.

— J'ai rien b'soin d'y mettre, ça va très bien ! rétorque Guillermo.

Il ne veut pas de la sollicitude d'Ana dont il s'est toujours un peu méfié. Ses paroles souvent trop acides ne l'ont jamais mis en confiance. Si au moins Clara était là. Après Juan, c'est elle que Guillermo préfère parmi tous ses camarades. Elle a toujours été gentille et patiente avec lui, réglant souvent son pas sur le sien pour ne pas le laisser en arrière quand sa boiterie se faisait trop prononcée.

Mais Clara n'est pas là, cet imbécile de Rafaele l'a chassée sans même se rendre compte qu'il avait privé tout le groupe d'un membre essentiel. Guillermo en veut à Rafaele, encore plus à Soledad et maintenant à Ana et à Maria qui ne cessent de l'observer. Malgré sa jambe douloureuse, il se lève et s'apprête à quitter le vieil entrepôt mais il a tout juste franchi la porte qu'une haute silhouette se dresse devant lui, manquant le percuter. Guillermo esquisse un pas en arrière avec un gargouillement de terreur quand quelqu'un le saisit par le col et qu'il se retrouve face à un visage bien connu.

— Tu vas où comme ça, en pleine nuit ? demande tranquillement Juan.

Guillermo manque lui sauter au cou.

— T'es revenu !

Juan hausse les sourcils d'un air désinvolte.

— Ben ouais, qu'est-ce que tu croyais ?

Derrière Guillermo, un bruit de bousculade lui indique que les autres se sont tous précipités pour accueillir leur chef. Maria, qui n'a pas la réserve de Guillermo, se jette contre Juan, entourant sa taille de ses bras.

— J'le savais, clame-t-elle. J'le savais que t'allais pas nous laisser toi aussi !

— Bien sûr que non, jamais de la vie, répond Juan comme si cette idée ne l'avait jamais effleuré.

Il se dégage doucement de l'étreinte de Maria et croise les larges sourires de Rafaele, Manuel, Mateo, Estéban et Ana, visiblement soulagés de le voir. Seul Alejandro a l'air un peu déçu. Un instant, les regards de Juan et d'Alejandro se croisent avec une nuance de défi puis l'expression déçue d'Alejandro se mue en sourire et il tend la main à Juan, lui reconnaissant la place qu'il aura toujours.

— Content de te revoir.

Chapitre 20

Juan hoche la tête en guise de salut. Il ébouriffe les cheveux de Maria et pose une main sur l'épaule de Guillermo.

— Allez, faites pas ces têtes, on dirait que vous avez vu un revenant ! Vous le saviez bien, non, que je vous aurais jamais laissé tomber ?

— Bien sûr qu'on le savait, répond Guillermo tout heureux.

Juan lui sourit puis se regarde tour à tour chacun de ses amis.

— Et Clara, elle est où ?

Il se tourne vers Rafaele, prenant l'air le plus méchant possible.

— Qu'est-ce que tu fous là sans Clara ? Manuel et Maria t'ont pas dit d'aller la chercher ? T'attends quoi ?

Durant quelques secondes, ils se jaugent du regard puis Rafaele, sans rien dire, fait signe à Maria et disparaît dans la nuit. La fillette lui court après, un air triomphant sur le visage.

— C'est pas trop tôt, commente Juan. On va enfin se retrouver au complet maintenant.

Au complet, moins une. Personne ne relève ses dernières paroles mais tous comprennent que si Juan est revenu vers eux, aucun n'a intérêt à prononcer à voix haute le nom de Soledad.

Chapitre 21

— Pedro ? Pedro, ouvre cette porte, il faut que je te parle !

Depuis la veille au soir, le même scénario se répète. Environ toutes les heures, Judith vient frapper à la porte de la chambre de son fils, essayant par tous les moyens de le convaincre de lui ouvrir. Mais qu'elle s'énerve ou le supplie, la porte reste désespérément close.

Malgré les heures qui passent, Pedro est toujours aussi en colère. Il ne peut cependant s'empêcher de remarquer la fatigue dans la voix de sa mère. Pour être si souvent venue tambouriner à sa porte, c'est qu'elle a dû dormir aussi peu que lui. Il va bien falloir qu'il sorte un jour, il ne peut pas rester dans sa chambre éternellement.

À contrecœur, il finit par pousser le verrou et retourne s'asseoir sur son lit avant même que Judith ne pénètre dans la pièce. Celle-ci referme doucement la porte et vient s'asseoir à ses côtés. Pedro lui jette un regard lourd de rancune mais ne dit rien. Il n'a pas l'intention de lui faciliter la tâche en engageant de lui-même la conversation mais il sent la culpabilité lui mordre le cœur en voyant les larges cernes mauves qui se dessinent sous les yeux de sa mère.

— Tu l'as vu, n'est-ce pas ? demande Judith d'une voix douce.

Malgré lui, Pedro se tourne vers elle, étonné.

— Ce Benjamin Mareuil, cet homme qui est venu me voir l'autre jour… Tu l'as vu.

— Comment tu le sais ? murmure Pedro d'une voix rauque.

— Je l'ai su dès que tu es parti sans nous prévenir hier et que tu as dit à Antoine qu'il n'était pas ton père. Et puis, j'ai téléphoné à Cécilia, ce matin.

— Et qu'est-ce qu'elle t'a dit, Cécilia ?

— Que ce monsieur Mareuil t'a raconté la même histoire qu'à moi. Que tu le croyais… Que tu ne savais plus qui était ta famille…

Une vague de remords déferle sur Pedro lorsqu'il surprend des larmes dans les yeux de sa mère. Il voudrait se serrer contre elle comme quand il était petit, lui dire qu'il l'aime et que sa famille, c'est elle, Antoine et ses petites sœurs. Mais comme toujours, les mots restent coincés dans sa gorge.

— Pourquoi tu m'as rien dit ? finit-il par demander, une pointe d'accusation dans la voix.

Aussitôt, il s'en veut. Ce n'est pas ce qu'il voulait dire et encore moins sur ce ton-là. Pourquoi ses mots ne sont-ils jamais en accord avec ses pensées ? Judith ne répond pas immédiatement, semblant réfléchir à ce qu'elle va dire. Au moment même où elle ouvre la bouche, Antoine entre dans la pièce. Pedro recule contre le mur, évitant le regard de son père.

— On ne t'a rien dit parce qu'on pensait que c'était mieux pour toi, Pedro, répond Antoine à la place de sa femme.

Chapitre 21

On ne voulait pas que tu connaisses les doutes que tu as aujourd'hui... On voulait te protéger.

— Et puis, on voulait être sûrs, ajoute Judith à mi-voix.

— Sûr de quoi ?

— Que cet homme soit vraiment ton père.

Ainsi, ses parents ont les mêmes doutes que Cécilia. Pedro grimace. Au fond de lui, il sait bien que rien n'est sûr, que l'enfant perdu de Benjamin pourrait être n'importe qui d'autre que lui-même. Mais il a envie d'y croire. Bien que n'ayant jamais été aussi préoccupé par ses origines que Cécilia, l'arrivée de Benjamin dans sa vie lui a donné envie de tout connaître, de tout savoir sur le mystère qui entoure sa petite enfance. Et puis, Benjamin avait l'air tellement sincère...

— Il n'a pas menti, affirme Pedro. J'ai vu son regard quand il m'a raconté tout ça et ce n'était pas le regard de quelqu'un qui ment.

Judith hoche la tête.

— Je l'ai vu aussi, Pedro et je ne pense pas non plus qu'il ait menti. Il pense réellement que tu es son petit garçon mais... il n'en a pas la preuve. Des centaines d'enfants colombiens sont adoptés chaque année dans des pays différents, tu sais. Et il n'est même pas certain que son fils ait été adopté. S'il a fugué du foyer, il est peut-être toujours à Bogotá à l'heure qu'il est.

— Mais mon âge et mon prénom correspondent à ceux de son fils !

— Ça ne veut rien dire, intervient Antoine. « Pedro » est un prénom courant... et beaucoup de « Pedro », qu'ils vivent en Colombie ou non, ont le même âge que toi.

— Vous croyez que ce n'est pas vrai, alors ? Que je ne suis pas son fils ?

— On ne croit rien, on ne sait pas, c'est tout, répond Judith.

— Mais ce qu'on sait, poursuit Antoine, c'est que tu es notre fils et que nous t'aimons. Au fond, que monsieur Mareuil soit ou non ton père biologique, pour nous, ça ne change rien.

Levant enfin la tête, Pedro croise le regard de son père. Un long moment, tous deux se fixent sans rien dire. Le premier jour qu'il a passé en compagnie de ses parents revient soudain à Pedro avec une incroyable netteté. Il avait été si malheureux d'être séparé de Cécilia qu'il avait pleuré sans interruption durant tout le trajet qui séparait l'aéroport de sa nouvelle maison sous le regard désolé d'Antoine et de Judith. Assise à ses côtés, celle-ci lui parlait doucement dans cette langue qu'il ne comprenait pas. Elle avait tenté de le prendre dans ses bras mais il s'était dégagé et perdu dans la contemplation brouillée de larmes du paysage qui défilait par la fenêtre de la voiture. Cette voiture qui l'éloignait de plus en plus de Cécilia.

Ce n'est que lorsqu'il était entré dans l'appartement qui allait devenir son « chez-lui » que ses larmes s'étaient taries. À peine avait-il franchi la porte d'entrée qu'il s'était retrouvé face à l'immense bibliothèque du salon. Pedro n'avait jamais vu de livre mais à l'instant où ses yeux s'étaient posés sur les nombreuses couvertures colorées, il avait eu envie de les ouvrir. Surprenant son regard, Antoine lui avait aussitôt tendu un livre. C'était un album pour enfants plein de belles images. Un livre qui l'attendait. Au moment même où Cécilia faisait connaissance avec Chloé, Pedro découvrait les livres, assis sur les genoux d'Antoine. Bien qu'il ne comprît pas les mots, il s'était laissé bercer par la voix de son père, cette voix chaude et grave qui, des années durant, continuerait à lui lire des histoires.

« Raconte-moi une histoire » : sans doute l'une des premières phrases que Pedro prononça en français et certainement celle qui fut le plus souvent répétée. Antoine, prêt à tout pour que

Pedro se sente à l'aise, était capable de lui lire des dizaines de livres d'affilée. Même quand Pedro apprit à lire, l'histoire du soir resta longtemps un moment privilégié. Aujourd'hui encore, Antoine ramène souvent à son fils un roman qu'il a pris le plus grand soin de choisir.

Le regard plein d'émotion de son père indique à Pedro que tous deux, en cet instant, ont les mêmes pensées. Si Pedro s'écoutait, il sauterait au cou d'Antoine, lui demanderait pardon pour ses paroles de la veille et lui dirait qu'il l'aime. Après un long moment de silence, il finit par murmurer :

— Je pensais pas ce que je t'ai dit hier. Bien sûr que tu es mon père.

Il a juste le temps d'apercevoir des larmes. Est-ce donc si grave de ne pas savoir s'exprimer ce qu'il ressent si ses parents le comprennent tout de même ?

*

Pelotonnée sous son édredon, Chloé dort à poings fermés quand la poigne ferme de Cécilia vient la tirer du sommeil.

— Clo ? Clo, réveille-toi !

Encore à moitié endormie, Chloé se tourne sur le côté, bien décidée à ne pas laisser sa sœur troubler ses rêves. Elle y a déjà replongé quand la brusque disparition de sa couette lui fait ouvrir les yeux.

— Mmmmmh… keskiyakestuveux ? balbutie-t-elle dans un inaudible bâillement.

— Il faut que je te parle !

Avec un soupir, Chloé récupère sa couette, allume la lampe

de chevet et jette un coup d'œil au réveil.

— Cécilia, il est trois heures du mat' ! Ça pouvait pas attendre demain ?

— Ben non, répond Cécilia sans aucune gêne. J'arrivais pas à dormir.

Elle se glisse sous la couette à côté de sa sœur et s'allonge sur le dos, les bras croisés derrière la tête, fixant le plafond sans rien dire. Désormais parfaitement réveillée, Chloé la regarde avec indignation.

— C'est tout ce que t'avais à me dire ? Que t'arrivais pas à dormir ?

— Non…

De nouveau, le silence s'éternise. Chloé fait appel à toute sa patience pour ne pas étrangler sa sœur quand celle-ci finit par lâcher :

— Tu sais, j'ai vu Pedro hier…

Nouveau silence. Résignée, Chloé se rallonge. Vu comme c'est parti, elle a peut-être le temps de se rendormir avant que Cécilia ne se décide à continuer. À peine a-t-elle fermé un œil que la voix de sa sœur reprend :

— Il m'a raconté quelque chose… d'assez incroyable… J'aurais jamais cru que… que c'était possible…

Chloé pousse un soupir.

— Quoi, grommelle-t-elle. Il a croisé un Martien ?

— Chloé, je suis sérieuse, écoute-moi !

— Je ne fais que ça…

— Il a… il a retrouvé son père.

Piquée de curiosité, Chloé se redresse brusquement.

— Quoi ?

— Il a retrouvé son père ! Son vrai père, son père biologique.

— Mais comment ?

Chapitre 21

Chloé n'a plus du tout envie de dormir maintenant et elle écoute attentivement Cécilia lui parler de Benjamin.

— C'est bizarre comme histoire, commente-t-elle. Enfin non pas bizarre, mais… surprenant… Je n'aurais jamais cru que Pedro et toi pourriez un jour retrouver vos parents biologiques.

— Je n'ai rien retrouvé du tout, moi, coupe Cécilia avec amertume.

Chloé fronce les sourcils.

— Tu l'aurais voulu ? Moi, tu sais, je suis pas sûre que ce soit une bonne chose : Pedro doit être complètement perturbé.

Cécilia lève les yeux au ciel.

— Évidemment que je le voudrais, perturbée ou non ! Tu peux pas comprendre. Toi, tu as des albums photos plein la maison qui te racontent ta vie entière ! Tu es née dans la famille où tu as grandi, tu as une histoire, tu sais d'où tu viens. Moi, je n'ai qu'une moitié d'histoire, une moitié de vie qui commence à l'âge de six ans !

— Bien sûr que non, tu n'as pas qu'une moitié de vie. Tu sais, moi non plus, je n'ai pas tellement de souvenirs de quand j'étais petite.

— Oui, mais tu as plein de gens qui s'en souviennent à ta place. Pas moi. Tu te rends compte, je ne connais même pas ma date de naissance. On me fête mon anniversaire le 30 avril chaque année mais c'est juste une date prise au hasard. Tu vois, chaque fois que je lis mon horoscope dans les magazines, je me dis que ça sert à rien : je ne sais même pas quel est mon signe astrologique ! En fait, j'ai seulement une chance sur douze d'être vraiment taureau !

— Je suis sûre d'être gémeau et pourtant mon horoscope ne se réalise jamais, observe malicieusement Chloé.

Devant l'air de reproche de Cécilia, elle ajoute plus sérieusement :

— Je comprends ce que tu veux dire, tu sais. Mais ton histoire, c'est quand même nous aussi, un peu. Papa, maman et moi. Et le reste de la famille. Et la France aussi. Si tu y réfléchis bien, tu as passé plus de temps ici qu'en Colombie. Huit ans, ça compte, non ?

— Oui, mais six ans aussi, ça compte. Et puis, tu vas encore me dire que je suis jalouse et que je ne pense qu'à moi mais tu vois, jusque-là, on était deux. À Pedro aussi, il manquait un bout d'histoire. Et quelque part, ce bout de vie qu'il me manque, il était là pour le représenter. Et là, je comprends qu'en fait, il n'a pas la même histoire que moi. En fait, je suis vraiment toute seule.

Chloé pose une main sur l'épaule de sa sœur.

— Tu n'es pas toute seule, Cécilia. Tu ne le seras jamais.

Mais pour la première fois, Chloé ne parvient pas à consoler Cécilia. Découvrir que Pedro n'est pas le double qu'elle a toujours imaginé et que leur histoire n'est finalement pas si semblable donne à Cécilia un sentiment de solitude qu'elle n'avait encore jamais ressenti.

Chapitre 22

Clara, nerveuse, et furieuse de l'être, tourne au coin de la rue, rejoignant la fontaine que lui a indiquée Don Rodrigo. À cette heure de la nuit, la petite place est complètement déserte. Le jour ne se lèvera pas avant au moins une heure. Laissant ses yeux s'accoutumer à l'obscurité, Clara distingue, à quelques mètres de la fontaine, un homme négligemment appuyé à un mur. Elle se mord silencieusement les lèvres, refrénant l'envie de s'enfuir en courant. Si seulement quelqu'un était avec elle. Seule Maria sait qu'elle est ici et Clara lui a fait promettre de rester avec Manuel et les autres. Maria ne s'est pas trop fait prier, ne tenant guère à se retrouver dans le même guêpier que son amie.

Prenant son courage à deux mains, Clara s'avance vers l'homme. Elle ne le connaît pas, elle a chaque nuit affaire à quelqu'un de différent, comme si Don Rodrigo avait la ville entière sous ses ordres. L'homme est plus jeune qu'elle ne l'a cru au premier abord, à peine quelques années de plus qu'elle. Ce n'est pas tellement étonnant après tout. Quand on vit plongé jusqu'au cou dans le monde de la drogue et de Don Rodrigo, on ne fait certainement pas de vieux os. Bien peu doivent dépasser la trentaine dans de telles conditions. Le jeune homme la regarde approcher, un air mauvais sur le visage.

— C'est toi, Clara ?

— Oui.

— Prouve-le !

Clara ouvre la main, dévoilant au milieu de sa paume une brûlure ronde et nette faite il y a peu par une cigarette.

— OK, c'est bon, approuve l'homme en lui montrant la même marque, plus ancienne, au creux de sa main. Tu l'as ?

Clara lui tend sans un mot une canette de coca.

— J'ai trafiqué le fond.

Le jeune homme secoue la canette, faisant entendre le léger bruit de la poudre blanche glissant le long des parois de métal.

— Futé. Aucun militaire n'aurait eu l'idée de vérifier ça, surtout avec ta gueule d'ange.

Clara hoche la tête et tourne les talons.

— Eh, attends !

En deux enjambées, l'homme la rattrape.

— T'en va pas comme ça ! Je suis pas pressé, on a le temps de faire un peu connaissance.

Posant la canette sur un banc, il avance une main vers la poitrine de Clara. Avec une grimace, elle recule prestement mais il lui saisit le poignet.

— Viens, j'ai le temps, je te dis !

— Non, répond Clara en essayant de se dégager.

— Non ? répète l'homme.

Son regard se durcit.

— T'es là pour ça, non ? Sinon, tu bosserais pas pour Don Rodrigo, jolie comme tu es. Alors amène-toi.

Chapitre 22

Il la plaque brutalement contre un mur, son corps pressé contre le sien. Clara sent les relents d'alcool de son haleine dans son cou. Terrifiée, elle lui plante sauvagement ses ongles dans la peau, essayant de lui échapper mais il la tient fermement d'une main, arrachant ses vêtements de l'autre. Il est trop fort, trop grand pour elle. Clara se débat de toutes ses forces.

— Attention, tu vas me mettre en colère, gronde-t-il entre ses dents en la poussant brusquement sur le sol.

Dans sa chute, la tête de Clara vient heurter violemment le bord du banc et elle glisse à terre, des étoiles dansant devant ses yeux. À moitié assommée, une forte douleur se diffusant à travers elle, elle sent confusément le corps de l'homme écraser le sien, puis ses mains et sa bouche courir le long de son ventre. Vaguement consciente de ce qu'il va lui arriver, elle tente de le repousser mais un voile obscur tombe sur ses yeux. Sa tête lui fait à présent trop mal pour qu'elle parvienne à bouger et encore moins à crier. Qui l'entendrait d'ailleurs ? Elle sent l'homme peser sur elle de tout son poids, il l'étouffe, il va la violer, la tuer peut-être et elle est incapable du moindre mouvement. Mais après tout, à quoi bon résister ? Elle est seule, sa vie ne vaut décidément pas grand-chose et la douleur l'emporte. À l'instant même où Clara renonce à lutter, quelqu'un tire brusquement l'homme en arrière, l'envoyant chuter quelques mètres plus loin.

— Laisse-la !

Il semble à Clara reconnaître cette voix. Elle sent qu'on la relève, entend son prénom prononcé à mi-voix mais n'a pas le temps de comprendre qui est venu à son secours. L'homme est déjà revenu à la charge. Il se jette sur eux, projetant Clara contre le mur.

Rafaele, fou de rage, cogne sur l'homme comme il n'a encore jamais cogné sur personne. L'agresseur de Clara est plus fort, plus lourd mais l'adolescent est plus vif et la colère décuple ses forces. Entre deux coups de poing, il cherche Clara des yeux. Profitant de cette seconde d'inattention, l'homme s'enfuit dans un glapissement. Rafaele esquisse un geste pour lui courir après mais il y a plus important. Renonçant à le poursuivre, il se précipite vers Clara, recroquevillée au pied du mur, à demi inconsciente. Doucement, Rafaele la prend dans ses bras et la serre contre lui, lui murmurant à l'oreille des mots qu'elle ne paraît pas entendre. La lumière de l'aube naissante lui permet de distinguer sur la tempe de la jeune fille une plaie sanguinolente et un large hématome qui bleuit sur son bras. La prenant par les épaules, il la relève et la conduit, chancelante, jusqu'à la fontaine, contre laquelle il l'adosse.

— C'est fini, souffle-t-il en trempant dans l'eau de la fontaine un pan de sa veste pour nettoyer la tempe meurtrie de Clara. Tu vois, c'est fini, il est parti, je suis là.

La blessure, une fois nettoyée, lui paraît plus superficielle qu'il ne l'avait cru au départ. Soulagé, il applique désormais de l'eau froide sur le bras puis sur les poignets de Clara où fleurissent lentement des empreintes violacées en forme de doigts. La jeune fille le fixe à présent d'un regard un peu voilé où se mêlent l'incompréhension, la douleur et la joie.

— Rafaele ?

Rafaele écarte tendrement les mèches de cheveux bruns collées par le sang. Clara glisse une main dans la sienne.

— Qu'est-ce que tu fais là ?

— C'est Maria qui m'a dit où tu étais. Je voulais juste… je voulais…

Les mots s'étranglent dans sa gorge.

— Je voulais juste te dire que…

Mais Clara sourit en secouant la tête et pose l'index sur les lèvres de Rafaele. Sans rien ajouter, Rafaele l'embrasse, puis la serre contre lui, attirant sa tête sur son épaule. Après tout, nul besoin de mot pour se comprendre. Leurs doigts entremêlés valent toutes les excuses et toutes les explications du monde.

*

Plantée devant le portail de la villa, Clara prend une profonde inspiration avant d'appuyer sur la sonnette, bien consciente des ennuis qui la guettent. Elle aurait dû venir hier, tel était l'ordre de Don Rodrigo. Quand Rafaele l'a ramenée auprès de Juan et des autres il y a deux jours, après le fiasco près de la fontaine, elle n'était pas assez en forme pour réellement prendre conscience du temps qui passait. Ana a soigné sa tempe comme elle a pu mais la douleur qui vrillait sa tête l'assommant complètement, elle a dormi longtemps, veillée par Rafaele dont le sentiment de culpabilité croissait au fil des heures. Et à son réveil, elle n'a tout simplement pas pensé à Don Rodrigo. Rafaele était là, près d'elle, ne lui en voulait plus et c'était tout ce qui comptait. Alors que leurs camarades partaient à travers la ville vaquer à leurs occupations de la journée, ils sont restés ensemble tous les deux, n'ayant d'autre ambition que celle de se retrouver.

À présent, Clara redoute terriblement la réaction de Don Rodrigo. Inutile de se cacher, il la retrouvera bien à un moment ou un autre. Et si ce n'est pas elle qu'il retrouve, ce sera l'un de ses amis, il a été bien assez clair là-dessus. Clara n'a guère d'autre choix que de se présenter à la villa en espérant que Don Rodrigo soit d'humeur clémente.

Dulce de leche

Alors que le portail s'ouvre dans un grincement, elle se redresse du mieux qu'elle peut, tentant d'afficher l'air le plus neutre possible. Inutile de montrer ses craintes à Don Rodrigo. Elle se dirige vers l'entrée d'un pas assuré. Il n'y a personne derrière la grille. Clara se sait filmée, surveillée de près par Don Rodrigo et ses hommes. Elle se demande quels autres endroits de la propriété sont ainsi filmés. Elle espère juste que Don Rodrigo n'est pas assez tordu pour avoir placé une caméra dans sa propre chambre. Chambre devant laquelle elle se retrouve sans avoir croisé nulle âme dans les couloirs. À l'instant où elle s'apprête à frapper à la porte, la voix tant redoutée retentit :

— Entre.

Il lui tourne le dos, debout devant la fenêtre. C'est par là et non pas par l'écran de surveillance qu'il a dû la voir arriver finalement. Clara avale sa salive, nerveuse, ne sachant ce qui va lui tomber dessus. Don Rodrigo met quelques secondes à se retourner comme s'il sentait l'angoisse de la jeune fille et s'en délectait.

— Je t'ai attendue hier, décrète-t-il d'une voix lente et froide en pivotant sur lui-même.

— Je sais, murmure Clara au moment où le regard de Don Rodrigo se pose sur elle.

Elle a le temps de voir apparaître un bref éclair de surprise dans ses yeux avant qu'il ne s'avance vers elle à grandes enjambées. Clara n'a pas de miroir, elle ignore à quoi elle ressemble en cet instant même mais l'imagine assez bien. Ses vêtements sont plus ou moins en lambeaux suite à l'agression de l'avant-veille. Elle a essayé de dissimuler sa tempe derrière ses cheveux mais visiblement l'effet escompté n'est pas bien réussi car Don Rodrigo écarte brusquement ses mèches brunes qu'il lâche aussitôt d'un air dégoûté.

Chapitre 22

— Qu'est-ce qu'il t'est arrivé ?

Clara hausse les épaules sans répondre. Elle sent le regard de Don Rodrigo peser sur sa tempe puis sur ses poignets et son bras parcourus de vilaines ecchymoses. Elle regrette de ne pas avoir accepté la veste que Rafaele a voulu lui prêter tout à l'heure. Ses manches lui auraient au moins permis de dissimuler ses bleus.

— Qu'est-ce qu'il t'est arrivé ? répète Don Rodrigo.

— Rien. Je suis tombée.

Il attrape brutalement ses poignets, lorgnant les marques pourprées qui trahissent leurs origines par leurs simples formes.

— C'est pas vrai, encore ? commente-t-il d'une voix furieuse. Je lui ai déjà dit pourtant, on n'abîme pas ma marchandise. Ce droit m'est réservé. Uniquement à moi, il n'y a que moi qui puisse abîmer ce qui m'appartient.

Avant même que Clara n'ait eu le temps de comprendre ces paroles, elle sent une gifle retentissante lui brûler la joue.

— Il paiera pour ça, cet idiot, compte sur moi. Mais ne t'avise plus, plus jamais tu m'entends, de me faire faux bond. Si je t'attends à tel moment tu dois y être. Tu m'as bien compris ?

Clara hoche la tête, la main sur la joue.

— Et ne t'avise plus également de te présenter à moi dans un état pareil. C'est vraiment répugnant, ajoute-t-il en désignant sa tempe. Je ne veux plus voir ce genre de chose. Débrouille-toi comme tu peux mais tu dois être présentable devant moi quoi qu'il t'arrive, compris ?

Clara hoche de nouveau la tête, la joue brûlante, humiliée. Une marchandise. Voilà tout ce qu'elle représente.

— Viens avec moi.

Don Rodrigo la prend par le bras, la tire derrière lui à travers le couloir et ouvre une porte à la volée, précipitant violemment Clara par son entrebâillement. Elle atterrit à genoux sur le sol, grimaçant de douleur.

— Occupe-toi d'elle et rends lui forme humaine tu veux, entend-elle avant que la porte ne claque de nouveau sur son passage.

Clara lève les yeux et a un hoquet de surprise. Devant elle, quelqu'un lui tend la main et l'aide à se relever. Soledad.

*

— Qu'est-ce qu'il t'est arrivé ?

Soledad assise auprès de Clara regarde son amie d'un air si inquiet que Clara n'ose imaginer la tête qu'elle doit avoir. Éludant la question, elle rétorque :

— Et toi ? Qu'est-ce qu'il t'est arrivé ?

Soledad est presque méconnaissable tant elle est bien soignée et habillée. Maquillée, coiffée, vêtue d'une jolie robe qui la met superbement en valeur, elle paraît en pleine forme. Clara regarde autour d'elle.

— On est où ici ?

— Dans ma chambre.

— Dans ta chambre ?

Clara fronce les sourcils, essayant de se souvenir de ce que Rafaele et Maria lui ont expliqué la veille à propos de Soledad. Sans doute un peu dans le brouillard, elle n'y avait guère accordé d'attention sur le moment mais des bribes de conversation lui reviennent en mémoire. Maria lui a demandé si elle avait eu des nouvelles de Sole et Rafaele lui a expliqué qu'elle avait quitté Juan pour… pour quoi déjà ? Est-ce sa tempe et sa joue douloureuses qui la font extravaguer ? « Elle a dit qu'elle partait vivre avec Don Rodrigo. » Rafaele n'a pas pu lui dire ça, c'est impossible, non ?

Clara laisse ses yeux errer sur la pièce, luxueuse et confortable, puis sur Soledad, si bien vêtue. Il semblerait que les paroles de Rafaele ne soient pas si impossibles que ça finalement. Soledad a attrapé un téléphone et parle maintenant dans le combiné d'une voix claire et sûre d'elle. Clara se masse le front, essayant de faire taire le sourd bourdonnement qui résonne dans son crâne. Son amie lui pose une main sur l'épaule.

— Ça va ? T'as vraiment pas l'air bien… J'ai appelé un médecin, il va te soigner ça… C'est pas très beau à voir.

— Non, pas de médecin ! Il faut que j'y aille !

Clara se lève d'un bond. Elle se précipite vers la porte vaille que vaille malgré le vertige qui vient de s'emparer d'elle. Soledad la rattrape et l'oblige à s'asseoir sur le lit.

— Bouge pas d'ici. Si Rodrigo te voit comme ça alors qu'il m'a dit de m'occuper de toi, ça va être notre fête à toutes les deux. Et je t'assure que voir un médecin devrait pas te faire de mal !

— Rodrigo ?

Clara dévisage son amie d'un air écœuré.

— Tu l'appelles par son prénom ? Sole, qu'est-ce que tu fabriques ? Tu ne *vis* quand même pas *vraiment* avec Don Rodrigo ?

Soledad ne répond pas et Clara ne peut que se rendre à l'évidence.

— Tu es vraiment partie avec lui. Tu as vraiment quitté Juan…

— Qui t'as dit ça ?

— Rafaele et Maria.

— Rafaele ? Tu le vois de nouveau ?

En quelques mots, Clara lui résume les événements des derniers jours.

— C'est bien, commente Soledad. Enfin… pas bien pour l'autre abruti qui t'a fait ça. Ni pour le boulot que t'es obligée de faire. Mais… c'est bien que ce soit reparti entre Rafaele et toi. C'était trop dommage.

— Et que t'aies laissé tomber Juan, c'est pas dommage ?

D'un geste de la main, Soledad désigne la pièce.

— Non. Tu vois, ici, j'ai tout ce qu'il me faut. Juan trouvera quelqu'un d'autre et moi… Pour moi, tout va bien. J'ai tout ce qui m'a toujours manqué.

Clara s'étrangle presque en entendant cela.

— Tout ce qui t'a toujours manqué ? Tu rigoles j'espère ? Tu vas chercher ce qui te manque auprès d'un type qui t'obliges à coucher avec lui et à faire passer de la drogue ? Tu crois que je sais pas de quelle manière il se sert de toi ?

— Non, tu sais pas. Il y a rien à savoir, il y a rien à comprendre. Pose pas de question, OK ? Tu me feras pas changer d'avis, Clara. C'est mon choix.

Clara la regarde par en dessous.

— Ton choix ? T'en es sûre ?

Soledad n'a pas le temps de répondre qu'un coup bref se fait entendre à la porte et celle-ci s'ouvre sur deux hommes que Soledad salue d'un signe de tête. L'un est le « chien de garde » de Don Rodrigo, un sale type qui donne à Clara des frissons dans le dos chaque fois qu'elle le croise. Elle met quelques secondes à reconnaître le deuxième homme. C'est le médecin qui a soigné Rafaele quelques mois auparavant. Celui pour qui elle a dû payer Don Rodrigo à grand renfort de déshonneur. Alors que le « chien » fait demi-tour et referme la porte derrière lui, le médecin toise Clara de toute sa hauteur. Lui aussi l'a reconnue.

— Encore un rat d'égout, lâche-t-il d'un ton où perce le dégoût. Don Rodrigo les aime bien on dirait.

Soledad serre les poings sous l'insulte.

— Et vous travaillez pour lui, non ? rétorque-t-elle. Alors gardez vos commentaires pour vous et examinez-la.

Clara envie l'assurance de son amie. Elle, ne peut s'empêcher de trembler lorsqu'elle le voit s'approcher d'elle, et fait un bond en arrière lorsqu'il avance la main.

— Ne sois pas stupide, je suis là pour te soigner.

Serrant les dents, Clara le laisse observer la plaie sur sa tempe.

— Ça fait combien de temps que tu te balades comme ça ?

— J'sais pas, deux jours…

— Ça ne sert plus à rien de recoudre alors… Mais il faut nettoyer ça correctement. C'est en train de s'infecter.

Clara qui n'a rien compris au dernier mot interroge Soledad du regard mais le vocabulaire médical de cette dernière n'est guère plus étendu que le sien.

— Ça veut dire quoi « infecter » ? demande Sole.

Le médecin secoue la tête, l'air méprisant.

— Même déguisé en princesse, un rat d'égout reste un rat d'égout… ignorant. Ça veut dire que la plaie commence à être contaminée par des germes… des microbes si tu préfères.

— Ah. Et vous allez faire quoi alors ?

— Désinfecter la plaie. La nettoyer, quoi. Et mettre un pansement. Si elle a de la fièvre dans les jours qui viennent, je lui prescrirai des antibiotiques.

— Des quoi ?

Le médecin pousse un soupir impatient.

— Des médicaments. Je ne sais vraiment pas pourquoi Don Rodrigo s'encombre de telles imbéciles.

Cette fois, Clara doit retenir son amie par le bras pour ne pas qu'elle se jette, toutes griffes dehors, sur le médecin. Elle ne retire sa main du bras de Sole que lorsque le médecin s'en va enfin.

— Ça veut dire quoi, ça ? demande-t-elle à Soledad dès qu'elle est sûre que l'homme est hors de portée de sa voix. T'as le numéro de téléphone personnel du docteur de Don Rodrigo ?

— Je t'ai dit de pas poser de question !

Soledad lui tend un verre d'eau et les médicaments contre la douleur que vient de lui donner le docteur.

— Bois plutôt ça !

Alors que Clara avale sans protester le comprimé, elle fouille dans son armoire et en retire quelques vêtements.

— Tiens, c'est pour toi. Tu peux pas rester habillée comme ça.

Clara regarde son jean et son tee-shirt déchirés et souillés de taches de sang. Il y a effectivement fort peu de chances pour que Don Rodrigo accepte de la voir de nouveau vêtue de cette manière. Elle étale sur le lit les habits de Soledad avec un sifflement admiratif. Ce sont des vêtements de marque, flambant neufs. Clara n'a jamais rien porté de tel. D'habitude, ses vêtements, elle les vole sur le marché ou les obtient dans des collectes organisées dans les bidonvilles ou près des églises. Ils ne lui vont jamais tout à fait bien et elle les garde jusqu'à leur usure complète. Soledad ouvre grand la porte de l'armoire.

— Choisis ce que tu veux.

— C'est pas ma taille, objecte Clara.

— Depuis quand ça te gêne ? Comme si t'avais déjà porté des habits exactement à ta taille !

Soledad est bien plus grande qu'elle en effet mais en réalité,

Chapitre 22

Clara n'ose pas toucher les habits. Elle a presque l'impression d'être dans un magasin de mode. Elle parvient à tout juste à croire à la situation. Devant le regard insistant de son amie, elle opte finalement pour un tee-shirt jaune vif, une veste légère et un jean. Soledad fourre d'autres vêtements dans un sac et le tend à Clara.

— Tu partageras avec Ana et Maria. Leur dis pas que c'est de ma part. J'ai aussi mis de quoi changer ton pansement et des médicaments si tu as mal. Tu te rappelles ce que le médecin t'a dit de faire ?

Puis, sans attendre la réponse, elle saisit une brosse sur la table de nuit et entreprend de démêler les cheveux de son amie.

— Voilà ! Comme ça, tu as vraiment « forme humaine », dit-elle en reprenant les mots de Don Rodrigo ; Allez, va le voir, il va s'impatienter.

Clara prend congé de son amie, la tête pleine de questions. En longeant le couloir, elle passe devant un miroir et ne peut s'empêcher d'admirer son reflet. Mis à part le bandage qui orne sa tempe et les cernes mauves qui soulignent son regard, elle a plutôt fière allure dans ses vêtements neufs. Don Rodrigo semble du même avis quand il la voit car il ne fait aucun commentaire, se contentant de lui dire d'un ton sec de revenir le lundi suivant et de la renvoyer vers la sortie.

Clara franchit le portail, soulagée. Cela ne s'est pas si mal passé après tout. À peine a-t-elle mis un pied dans la rue qu'elle voit Rafaele s'approcher à grandes enjambées. Cela fait un moment qu'il guette les allées et venues de la villa, inquiet à l'idée de ce que Don Rodrigo ait pu faire ou dire à Clara pour ne pas s'être présentée la veille.

— Ça va ? demande-t-il aussitôt.

— Je suis une marchandise et un rat d'égout mais sinon, ça va, oui, répond-elle simplement.

Rafaele lui passe un bras autour des épaules.

— T'es mon rat d'égout, à moi !

Clara sourit. Un instant, elle hésite à lui parler de Soledad mais quelque chose l'en empêche. Il vaut mieux que tout ce qu'il se passe à l'intérieur de cette villa reste secret. Le secret des filles des rues sur lesquelles Don Rodrigo a mis la main.

Chapitre 23

L'ambiance qui règne dans l'appartement est tellement tendue que même Faustine et Amélie semblent le ressentir. Confortablement installées sur leur tapis d'éveil, elles n'émettent, inhabituellement, aucun son. Pedro, assis auprès de son père sur le canapé du salon, donnerait n'importe quoi pour se trouver ailleurs. Judith, dans le silence le plus total, dispose les boissons apéritives sur la table basse et Antoine semble très absorbé par son verre. Face à eux, on ne peut plus mal à l'aise, Benjamin Mareuil laisse son regard errer sur la pièce, sans savoir où le poser. Ses yeux s'arrêtent finalement sur Faustine et Amélie.

— Qu'elles sont belles, ces petites filles ! Quel âge ont-elles ?

La voix de Benjamin n'est qu'un filet et sa tentative de conversation est cousue de fil blanc mais Pedro saute sur l'occasion.

— Bientôt cinq mois. Elles sont nées le 6 octobre. Là, à gauche, c'est Faustine. Et là, c'est Amélie.

Il s'interrompt, attendant que ses parents prennent la relève mais ceux-ci restent de marbre. Aussi se force-t-il à continuer d'une voix nettement plus aiguë et hachée qu'à l'ordinaire :

— En principe, elles auraient dû naître en décembre mais elles ont pris un peu d'avance. C'est pour ça qu'elles sont si petites encore. Elles ont eu quelques petits problèmes au début mais maintenant, elles vont très bien. Elles se ressemblent beaucoup mais on dirait déjà qu'elles ont des caractères différents, c'est marrant.

Un aussi long discours s'adressant à une autre personne que Cécilia ou Candice est quelque chose de quasiment inespéré chez Pedro. Antoine admire secrètement l'effort de son fils, si timide et taciturne, pour engager la conversation. Aussi finit-il par répondre aux œillades suppliantes de Pedro qui arrive à court de mots.

— Oui, ce sont deux adorables petites filles, enchaîne-t-il. Et déjà de vraies petites battantes dont nous sommes très fiers !

— Tout comme nous sommes fiers de notre fils, dit alors Judith en insistant sur les deux derniers mots.

Pedro lui décoche un regard furieux. Il avait pourtant mis les choses au point avec ses parents bien avant cette rencontre et la règle de base était claire : ne pas s'énerver. Si Judith perd son sang-froid dès les premiers mots, la suite promet d'être joyeuse !

Antoine pose une main apaisante sur le bras de sa femme et celle-ci n'ajoute rien. De nouveau, un long silence gêné s'installe, chacun se perdant dans la contemplation du sol ou des murs. Pedro se dit finalement que la consigne première à adopter aurait dû être de ne pas se taire. L'avantage de l'énervement est que tout le monde est bien trop occupé à attaquer l'autre pour être gêné. Dans un gros effort d'imagination, Pedro tente de trouver un autre sujet de conversation. Au moment où il se sent prêt à abandonner et courir s'enfermer dans sa chambre, Benjamin prend enfin la parole :

— Vous savez, je ne suis pas là pour vous enlever Pedro. Ni pour bouleverser l'équilibre de votre famille.

— Vous ne pouvez pas nous enlever Pedro de toute manière, réplique Judith d'une voix acide, c'est notre enfant. Légalement et affectivement.

Encore ! Mais d'où vient cette manie qu'a sa mère de s'approprier ainsi Pedro ? Bien qu'il comprenne sa crainte, le garçon se sent comme un objet pris dans une vente aux enchères. Alors qu'il s'apprête à signaler à Judith n'appartenir à personne, un geste d'Antoine l'incite au calme. Pedro remercie intérieurement son père et Benjamin lui adresse un léger signe de tête avant de reprendre :

— Je disais donc que je n'étais pas là pour vous faire du mal. Je suis là parce que je cherche à retrouver mon fils depuis des années. Je sais bien qu'il a grandi dans votre famille, que les circonstances ont été différentes de celles que j'aurais souhaitées et que rien ne pourra remplacer le temps perdu. Mais je voudrais apprendre à connaître Pedro, faire des choses avec lui, lui raconter son histoire…

— Son histoire est celle que nous lui avons donnée, coupe Judith.

*

Deux heures plus tard, lorsque Benjamin prend congé de la petite famille, Pedro ne peut retenir un soupir de soulagement. Bien que l'ambiance se soit progressivement améliorée au cours de la soirée, il ne se sent pas prêt à réitérer une nouvelle rencontre entre Judith et Benjamin. L'agressivité et la colère de l'une face au calme et à la gêne de l'autre ont mis les nerfs de Pedro à rude épreuve. Ils en sont finalement venus à l'accord suivant : effectuer un test de paternité avant de prendre la moindre décision.

Le mot a effrayé Pedro. « Décision » : qu'est-ce que cela veut dire au juste ? Qui va décider de ce qu'il se passera si le test s'avère positif ? Pedro a souvent douté de l'amour que lui portaient Antoine et Judith mais jamais de l'endroit où il devait se trouver. Il était là, avec eux, il était leur fils. Rien ne pouvait contester le fait qu'il avait désormais une famille et un toit sur la tête. C'était comme ça et ça ne changerait pas. Pedro en était convaincu, il n'a jamais pensé que les choses puissent être autrement.

À présent, il n'est plus sûr de rien. Bien que ses parents lui aient juré l'aimer et ne jamais le laisser partir, Pedro ne peut s'empêcher de se demander ce que la loi dit de cela. Légalement, Antoine et Judith sont ses parents mais que se passera-t-il si les liens du sang viennent se mêler à ceux du cœur ? Benjamin aura-t-il des droits sur lui ? Et si ce n'est pas le cas, lui sera-t-il possible d'en réclamer ? Une adoption peut être révoquée, il en a déjà entendu parler mais il ne sait pas dans quelles circonstances. Ça ne l'a jamais intéressé, il n'y a même jamais pensé auparavant. Cécilia doit le savoir, elle. Depuis des années, elle doit se construire toutes sortes de scénarios dans lesquels elle imagine retrouver sa famille biologique. Elle a sûrement dû se renseigner : l'adoption et la Colombie sont ses principaux centres d'intérêt. Oui, elle doit sûrement le savoir.

Chapitre 23

*

Il s'avère que Cécilia ne le sait pas. Allongée sur le ventre, le menton entre les paumes, en travers du lit de Pedro, elle l'a écouté, pendant plus d'une heure, raconter la rencontre entre ses parents et Benjamin, lui faire part de ses doutes, de ses interrogations. Elle est ébahie, jamais Pedro n'avait débité autant de paroles d'un seul coup. Les mots se précipitent même sur ses lèvres un peu trop vite, comme s'il craignait de ne pas pouvoir tout dire. Quand enfin il se tait, à bout de souffle et de questions, Cécilia ne sait pas quoi lui dire. Elle se passe lentement la langue sur les lèvres, hésitante, avant de demander :

— Tu voudrais qu'il se passe quoi ? Sans penser à ce que tes parents ou Benjamin pourraient ressentir, qu'est-ce que tu voudrais vraiment, toi ?

Pedro réfléchit un moment.

— Je veux pas quitter ma famille, répond-il enfin. Même si je n'ai jamais eu avec mes parents les mêmes rapports que toi avec les tiens, je ne veux pas les quitter. Ils m'ont fait naître une deuxième fois, ils m'ont élevé. Et puis, maintenant, il y a Faustine et Amélie. Elles comptent aussi. Même si ça fait presque cinq mois que je n'ai pas dormi une nuit entière sans qu'elles me réveillent !

Il esquisse un sourire, échangeant avec Cécilia un regard complice avant de poursuivre :

— Mais je veux savoir. Si vraiment j'ai retrouvé mon père, alors je veux tout savoir de lui, de moi, de mes origines. Je veux apprendre à le connaître. Tu comprends, ce n'est pas comme s'il m'avait abandonné. Normalement, on n'aurait pas dû être séparés. Tu sais, j'ai jamais été aussi curieux de savoir d'où je venais que maintenant. Quand Benjamin parle, pour moi, c'est jamais assez. À chaque fois, je voudrais qu'il en dise davantage... Surtout quand il parle de ma mère...

Fouillant sous son oreiller, il en extirpe une photographie qu'il tend à Cécilia. Ensemble, ils contemplent longuement le rectangle de papier glacé sur lequel sourit timidement une jeune Amérindienne aux longs cheveux, un bébé dans les bras. Cécilia plisse les yeux, observant tour à tour la photo et le visage de son ami.

— C'est toi, là ? Je te reconnais pas...

— Évidemment, j'ai tout juste trois mois là-dessus. C'est Benjamin qui me l'a dit. Et tu sais quoi ? Il m'a dit ma date de naissance exacte aussi : le 5 octobre. Tu te rends compte, on a fêté mon anniversaire le 20 décembre pendant des années et en fait, j'ai deux mois de plus. Ça paraît idiot mais c'est important pour moi de le savoir.

— Non, c'est pas idiot, répond Cécilia dans un murmure.

Pedro lui jette un regard en biais surprenant l'expression de tristesse sur le visage de son amie.

— Excuse-moi, dit-il en lui prenant la main, je fais même pas attention à ce que tu dois ressentir. Je le sais, pourtant, à quel point tu voudrais connaître ta vraie date de naissance toi aussi.

— C'est pas grave, répond Cécilia en haussant les épaules.

Refusant de se laisser aller au chagrin et à l'envie, elle scrute de nouveau la photographie.

— Je trouve pas qu'elle te ressemble, en fait. À part qu'elle est indienne, elle aussi. Comment tu m'as dit qu'elle s'appelait ?

— Isabel.

— C'est joli... Tu te souviens pas d'elle ? Pas du tout ? Même avec la photo ?

Chapitre 23

Pedro secoue la tête d'un air peiné.

— Non, il y a rien à faire. J'ai essayé pourtant. Mais même Benjamin ne réveille aucun souvenir en moi. Ni son visage, ni sa voix, ni ce qu'il me raconte. Tout ce que je me rappelle de la Colombie, c'est la vie dans la rue. Je me souviens plus du tout de mes parents. En revanche, je me souviens d'enfants. Une petite fille surtout…

— C'était peut-être moi la petite fille dont tu parles.

— Non, elle était plus grande. Elle me chantait des chansons, je crois. Tu sais, souvent, j'ai un air dans la tête, surtout quand je me réveille dans la nuit. Mais quand j'essaye de le chanter à voix haute, je n'y arrive pas. J'arrive pas à la voir clairement dans ma tête. C'est tellement flou…

Cécilia secoue la tête en soupirant.

— Ça ne me dit rien… rien du tout. Remarque, toi au moins tu te souviens d'une personne… Moi, le seul souvenir que j'ai, c'est un collier…

En prononçant ces mots, elle sent presque les perles sous ses doigts. Ces perles irrégulières qu'elle avait enfilées avec tant de patience. Mais à quoi cela peut-il lui servir de se rappeler un collier ? Un souvenir de ses parents serait tellement mieux ! Comment se fait-il qu'elle se souvienne avec tant de précision de son arrivée en France et rien des mois, ne serait-ce que des jours précédents ?

— N'empêche, reprend Pedro, la coupant dans ses pensées, ce doit être horrible pour Benjamin de voir que je ne me rappelle pas du tout de lui. Déjà que ça doit lui faire bizarre de me voir avec Antoine et Judith…

— Les appelle pas comme ça, proteste Cécilia. C'est comme si tu les reniais en tant que parents !

Pedro lève les yeux au ciel.

— Mais non !

Étouffant un soupir, il se réfugie dans un profond silence malgré les tentatives de Cécilia pour faire renaître la conversation. Si elle-même ne le comprend pas totalement, alors qui pourra le faire ?

Chapitre 24

Les draps du lit sont doux, extrêmement doux et soyeux, sous les doigts de Clara. Doucement, avec une attention démesurée, sa main caresse le tissu. Sa peau brune contraste de manière tranchante avec la blancheur des draps. Un bruit sourd dans la pièce à côté la fait sursauter. Clara frissonne, retire brusquement sa main et saute sur ses pieds entraînant dans son mouvement le drap qui vient chuter sur le sol. D'un geste rapide, elle attrape ses vêtements posés en vrac sur le dossier d'une chaise mais la porte de la salle de bains s'ouvre avant qu'elle puisse les enfiler. Don Rodrigo apparaît dans l'encadrement de la porte, rajustant sa chemise. Sans aucune gêne, il laisse ses yeux s'attarder sur le corps nu de Clara qui détourne le regard. Cela fait longtemps qu'elle n'éprouve plus aucun complexe en vendant son corps à Don Rodrigo. Elle est ce qu'il veut, devient ce qu'il désire, en fonction des jours et de ses humeurs. Tour à tour effarouchée ou provocatrice, douce ou brutale, hésitante ou sûre d'elle, Clara devine et satisfait, quelles qu'elles soient, les envies de Don Rodrigo.

À peine a-t-elle le temps de l'observer qu'elle sait, sans jamais se tromper, comment le contenter. Durant ces moments-là, Clara ne pense à rien. Il lui est si facile de devenir autre, le temps d'une heure ou de quelques minutes, de se détacher entièrement de son corps et de tout oublier ensuite. Dès qu'elle franchit le seuil de la chambre de Don Rodrigo, en un tour de passe-passe mental qu'elle serait bien incapable d'expliquer, Clara oublie tout. Don Rodrigo peut bien prendre possession de son corps tant qu'il le souhaite, elle ne ressent plus rien depuis longtemps.

En revanche, elle déteste ce regard qu'il pose sur elle à l'instant, comme s'il violait une intimité n'ayant pourtant jamais existé. Gênée, elle croise les bras sur sa poitrine nue, dans une vaine tentative de dissimulation. Don Rodrigo éclate de rire.

— Tu n'étais pas si timide tout à l'heure, remarque-t-il.

S'avançant vers elle, il l'enlace d'un geste possessif et la conduit vers le lit qu'ils viennent de quitter, la forçant à s'asseoir. S'installant auprès d'elle, il passe une main dans ses cheveux, les lissant vers l'arrière. D'un geste prompt et brutal, il arrache soudain le pansement sur la tempe de Clara qui ne peut retenir un gémissement de douleur. Don Rodrigo hausse les sourcils, feignant la surprise.

— Ça te fait mal ? Hummm… C'est vrai que ça ne doit pas tellement faire de bien…

Avec un claquement de langue désapprobateur, il contemple la blessure tout juste cicatrisée.

— C'est tellement dommage, constate-t-il d'un ton neutre. Ça gâche vraiment le décor. Tu ne seras plus jamais aussi jolie avec ça. Ça laissera toujours une marque, c'est sûr maintenant… Je n'aime pas qu'on abîme ma marchandise, tu sais… J'ai été obligé de faire subir quelques représailles à ce pauvre garçon, d'autant que ce n'était pas la première fois…

Clara ne répond pas. Elle ignore la manière dont Don Rodrigo a traité le dealer de l'autre soir et ne tient pas vraiment à le savoir. Si elle avait le choix, elle préférerait l'oublier complètement mais elle sait bien que le souvenir qu'il lui a laissé sur la tempe ne lui en donnera pas l'occasion. Don Rodrigo continue de caresser ses cheveux et lui pose une main cajoleuse sur le genou.

— Je sais bien que tu ne t'es pas tellement entendue avec Javier la dernière fois… C'est son nom, Javier, tu le savais ? Celui qui t'a fait ça ?

Il désigne sa tempe du doigt et la regarde bien en face.

— Tu le savais ?

Comprenant qu'il attend une réponse, Clara secoue la tête.

— Non.

— Non ? Il aurait pu se présenter avant de se jeter sur toi, ce garçon est d'une indélicatesse… Enfin, bref, il s'appelle Javier.

Il n'ajoute rien de plus, se contentant de dévisager Clara dans un silence presque théâtral. Mal à l'aise, sentant confusément que Don Rodrigo attend d'elle une quelconque réaction, elle finit par marmonner un « ah » qu'elle espère approprié. Cela satisfait visiblement Don Rodrigo qui hoche la tête avec un sourire de contentement avant de poursuivre :

— C'est important que tu saches son nom, et tu sais pourquoi ?

— Non…

— Parce que tous les deux, vous allez travailler ensemble.

Clara sursaute, rejetant d'un geste incontrôlé la main qui pétrit son genou et se lève d'un bond.

— Eh là, eh là ! On se calme, tu veux ?

L'obligeant à se rasseoir près de lui, Don Rodrigo la prend par le menton, plantant son regard dur et intransigeant dans le sien.

— Je ne te demande pas ton avis, d'accord ? Ce n'est pas une question, je te dis juste ce que j'attends de toi. Que cela te plaise ou non, j'ai besoin de toi pour travailler avec Javier.

Clara, en un éclair, revoit le jeune dealer la plaquer contre le mur et la pousser contre le banc. Elle sent presque son haleine chargée d'alcool et ses mains moites courir le long de son corps. Une brusque douleur lui lancine soudain la tempe alors qu'elle balbutie d'un ton pitoyablement suppliant :

— Pourquoi avec lui ? Je peux travailler avec n'importe qui si vous voulez…

Un rictus méchant déforme les traits de Don Rodrigo.

— Tu préfères que je demande à quelqu'un d'autre de travailler avec Javier ? À ton amie, Ana, par exemple ?

Clara dégage doucement son visage des mains de Don Rodrigo et détourne le regard.

— J'aime mieux ça, décrète le trafiquant d'un ton ferme. Allez, va te rhabiller et ensuite, je t'expliquerai tout ça en détail.

Sans un mot, Clara se lève et se dirige vers la salle de bains, attrapant ses vêtements au passage. Elle sent le regard brûlant de Don Rodrigo peser sur elle et n'éprouve aucun étonnement quand il la rappelle avant qu'elle ouvre la porte.

— Ou plutôt, non. Reviens donc un peu par ici. Je ne suis pas pressé après tout.

Étouffant un soupir, Clara fait volte-face et repose ses vêtements sur la chaise.

Chapitre 24

*

L'après-midi est déjà bien entamée lorsque Clara remonte lentement l'allée qui mène au portail. Celui-ci s'ouvre dans un grincement et elle entend derrière elle la Mercedes de Don Rodrigo. Machinalement, elle s'écarte et la regarde franchir la grille. Lorsqu'il passe devant elle, Don Rodrigo baisse sa vitre et lui adresse un signe de tête, un sourire imperceptible aux lèvres.

— À demain.

Une fois dans la rue, la Mercedes accélère dans un nuage de poussière, faisant tousser Clara qui se hâte de franchir elle aussi le portail avant que celui-ci ne se referme. Alors qu'elle s'apprête à partir en courant rejoindre les quartiers certes plus malfamés de la ville mais où elle se sent davantage en sécurité, un bruit de pas retentit derrière son dos.

— Clara ! la hèle une voix bien connue.

Clara se retourne, un demi-sourire aux lèvres. Si elle n'approuve toujours pas le choix de Soledad, elle ne peut s'empêcher d'être heureuse de la voir. Son amie s'avance au-devant d'elle en souriant. Vêtue d'un tailleur crème et de chaussures à talons hauts, les cheveux relevés en un chignon compliqué et les traits mis en valeur par un maquillage soigneusement appliqué, elle ne ressemble plus guère à la Soledad des rues. Mais le regard amical qu'elle porte sur son amie est toujours le même.

— J'avais peur de te manquer ! Tu as un moment ? Viens, entre un peu avec moi !

Clara jette un regard nerveux autour d'elle.

— Vaut mieux pas qu'on nous voie ensemble, Sole. Tu vas avoir des ennuis…

— Penses-tu ! Rodrigo et le chauffeur ne reviendront pas avant demain après-midi !

— Et les gardes du corps ?

— Oh, eux…

Soledad sourit malicieusement en prenant son amie par le bras.

— J'ai profité du temps que Rodrigo passait avec toi pour boire un petit coup avec eux. Enfin… eux ont bu surtout. À cette heure-ci, ils ronflent comme des bienheureux et vu ce que j'ai glissé dans leurs verres, ils en ont pour la nuit…

Elle hausse les épaules d'un geste désinvolte devant l'air incrédule de Clara.

— Tu comprends, rester seule avec eux jusqu'à demain ne me tentait pas plus que ça.

Clara se met à rire mais retire doucement son bras de l'emprise de Soledad.

— Désolée Sole, faut que j'y aille… En plus, il reste les caméras.

— Oh, ne t'inquiète pas pour ça, elles « dorment » elles aussi… Une petite panne.

— Tu rigoles ?

— Qu'est-ce que tu crois, c'est le genre de choses que je sais faire. Je n'ai pas fréquenté Alejandro pendant des années pour rien !

Clara lève les yeux au ciel et reprend son chemin vers la rue.

— Il faut quand même que j'y aille.

Elle désigne la rue d'un mouvement de menton.

— Ana m'attend.

— Ana est ici ?

— Pas très loin, oui.

Chapitre 24

Clara passe sous silence le fait que, lors de chacun de ses passages à la villa, sous ordre de Rafaele, Ana, Mateo, Estéban ou Maria sont toujours postés devant chez Don Rodrigo dès que Rafaele lui-même ne le peut pas. Son copain ne le reconnaîtra jamais à voix haute mais la crainte le tenaille chaque fois que Clara s'y rend. Elle n'est pas persuadée que placer ses amis en sentinelle au coin de la rue soit d'une quelconque efficacité mais Rafaele y tient. Au nom d'Ana, le visage de Soledad s'est brusquement éclairé.

— Dis-lui de venir, Clara !

Clara secoue farouchement la tête.

— Je suis pas sûre qu'elle en ait bien envie… T'as qu'à venir, toi, si tu veux voir Ana.

Soledad claque impatiemment de la langue.

— Commence pas, OK ?

Puis elle ajoute plus doucement :

— Je peux pas… Tu le sais bien… Allez, Clara, s'il te plaît… Dis-lui de venir.

Sentant flancher la voix de Soledad, Clara l'observe quelques secondes. Derrière le mascara et le fard à paupières si bien appliqués, le regard de Soledad se fait étrangement suppliant. Clara se dit soudain qu'en dépit de la belle villa, des luxueux vêtements et du confort tant recherché, Soledad doit se sentir bien seule. Portant les doigts à sa bouche, elle émet un sifflement strident en direction de la rue. Il ne faut que quelques secondes à Ana pour dégringoler d'un arbre et la rejoindre.

— Bah, t'en as mis du temps ! Je commençais à avoir des crampes, j'ai bien failli…

Elle s'interrompt brusquement en voyant Soledad, la toisant d'un air hostile.

— Mince alors, lâche-t-elle sur un ton glacial, je t'avais pas reconnue habillée comme ça !

Soledad esquisse un pas vers elle mais Ana attrape Clara par le bras.

— Bon, tu viens ? On se tire !

— Ana…

Le tremblement dans la voix de Soledad est presque inaudible mais bien présent.

— Ana, tu veux pas entrer un moment ? Ça craint rien, je t'assure, il y a que nous.

— Et pourquoi j'entrerais ?

— Pour parler. Pour se voir un peu.

— Te voir… toi ? jette Ana d'un air méprisant. Attends, tu rigoles ? Je croyais justement que tu voulais plus nous voir, non ?

— Mais… pas du tout, proteste Soledad. J'ai jamais dit que je voulais plus vous voir. Tout ce que j'ai dit à Juan ne s'adressait pas à vous. Écoute, Ana… vous m'avez pas laissé une seule chance de m'expliquer. Entre un moment, on peut discuter, non ?

Le regard d'Ana croise brièvement celui de Clara qui lui adresse un signe de tête encourageant.

— OK, concède-t-elle du bout des lèvres. Juste un moment alors… histoire d'entendre ce que tu peux bien avoir à nous raconter !

*

Les yeux écarquillés, Ana dévore du regard le moindre détail de la villa. Les meubles imposants et les tableaux accrochés au mur prennent pour elle une ampleur presque irréelle. Elle laisse ses pieds glisser sur le sol de marbre, osant à peine respirer. C'est la première fois qu'Ana pénètre dans un endroit si luxueux. À vrai dire, c'est la première fois qu'elle entre dans une véritable maison, les seuls logements qu'elle ait connus se résumant aux baraques du bidonville et aux hôtels de passe. Sa colère contre Soledad s'amenuise au fur et à mesure qu'elle avance dans le couloir. Risquant un œil par une porte entrouverte, elle stoppe net devant le canapé de velours du séjour et l'immense lustre ornant le plafond. Ses yeux s'attardent sur la grande table de verre et elle s'imagine, assise ici devant un véritable repas, son estomac protestant contre le frugal déjeuner qu'elle a englouti en l'espace d'une minute quelques heures plus tôt. Ana n'a qu'une envie : se lover sur les coussins du canapé, et, pourquoi pas, allumer l'écran du téléviseur et ne plus penser à rien en regardant défiler les images d'un film.

Ana adore les films. Quelquefois, gourmandise propre à beaucoup de *gamines*, la petite bande se paye le luxe d'un cinéma et Ana, Estéban et Mateo peuvent ensuite passer des heures à se lancer les répliques qu'ils ont retenues sous le regard amusé de leurs amis qui ne demandent qu'à revivre la séance. Si elle aime le cinéma, Ana n'a jamais allumé un écran de télévision. Elle a seulement, parfois, aperçu quelques séquences de match de foot ou de courses de chevaux dans des bars. À quatorze ans, elle n'avait jamais vu de tableau non plus et elle se retrouve fascinée par les couleurs diluées de la toile accrochée au mur près de la table de verre.

Un instant, elle songe à Maria qui aime tant contempler les lueurs brillantes que prennent au soleil les perles de ses colliers. Ana comprend soudain la fascination de son amie car elle aussi se sent désormais prise d'une furieuse envie de tendre la main vers le tableau et d'en retirer les couleurs une à une. Comment le peintre s'y est-il pris pour obtenir de telles nuances ? Elle aussi voudrait avoir un pinceau entre les mains et mélanger la peinture, encore et encore, jusqu'à obtenir mille teintes différentes. Peu lui importe ce que représente le tableau, elle ne voit que les couleurs. En obtiendrait-elle de semblables en mélangeant de simples craies ? Ana fixe la toile puis ferme les yeux, espérant à jamais graver dans sa mémoire les coloris captivants de la peinture. Puis elle se force à détacher son regard du tableau, lui tournant le dos à toute vitesse, mais aussitôt s'offre à elle un spectacle encore plus intéressant.

Contre le mur opposé se dresse un meuble vitré aux étagères garnies de livres. Des dizaines de volumes de toutes tailles semblent attendre qu'on les ouvre.

Cette fois, Ana ne résiste pas : elle tourne la petite clé dorée dans la serrure de la porte vitrée et la bibliothèque s'ouvre dans un grincement. Prenant une grande inspiration, Ana tend le bras et laisse sa main se refermer au hasard sur l'un des livres. Quand elle le retire de l'étagère, il laisse, entre deux autres volumes, un vide qu'elle ne peut s'empêcher d'admirer. Aucun des livres l'entourant n'a basculé pour combler ce creux et la jeune fille songe que, tel un être vivant, le livre qu'elle vient de saisir a une place à part entière dans son propre monde, celui de la bibliothèque. Sa place. Elle est certaine que si elle glissait un autre livre dans le creux, il n'aurait ni la bonne taille ni la bonne épaisseur. Seul ce livre-là peut combler le trou qui vient de se former et, sans savoir pourquoi, Ana trouve cela presque effrayant.

Elle ouvre le livre, laissant ses yeux courir sur les caractères sombres imprimés sur les pages. Elle est incapable de les déchiffrer, elle ne connaît pas le nom des lettres, ignore totalement comment les lier entre elles. Elle sait seulement reconnaître son prénom, Clara le lui a appris.

Et pourtant, depuis toujours, Ana aimerait savoir lire. Secrètement, elle a toujours caressé le rêve d'aller à l'école. Ses grands frères y sont allés, un peu. Luisa et Pablo y vont toujours et même sa petite sœur perdue, décédée si jeune, a connu les bancs de l'école. Ana n'en a jamais franchi les portes. Sa mère l'a toujours gardée près d'elle, que ce soit pour l'aider à la maison ou dans son travail. À savoir que le travail de sa mère n'est autre que le plus vieux du monde, celui auquel s'exercent les filles des rues et des bidonvilles. Vendue dès le plus jeune âge, Ana ne connaît pas l'école, ne la connaîtra jamais. Elle sursaute en sentant une main légère se poser sur son épaule.

— Qu'est-ce que tu fais ? demande Clara.

— Rien, répond Ana, un soupçon d'agressivité dans la voix.

Honteuse de s'être laissé surprendre en plein rêve, elle repose le livre sur l'étagère et tourne, à regret, la petite clé dorée dans la serrure.

— Moi aussi, je voudrais pouvoir les lire, souffle Clara à l'oreille de son amie, suffisamment bas pour ne pas être entendue de Soledad.

Ignorant sa camarade, les joues rouges et brûlantes, Ana sort de la pièce et suit Soledad dans les couloirs. Elle sent peser sur elle le regard de Clara et se demande un instant ce qu'elle risquerait si elle lui demandait de lui transmettre les quelques rudiments de lecture qu'elle possède. Rien sans doute. Clara n'a jamais dissimulé à quiconque qu'elle aime aller voir Don Armindo à la Maison des enfants en grande partie parce que celui-ci lui apprend à lire. Mais Ana n'est pas Clara, considérée comme la sage et « l'intello » de la bande. Elle est trop fière pour avouer vouloir ce qu'elle n'a pas. La voix de Soledad la coupe brutalement dans ses pensées, lui faisant oublier la bibliothèque.

— C'est ma chambre, ici. Entre.

De nouveau, Ana écarquille les yeux et se tourne vers Soledad avec stupéfaction. Elle a du mal à comprendre comment Soledad qui a dormi sur le sol dur et froid de la rue, couverte de cartons ou de maigres couvertures, peut maintenant nommer un tel endroit « sa chambre ». Le cœur d'Ana se serre d'envie devant le grand lit dont l'édredon paraît si chaud et moelleux, la penderie qui doit contenir tant de trésors et la coiffeuse ornée de produits de beauté.

— *Ta* chambre ?

— Oui, répond Soledad, un zeste de fierté dans la voix.

Ana risque un regard en direction de Clara mais celle-ci ne paraît pas surprise. Elle a déjà dû venir ici et pour elle, le monde de Don Rodrigo fait maintenant partie de sa vie. Ana sait qu'elle devrait être soulagée de ne pas être elle aussi tombée dans les griffes de Don Rodrigo mais elle ne peut s'empêcher d'envier ses amies. Elle aussi voudrait pouvoir profiter d'un tel confort. Avec l'envie, la colère lui revient et elle lâche d'un ton méprisant :

— Alors, c'est pour ça que tu nous as laissé tomber ? Pour une belle chambre ?

Soledad grimace mais lui désigne le lit.

— Assieds-toi…

Elle ouvre l'armoire et présente une boîte à ses amies :

— Vous en voulez ?

Des biscuits. Ana sent son estomac gronder. Elle se jetterait volontiers dessus mais une fois de plus, la fierté et la colère l'emportent.

Chapitre 24

— T'avais pas quelque chose à nous dire ?

Elle s'assied sur le bord du lit, bras croisés, les yeux fixés sur Soledad. Clara s'installe à côté d'elle, mal à l'aise, hésitant à dire quoi que ce soit qui pourrait mettre l'une de ses amies dans l'embarras. Elle ne veut se fâcher ni avec l'une ni avec l'autre. Soledad hésite, cherchant le regard de Clara dont elle espère un peu de soutien. Celle-ci lui adresse un léger sourire puis dit doucement :

— Ana a raison. Tu nous as pas fait venir ici juste pour nous offrir des biscuits… Si t'as quelque chose à dire, dis-le-nous.

— Vous me manquez, souffle Soledad. Je me sens seule ici. Ce que je t'ai dit l'autre jour, Clara, que j'avais tout ce qu'il me fallait… c'était pas tout à fait vrai. Ici, je ne vous ai pas, vous. J'avais envie de vous voir, c'est tout.

— T'as qu'à revenir dans la rue avec nous ! lance Ana la voix pleine de rancune.

Clara secoue la tête.

— Elle peut pas revenir. Plus maintenant. Don Rodrigo la laisserait jamais faire… Pas vrai, Sole ?

Mais Ana se lève d'un bond, les yeux plantés dans ceux de Soledad.

— Tu te rends compte de ce que t'as fait à Juan ? Le laisser pour… pour quoi, une belle villa et un trafiquant de drogue ? Il te paye combien pour rester là ? Et pourquoi, d'ailleurs ? Pourquoi, il veut que tu restes là ? Pas par amour, je suppose !

Soledad prend une grande inspiration. Si elle ne répond pas aux questions d'Ana, celle-ci partira et ne lui adressera plus jamais la parole. Peut-être n'est-il pas trop tard pour éviter que tous ses amis lui tournent le dos.

— Il me paye pas, répond-elle, mais il m'offre ça… Une vie autre que dans la rue, une vie plus… plus normale. Je n'ai plus jamais froid ni faim, ici…

— Pourquoi ? répète Ana, glaciale.

— Parce qu'il a besoin de moi… Enfin, pas vraiment de moi… Il a besoin d'une fille avec qui s'afficher.

— C'est pas ce qui lui manque, non ? Pourquoi toi ?

— Parce qu'il me trouve belle… et que je suis indienne.

Clara et Ana échangent un regard. Ni l'une ni l'autre ne s'attendait à ce genre de réponse.

— Comment ça ? demande Clara d'un ton prudent.

— Don Rodrigo… on a toujours pensé que c'était lui qui tirait les ficelles, qui commandait tout mais c'est pas vraiment le cas.

— Comment ça ? Il règne sur la moitié de la ville !

Soledad secoue la tête.

— Non. Il règne sur tout un réseau de drogue et de prostitution mais lui aussi, il reçoit des ordres. La ville entière… le pays entier, en fait, je crois, est complètement corrompu. C'est comme une grande chaîne et nous, on est tout au bout. Des filles dont on se sert pour faire passer de la drogue et pour faire le trottoir mais… Don Rodrigo aussi, il n'est rien qu'un pion dans tout ça. Juste un pion placé un peu plus haut que nous.

Ana fronce les sourcils.

— Je comprends pas ce que tu veux dire. Bon, il règne juste sur un seul réseau de drogue et de prostitution, et il y a plus haut placé que lui, d'accord, mais… Et alors ? Pourquoi il a besoin d'une Indienne ?

— Parce qu'il a besoin de plaire à quelqu'un de particulier… qui aime les Indiennes…

— Qui *aime* les Indiennes ? Mais personne n'aime les Indiens !

Chapitre 24

— Sauf ceux qui sont eux-mêmes indiens…

Clara et Ana se regardent de nouveau puis Ana éclate soudain de rire.

— Attends… Tu veux dire que Don Rodrigo est sous les ordres d'un Indien, c'est ça ?

— Il semblerait. Je l'ai vu, il est venu ici une fois. Et une autre fois, on est allés dîner avec lui. Je suis censée jouer le rôle de potiche, en fait. La belle Indienne au bras du grand trafiquant. Ça doit faire bien, je pense. Ils croient que je comprends rien de ce qui se dit et la plupart du temps c'est le cas. Mais pas toujours. Je comprends plus de choses qu'ils ne pensent. De toute façon, ça n'a pas d'importance que je comprenne ou pas. Je te l'ai dit, Rodrigo se sert de moi. Il m'offre tout le confort que je veux mais il se sert de moi.

Elle hausse les épaules d'un air faussement désinvolte.

— Quand je lui servirai plus à rien, il se débarrassera de moi. Dans une semaine, dans un an, dans deux ans… c'est juste une question de temps. Il me tuera ou il me vendra, peu importe. Je suis rien pour lui mais avec lui, au moins, j'ai une vie plus… confortable…

— Pourquoi ? demande de nouveau Ana. Pourquoi t'as accepté ? Juste pour le confort ?

Soledad ne dit rien mais Clara le fait à sa place.

— Il te l'a pas vraiment proposé, hein ? Il t'y a obligée ? Il t'a menacée ?

Soledad secoue la tête.

— Non, il m'a pas menacée. Je te l'ai dit, il finira par se débarrasser de moi. Alors qu'il me tue maintenant, sous la menace, ou plus tard, peu importe.

Le jour où Don Rodrigo l'a « recrutée » revient soudain à la mémoire de Clara. Elle entend clairement dans sa tête la voix froide et dure menacer la vie de ses amis : « Oh non, je ne veux pas te tuer, pas toi. J'ai besoin de toi, sinon je ne serais pas venu jusqu'ici. En revanche, je n'ai pas besoin de tes amis, ils ne m'intéressent pas. Alors, par qui vais-je commencer ? »

C'était comme ça que Don Rodrigo avait obtenu d'elle ce qu'il voulait. En menaçant ceux qu'elle aimait. Et, par-dessus tout, en menaçant Rafaele : « … sauf si, bien entendu, tu préfères ce charmant jeune homme aux cheveux en bataille avec sa cicatrice sur le sourcil ? Ton petit ami, Rafaele… c'est sans doute par lui que je commencerais en fait… ».

Soledad a un caractère bien plus dur que celui de Clara. Elle n'a peur de rien, pas même de mourir. Comme elle l'a souvent dit, elle sait qu'elle n'est pas née pour vivre bien longtemps, comme la plupart des *gamines*. Elle n'est pas facile à impressionner. Et pourtant, Soledad a une faiblesse, une seule faiblesse. Pas ses amis. Elle a précisé tout à l'heure à Ana et à Clara qu'elle n'avait jamais dit ne plus vouloir les voir. Ce ne sont pas ses amis qui ont été menacés. Soledad n'a pas quitté la bande. Elle n'a quitté que Juan.

— Il t'a dit qu'il tuerait Juan si tu ne le suivais pas, dit Clara d'une voix claire en regardant Soledad droit dans les yeux.

Ce n'est pas une question. Clara sait exactement ce que Don Rodrigo a dit à Soledad et de quelle manière il l'a dit. Soledad ne répond pas. De toute manière, il n'y a rien à ajouter.

Un long moment, les trois jeunes filles se taisent, chacune ruminant l'injustice de leurs existences. C'est Ana qui brise enfin le silence, offrant à Soledad le seul cadeau qu'elle peut lui faire : son pardon. Désignant la boîte de biscuits, elle demande :

— Bon alors, tu nous les donnes ces gâteaux ? On a faim, nous !

Chapitre 24

Soledad lui tend la boîte et ses amies se jettent dessus avec des piaillements enfantins. Alors qu'elles dévorent jusqu'à la moindre miette, Soledad ouvre grand son armoire, leur révélant les luxueux vêtements soigneusement rangés.

— Ça vous dit un peu de shopping ?

Ana se précipite avec un cri d'admiration.

— Choisis ce que tu veux, lui dit Soledad. Et après je te maquillerai. T'auras l'air d'une princesse, tu vas voir !

Tandis qu'Ana essaye à la file robes et chemises avec des gloussements enthousiastes, Soledad échange un sourire avec Clara.

Chapitre 25

Benjamin fait les cent pas devant le laboratoire d'analyses, décrivant inlassablement le même cercle. Seule la lointaine silhouette de Pedro qui se dirige vers lui parvient enfin à l'arrêter.

— Tu es tout seul ? demande Benjamin, étonné.

Pedro secoue négativement la tête.

— Mes parents m'attendent dans la voiture, précise-t-il. Ils m'ont dit que c'était à moi de décider si je voulais qu'ils soient là ou non quand on ouvrirait l'enveloppe.

— Et tu n'as pas voulu qu'ils viennent ?

— J'ai voulu aller chercher les résultats seulement avec toi. J'ai pas envie qu'on débarque en troupeau dans un labo. C'est notre histoire, ça regarde personne… Mais on n'est pas obligés d'ouvrir l'enveloppe ici, non ? Au moment où on l'aura, je verrai bien si j'ai envie que mes parents soient là ou pas pour la lire.

— D'accord, répond simplement Benjamin.

Et, passant un bras autour des épaules de Pedro, il l'entraîne vers le laboratoire d'analyses.

Dulce de leche

*

L'enveloppe posée au centre de la table attire tous les regards. Cela fait près d'une demi-heure qu'elle est là et que quatre paires d'yeux la fixent sans qu'aucune main ne se tende pour l'ouvrir. C'est à Pedro que revient le droit de lire en premier les résultats du test, tout le monde s'est mis d'accord là-dessus. Mais Pedro ne peut s'y résoudre. Il n'aurait qu'à esquisser un geste pour saisir l'enveloppe mais nul geste ne lui a jamais paru si difficile. Cécilia, à sa place, se serait sûrement jetée sur l'enveloppe avec impatience et l'aurait déchirée en un rien de temps, lisant ses révélations avec son avidité habituelle. Si seulement Cécilia était là. Avec elle à ses côtés, Pedro en est convaincu, tout paraîtrait plus simple.

— Pedro, mon chéri, dit soudain Judith rompant le lourd silence, je ne voudrais pas te mettre la pression mais… on attend tous de connaître les résultats. C'est important pour tout le monde ici de le savoir…

— Je sais, murmure Pedro.

Après tout, ouvrir cette enveloppe, c'est comme arracher un pansement : il faut le faire vite pour que l'attente fasse le moins mal possible. Mais non, ce n'est pas comme cela que ça marche. Pedro s'insulte mentalement, en colère contre lui-même. Quoi que révèlent les analyses, elles feront du mal à quelqu'un. Au fond, les progrès de la science ne sont-ils pas dans certains cas des cadeaux empoisonnés ? Ne vaut-il mieux pas rester dans le doute ? Pedro entend d'ici le savon que lui passerait Cécilia si elle pouvait lire ses pensées. Elle hurlerait, c'est certain. Après tout, il n'a qu'à s'imaginer à la place de son amie. Elle n'hésiterait pas, elle. Elle tendrait la main, comme ça, attraperait l'enveloppe et… aïe ! Est-ce normal que le rectangle de papier qu'il a enfin saisi lui brûle ainsi les doigts ? Non, ce n'est sans doute qu'un effet de son imagination. Serrant les dents et sans cesser de penser à Cécilia, Pedro ouvre l'enveloppe et en retire enfin les fameuses analyses. Il sent peser sur lui les regards de Benjamin, de Judith et d'Antoine mais se garde bien de lever les yeux vers eux. Souffle suspendu, il déplie la feuille et la lit rapidement.

— Je… je comprends pas ce que ça veut dire, balbutie-t-il en posant les analyses au milieu de la table.

Aussitôt, les trois adultes se penchent sur le papier. Pedro attend, tendu de tout son être mais personne ne prononce le moindre mot. Ce n'est qu'en voyant Benjamin se prendre la tête entre les mains que Pedro comprend ce que révèlent les résultats.

*

Cécilia n'a même pas le temps de frapper à la porte que celle-ci est déjà ouverte. Judith devait la guetter depuis la fenêtre. Sans même prendre le temps de saluer cette dernière, Cécilia demande avec empressement :

— Où est-il ?

— Dans sa chambre…

Cécilia fonce dans le couloir. Derrière elle, sur le seuil de la porte, Valentine adresse un sourire contrit à Judith.

— Cécilia était très inquiète, tente-t-elle de justifier. Excuse-la, c'est plus de l'angoisse que de l'impolitesse.

Judith balaye les mots d'excuse d'un revers de main.

— Je suis contente que vous soyez venues aussi vite, murmure-t-elle.

— C'est normal. D'après ce que j'ai compris, il y avait urgence. Comment va Pedro ?

Judith secoue tristement la tête.

— Pas très bien. C'est dur pour lui… Avoir cru retrouver son père alors qu'en fait… finalement, cet homme n'est rien pour Pedro… J'avais espéré que ce soit le cas, je peux te l'avouer à toi. J'avais tellement peur de ce qu'il pourrait se passer que j'ai souhaité que les analyses soient négatives et tu vois, j'ai été exaucée. Et maintenant… maintenant, tout ce que je vois, c'est que mon fils va mal et que je donnerais tout pour changer le cours des choses. Tu te rends compte, Valentine ? J'ai pensé à ma propre tranquillité avant le bonheur de mon enfant…

Un éclair de tristesse passe dans les yeux verts de Judith alors qu'elle avoue à mi-voix :

— J'ai toujours douté être une bonne mère pour Pedro. Depuis qu'on l'a ramené à la maison, j'ai toujours eu l'impression de mal m'y prendre avec lui. J'ai toujours douté mais maintenant, j'en suis persuadée, je suis une mauvaise mère. Pedro méritait mieux. Il aurait pu tomber dans n'importe quelle autre famille, dans la tienne peut-être… mais c'est moi qu'il a eu pour mère alors qu'il aurait pu avoir tellement mieux…

Valentine se secoue la tête.

— Qu'est-ce que tu racontes, Judith ? Tu es une bonne mère. Tu as donné à Pedro ce qu'il y a de plus important : ton amour, ta tendresse…

Prenant son amie par les épaules, elle l'entraîne dans le séjour et toutes deux s'installent sur le canapé. Assise dans un parc pour bébé, une girafe en peluche à la main, la petite Faustine bat joyeusement des bras en voyant sa mère entrer dans la pièce. Valentine sourit, attendrie, mais Judith se contente de poser sur sa fille des yeux voilés de larmes.

— J'ai été tellement égoïste, souffle-t-elle.

— Tu as eu peur, c'est normal. Je n'ose pas imaginer ma réaction si brusquement la famille biologique de Cécilia apparaissait… Je ne pense pas que je réagirais mieux que toi.

— Oui, mais tu n'as pas les mêmes rapports avec Cécilia que moi avec Pedro. Pedro n'a jamais été réellement en confiance avec Antoine et moi. Il ne nous dit rien, il garde tout pour lui… ou pour Cécilia. Tu sais, ça n'a pas été facile pour moi d'appeler ta fille au secours… Mais je sais bien que s'il existe une seule personne à qui Pedro peut ouvrir son cœur, c'est bien elle. Ce n'est certainement pas à moi qu'il accepterait de se confier. Il n'a jamais voulu me parler. Tu te souviens la première fois qu'on s'est vues ? À l'orphelinat ?

Valentine esquisse un sourire. Comment l'oublier ?

— Ce jour-là, au bout de cinq minutes, Cécilia vous sautait dans les bras. Pedro, lui, ne voulait pas venir avec nous. J'essayais de le serrer contre moi et je le sentais tout raide dans mes bras, tellement tendu, tellement méfiant… Il ne nous regardait pas, ne nous parlait pas. En fait, huit ans plus tard, rien n'a vraiment changé.

Judith ne précise pas à quel point elle a eu du mal à se sentir mère pour Pedro. Face à ce grand garçon de six ans déjà, elle ne savait comment réagir, ne trouvait pas les mots, les gestes pour se rapprocher de lui. L'amour était là bien sûr. Elle aime son fils, s'est très vite attachée à cet enfant méfiant mais au regard si doux et rêveur. Pendant sa grossesse, Judith, rongée de culpabilité à cette pensée, s'est demandé si elle aimerait davantage que Pedro ces bébés sortis de sa propre chair. Elle s'en est voulue de lui avoir assuré le contraire alors qu'elle-même en doutait. Cependant, à la naissance des jumelles, elle a presque été surprise de constater que l'amour qu'elle leur portait n'était pas plus intense que celui qu'elle avait pour Pedro. Différent, c'est vrai, mais pas moins fort. Un amour unique pour chacun de ses enfants. Elle culpabilise maintenant d'en avoir douté.

— Tu te fais des idées, dit Valentine interrompant les pensées de Judith. Pedro vous aime. Simplement, la confiance, ce n'est pas dans son caractère. Certaines personnes accordent leur confiance plus facilement aux autres, c'est comme ça, c'est dans leur tempérament… C'est vrai que Cécilia est plus confiante, plus démonstrative que Pedro. Cependant ça ne change rien à l'amour, à l'affection… Et c'est vrai aussi que Pedro et Cécilia ont entre eux un lien qu'ils n'auront jamais avec personne d'autre. Cécilia aussi, quand elle va mal, se tourne d'abord vers Pedro. En tant que famille, on peut se sentir exclu… On le sera toujours un peu… mais c'est tellement normal. Ils sont l'un pour l'autre le seul lien avec leur passé. Et puis, tu sais Judith… Cécilia s'est tout de suite sentie à l'aise avec nous et pourtant… les premières semaines, je l'ai souvent entendue pleurer la nuit… seulement je n'ai jamais pu la surprendre : elle m'entendait arriver et séchait ses larmes aussitôt. Elle ne voulait pas que je la voie pleurer. Ce n'est que lorsqu'on s'est recontactées et qu'elle a revu Pedro qu'elle a cessé de pleurer la nuit…

*

Chapitre 25

Tandis que Valentine et Judith se remémorent l'adoption de leurs enfants et leurs difficultés avec émotion, Cécilia tente de consoler Pedro. Quand elle est entrée dans la chambre, Pedro, assis sur son lit, les bras autour des genoux, regardait dans le vide. Il n'a quasiment pas bougé depuis. Cécilia qui a pourtant toujours su trouver les mots pour son ami n'a pas su quoi lui dire. Alors, elle s'est simplement assise à côté de lui et lui a pris la main. Et, de lui-même, Pedro lui a parlé. En une heure, sans que Cécilia ne l'interrompe une seule fois, il lui a dit tout ce qui lui passait par la tête et par le cœur. Des choses que Cécilia, pour la plupart, savait déjà mais qui n'avaient pas réellement été prononcées à voix haute. Cécilia n'en revient pas. Elle l'a rarement entendu parler autant. Quand enfin le flot de paroles se tarit, Pedro ayant dit tout ce qu'il avait sur le cœur, ils restent tous deux silencieux un long moment. Puis, la voix de Cécilia tombe, nette et claire, brisant le silence ouateux de la chambre :

— Écris-le.

— Quoi ?

— Écris-le. Tout ce que tu viens de me dire. Écris-le sous forme de roman, de lettre, de poème, comme tu veux, mais écris-le. Et fais le lire aux personnes concernées. Comme ça, tu te sentiras mieux et en plus, on ne pourra pas te reprocher de ne pas assez t'exprimer. Peut-être que tu es simplement plus à l'aise pour écrire que pour parler, et après tout, quelle importance ? Du moment que d'une façon ou d'une autre, les gens puissent te comprendre… Écris-le, d'accord ?

Cécilia fouille dans son sac et en sort un stylo qu'elle glisse dans la main de Pedro. Puis elle se lève, prête à partir, ne se retournant qu'au moment de franchir le seuil de la porte.

— Et écris-moi quelque chose à moi aussi, d'accord ?

Dulce de leche

*

Pedro a suivi les conseils de Cécilia. Toute la nuit, il est resté éveillé, stylo à la main, les mots se bousculant sur le papier. Il a commencé à écrire à ses parents, six pages en tout, rattrapant huit ans de silence. Puis, il a écrit à Benjamin. C'était plus dur, plus douloureux. Les mots ne se sont formés que laborieusement sur le papier, mêlant espoir, déception, crainte, rancune et pardon. Cela a été difficile d'expliquer à Benjamin l'angoisse qu'a provoquée son arrivée, puis le fol espoir d'avoir retrouvé ses origines, espoir si vite réduit en cendre à coups d'analyses. Pedro a eu du mal à écrire à Benjamin combien il lui en voulait d'avoir bouleversé sa vie et fait paniquer ses parents pour rien. Rien ? Est-ce vraiment rien cette rencontre qui, au fond, l'aura sans doute rapproché de ses parents et permis de formuler les questions qu'il s'était toujours interdit de poser ? Et puis, qui sait, peut-être aura-t-il gagné un ami ? C'est ce qu'il a proposé à Benjamin. Rester en contact, essayer d'être ami et de compenser, un peu, l'absence de son fils. Pedro espère que sa lettre aidera Benjamin à se sentir mieux.

Maintenant, il écrit pour Cécilia. Pas une lettre cette fois. C'est inutile, il lui a déjà tout dit. Mais Cécilia lui a demandé de lui écrire quelque chose. Alors, il a décidé de lui ouvrir en grand les portes de son monde, celles de son imagination. Et, cette fois, le stylo glisse à toute vitesse sur le papier, décrivant à Cécilia un monde magique et fantaisiste où la réalité n'a pas sa place. Un monde dans lequel voudrait vivre Pedro quand celui qui l'entoure devient trop compliqué. Qui a dit qu'à quatorze ans, on ne croyait plus aux contes de fées ? Sous la plume alerte de Pedro, la magie devient réalité.

Chapitre 26

Clara s'adosse à un mur, le cœur battant à tout rompre. Elle a bien cru aujourd'hui que sa dernière heure était arrivée quand elle s'est fait arrêter par deux policiers alors qu'elle venait juste de se débarrasser d'un petit sac empli de poudre blanche. Javier, à qui elle venait à l'instant de faire passer la drogue, l'a vue se faire arrêter. Elle espère qu'il a réussi à s'éloigner sans attirer l'attention. Bien sûr, les policiers n'ont rien trouvé sur elle et l'ont très vite laissée repartir. Ils devaient être à la recherche de quelque chose car elle les a vus arrêter et fouiller plusieurs autres personnes dans la rue. Visiblement, ils l'ont interpellée par hasard mais elle a eu très peur. Les mains tremblantes, elle essaye de retrouver sa respiration lorsqu'elle voit Javier débouler d'une ruelle et la prendre par un bras.

— Viens, siffle-t-il entre ses dents. On bouge, vaut mieux pas rester par ici.

Clara se laisse entraîner et lui jette un regard interrogateur.

— C'est bon, dit-il. J'ai plus rien sur moi. Tu vas rire mais le gars à qui j'ai fait passer le sac… c'était un flic ! Mais pas un de ceux qui t'ont fouillée, t'inquiète pas.

Ça ne fait pas tellement rire Clara, encore sous le coup de la peur. Quand elle était petite, elle craignait par-dessus tout les policiers à qui il arrivait d'organiser de grandes rafles d'enfants des rues. À présent, elle redoute qu'ils ne la surprennent en plein trafic de drogue et c'est bien ce qui a failli se produire tout à l'heure. Ça ne l'étonne pas tellement que la personne à qui était destiné le sac de poudre soit un policier. La plupart sont totalement corrompus. Alors qu'ils arrivent devant la terrasse d'un café, Javier lui désigne une table.

— Assieds-toi, on va prendre un verre en attendant que ça se calme un peu et qu'ils aient fini leur descente. Ici, personne viendra nous embêter.

Clara hoche la tête et se laisse tomber sur une chaise. Mal à l'aise et encore effrayée, elle entortille une de ses mèches de cheveux autour de ses doigts tremblants dans une sorte de geste répétitif et compulsif.

— Eh, lui lance Javier, c'est bon, on craint rien ici. Et arrête de faire ça, c'est flippant !

Clara lâche ses cheveux et pose les mains à plat sur ses genoux en prenant une inspiration profonde. Elle donnerait n'importe quoi pour être ailleurs plutôt que face à Javier mais n'ose pas partir, ayant trop peur de rencontrer une nouvelle patrouille de policiers.

— Tu bois quoi ? lui demande Javier alors que le serveur du café s'approche de leur table.

Clara reste muette, se demandant ce que l'on est bien censé boire dans un café. Elle n'a jamais mis les pieds dans ce genre d'endroit et elle sait bien qu'elle en aurait été chassée aussitôt si elle avait essayé : les *gamines* ne sont pas les bienvenus dans les cafés. Mais ressemble-t-elle encore à une gosse des rues à présent ? Avec les vêtements que lui fournit Soledad et « l'air correct » exigé par Don Rodrigo lors de ses « livraisons » et de ses passages à la villa, elle sait que son allure générale a changé. Maria lui en a plusieurs fois fait la remarque. Mais quelle que soit son apparence, elle ignore ce qu'il est d'usage de commander dans les cafés.

— Oh, tu prends quoi ? insiste Javier.

Clara esquisse un mouvement d'ignorance. Javier lève les yeux au ciel.

— Une bière pour moi, commande-t-il au serveur.

Puis se tournant vers Clara :

— Tu veux une bière aussi ?

Toujours muette, Clara se contente de secouer négativement la tête.

— Et une grenadine pour la demoiselle, poursuit Javier, une nuance de mépris dans la voix.

Alors que le serveur s'éloigne, elle risque de fréquents coups d'œil au dealer qui la dévisage d'un air goguenard. Clara se mord les lèvres, réprimant l'envie de s'enfuir en courant. Lorsque le serveur dépose un verre de grenadine devant elle, elle se jette quasiment dessus, soulagée de pouvoir reporter son attention sur autre chose. Javier, sirotant sa bière, continue de la regarder. Son regard s'adoucit légèrement en voyant Clara serrer fort ses mains contre le verre pour les empêcher de trembler.

— Eh, calme-toi ! Personne viendra te chercher ici, va. Ils en avaient pas après toi, tout à l'heure.

— Oui, je sais, marmonne Clara, retrouvant l'usage de sa voix.

Elle porte le verre à ses lèvres, savourant le goût sucré de la grenadine. Javier continue de l'observer.

— T'es vraiment une gamine en fait, remarque-t-il

abruptement. T'as quel âge ?

— J'sais pas. Seize ans je crois, un truc comme ça.

— Un truc comme ça, répète Javier d'une voix lente. T'as personne pour te dire ton âge ?

— Non.

— T'as pas de parents ?

— Non.

— Tu viens d'où ?

— Je sais pas.

Clara cherche désespérément quelque chose à dire, ayant la vague impression que Javier tente de nouer une conversation avec elle.

— J'suis née au bidonville, finit-elle par dire. Mais j'y vis plus depuis longtemps.

— Ouais, moi aussi, je viens de là-bas.

— Ah…

— Ouais… Écoute, Clara… On n'est pas partis d'un très bon pied tous les deux et je t'avoue que t'es pas la personne que je préfère au monde… J'ai eu des ennuis avec Don Rodrigo à cause de toi, tu sais ?

Clara lui jette un regard indigné : elle n'a pas exactement le même point de vue. Après tout, elle n'a jamais demandé à Javier de l'agresser !

— Ouais, enfin bon, c'est pas le sujet, poursuit Javier. Mais va vraiment falloir que t'arrêtes de flipper comme ça, tu vas nous faire repérer ! Il faut qu'on discute un peu le temps que les flics s'éloignent.

Clara se sent de plus en plus mal à l'aise. Javier a raison mais elle est déjà obligée de « travailler » avec lui, elle n'a pas envie de lui faire la conversation en plus !

Chaque fois qu'elle le voit, elle ne peut s'empêcher de

revivre la scène près de la fontaine il y a quelques semaines de cela. Elle sent encore son haleine chargée d'alcool et ses mains moites sur sa peau. Pourtant, elle ne peut faire autrement que boire un verre avec lui le temps que les policiers s'éloignent. Elle sait qu'il ne l'agressera plus maintenant mais elle ne peut s'empêcher de le craindre. Pour une fois, c'est avec un soulagement évident qu'elle prend un peu plus tard le chemin de la villa.

*

Presque en courant, Clara quitte la villa de Don Rodrigo pour rejoindre les quartiers plus populaires de la ville. Comme à chaque fois qu'elle quitte cet endroit, elle n'a plus qu'une envie : fuir loin de Bogotá et ne jamais revenir. En seize ans d'existence, jamais Clara n'était tombée à ce point-là dans le piège de la prostitution et de la drogue. Désormais, la voilà embauchée pour faire passer des quantités de poudre blanche sous le nez de la police et des militaires. Une brûlure de cigarette au creux de la paume permet de l'identifier et de signifier son lien avec les magouilles de Don Rodrigo. Rafaele était fou de rage quand il a vu ça. Depuis le fiasco du mois précédent près de la fontaine, il la surveille du mieux qu'il peut. Devoir faire passer de la drogue à des graines de violeurs a au moins eu l'avantage d'aider Clara à retrouver le jeune homme. Ensemble, ils ont cherché la canette de soda remplie de cocaïne que Clara avait apporté cette nuit-là. Apparemment, Javier a eu la présence d'esprit de la récupérer avant de s'enfuir. Tant mieux après tout. Cela aura évité à

Clara des ennuis supplémentaires avec Don Rodrigo. Elle réprime un frisson à la pensée de ce Javier avec qui elle est obligée de « travailler » depuis quelques jours. Elle n'en a pas parlé à Rafaele, quelque chose lui dit que cela pourrait être source de conflit et elle n'y tient pas.

Perdue dans ses pensées, Clara se cogne presque à Rafaele qui l'attend au coin de la rue. Ensemble, ils rejoignent le reste de la bande. Aujourd'hui, on les repère de loin. De toute évidence, ils ont trouvé une colle bien forte à sentir étant donné le peu de discrétion dont ils font preuve.

Ils sont tous assis en rond autour de Manuel qui gratte les cordes d'une guitare. Il a déniché cet instrument il y a deux jours et, depuis, ne s'en sépare plus. Juan et Estéban s'écartent pour faire de la place à leurs amis. Au même moment, Manuel change de morceau et Ana se met à chanter. Ana a une jolie voix, très claire, limpide. Elle ne chante pas souvent mais quand elle le fait, tout le monde aime l'écouter.

Clara a un pincement au cœur en songeant que si Soledad était là, elle chanterait elle aussi. Soledad adore chanter et elle a une voix qui va bien avec le reste de sa personne, une voix un peu rauque, chaude et épicée. Quand Ana et elle chantent ensemble, c'est toujours très beau. Clara risque un coup d'œil vers Juan et l'expression de ce dernier, lointaine et empreinte de nostalgie, lui confirme qu'il a eu les mêmes pensées qu'elle.

La voix haut perchée de Maria s'élève soudain se joignant à celle d'Ana et aussitôt, il n'est plus question de nostalgie, même pour Juan, car tous reprennent le refrain en cœur, les yeux brillants. Le deuxième couplet est à peine entamé qu'un groupe de jeunes s'approchent d'eux. Jetant un regard par-dessus son épaule, Clara reconnaît Miguel et ses amis, Jaime, Paolo et Luis. Elle les accueille d'un sourire, leur faisant signe de se joindre à eux. Alors qu'ils prennent place dans le cercle, Rafaele se tourne vers Clara en souriant et lui tend la main. Elle bondit sur ses pieds, se laissant entraîner dans une *cumbia*[1] endiablée.

À cet instant précis, plus rien ne compte pour Clara. C'est à peine si elle entend encore la musique de Manuel et les voix d'Ana et de Maria. Entraînée par la danse, elle ne voit plus que Rafaele. Rafaele qu'elle a enfin retrouvé et qui la fait danser au son de la guitare. Quelques-uns de leurs amis les imitent et tourbillonnent à présent auprès d'eux. Les autres, assis en rond, frappent gaiement dans leurs mains en chantant. Lorsque Clara se rassied, une minute ou une heure plus tard, elle n'en a pas la moindre idée, Don Rodrigo et sa cocaïne lui sont complètement sortis de l'esprit. Des étoiles dans les yeux, elle se blottit contre Rafaele, mêlant sa voix à celles de ses camarades.

[1] La *cumbia* est une danse née de trois cultures différentes : celle des esclaves venus d'Afrique, celle des peuples amérindiens des Antilles et celle des colons espagnols. Chacun y a apporté ses propres instruments, son propre rythme, en faisant un genre musical et une danse très populaires en Amérique du Sud.

Chapitre 27

Candice, tout comme Cécilia quelques jours auparavant, n'en revient pas. Durant toute l'heure qu'ils ont passée ensemble, Pedro ne s'est pas tu ne serait-ce qu'un instant. D'une seule traite, il lui a tout raconté pour Benjamin. Devant l'air compatissant de son amie, Pedro hausse les épaules.

— C'est pas si grave, tu sais, dit-il. Après tout, il vaut mieux que ça me soit arrivé à moi plutôt qu'à Cécilia. Elle, elle aurait été tellement déçue que jamais elle ne s'en serait remise. Pour moi, ça a moins d'importance. Et puis, ça m'aura permis de me rapprocher de mes parents et de connaître Benjamin. C'est quelqu'un de bien, tu sais. Même si ce n'est pas mon père. Je te le présenterai si tu veux. Enfin… si je le revois… Il ne me répond plus au téléphone…

— Avec plaisir, répond Candice avec un grand sourire. Je suis sûre qu'il te contactera bientôt, il faut lui laisser un peu de temps, voilà tout… Mais dis-moi, tu ne te poses pas plus de questions qu'avant, maintenant ? Sur toi, sur ton passé, ta famille biologique ?

De nouveau, Pedro hausse les épaules.

— Je m'en étais jamais vraiment posées en fait. Je m'étais toujours interdit de le faire. Tu comprends, je ne suis pas comme Cécilia, moi. J'ai toujours cru que ça ne servirait à rien de se poser des questions, que ce serait juste bon à cogiter pour rien. Cécilia, elle a imaginé mille histoires sur sa famille, sur elle, sur nous... Mais moi, je préférais penser à autre chose... Tu vois, après tout, ce n'est pas si mal ce qu'il s'est passé. Ça m'aura permis de m'imaginer une histoire. Peut-être que c'est ça le secret pour accepter ce qu'on ne sait pas. Peut-être qu'à partir du moment où on est capable de s'imaginer un passé, de faire des suppositions, alors on accepte mieux de ne pas savoir. Je ne saurais sûrement jamais rien de mes origines alors après tout, je n'ai qu'à les inventer. M'inventer une histoire. Comme ça, mon passé ne se réduira pas à un grand néant... Peut-être que c'est ça la solution...

— Oui, approuve Candice. Ou peut-être que tu devrais te contenter d'apprécier ton présent et ton futur et de laisser le passé de côté.

— On ne peut pas apprécier son présent tant qu'on n'a pas accepté le passé, objecte Pedro.

Candice le dévisage un instant et se penche soudain vers lui, son visage frôlant le sien.

— Peut-être que je peux t'aider à l'apprécier, ton présent, murmure-t-elle.

Et elle l'embrasse avant même que Pedro ait pu esquisser un mouvement. Involontairement, il recule, l'image de Chloé s'imposant à son esprit. Candice, sans se troubler, plonge son regard dans le sien. Pedro se perd dans la contemplation des pupilles largement dilatées de Candice cerclées d'un iris vert pailleté d'or. C'est la première fois qu'il remarque réellement la couleur, si particulière, de ses yeux. Soudain, il ne voit plus qu'eux, le visage de Chloé s'estompant de son esprit.

— Ça fait beaucoup de « peut-être », souffle-t-il.

Candice a un sourire malicieux.

— Oui… peut-être…

Et sans hésiter davantage, Pedro lui rend son baiser.

*

Étendu sur son divan, les volets tirés, Benjamin broie du noir. Cela fait plusieurs jours qu'il n'est pas sorti de chez lui. Il ne sait même plus depuis combien de temps il n'a pas mangé. Sur la table basse en face de lui, la photo de son petit garçon, il y a plusieurs années de cela, semble le narguer. L'éclat de rire capturé par le flash paraît tellement irréel à Benjamin. Son fils a-t-il toujours l'occasion de rire ? Est-il possible qu'il soit encore vivant ? Et si tel est le cas, où est-il ? Les yeux de Benjamin s'embuent une fois de plus. Après des années passées à rechercher la moindre trace de son enfant, cette dernière déception a été celle de trop. Il était tellement sûr de lui pourtant. Tant de choses dans l'histoire de Pedro concordaient avec celle de son fils… Benjamin s'en veut. Il s'en veut d'avoir tant espéré, d'avoir laissé la certitude prendre le dessus avant d'avoir eu de véritables preuves sur l'identité du garçon. Il s'en veut d'avoir cru reconnaître en celui-ci les traits d'Isabel. Isabel dont le visage s'estompe de plus en plus au fil des années. Isabel qu'il a trahie en quittant la Colombie. Isabel qui est morte sans savoir à quel point il voulait reconstruire leur existence. Isabel dont il a aussi perdu l'enfant. Que dirait-elle si elle savait que son mari est incapable de retrouver la trace de leur fils ?

Benjamin s'en veut aussi terriblement d'avoir bouleversé une famille entière. Il a entraîné dans sa quête et dans son chagrin un jeune garçon de quatorze ans qui n'avait aucun besoin de voir sa vie chamboulée à ce point. Sur la table, à côté de la photographie, traîne, depuis des jours, la lettre que lui a écrite Pedro. Lui, apparemment, ne lui en veut pas autant qu'on pourrait le craindre. Dans sa lettre, il n'a pas caché à quel point toute cette histoire avait été difficile pour lui cependant il semble lui accorder un pardon que Benjamin n'est pas sûr de mériter.

Les pensées noires tourbillonnent à telle allure dans la tête de Benjamin qu'il n'entend pas immédiatement les coups frappés à la porte d'entrée et quand il les entend enfin, il ne fait pas un geste pour aller ouvrir. Il ne veut voir personne et rester en tête à tête avec sa solitude, sa culpabilité et son chagrin. Quelle qu'elle soit, la personne derrière la porte finira bien par partir… sauf qu'elle ne part pas et les coups se font de plus en plus virulents. Alors que Benjamin s'apprête à changer de pièce et à aller s'enfermer dans la salle de bains pour ne plus les entendre – ce qui, quelque part, peut être considéré comme un progrès étant donné qu'il n'a guère bougé du canapé depuis trois jours –, une voix retentit dans le couloir de l'immeuble.

— Benjamin ! Je sais que tu es là ! Ouvre !

Benjamin reconnaît la voix de Pedro et étouffe un soupir. Il ne veut voir personne et sans doute encore moins Pedro que quiconque. Et pourtant, ne lui doit-il pas une réponse ? Une réponse à sa lettre, une réponse aux coups portés derrière la porte ?

— S'il te plaît, insiste la voix de Pedro, ouvre-moi ! Je ne bougerai pas d'ici tant que tu n'auras pas ouvert !

À contrecœur, Benjamin finit par ouvrir la porte. Craignant qu'il ne change d'avis, Pedro se rue à l'intérieur, immédiatement suivi par Judith. Alors que le garçon lève vers Benjamin des yeux inquiets, sa mère fronce le nez, inspectant l'état de l'appartement autour d'elle.

— Je crois qu'on a bien fait de venir, s'exclame-t-elle. Pedro, trouve la cuisine et prépare-nous un bon thé, d'accord ?

Pedro adresse un haussement d'épaules fataliste à l'adresse de Benjamin qui lui désigne d'un geste la direction de la cuisine. Judith, sans aucune gêne, ouvre grand les fenêtres et les volets et secoue la couverture sur le canapé avant de la plier.

— Bonjour, finit-elle par lancer à Benjamin.

— B'jour, marmonne celui-ci, estomaqué.

Judith fait délicatement tomber dans sa main les miettes qui encombrent la table basse et les laisse tomber sur le rebord de la fenêtre.

— Pour les oiseaux, précise-t-elle.

Ne sachant que dire, Benjamin se contente d'un vague « ah ». Judith lui lance un regard en biais.

— Je peux m'asseoir ?

— Euh… Oui, oui, bien sûr…

Au comble de la gêne, Benjamin écarte prestement les coussins éparpillés sur le canapé pour laisser une place à Judith.

— Vous voulez… euh… boire quelque chose ?

Judith balaye la proposition d'un revers de main.

— J'ai envoyé Pedro nous faire du thé.

— Ah oui, c'est vrai…

De la cuisine parvient à Benjamin le bruit de l'eau et des tintements de porcelaine. De plus en plus embarrassé, il songe à la vaisselle sale qui déborde de l'évier que Pedro est manifestement en train de laver. Judith l'observe, un léger sourire au coin des lèvres.

— Je suis désolée de débarquer comme ça chez vous à l'improviste mais vous ne répondiez pas aux appels… ni à la lettre de Pedro. On s'est inquiétés.

— Comment vous m'avez trouvé ?

— Oh, nous aussi, on sait mener une enquête, vous savez, répond-elle, une teinte d'ironie dans la voix.

Puis, elle ajoute sur un ton plus doux :

— On s'inquiétait, Benjamin, vraiment…

— Il ne fallait pas, répond celui-ci.

Judith laisse son regard errer sur le désordre de l'appartement.

— Bien sûr que si, murmure-t-elle. Je n'ose même pas imaginer l'état dans lequel je serais à votre place… On a tous compris que vous aimiez votre fils et que vous vouliez simplement le retrouver… Moi aussi, j'ai perdu des enfants vous savez. Des enfants qui n'ont jamais vu le jour et qui se sont contentés de vivre, un peu, dans mon ventre, avant de disparaître… Ce n'est pas comparable, je le sais, vous, vous avez connu votre fils pendant quatre ans et vous n'êtes même pas sûr qu'il soit mort ou vivant seulement… je comprends votre peine, Benjamin, je n'ose pas penser à ce que je ressentirais si Pedro, Faustine et Amélie m'étaient arrachés sans que je sache où et comment les chercher… Cependant ce dont je suis certaine, c'est que j'aurais besoin de quelqu'un à mes côtés si cela arrivait… Il ne faut pas que vous restiez seul… Pedro n'est pas votre fils mais il s'est attaché à vous et il a bien compris que vous n'avez jamais voulu lui faire de mal. J'ai été dure avec vous mais… j'ai eu tellement peur de perdre mon fils… C'était complètement irrationnel, je m'en rends compte maintenant. Moi non plus, je ne voulais pas vous faire de mal… Ce que j'essaye de vous dire, c'est que… vous n'êtes pas seul, Benjamin. On vous comprend… du mieux que l'on peut, et on voudrait vous aider. Si on est venus aujourd'hui, Pedro et moi, c'était simplement pour vous dire qu'on était là. On est là pour vous…

Benjamin relève la tête, son regard croisant celui de Judith.

— Merci, souffle-t-il. Merci beaucoup, Judith…

Pedro fait irruption dans la pièce à ce moment-là, un plateau dans les mains sur lequel trois tasses fumantes attendent d'être bues.

— Je crois qu'on a tous besoin d'un bon thé, non ?

Et il adresse un large sourire à Benjamin qui sent soudain un peu de baume apaiser sa solitude.

*

La cuisine fleure bon la pâtisserie. Armée d'une poche à douille remplie de chocolat fondu, Valentine décore le glaçage d'un gros gâteau. Au même instant, Chloé entre en coup de vent dans la cuisine, lançant son sac de cours à la volée à travers la pièce. Avec gourmandise, elle admire les lettres de chocolat tracées par sa mère avec tant d'application, et les appétissantes petites fleurs de sucre qui les entourent. Elle tend une main vers le gâteau quand une légère tape sur les doigts la fait reculer.

— Eh, pas maintenant, proteste Valentine. Je voudrais que ta sœur voie son gâteau d'anniversaire intact.

Chloé lève les yeux au ciel.

— Gros comme il est, je peux bien en prendre un bout !

— Non, Chloé ! D'ailleurs, il n'est pas si gros. Pas assez pour huit personnes, c'est certain. Je devrais peut-être en faire un deuxième, tu ne crois pas ?

— Maman ! Il est énorme !

Valentine fronce les sourcils, observant le gâteau.

— Tu es sûre ? J'espère qu'il sera bon. On a des invités ce soir, je ne voudrais pas leur servir n'importe quoi à manger.

— Il a l'air délicieux ! Et ne commence pas à stresser pour tes invités ! C'est toi qui as voulu inviter les parents de Pedro et ce Benjamin, on se demande pourquoi d'ailleurs !

— C'est l'anniversaire de Cécilia, c'est bien naturel que j'invite du monde.

— Tu l'as jamais fait jusqu'à présent. D'habitude, on va juste chez mamie pour les anniversaires.

— On y va la semaine prochaine, répond distraitement Valentine.

— Oui, mais aujourd'hui, Cécilia se serait bien contentée de Pedro et de nous trois, je ne vois pas pourquoi tu fais tant d'histoires.

Valentine désigne d'un index autoritaire la porte de la cuisine à sa fille.

— File plutôt mettre la table au lieu de venir traîner dans mes pattes !

Avec un rire espiègle, Chloé vole une fleur de sucre sur le gâteau avant de disparaître de la pièce pendant que sa mère la menace gentiment d'une cuillère dégoulinante de chocolat.

*

Chapitre 27

Avec précaution, Valentine retire une à une du gâteau les quatorze bougies que vient de souffler Cécilia. Alors qu'elle commence à couper les parts, son regard croise brièvement celui de son mari qui hoche légèrement la tête.

— Et maintenant, les cadeaux, déclare-t-il.

Cécilia sourit. Sa fête d'anniversaire lui a beaucoup plu. La soirée, agrémentée de champagne, a été joyeuse et détendue. Même si elle n'a pas très bien compris pourquoi sa mère avait invité Benjamin et les parents de Pedro, elle a accueilli leurs présences avec plaisir, ravie de pouvoir jouer la petite maman auprès d'Amélie et de Faustine.

Avec empressement, elle ouvre le cadeau de Chloé, savourant le froissement du papier sous ses doigts et pousse un cri de joie en découvrant un album photo savamment décoré : du travail fait main, Chloé a dû y passer du temps. Elle sourit en découvrant la première photo où posent deux petites filles en robes blanches aux mines trop sérieuses pour leur âge.

— Tu t'en souviens ? demande Chloé.

Le mariage de leur tante, peu de temps après l'arrivée de Cécilia en France. C'était la première fois que la petite fille faisait connaissance avec la famille élargie, n'ayant rencontré jusque-là que ses grands-parents, ses tantes et deux cousins. Particulièrement intimidée, elle n'en revenait pas de découvrir tant de monde. Elle ne parlait pas le français à ce moment-là mais commençait à le comprendre et avait été très surprise de voir qu'elle avait maintenant une famille aussi grande.

— Oui, répond-elle à Chloé. C'était au mariage de tata Sarah et tonton Jérôme. Tu as vu comme on était sérieuses ? On n'osait pas bouger de peur de salir nos belles robes !

Elle tourne les pages une à une, découvrant des photos

d'elle et de Chloé à tout âge. La construction d'un château de sable sur la plage, une bataille de boules de neige, un câlin au milieu des peluches, un concours de grimaces, un jour de carnaval... Huit ans d'amour sororal défilent devant ses yeux. Sur la dernière page, au stylo doré, le petit mot de Chloé émeut Cécilia jusqu'aux larmes :

J'avais toujours rêvé d'une sœur mais je n'aurais jamais pu imaginer en avoir une telle que toi ! Plein de bisous de ta grande sœur qui ne te comprend pas toujours mais qui t'aime. Joyeux anniversaire ! Clo.

Cécilia embrasse sa sœur avec effusion puis défait le paquet que lui tend Pedro, s'extasiant sur le bracelet de turquoise et de corail qu'il a choisi avec tant de soin. Une fois le présent attaché à son poignet, elle relève la tête juste au moment où son père lui brandit une enveloppe sous le nez.

— Joyeux anniversaire ma Cécilou !

Cécilia fronce les sourcils, étonnée. Une enveloppe ? De l'argent alors ? Bizarre... Ses parents ont toujours refusé d'offrir de l'argent à leurs filles pour leurs anniversaires, prétextant qu'un billet n'a pas de valeur sentimentale à l'inverse d'un cadeau choisi avec amour. Mais lorsqu'elle ouvre l'enveloppe, les billets qui en tombent ne sont pas ceux auxquels Cécilia s'attendait. Ahurie, elle fixe les deux billets d'avion indiquant l'heure et la date d'un vol pour Bogotá. Quand Cécilia retrouve l'usage de la parole, elle en bégaye de reconnaissance.

— Mais c'est... Mais comment... Pourquoi ?

— Pour que tu connaisses ton pays, répond son père.

Cécilia se jette à son cou tandis que Chloé et Pedro,

qui viennent de comprendre le contenu de l'enveloppe, se précipitent sur les billets.

— Oh, la chance ! s'écrie Chloé. C'est génial !

— L'autre billet est pour Pedro, précise Valentine. Il n'était pas question que tu ailles là-bas sans lui bien sûr.

À son tour, Pedro écarquille les yeux, muet d'étonnement. Judith lui passe un bras autour des épaules et le serre contre elle.

— Vous partirez en août, explique-t-elle. J'aurais voulu vous accompagner mais Faustine et Amélie sont trop petites… Valentine viendra avec vous… et Benjamin.

Pedro dévisage sa mère avec effarement mais ne dit rien. Ce n'est que plus tard, quand personne ne les regarde, qu'il chuchote à sa mère :

— Avec Benjamin ? Tu me laisses partir en Colombie avec Benjamin ? Tu plaisantes ?

Judith secoue la tête en souriant.

— Benjamin a décidé de retourner quelque temps à Bogotá, explique-t-elle. Ton père et moi avons toujours projeté de t'envoyer là-bas un jour. On en a souvent parlé avec Fabien et Valentine. En fait, on pensait vous offrir ce voyage pour vos quinze ans et je vous aurais accompagnés. Mais… avec tout ce qu'il s'est passé ces derniers temps, on s'est dit que c'était le moment. En plus, avec l'anniversaire de Cécilia, le départ de Benjamin… Tout ça tombait à pic.

— Mais tu me laisses partir avec Benjamin ? insiste Pedro que cette initiative stupéfie.

— Je lui fais confiance, assure Judith. On en a beaucoup parlé… et lu et relu ta lettre. Benjamin a besoin de rechercher son fils. Cécilia et toi avez besoin de connaître votre pays d'origine. Alors pourquoi pas ? Et Valentine sera avec vous.

Dulce de leche

Pedro se dégage doucement de l'étreinte de sa mère et va trouver Benjamin.

— Merci, dit-il. Tu sais, Cilia et moi, on t'aidera si tu veux. Dans tes recherches pour retrouver ton fils.

Benjamin sourit tristement.

— Il n'y a pas beaucoup d'espoir, soupire-t-il.

— Non, c'est vrai mais… on ne sait jamais. Et puis, dis-toi que même si tu ne le retrouves pas, tu auras quand même trouvé un ami ici.

Cécilia se matérialise à ses côtés.

— Et même deux, renchérit-elle.

Puis, elle se tourne vers Pedro, des étoiles plein les yeux.

— Tu te rends compte ? Dans trois mois, on part en Colombie !

Elle retourne s'asseoir à sa place et, d'un geste résolument gourmand, plante sa cuillère dans sa part de gâteau. Mordant à pleines dents dans la pâtisserie, avec autant d'enthousiasme qu'elle croque dans la vie, elle comprend avec délectation que ses quatorze ans lui ont apporté la réalisation de son plus grand rêve.

Chapitre 28

Comme chaque soir, Rafaele attend Clara, dissimulé au coin de la rue. Il commence à bien connaître le quartier de Don Rodrigo maintenant et se plaît à observer tout ce qui s'y joue. Il sait par exemple que dans la villa voisine, un père de famille rentrera, un attaché-case sous le bras, juste après que la cloche de l'église aura sonné six coups. Il sait que ses deux enfants, postés à la fenêtre, sortiront en courant se jeter dans ses bras. Il sait aussi que, dans la maison d'en face, sort à intervalles réguliers une vieille dame promenant son chien – minuscule créature tout en poils et en aboiements aigus ! – qui ne dit jamais bonjour aux adultes même si ceux-ci lui adressent la parole mais qui distribue des bonbons à tous les enfants qu'elle croise. Il a aussi repéré les deux étudiants qui se retrouvent chaque jour pour partager un sandwich entre deux baisers sur l'un des bancs du petit square. Square où se promène souvent une jeune maman qui continue de chantonner toute seule bien après que son bébé, lové contre elle, s'est endormi. Oui, Rafaele commence à connaître les habitudes des habitants du coin. Il sait aussi que, comme chaque jeudi soir, la Mercedes de Don Rodrigo ne va pas tarder à franchir le portail et ne réapparaîtra que le dimanche suivant. Clara surgira peu après, le sourire aux lèvres, heureuse de se savoir libre trois jours durant.

Rafaele ne sait pas où va Don Rodrigo à la fin de chaque semaine. Son départ est réglé comme du papier à musique, une dizaine de minutes en général après le moment où l'homme à l'attaché-case rentre chez lui.

D'ailleurs, celui-ci arrive, passant sans le voir devant Rafaele qui observe les deux petits garçons sortir en courant de la maison, se bousculant l'un l'autre et se jeter sur leur père avec des piaillements de joie.

Il ne peut s'empêcher de s'imaginer à la place des deux enfants et de se demander si lui aussi, un jour, a éprouvé cette joie évidente de voir arriver son père. L'a-t-il seulement connu ? Il n'en a aucun souvenir.

Comme Clara, il vient très certainement du bidonville. En tout cas, c'est là qu'ils se sont connus, peu après l'incendie qui a coûté la vie à la mère de Clara. Rafaele n'est pas allé du côté du bidonville depuis bien longtemps mais il sait que de nombreuses familles y vivant ne sont composées que de mères et d'enfants. Comme si, là-bas, les pères refusaient de rester dans la misère familiale. Peut-être celui de Rafaele est-il parti avant même qu'il ne vienne au monde, ou alors était-il alcoolique et violent comme le père de Manuel et de Maria. Peut-être qu'il l'a abandonné, de sang-froid, comme celui de Guillermo. Ou peut-être était-ce un père aimant décédé tragiquement ou séparé de manière définitive de son fils par de terribles circonstances. Rafaele ne s'est jamais trop posé de questions. Il a toujours été bien trop occupé à survivre au moment présent pour se préoccuper du passé. Mais chaque fois qu'il voit ce père et ses deux enfants, leur amour évident et leurs touchantes retrouvailles, il se demande alors qui était son propre père et pourquoi il n'a pas grandi à ses côtés.

Coupant court aux réflexions de Rafaele, le ronflement d'une voiture immédiatement suivi par le grincement si caractéristique du portail parvient à ses oreilles. Il observe la Mercedes de Don Rodrigo s'éloigner dans le lointain. Clara ne devrait pas tarder et, ensemble, ils iront rejoindre leurs amis.

La plupart d'entre eux doivent déjà être sur place, rassemblés autour de Manuel et de sa guitare. Un peu plus tard dans la soirée, la bande de Miguel les rejoindra et ils passeront quelques heures à chanter et à danser. Ils ne s'arrêteront que lorsque les rues se feront désertes et qu'il deviendra trop dangereux de se faire remarquer. Tel est, en ce moment, le rituel du soir. Cela plaît bien à Rafaele, décidément bien heureux que Manuel soit tombé sur cette guitare et se soit remis à la musique avec tant de facilité.

Ce soir-là, cependant, promet d'être quelque peu différent des autres car ce n'est pas une silhouette, mais deux, que Rafaele voit apparaître au-delà du portail lorsque celui-ci s'ouvre de nouveau. Clara n'est pas seule. Rafaele plisse les yeux et avale sa salive en reconnaissant Soledad, aux côtés de son amie. Les rares fois où Rafaele l'a revue depuis qu'elle a déserté la bande, il lui a toujours fallu un temps d'arrêt avant de la reconnaître tant il est peu habitué à la voir si bien habillée, coiffée et maquillée. Soledad a toujours paru plus âgée qu'elle ne l'est mais maintenant, on dirait une vraie dame. Alors qu'elle s'avance vers lui et le gratifie d'un grand sourire, Rafaele se sent particulièrement mal à l'aise.

— Salut Rafaelito !

Il n'y a que Sole qui l'ait jamais appelé ainsi. « Rafaelito[1] », surnom qu'elle lui donne toujours à la fois avec tendresse et moquerie dans un ton bien à elle.

— Salut, répond simplement Rafaele.

Clara dépose un rapide baiser sur ses lèvres avant de lui expliquer à mi-voix :

— Elle veut venir avec nous… Je suis pas sûre que ce soit une bonne idée…

— Comment ça, venir avec nous ?

— Juste ce soir, précise Soledad. Juste… pour vous voir un peu.

Rafaele, de plus en plus mal à l'aise, fixe le bout de ses pieds sans savoir que dire. Il n'est pas du tout certain de l'accueil qui sera réservé à Soledad. Lui, contrairement à Maria, à Mateo ou à Guillermo, ne lui en veut pas. Par le biais de Clara, il connaît maintenant suffisamment bien Don Rodrigo pour se douter que ce n'est pas exactement de son plein gré que Soledad l'a rejoint. Juan manque à Soledad, il en est certain. Il ignore ce qu'il s'est passé exactement mais ce dont il est sûr, c'est que si Soledad avait réellement eu le choix, elle serait restée auprès de lui. Il sait que Mateo, Maria et surtout Guillermo sont convaincus du contraire et prêts à lui cracher dessus s'ils la revoient. Il sait aussi qu'Ana, après lui en avoir beaucoup voulu, a maintenant pardonné à Sole et qu'elle est allée la voir plusieurs fois avec Clara. Sans doute est-ce également le cas d'Estéban et d'Alejandro qui ont toujours été proches de Soledad et qu'il soupçonne de lui avoir déjà rendu visite en cachette de Juan. Manuel, qui ne juge jamais personne et tente toujours de comprendre les gens, serait sûrement prêt à lui tendre la main lui aussi. À moins qu'il ne se voie obligé de choisir le camp de sa sœur à qui il reste toujours loyal.

[1] « Petit Rafaele ».

Et Juan… Juan est celui dont Rafaele craint le plus la réaction. Après le départ de Sole, il a longtemps interdit à ses amis de prononcer ne serait-ce que son prénom. Il s'est montré, plusieurs semaines durant, tour à tour lointain ou agressif, et Rafaele l'a entendu dire que Soledad n'avait pas intérêt à remettre les pieds auprès d'eux, qu'elle n'existait plus pour lui.

Cependant, Rafaele se souvient de sa colère contre Clara quelques mois auparavant, de l'envie qu'il avait, lui aussi, de ne plus jamais la revoir ni d'entendre parler d'elle. Et pourtant, une fois sa colère retombée, il s'est bien rendu compte que celle-ci ne lui avait servi qu'à dissimuler l'amour profond qu'il éprouvait pour elle. Il se demande si Juan ressent la même chose envers Sole. Il espère que oui, mais comment le savoir réellement ? Le meilleur moyen de le découvrir est sans doute de laisser Soledad venir avec eux. De toute manière, elle ne semble guère disposée à leur demander leur avis !

*

Lorsque Rafaele, Clara et Soledad rejoignent leurs amis, la petite bande n'est pas encore au complet. Manuel n'a pas encore sorti sa guitare et, assis négligemment contre le tronc d'un arbre, il discute avec Estéban, Guillermo et Mateo. Non loin d'eux, Ana coupe les cheveux d'une Maria un peu boudeuse.

— Ils étaient pas longs, là ! proteste-t-elle en regardant les courtes mèches brunes tomber à ses pieds.

— Si ! Arrête de bouger comme ça, t'auras une coupe toute tordue après !

Ana tranche les dernières boucles d'un geste sec, ignorant

les grincements de dents de Maria.

— Allez, c'est fini, lance-t-elle enfin en rangeant ses ciseaux.

Maria bondit sur ses pieds et manque s'étrangler en relevant la tête. Elle vient d'apercevoir Soledad, aux côtés de Rafaele et de Clara. Immobile, la jeune fille regarde le petit groupe, semblant hésiter à s'approcher.

— Qu'est-ce que tu fais là ? lui jette Maria, hargneuse.

Le reste de la bande lève la tête à leur tour. La surprise se peint aussitôt sur leurs visages. Ana et Estéban, comme l'avait prévu Rafaele, se fendent d'un large sourire et viennent à la rencontre de Sole.

— Salut, murmure Soledad d'un ton un peu hésitant.

Estéban, qui semble lutter contre lui-même pour ne pas lui sauter au cou, dépose un baiser sur la joue de son amie.

— Je suis content de te voir !

— Moi aussi ! renchérit Ana en souriant à Soledad. Qu'est-ce que tu fais là ?

— Je suis venue vous voir… Si vous voulez bien.

— Évidemment, lui répond Estéban, tout heureux.

— Bien sûr que non ! lance une voix vibrante de colère derrière lui.

Guillermo s'est redressé de toute sa hauteur et fait face à Soledad, l'air furieux.

— Qu'est-ce que t'es venue faire ici ?

— Vous voir, répète Soledad.

— Pourquoi ? T'as été mise à la porte de ta belle villa ?

Maria et Mateo viennent se camper à côté de Guillermo, dévisageant Soledad avec hostilité. Manuel reste prudemment en arrière, interrogeant du regard Rafaele qui se contente d'un haussement d'épaules. Soledad, sans se démonter, secoue la tête.

Chapitre 28

— Non, j'ai pas été mise à la porte. J'avais envie de vous voir, c'est tout.

— Tu crois pas que t'as déjà fait assez de mal comme ça ? demande Mateo.

— Il a raison, enchaîne Maria. T'as plus rien à faire ici. Va-t'en !

— Pas avant d'avoir vu Juan, répond doucement Sole.

Guillermo éclate d'un rire mauvais.

— Parce que c'est Juan que t'es venue voir ? Après toutes les horreurs que tu lui as dites ?

— Il veut plus te voir, Juan, renchérit Maria.

— Et nous, on t'a déjà assez vue, ajoute Mateo. Tu ferais mieux de partir maintenant.

Soledad grimace face à l'hostilité grandissante autour d'elle. La réaction de Maria, surtout, l'affecte plus qu'elle ne le voudrait. La main réconfortante d'Estéban se pose sur son épaule.

— Moi, je suis content de te voir, lui souffle-t-il.

— Moi aussi, approuve Ana.

— Eh bien pas nous, jette Guillermo.

— Je veux juste attendre que Juan arrive, plaide Soledad. Je partirai après, d'accord ?

— On t'a dit que Juan, il avait pas envie de te voir !

— Qu'est-ce que t'en sais ? demande une voix derrière leur dos.

Tous se retournent d'un bloc. Derrière eux, Alejandro et Juan ont les yeux fixés sur Soledad. Si Alejandro a l'air ravi, l'expression de Juan est absolument impénétrable. Il se contente de regarder Soledad qui tressaille, surprise de cette brusque apparition. Elle se mord la lèvre une seconde, hésitante, puis s'avance au-devant de Juan.

— Salut, murmure-t-elle.

— Salut, répond Juan simplement.

Un long moment, ils se dévisagent l'un l'autre sans rien dire. Enfin, Soledad risque un pâle sourire et les lèvres de Juan frémissent imperceptiblement. Mais s'il parvient à temps à ravaler son sourire, ses yeux, rivés à ceux de Soledad, ne sauraient mentir. Et Sole, qui sait si bien lire dans ces yeux-là, s'avance d'un pas. Sans un mot, Juan lui tend la main et Soledad, brusquement, se jette contre lui.

— Tu devrais pas être là, dit Juan d'une voix étouffée, le visage enfoui dans les cheveux de Soledad.

— Je veux être avec toi, je veux juste être avec toi, même si c'est juste pour quelques heures…

— Tu vas avoir des ennuis.

— Je m'en fiche. Je te veux toi. Juste toi. Juste un moment. Je pensais pas ce que je t'ai dit l'autre fois, Juan… Je le pensais pas.

— Je sais.

Juan la serre contre lui puis s'écarte légèrement, une main sur la nuque de Soledad, son pouce lui caressant tendrement la joue.

— Je sais, répète-t-il.

Puis il ajoute d'un ton résigné :

— Juste quelques heures ?

— Jusqu'à dimanche, répond Sole. Je peux pas rester plus, sinon…

Elle s'interrompt, semble hésiter mais Juan secoue simplement la tête.

— Dis rien, murmure-t-il. J'ai compris. Jusqu'à dimanche. OK.

Passant un bras autour des épaules de Soledad, il se tourne vers ses amis.

Chapitre 28

— Le premier que j'entends lui parler comme vous l'avez fait tout à l'heure, je lui fais sa fête, c'est compris ?

Et il entraîne Soledad auprès de l'arbre contre lequel est assis Manuel. Celui-ci adresse à Sole un signe de tête et un sourire puis empoigne sa guitare. Alors qu'il commence à jouer, les autres se regardent, hésitant entre l'étonnement, le soulagement pour certains et la colère pour d'autres. Puis, avec des haussements d'épaules fatalistes, ils s'assoient l'un après l'autre autour de Manuel. Il ne faut pas plus de deux morceaux de musique pour que Maria se mette à chanter, oubliant sa rancune.

— Chante avec moi, lance-t-elle à Soledad entre deux couplets.

Le regard brillant, une main dans celle de Juan qui la tient toujours étroitement serrée contre lui, Soledad joint sa voix à celle de Maria.

*

La nuit est tombée depuis longtemps sur Bogotá mais l'obscurité, à peine teintée d'un faible rayon de lune, n'interrompt pas la guitare de Manuel. Ses doigts courent sur les cordes avec de plus en plus d'assurance et, pour tous ses amis en cet instant, le monde semble tourner autour de sa musique. Paolo, Luis et Guillermo se sont endormis, à même le sol et Clara, la tête sur les genoux de Rafaele, sent le sommeil l'emporter à son tour. Un peu à l'écart, à l'angle d'une rue, Miguel et Ana, grisés par une soirée de danse et de chant, font plus ample connaissance en s'embrassant à pleine bouche.

Seul Alejandro les a remarqués et sourit en les observant discrètement. Il se dit que ces deux-là sont, à ce moment précis, presque aussi beaux que Juan et Soledad qui chantent en chœur, serrés l'un contre l'autre. Ils ne se sont pas quittés depuis trois jours, s'éclipsant ensemble le jour et rejoignant leurs amis la nuit. Demain, avant que Don Rodrigo ne rentre, Soledad devra regagner la villa. Mais en attendant, personne ne semble y penser. Les dormeurs mis à part, les autres, assis en demi-cercle autour de Manuel, écoutent toujours la guitare, certains reprenant de temps à autre le refrain d'une chanson, accompagnant les voix de Juan, Sole et Maria qui ont alterné, infatigables, danse et chant toute la soirée.

Portés par la musique, ils n'entendent pas résonner dans le lointain le moteur de la Mercedes et il est trop tard lorsqu'ils se rendent soudain compte de la présence de Don Rodrigo et de ses hommes autour d'eux. C'est Maria qui les remarque la première. Elle bondit sur ses pieds avec un glapissement. En un clin d'œil, tous sont debout, comprenant avec horreur qu'ils sont encerclés. Clara, encore à moitié endormie, croise le regard de Soledad alors que Don Rodrigo s'avance vers elles, un sourire mauvais sur les lèvres. À cet instant précis, toutes deux comprennent qu'est venu le moment de payer leur relation, aussi complexe et déshonorante soit-elle, avec le trafiquant. Clara sent Rafaele lui prendre la main et Juan vient se placer devant Sole dans une attitude aussi protectrice qu'inutile.

— Écarte-toi, commande une voix glaciale.

Soledad ferme les yeux un instant et, avec un soupir résigné, frôlant tendrement le dos de Juan au passage, elle s'avance au-devant de Don Rodrigo. Sans ciller, elle soutient son regard alors qu'il la considère avec tout le mépris dont il est capable.

Chapitre 28

— Tu t'es bien foutue de moi.

— Je n'ai rien fait de mal, répond Soledad sans trembler. Je suis là où je dois être. J'ai rien d'une dame, tu vois. Chez moi, ce sera toujours la rue.

Don Rodrigo crache une insulte en direction de Sole et plante son regard glacé dans celui de Clara.

— Vous venez avec moi maintenant. Toutes les deux. Quant aux autres, là… ils ne sont d'aucune utilité, n'est-ce pas ?

Clara, horrifiée, voit le cercle des hommes de Don Rodrigo se refermer autour d'eux. Elle ne saura jamais ce que « aucune utilité » signifie réellement. Don Rodrigo vient-il implicitement de donner à ses hommes l'ordre de tuer tout le monde ou comptait-il, en prononçant ces paroles, se contenter d'emmener Clara et Soledad, laissant les autres tranquilles ? Clara ne le saura jamais et ce qu'il se passe par la suite est si rapide qu'elle n'a pas le temps d'y réfléchir.

Un bond, un cri, une détonation et un corps qui s'effondre. Jaime. Jaime, le bras droit de Miguel, son meilleur ami. Jaime, qui a accueilli Clara avec chaleur et simplicité dans leur groupe lors de sa dispute avec Rafaele. Jaime, qui n'a eu aucun doute sur le sens des paroles de Don Rodrigo et qui a bondi en avant dans une tentative de fuite sans espoir. Jaime, qui vient de s'écrouler, une large tache rouge auréolant lentement sa chemise, aux pieds de Guillermo tétanisé.

Un hurlement suraigu retentit du côté de Maria. Aussitôt, Manuel la bâillonne d'une main, comme si étouffer le cri de sa sœur pouvait les rendre invisibles aux yeux de ceux qui les menacent. Ils vont tous mourir aujourd'hui, Manuel en est certain. Alors qu'il s'apprête, résigné, à fermer les yeux dans l'attente d'une mort probable, il voit soudain, horrifié, Paolo se détacher du groupe. Ne pensant qu'à l'ami qu'il vient de perdre, dans une tentative de vengeance désespérée, le garçon a sorti un couteau de sa poche, seule arme en sa possession, dont la lame brille un instant dans la pénombre avant de s'enfoncer dans la poitrine du garde du corps. Une nouvelle détonation retentit alors, arrachant un ultime gémissement à Paolo, qui s'effondre en même temps que l'homme qu'il vient de poignarder. Alejandro parvient tout juste à retenir Luis qui, devant la mort quasi simultanée de ses deux amis, manque lui aussi se jeter dans la mêlée. Ne s'ensuit qu'une grande confusion où les cris de chacun font écho aux coups de feu. Pétrifiée, Clara, les yeux rivés sur le sang qui s'écoule sur le sol, entend à peine la voix glacée de Don Rodrigo ordonner aux hommes qui lui restent :

— Liquidez-moi tous ces gosses.

Avant même qu'elle n'ait pu comprendre le sens de cette phrase le cri de Soledad retentit :

— Non !

Dans un sanglot de panique, Clara voit Don Rodrigo pointer son arme sur Soledad. Le hurlement d'horreur qui résonne dans sa tête est tel qu'elle n'entend même pas la détonation et voit seulement son amie tomber sur le sol. Avec un rugissement, Juan bondit et se précipite vers elle. Il a juste le temps de croiser le dernier regard de Soledad avant que les balles ne l'atteignent à son tour.

Chapitre 29

Estéban et Mateo, venus rejoindre leurs amis après une nuit de labeur, s'attendaient à les trouver une fois de plus à danser au son de la guitare. Après avoir passé des heures à repeindre un appartement pour une misérable paye, ils se réjouissent à l'avance des chants qu'ils ne tarderont pas à entendre. Les mains encore pleines de peinture, ils se pressent vers le lieu de rendez-vous. Or, les bruits qui parviennent à leurs oreilles ne sont pas ceux auxquels ils s'attendaient. Les coups de feu et les cris les font stopper net. Ils osent à peine se regarder, immobiles sur le trottoir, souffles suspendus et peur au ventre. Un bref hurlement retentit au loin, suivi de nouvelles détonations. Et plus rien. Le silence. Un silence si lourd qu'il semble résonner aux oreilles des deux garçons. Durant quelques secondes, ils n'osent esquisser un mouvement puis Estéban murmure d'une voix à peine audible :

— Regarde !

Mateo, suivant le regard de son ami, découvre à son tour la Mercedes garée à cheval sur le trottoir d'en face.

— Oh non, souffle-t-il en reconnaissant la voiture.

À peine a-t-il le temps de se représenter le désastre qui les attend probablement une rue plus loin qu'une cavalcade se fait entendre et que deux hommes, vêtus de costumes semblables, passent à côté d'eux en courant, les bousculant sur leur passage. Mateo et Estéban, sans comprendre, les observent disparaître dans le lointain.

— Ils… ils sont tous morts ? balbutie Mateo d'une voix chevrotante. Ils se sont tous fait tuer ?

— Viens, dit Estéban en lui agrippant le bras.

Tremblant à l'idée du spectacle macabre qui va de toute évidence s'offrir à eux, ils s'avancent à pas de loup dans la rue. C'est le corps de Jaime qu'ils aperçoivent en premier. Ils voient ensuite Manuel, plaqué contre un mur qui tient Maria contre lui, une main serrée sur la bouche de la petite fille en larmes. Les autres sont rassemblés, en demi-cercle, absolument immobiles, au milieu de la rue. Estéban et Mateo se précipitent, rompant l'alignement bien ordonné de leurs amis, figés dans une effrayante torpeur.

— Non… oh non, gémit Mateo en découvrant les corps de Juan et de Soledad étendus sur le sol.

Les cheveux défaits de Soledad s'étalent autour d'elle, se mêlant au sang répandu par terre, telle une auréole qui lui donne dans la mort une beauté encore supérieure à celle qu'elle a toujours eue. Son visage est tourné vers celui de Juan et leurs mains sont tendues, à quelques centimètres l'une de l'autre, comme s'ils avaient, dans un dernier souffle, tenté de se rejoindre. Au-delà de la mort, ils semblent se regarder l'un l'autre. Estéban, aux prises d'un immense désarroi, se demande s'ils ont été l'un pour l'autre la dernière chose qu'ils ont vue avant de mourir.

Chapitre 29

Agenouillé aux côtés de Juan, Guillermo sanglote sans bruit. Non sans un grand déchirement intérieur, Estéban parvient à détacher son regard de ses amis et, relevant la tête, ne peut s'empêcher de retenir une exclamation de stupeur, brisant l'assourdissant silence qui règne sur la rue. Non loin de Juan et de Soledad gisent le garde du corps et Paolo. Mais leur mort n'est pas ce qui choque le plus Estéban. Non, ce qui lui coupe à présent le souffle, c'est le corps étendu dans une mare de sang à quelques mètres d'eux. Ses inséparables lunettes teintées, brisées en mille fragments, luisent au pâle soleil de l'aurore. Son impeccable costume gris désormais parsemé de taches pourprées et ses yeux, qui ne voient maintenant plus, sont privés de leur dur et menaçant éclat mais pourtant toujours aussi glaçants. Don Rodrigo, dans la mort, paraît tout aussi imposant qu'il l'a été au long de sa vie. La respiration de plus en plus saccadée, Estéban, lentement, relève les yeux jusqu'à l'arme encore pointée sur le corps du trafiquant. Une arme tendue par des mains qui ne tremblent pas. Des mains toutes fines, davantage habituées à tresser des cheveux ou à enfiler des perles qu'à appuyer sur une détente. Une frêle silhouette, sans ciller, domine de toute sa taille celui qui, pendant si longtemps, a régné sur le réseau de drogue et de prostitution de la ville. Ana. Profitant de la confusion pour se glisser jusqu'au garde du corps tué par Paolo, Ana lui a dérobé son arme. Elle vient d'offrir à Juan et à Soledad une revanche qu'ils ne verront jamais et de sauver ses autres camarades, abattant froidement, d'une balle dans la tête, Don Rodrigo, le grand caïd de la drogue.

*

Que peut-on faire lorsque le monde, subitement, semble s'écrouler autour de vous ? Comment ne pas en vouloir au temps ? Ce temps qui, inexorablement, impose sa loi cruelle, ce temps qui parfois paraît se figer, qu'il est pourtant impossible à remonter alors que, peut-être, il n'aurait suffi que d'une poignée de secondes pour tout changer. Comment ne pas se sentir coupable quand, au chagrin, se mêle l'immense soulagement de voir celui qui nous a tant pris mourir à son tour ?

Pendant longtemps, des années après ce jour-là, Rafaele continuera à se poser ces questions. Tout au long de sa vie, les morts de Juan et de Soledad reviendront le hanter, avec plus ou moins d'intensité selon les moments. Cependant, cet entremêlement confus de sentiments ne sera jamais aussi intense qu'à cet instant-là.

Serrant Clara contre lui, il la sent trembler dans ses bras et entend les souffles saccadés de ses amis à ses côtés. Pourtant, il est incapable du moindre geste, de la moindre parole. Rafaele ignore combien de temps s'est écoulé depuis le dernier coup de feu, sans doute à peine plus de quelques minutes. Or, déjà, une alarme retentit dans le lointain et des voix se font entendre à l'autre bout de la rue. Évidemment, les cris et les détonations n'ont pas dû passer inaperçus.

— Faut pas rester là !

En un éclair, Rafaele voit ses amis se disperser. Manuel s'enfuit, entraînant Maria dans son sillage. Alejandro et Mateo se précipitent vers Guillermo, l'obligeant à se lever et à courir avec eux, aussi vite que le lui permet sa hanche défaillante, aussitôt suivis par Luis. Miguel semble hésiter, les yeux rivés sur les corps de ses amis. Rafaele n'a pas le temps d'esquisser un mouvement vers lui qu'il sent Clara échapper à son étreinte et la voit s'élancer vers Juan et Soledad.

Chapitre 29

— Clara, il faut partir !

Agenouillée auprès de ses amis, Clara, doucement, caresse les cheveux de Sole et lui prend la main, la refermant sur celle de Juan, réalisant pour eux l'ultime geste qu'ils n'ont jamais pu accomplir. Rafaele l'attrape alors par le bras et elle court derrière lui, disparaissant au coin de la rue après un dernier regard à ses amis. Seule Ana n'a pas bougé. Immobile, l'arme toujours à la main, les lèvres entrouvertes et le regard fixe, elle ne semble remarquer ni les sirènes ni la brusque volatilisation de ses amis.

— Ana !

Jetant des regards affolés autour de lui, Estéban lui prend doucement l'arme des mains. Ana n'a aucune réaction et continue de fixer le vide tandis que les badauds commencent à envahir la rue.

— Ana !

Miguel a rejoint Estéban et tous deux empoignent Ana, la traînant à leur suite. Alors qu'une voiture de police s'arrête à quelques mètres de là, les gens, alertés par les cris et les coups de feu, s'amassent autour des corps étendus par terre et les exclamations fusent de part et d'autre. Et le sang s'écoule, lentement, teintant le pavé de rouge.

Chapitre 30

Sur le lit de Pedro s'étalent des coupures de presse, photos, livres et magazines divers. C'est à peine si l'on distingue les draps sous tout ce bazar. Le reste de la chambre ne vaut guère mieux, son plancher disparaissant lui aussi sous une montagne de papiers.

— Tu es vraiment sûr que tout ça va t'être utile ? demande Candice en reposant dans un coin le livre qu'elle vient distraitement de feuilleter.

Pedro opine d'un geste de tête, plongé dans une revue.

— Tu cherches quoi, au juste ? demande Candice en s'emparant d'un guide touristique.

— Je sais pas. Tout et n'importe quoi. Juste le plus de renseignements possible.

— Mais sur quoi ? La géographie ? Les lieux touristiques ? La culture ?

— Tout. Je veux tout savoir !

Candice attrape son sac à dos près de la porte et en extrait deux petits livres.

— Tiens. C'est tout ce que j'ai trouvé. Je sais pas si ça te sera très utile.

— Si, tout sera utile. Je te l'ai dit, je ne cherche pas quelque chose de précis. Juste le plus possible de renseignements. Merci.

— De rien, marmonne Candice.

Elle ne comprend pas trop la subite passion de Pedro pour son pays d'origine. Depuis l'anniversaire de Cécilia, il dévore le moindre article, visionne le moindre film ou documentaire se rapportant à la Colombie. Lui qui a toujours voulu en savoir le moins possible, le voilà qui cherche maintenant à découvrir le moindre détail qui lui permettrait de mieux connaître son pays. Pedro ne sait pas du tout où il va mettre les pieds d'ici quelques mois. Ses souvenirs d'enfance sont plutôt vagues. À l'inverse de Cécilia, il a toujours tout fait pour les oublier et ne s'est jamais réellement documenté sur la Colombie. Cécilia connaît tout sur des sujets aussi variés que la guérilla, le tourisme ou le climat. Mais maintenant qu'il va y aller, il faut bien qu'il se renseigne. Et cela lui prend un temps fou. Il ne cherche même pas à faire le tri parmi toutes les informations qu'il reçoit dans le moindre livre ou journal.

— On était censé réviser l'interro de maths, râle Candice.

Pedro pousse un soupir. Comment résister à la moue de Candice qui tient absolument à étudier ?

— D'accord, cède-t-il en refermant sa revue. Mais la Colombie, c'était quand même plus intéressant !

— Tu n'as pas besoin de réviser pour aller en Colombie ! En revanche, les maths…

Candice n'a pas tort. Le niveau de Pedro en mathématiques est absolument consternant et une bonne révision s'impose. Pedro sait bien que c'est uniquement pour lui que Candice tient tant à réviser. C'est une excellente élève et elle n'a de difficulté dans aucune matière. Elle veut l'aider et il lui en est reconnaissant même s'il a la tête ailleurs. Candice est maintenant loin, aux yeux de Pedro, d'être la simple déléguée de classe qui tentait difficilement de se lier avec lui au début de l'année scolaire. Il aime sa générosité et son attention envers les autres, sa joie de vivre si communicative et son optimisme. Elle le fait rire, lui fait découvrir une nouvelle manière d'aborder le monde.

Elle, est plutôt attirée par la douceur et le côté rêveur de Pedro mais elle est aussi admirative de son imagination sans limite. Elle lui a dit combien elle aimait l'entendre inventer des histoires et lui décrire le monde tel qu'il le perçoit, toujours un peu transformé, à la frontière du réel et de l'imaginaire.

— Moi, je n'arrive pas à faire ça, lui a-t-elle dit. À voir autre chose que ce qu'il y a devant mes yeux. Toi, tu peux tout transformer dans ta tête. Tout ce que tu vois ou entends peut prendre une autre dimension et cela a un côté magique. Tu es capable d'imaginer des tas de vies, des tas d'histoires à partir de si peu de choses. Il faut que tu écrives ou que tu dessines. Que tu crées. Tu as un vrai talent pour ça.

Ces paroles ont fait réfléchir Pedro. Il ne sait pas dessiner. Il a déjà essayé et le résultat n'a vraiment pas été à la hauteur de ses espérances. Mais la remarque de Candice s'est mêlée aux conseils de Cécilia lorsqu'elle lui a suggéré d'écrire après les résultats du test de paternité de Benjamin. Elle lui avait conseillé d'écrire et Pedro l'avait écoutée. Et si écrire à ses parents et à Benjamin l'avait soulagé, ce à quoi il avait pris le plus de plaisir, c'était au conte qu'il avait écrit pour Cécilia. Il avait tellement aimé lui inventer cette histoire et la coucher sur le papier. Voir briller les yeux de son amie quand elle l'avait lue avait été la plus belle des récompenses. Aussi, après avoir entendu Candice lui adresser ces paroles pleines d'admiration, il est allé s'acheter un cahier et un beau stylo. Depuis, tout le temps qu'il ne passe pas à chercher des renseignements sur la Colombie, il le passe à écrire. Et à chaque ligne qui noircit le papier, un grand sentiment de liberté l'envahit.

*

Assise sous le vieux tilleul du jardin, un livre grand ouvert sur les genoux et des écouteurs dans les oreilles, Cécilia tente de mémoriser les mots d'espagnol qu'elle lit et entend. Si Pedro se documente autant qu'il peut sur son pays d'origine, Cécilia, elle, a décidé d'en réapprendre la langue. Mais il n'est pas évident pour elle d'accepter qu'elle n'en a décidément aucun souvenir. Son niveau d'espagnol se limite à ce qu'elle a pu apprendre en classe depuis le début de l'année et n'est pas supérieur à celui de n'importe quel autre élève de quatrième. Avec un soupir de frustration, elle arrache ses écouteurs et referme le livre, le jetant brusquement par terre et faisant sursauter Chloé à ses côtés.

— J'y arriverai jamais !

Chloé ramasse le livre et le tend à sa sœur.

— Ça sert à rien de t'énerver, remarque-t-elle avec un calme qui exaspère Cécilia.

— Bah oui, pour toi, forcément, ça n'a pas d'importance !

Chloé regarde sa sœur en fronçant les sourcils.

— De parler l'espagnol ? Non, ça n'a pas tellement d'importance pour moi, c'est vrai. Mais j'imagine que ça en a pour toi.

— Je comprends pas, grommelle Cécilia. Je l'ai parlé pendant presque la moitié de ma vie et je m'en rappelle absolument pas. Comment c'est possible, ça ? Oublier ce qu'on a vécu quand on était enfant, bon, à la limite, c'est compréhensible, beaucoup de gens ne s'en souviennent pas. Mais occulter carrément la langue qu'on a parlée ? C'est pas normal, ça, non ? On n'oublie pas sa langue maternelle !

— Si, quand on la pratique pas, objecte Chloé.

— Mais quand j'ai commencé à faire de l'espagnol en classe, ça aurait dû au moins me rappeler quelque chose, non ? Même une conversation courante, je la comprends pas. Ça va trop vite. Même toi qui n'as jamais parlé l'espagnol avant de l'apprendre en classe, tu le comprends mieux que moi !

— C'est normal, j'en fais depuis deux ans et toi seulement depuis quelques mois.

— Mais avant, je le parlais couramment !

Furieuse, Cécilia se lève et se dirige à grands pas vers la maison. Ouvrant la porte à la volée, elle se campe devant le canapé où sa mère lit un magazine et projette brutalement le livre d'espagnol sur la table basse.

— Pourquoi tu m'as laissée oublier ?

Valentine pose sa revue sur l'accoudoir avec un soupir, renonçant à son premier moment de véritable calme de la journée. La voix de sa fille vibre de colère. Valentine qui la connaît bien et sait qu'il est inutile de la prendre à rebrousse-poil s'accorde un instant de réflexion avant de demander avec autant de calme que Chloé :

— Oublier quoi, Cécilia ?

— L'espagnol ! Ma *vraie* langue ! Je le parlais bien quand je suis arrivée en France, non ?

Valentine hoche lentement la tête.

— Oui, tu le parlais bien sûr. Mais… tu ne le parlais pas beaucoup avec nous, tu sais. Tu avais très envie d'apprendre à parler la même langue que nous et on t'a encouragée à le faire. Tu te souviens avec quel sérieux Chloé essayait de te l'apprendre ?

Cécilia balaye la question d'un revers de main.

— Mais toi, tu n'essayais pas de parler espagnol avec moi ? Tu n'essayais pas de communiquer avec moi dans *ma* langue ?

— Si… si, mais ton père et moi, on ne parle pas vraiment l'espagnol. Seulement de manière très scolaire et notre accent était sans doute très différent de ce dont tu avais l'habitude car la plupart du temps, tu ne semblais pas nous comprendre. Et nous aussi, on avait du mal à te comprendre quand tu le parlais. Tu parlais très vite… Et puis, tu as appris le français si rapidement. C'était plus… plus facile, je pense, de te parler en français.

— Plus facile pour vous ! Et moi, vous avez pensé à moi ?

— Bien sûr qu'on a pensé à toi, Cécilia. Tu allais vivre avec nous. Ici, en France. On s'est dit que le mieux pour toi, c'était que tu apprennes très vite le français pour pouvoir communiquer avec nous mais aussi avec tout le monde. C'est plutôt normal, non ?

— Mais pourquoi m'avoir laissée oublier l'espagnol ? Tu te rends compte, je vais retourner dans un pays sans rien comprendre à ce qui se dit alors que c'est là que je suis née, que j'ai vécu ! Je sais pas, moi, vous auriez pu me donner des cours ou me le faire parler régulièrement ! Vous auriez pas dû me laisser oublier !

Valentine étouffe un soupir. Levant les yeux, elle surprend la moue désolée de Chloé qui les a rejointes et observe la scène, debout sur le seuil de la porte. Sans prendre garde à la présence de sa sœur, Cécilia darde sur sa mère un regard furieux.

— Vous auriez pas dû me laisser oublier, répète-t-elle.

— Peut-être que tu as raison, répond Valentine choisissant ses mots avec soin. Peut-être qu'on aurait dû te faire prendre des cours d'espagnol, te parler régulièrement dans cette langue mais… On n'a pas vraiment pensé à ça, tu sais. Ce qui nous a paru important, c'était que tu t'intègres le plus vite et le mieux possible dans ta nouvelle vie.

— En oubliant l'ancienne ? En gommant mes premières années, comme ça, comme si elles n'avaient pas existé ?

— Non, ce n'était pas notre but. On voulait seulement t'offrir une vie meilleure, Cécilia. Tu avais souffert en Colombie alors on s'est dit que c'était mieux si tu oubliais tout ça, pour pouvoir t'offrir un nouveau départ… mais c'était plus ou moins inconscient, je pense. À aucun moment, on ne s'est dit que nous *voulions* que tu oublies tout.

— Eh bien vous auriez peut-être dû y penser un peu plus. Ou alors, vous auriez dû faire comme tout le monde et adopter un bébé. Un bébé qui n'aurait eu aucune langue à oublier avant d'en apprendre une autre !

— Cécilia…

— Pourquoi vous avez pas adopté un bébé d'ailleurs ? Juste pour avoir un enfant qui puisse tenir compagnie à Chloé et qui ait presque son âge ?

Valentine dévisage sa fille avec stupéfaction.

— C'est ce que tu penses ? Que nous voulions adopter un enfant déjà grand pour qu'il puisse jouer avec Chloé ?

— Pour quelle autre raison, sinon ?

Valentine n'en revient pas du tour que prend la conversation. Elle comprend soudain que, si elle a souvent parlé de son adoption à Cécilia, la question de son âge à ce moment-là n'a jamais été abordée entre elles.

— Cécilia, on ne t'a pas adoptée à six ans pour que Chloé puisse avoir une sœur proche de son âge. Pas du tout.

— Pourquoi, alors ? La plupart des gens veulent adopter un bébé, pas un enfant déjà grand.

— Eh bien, un peu pour cette raison-là. Parce que tout le monde préfère adopter un bébé. Ton père et moi, on a pensé que… Il y a tellement d'enfants déjà grands qui n'auront jamais la chance d'être adoptés à cause de leur âge. On voulait donner une chance à l'un de ces enfants. Et puis… nous, nous avions déjà eu un bébé que nous avons vu grandir, changer… On s'est dit qu'il valait mieux laisser cette possibilité, celle de pouvoir adopter un bébé, à ceux qui ne l'avaient jamais eue jusque-là. Si on avait voulu, on aurait pu demander à adopter un enfant plus jeune. Et on aurait aussi pu avoir un autre enfant sans passer par l'adoption. Avoir un autre enfant que nous aurions conçu nous-mêmes.

— Comment ça ? demande Cécilia surprise. Vous pouviez avoir un autre bébé, papa et toi ?

Cécilia sait que la naissance de Chloé a été extrêmement difficile. Elle a toujours cru que, suite à ces complications, sa mère n'avait plus pu avoir de bébé et que c'était pour cela que ses parents s'étaient tournés vers l'adoption.

— Oui, répond Valentine. On aurait pu avoir un autre bébé. Mais c'est moi qui… C'est moi qui ne voulais plus donner naissance à un enfant. Quand Chloé est née… ça a été très difficile. On a failli mourir toutes les deux, tu le sais, ça, n'est-ce pas ? Après ça… ça a été difficile pour moi. J'ai eu beaucoup de mal à accepter la manière dont s'est passé mon accouchement. J'ai fait une dépression post-partum, je n'arrivais pas à m'occuper de Chloé…

Valentine tend une main vers Chloé, toujours immobile dans l'entrebâillement de la porte.

— Ce n'était pas ta faute, mon cœur. Et petit à petit, ça a fini par aller mieux et j'ai créé un lien très fort avec toi.

Chloé vient rejoindre sa mère qui passe un bras affectueux autour de ses épaules et poursuit :

— Mais j'ai eu tellement de mal à me remettre de cet accouchement, à la fois physiquement et moralement, que j'ai eu très peur de revivre ça par la suite. Votre père et moi, on a toujours voulu un deuxième enfant mais je ne me sentais pas prête à donner la vie de nouveau. Alors, on a attendu. On a attendu mais le temps passait et je ne me sentais toujours pas prête. Chloé grandissait, elle nous disait souvent vouloir un frère ou une sœur. Et nous, on caressait toujours le rêve d'un deuxième enfant, d'une maison pleine de rires et de cris… mais il n'y avait rien à faire, l'idée d'accoucher une deuxième fois me faisait toujours aussi peur. Alors, quand Chloé a eu cinq ans, on a commencé à parler d'une adoption… et trois ans plus tard, Cécilia, tu es arrivée chez nous. Tu es arrivée, toi, avec tes six ans déjà, et c'était très bien comme ça. Que tu aies eu six ans ou six mois, Cécilia, pour ton père et moi, ça ne change rien. On t'aime de la même manière.

Valentine effleure du bout des doigts la joue de sa fille et ajoute :

— Et puis, moi, je trouve que ça présente un grand avantage qu'on t'ait adoptée à six ans.

— Lequel ? demande Cécilia.

Il n'y a plus trace de rancune ni de colère dans sa voix. Elle a écouté attentivement l'histoire de sa mère mais reste tout de même assez perplexe sur le prétendu avantage.

— Eh bien, répond Valentine, tu as peut-être très peu de souvenirs de ta petite enfance mais du jour où nous sommes venus te chercher, tu t'en souviens, n'est-ce pas ?

Cécilia, sans comprendre où sa mère veut en venir, approuve d'un signe de tête.

— Et qui donc, à part un enfant comme toi, adopté tardivement, peut se rappeler le jour où il a rencontré ses parents ? Le jour où il a croisé leurs regards pour la première fois ? La première rencontre entre des parents et un enfant, que ce soit le jour de sa naissance ou celui de son adoption, est un moment unique. Et ce moment-là, ma Cécilou, il est aussi fort à tes yeux qu'aux nôtres. Tu t'en souviens et ça, je trouve que c'est une chance considérable… Pas toi ?

Un sourire se dessine lentement sur les lèvres de Cécilia. Cette manière de voir les choses lui plaît bien et la réconforte.

— Si, répond-elle en déposant un baiser sur la joue de sa mère. Je trouve aussi.

Avec un sourire, Valentine s'empare du livre d'espagnol resté sur la table.

— On va essayer d'apprendre ensemble, d'accord ? propose-t-elle en l'ouvrant.

Et Cécilia se dit qu'elle a quand même de la chance d'avoir une mère telle que Valentine.

*

Les rires de Pedro et de Cécilia résonnent au fond du jardin, parvenant jusqu'aux oreilles de Chloé. De la fenêtre de sa chambre, dissimulée derrière les rideaux, elle les observe, assis sous le vieux tilleul, une pile de livres et de documents devant eux. De temps en temps, ils se jettent en riant quelques mots en espagnol, tentant de réapprivoiser leur langue maternelle tout en lisant à la chaîne tout ce que Pedro a pu trouver comme renseignements sur la Colombie. Ils préparent leur voyage. Chloé sait qu'en plus des diverses données géographiques ou culturelles qu'ils ont pu réunir, Pedro et Cécilia se sont aussi documentés sur les lieux accueillant des enfants orphelins ou abandonnés en Colombie. Ils veulent aller voir le foyer où leurs parents sont venus les chercher lors de leur adoption et tenter d'enquêter sur leurs origines. Chloé les a entendus en parler ensemble et, sans qu'elle sache exactement pourquoi, cette idée est loin de lui plaire.

Rabattant brusquement le rideau, elle tourne les talons, sort de sa chambre et descend l'escalier à pas de loup. En passant devant la salle à manger, elle entend les gazouillements joyeux de Faustine et d'Amélie, les voix de Valentine et de Judith. Tendant l'oreille derrière la porte fermée, elle entend à plusieurs reprises le mot « Colombie ». Décidément, tout le monde le prépare avec application, ce voyage ! Cécilia ne parle plus que de cela et Valentine, à l'instar de Pedro, semble elle aussi se passionner pour le moindre détail sur ce pays, enchaînant tour à tour les livres et les documentaires.

Avec un soupir, Chloé se glisse dans le jardin et rejoint Pedro et Cécilia. Penchés sur un guide touristique, assis l'un à côté de l'autre, ils semblent si complices et si absorbés par leur lecture qu'ils ne remarquent pas immédiatement l'arrivée de Chloé. Ce n'est que l'ombre de celle-ci, quand elle s'abat sur eux, qui les incitent à lever la tête.

— Qu'est-ce que vous faites ? demande inutilement Chloé en se laissant tomber près d'eux sur l'herbe fraîchement tondue.

— On prépare notre itinéraire, répond Cécilia en lui tendant un papier sur lesquels elle a répertorié différents lieux. On a tout prévu, regarde !

Chloé parcourt rapidement la feuille du regard. Les noms de lieux ne lui disent rien du tout et, pour tout dire, cela ne l'intéresse pas réellement. Ses yeux s'attardent en revanche sur une grande enveloppe qu'elle reconnaît aussitôt pour avoir si souvent fouillé dans les affaires de ses parents. Le dossier d'adoption de Cécilia.

— Maman a fini par te le donner ou tu l'as chipé dans le tiroir ? demande-t-elle en désignant l'enveloppe du menton.

— C'est elle qui me l'a passée l'autre jour, répond Cécilia. Je la lui ai demandée.

Elle sort de l'enveloppe un papier qu'elle montre à Chloé.

— Regarde, il y a l'adresse de l'institution où elle est venue me chercher.

— Vous voulez y aller ? demande Chloé bien qu'elle connaisse tout à fait la réponse.

— Oui, on en a parlé avec maman et Benjamin, on va y aller au tout début de notre séjour.

Chloé se renfrogne.

— Pourquoi ? Qu'est-ce que ça va vous apporter ?

— On va essayer de retrouver… une trace de nous-mêmes… des renseignements sur nos origines. Il y a peu de chance qu'on trouve quoi que ce soit qu'on ne sache déjà mais on peut essayer.

— Et les parents, ils sont d'accord avec ça ? Pour que vous recherchiez vos origines ?

Pedro hausse les épaules.

— Les miens, ils n'ont pas tellement le choix après le coup de Benjamin, explique-t-il. De toute façon, ils peuvent pas vraiment s'opposer à ce que je fasse des recherches... Ma mère dit qu'elle aurait préféré être avec moi pour ça mais qu'elle fait confiance à Valentine et à Benjamin pour bien m'entourer à ce moment-là...

Chloé se tourne vers Cécilia.

— Et papa et maman, ils en pensent quoi ?

— Ils disent que ça leur fait un peu bizarre et qu'ils pensaient que forcément, je ferais des recherches un jour mais que je serais un peu plus âgée lorsque ça arriverait. Mais ils disent aussi que vu le prix du billet d'avion, je vais pas aller en Colombie tous les jours alors que pendant ce voyage, c'est l'occasion ou jamais.

— Et tu comptes chercher quoi, au juste ?

Le ton agressif de Chloé ne lui ressemble pas et Cécilia, surprise, fronce les sourcils en répondant :

— Je sais pas... Des informations sur ma famille peut-être, sur mon histoire.

Elle hésite une seconde puis questionne d'un air prudent :

— Qu'est-ce qui ne va pas, Clo ?

— Rien.

La voix de Chloé est tellement cassante que Cécilia et Pedro échangent des regards étonnés. À l'inverse de sa sœur, Chloé est toujours rieuse et enjouée. Ils l'ont rarement entendue s'exprimer sur ce ton-là.

— C'est quoi qui te plaît pas ? Qu'on veuille faire des recherches sur nos origines ?

Chloé hausse les épaules sans répondre, se contentant de fixer le sol. À l'instant même où Cécilia s'apprête de nouveau à ouvrir la bouche, elle finit par lancer avec amertume :

— Pourquoi tu fais ça ? Ça va te servir à quoi ? À retrouver une famille qui t'a abandonnée ? Pour quoi faire ? T'en as déjà une, de famille !

Comprenant le nœud du problème, Pedro s'agite, mal à l'aise. Il n'a pas sa place dans cette conversation. C'est à Cécilia que s'adresse la colère de Chloé. Mais il n'ose s'éclipser et se contente de reculer discrètement, espérant presque se fondre dans le tronc rugueux du tilleul.

Cécilia, quant à elle, dévisage Chloé sans comprendre.

— Je veux juste essayer de savoir d'où je viens, répond-elle lentement. J'ai toujours voulu savoir d'où je venais, tu le sais, non ?

Pedro se retient pour ne pas ouvrir la bouche et donner quelques explications à Cécilia. Lui a très bien compris où Chloé veut en venir mais manifestement, son amie n'en a aucune idée.

— Qu'est-ce que ça peut faire, d'où tu viens ? réplique Chloé. Ce qui compte, c'est l'endroit où tu es maintenant, non ? Même si tu retrouvais la trace de tes origines en Colombie, tu t'attends à quoi ? À retrouver une famille qui t'accueillera à bras ouverts ? S'ils t'ont abandonnée, c'est qu'il y a bien une raison, non ? Tu t'en souviens même pas de cette prétendue famille !

— Mais, je…

— Ta vraie famille, c'est nous !

Cécilia, paraissant enfin comprendre ce que veut lui dire sa sœur, tend une main vers elle mais Chloé recule brusquement, ses yeux lançant des éclairs.

— T'as peur de quoi ? demande Cécilia doucement.

— De rien ! De quoi tu veux que j'aie peur ?

Cécilia hésite un instant, cherchant les mots justes pour ne pas braquer sa sœur.

— Tu as peur que je trouve une autre famille que la nôtre… Tu as peur que vous ne me *suffisiez* plus… c'est ça ?

Chapitre 30

— C'est la vérité, non ? On ne te *suffit* pas. Tu cherches autre chose, autre chose que notre famille.

— Je cherche juste à savoir d'où je viens, Clo.

Cécilia se mordille la lèvre inférieure sans parvenir à exprimer ce qu'elle voudrait réellement.

— Quoi que je puisse trouver là-bas… ou ne pas trouver, parce que je ne trouverai probablement rien… tu es ma sœur, Chloé. Ma grande sœur, la seule qui compte vraiment. Même si je découvrais que j'avais une douzaine de sœurs, là-bas, des sœurs biologiques, elles ne compteraient pas de la même manière que toi. Toi, tu es spéciale. Tu es… tu es *ma* Clo. Évidemment que je voudrais retrouver quelqu'un là-bas. Ou au moins… savoir exactement d'où je viens, pourquoi j'ai pas grandi avec ma famille biologique. Mais… mais même si je le savais, même si je la retrouvais, cette famille, ça n'enlèverait rien au lien que j'ai avec toi et avec papa et maman. Je ne vais pas vous aimer moins si je trouve d'où je viens…

Chloé détourne la tête. Trop tard. Cécilia et Pedro ont tous les deux vu les larmes briller dans ses yeux. Cécilia se glisse auprès d'elle et caresse du bout des doigts les longues boucles blondes qu'elle lui envie tant.

— Tu seras toujours ma Clo à moi. Et moi, je serai toujours ta petite sœur. Quoi que je puisse trouver là-bas…

Alors que Chloé lui adresse un sourire mêlé de larmes, Cécilia repense à la conversation houleuse qu'elle a eue avec sa mère pas plus tard que la veille. Elle sent bien que la quête de ses origines éveille des sentiments confus chez Valentine et Chloé. Mais elle sait aussi que toutes trois finiront toujours par se comprendre.

Chapitre 31

Le vent souffle si fort qu'il fait trembler le toit instable du vieil entrepôt. Il y a quelques jours, tout un pan de mur s'est écroulé, laissant le sol jonché de poussière et de gravats. Maintenant, la pluie entre encore plus facilement qu'avant et de larges flaques se forment dans la moitié de la plus grande pièce, saturant l'air d'humidité. Mais l'entrepôt, bien que de plus en plus dangereux, reste un abri convenable pour une bande de *gamines* terrorisés. La tête posée sur l'épaule de Rafaele, blottie sous leur vieille couverture mitée, Clara laisse son regard errer dans la pièce. Maria, ivre de larmes, a fini par s'endormir, recroquevillée sous un grand carton, un pouce dans la bouche. Mateo s'est glissé à ses côtés mais son sommeil semble particulièrement agité. Manuel, assis près d'eux, regarde sa sœur dormir. Il n'a quasiment pas bougé d'un millimètre depuis plus d'une heure. Juste à côté de lui, Alejandro fixe le vide, les yeux un peu trop brillants. Plus aucun air bravache ni hautain ne se lit sur son visage, juste une peine immense. Sur sa gauche, Guillermo s'est roulé en boule sous une couverture. Clara espère qu'il est enfin parvenu à s'endormir. Elle-même est incapable de fermer l'œil. Dès qu'elle s'y essaye, elle ne peut empêcher de voir d'horribles images défiler dans sa tête. Rafaele ne dort pas non plus. Ils n'ont pas échangé un mot depuis tout à l'heure mais Clara, de temps à autre, le sent qui lui caresse doucement les cheveux ou la serre un peu plus fort contre lui.

La tension qui règne sur l'entrepôt est telle que Clara a l'impression, par moments, que l'air lui manque. Si elle n'avait pas Rafaele, tellement présent à ses côtés, elle deviendrait folle, c'est sûr. Le chagrin, telle une chape de plomb, semble peser sur ses épaules, battre sous ses paupières sans une seconde de répit, se mêlant à une sourde angoisse qui la dévore de l'intérieur.

Clara a peur. Elle a peur de ce que va provoquer la mort de Don Rodrigo. Ils n'ont pas quitté les lieux assez vite tout à l'heure. Combien de gens seront-ils capables de les identifier ? Combien feront-ils le lien entre eux et la mort du grand trafiquant ?

Elle s'inquiète aussi pour Miguel et Luis, partis de leur côté rejoindre le reste de leur bande. Elle espère que rien ne leur arrivera en route et se demande ce qu'ils diront à leurs amis à propos de Jaime et de Paolo.

Et, par-dessus tout, Clara s'inquiète pour Ana. Depuis que Miguel et Estéban l'ont ramenée à l'entrepôt, Ana n'a pas prononcé un seul mot. Assise contre un mur, les yeux dans le vague, elle n'a pour ainsi dire pas bougé. Estéban, à ses côtés, n'a de cesse de la solliciter, lui parlant doucement à l'oreille ou lui proposant à boire, mais Ana ne lui a pas adressé un seul regard. Installée trop près du mur écroulé, la pluie et le vent ne l'ont pas épargnée mais elle n'a pas bougé d'un pouce. Estéban est allé fouiller dans le tas de cartons qui leur sert plus ou moins de lit et lui a confectionné au-dessus de la tête une sorte d'abri qui la protège un peu des intempéries mais Ana n'a même pas paru le remarquer.

Clara se demande à quoi elle pense et ce qu'elle peut bien ressentir. Que ressent-on lorsqu'on vient de manier une arme pour la première fois et d'abattre un homme tel que Don Rodrigo ? Mais Clara n'a pas le temps de se poser la question plus longtemps qu'un grand bruit retentit soudain et que des bris de glace volent à travers la pièce. Le cœur battant, Clara bondit sur ses pieds, aussitôt imitée par Rafaele. Une vague de panique l'envahit avant qu'elle ne remarque Guillermo, debout près du tas de gravats. C'est lui qui, sous le coup d'une émotion débordante, vient de jeter une pierre dans l'unique fenêtre qui possédait encore une vitre. Alors qu'il se baisse pour ramasser une deuxième pierre et un éclat de verre, Estéban et Alejandro se précipitent vers lui.

— Arrête, murmure Alejandro en lui enlevant la pierre des mains. Qu'est-ce que tu fais ?

Les joues ruisselantes de larmes et les épaules secouées de sanglots, Guillermo balbutie quelques paroles inintelligibles où seul se fait comprendre le nom de Juan. Ses poings serrés laissent apparaître un filet de sang et Alejandro lui attrape le poignet. Alors que Guillermo se débat, hors de lui, Manuel et Estéban se précipitent au renfort d'Alejandro, ceinturant le gamin et ouvrant un à un ses doigts qui résistent de toute leur force. Un grand éclat de verre est fiché dans la paume de Guillermo. Sans ciller, Alejandro le retire et le jette au loin.

— Tu crois pas qu'il y a déjà eu assez de sang comme ça pour aujourd'hui ? gronde-t-il sourdement.

Guillermo se laisse tomber sur le sol en sanglotant et se cache le visage dans les mains, barbouillant ses joues d'un rouge chaud et visqueux. Alors qu'Estéban et Manuel le regardent, désemparés, et que Maria et Mateo, réveillés en sursaut, se dégagent de leurs cartons d'un air hébété, Alejandro s'assied auprès de Guillermo et, sans rien dire, lui passe un bras autour des épaules. Si tous ont perdu leurs amis, Guillermo et Alejandro sont sûrement ceux qui en souffrent le plus, l'un ayant vu mourir son plus grand modèle et l'autre son amour secret. La scène est si poignante que Clara détourne la tête, enfouissant son visage contre l'épaule de Rafaele. Durant un long moment, seuls résonnent dans l'entrepôt les pleurs de Guillermo… jusqu'à ce que la voix angoissée d'Estéban s'écrie soudain :

— Ana ? Où est Ana ?

*

Lorsque Rafaele et Clara atteignent enfin le vieil entrepôt à la suite d'une journée entière à sillonner la ville, il fait déjà nuit. Après s'être arrêtée quelques heures, la pluie tombe de nouveau, glaçante, et c'est avec soulagement qu'ils se glissent enfin à l'abri. Ils ont froid, ils ont faim, ils sont trempés et ont mal aux pieds mais espèrent trouver une bonne nouvelle à l'intérieur. Espoir qui s'éteint dès qu'ils franchissent le seuil. Estéban, Mateo, Alejandro et Guillermo sont là mais nulle trace d'Ana. Répondant à la question muette de ses amis, Rafaele secoue la tête.

— On a fait le tour du bidonville, on est allés voir sa famille, on est passés au marché, à l'hôtel, à tous les endroits où elle a l'habitude d'aller. On l'a vue nulle part.

Chapitre 31

— Nous non plus, dit Estéban. Mateo, Alejandro et moi, on l'a cherchée partout et Guillermo n'a pas bougé d'ici au cas où elle reviendrait mais…

L'angoisse qui pèse sur le cœur de Clara depuis deux jours lui paraît soudain se décupler.

— Elle est forcément quelque part, dit-elle d'une voix tremblante, je retourne la chercher, je finirai bien par la trouver.

— Il fait nuit, objecte Alejandro, c'est pas maintenant que tu vas la retrouver. Et puis, t'as vu la tête que t'as ? Tu ferais mieux de manger et de dormir un peu avant de courir les rues…

Clara ouvre la bouche pour protester mais Rafaele lui pose une main sur le bras.

— Il a raison, murmure-t-il.

Sans un mot, Clara se dégage et s'empare de la vieille couverture pliée en quatre sur le sol. Elle s'en sert de paravent pour ôter ses vêtements trempés et s'enroule dedans. Rafaele attrape au vol le pain que lui lance Alejandro et en détache un gros bout qu'il partage en deux. Il en donne la moitié à Clara et mord dans la sienne avec un plaisir évident. Cela fait deux jours qu'il n'a presque rien mangé et très peu dormi, tout occupé qu'il était à sillonner la ville à la recherche d'Ana. La déception de ne pas l'avoir retrouvée s'atténue très légèrement au goût du morceau de pain dont il croque la croûte dorée avec délectation. Manger, cela fait tout de même du bien !

Quelques heures plus tard, alors que l'obscurité de la nuit fait place aux premières lueurs de l'aube, Rafaele et Clara dorment à poings fermés, serrés l'un contre l'autre sous la couverture. À présent bien secs et à peu près rassasiés, ils n'ont guère tardé à s'écrouler de fatigue peu après leur retour à l'entrepôt. Sous la pile de cartons, Alejandro, Guillermo et Mateo se sont eux aussi laissé emporter par le sommeil. Seul Estéban, les yeux grand ouverts, est éveillé. C'est à son tour de faire le guet. Il est le seul à entendre Manuel et Maria se glisser dans la pièce. Ils ne sont que deux, personne ne les accompagne. Estéban avait beau s'y attendre, il sent son cœur se serrer. Aucun d'entre eux n'a donc réussi à retrouver Ana. Mais sa déception n'est rien à côté de celle de Clara quand elle ouvre les yeux. Alors que Maria énumère à ses amis, désormais tous éveillés, les endroits où ils sont allés, Manuel et Rafaele échangent un regard lourd d'inquiétude et Estéban se ronge les ongles avec anxiété. La disparition d'Ana ne fait qu'accentuer le malaise qui plane sur le groupe depuis les morts de Juan et de Soledad. Quand la voix flûtée de Maria retombe, Clara se détourne et éclate brusquement en sanglots sous les yeux surpris de Rafaele.

— Eh, murmure-t-il en l'attirant contre lui.

Il n'a pas vu Clara pleurer depuis des années. La dernière fois, c'était lorsqu'elle avait compris qu'elle ne reverrait plus son petit frère et elle ne devait pas avoir plus de sept ou huit ans à l'époque.

Il est déjà arrivé, rarement toutefois, à Clara de verser quelques larmes depuis ce jour-là mais elle les a toujours dissimulées à Rafaele.

— T'inquiète pas, lui souffle celui-ci sans trop y croire. Ana finira par revenir.

Clara secoue la tête.

— Non ! Elle reviendra pas toute seule, j'en suis sûre. Il faut la retrouver. Et s'il lui arrivait quelque chose ?

— Elle est peut-être allée tuer quelqu'un d'autre, suggère Alejandro en haussant les épaules.

Chapitre 31

Clara le dévisage, horrifiée.

— Pourquoi tu dis ça ?

— Je sais pas… Je crois que c'est ce que je ferais, moi…

— Qu'est-ce que tu racontes ?

Alejandro hésite un instant sous les regards alarmés de ses amis.

— Je pense qu'à la place d'Ana, finit-il par répondre lentement, si j'avais tué quelqu'un, surtout quelqu'un comme Don Rodrigo, eh bien… je me sentirais… je sais pas, moi… tout-puissant en quelque sorte. Je veux dire… une fois qu'on a tué quelqu'un, qu'est-ce qui peut vous arrêter ensuite ?

— T'es complètement fou, s'écrie Maria. Ana n'est pas comme ça ! Si elle a tué Don Rodrigo, c'était pour nous défendre !

— Et sûrement pour venger Juan et Sole aussi, observe Alejandro. Tu penses pas qu'il y a d'autres personnes à part lui dont elle voudrait se venger ? Si c'est le cas, alors c'est exactement le moment de le faire. En tout cas, j'ai l'impression qu'à sa place, c'est ce que je ferais.

— T'es complètement fou, répète Maria en secouant la tête.

— Très bien. Alors toi, qu'est-ce que tu ferais à sa place ?

La fillette réfléchit un instant avant de marmonner un vague « je sais pas ».

— Moi, je sais, intervient alors Guillermo. Si je me sentais « tout-puissant » comme tu dis, alors je ferais quelque chose que j'ai toujours voulu faire. Quelque chose que j'ai toujours cru impossible et dont j'ai toujours rêvé.

— Ça nous avance beaucoup, ça, raille Mateo. Tu sais à quoi elle rêve le plus, Ana, toi ?

Guillermo secoue négativement la tête mais Clara, soudain, revoit Ana, dans la villa de Don Rodrigo, tendre la main avec envie vers la bibliothèque. Elle la revoit fixer l'école du bidonville, quelques mois auparavant, alors que Maria essayait de convaincre Clara de les rejoindre à la suite de sa dispute avec Rafaele. Elle se souvient aussi des regards envieux d'Ana, chaque fois qu'elle-même déchiffrait quelques mots.

— Apprendre à lire, dit-elle lentement en essuyant ses joues maculées de larmes du dos de la main. Ce qu'elle veut le plus au monde, Ana, c'est apprendre à lire.

Les garçons se tournent vers elle d'un air surpris mais Maria, aussitôt, hoche vigoureusement la tête.

— C'est vrai, approuve-t-elle. Ana, elle aurait voulu savoir lire, comme ses frères et sœurs.

Alejandro hausse les sourcils.

— Voilà qui est… surprenant, commente-t-il. Et alors du coup, on fait quoi ? On la cherche dans toutes les écoles de la ville ? C'est bien là qu'on apprend à lire, non ?

— Non… pas forcément, murmure Clara. Moi, j'ai pas appris dans une école.

Et, mue par une intuition, elle quitte l'entrepôt au pas de course, Maria sur ses talons. Tout naturellement, les autres, dans un bel ensemble, se tournent vers Rafaele. Mais celui-ci se contente d'un geste d'ignorance avant de se lancer à la poursuite de Clara et de Maria.

*

Clara court dans les rues de Bogotá. Elle entend derrière elle le souffle précipité de Maria qui essaye, tant bien que mal, de rester à sa hauteur. Elle court vers la Maison des enfants, ce lieu qui l'a tant fait rêver mais où elle n'est jamais restée plus de quelques heures parce que Rafaele ne voulait pas y mettre les pieds. Cela fait longtemps qu'elle n'y est pas allée. Depuis que Don Rodrigo l'a prise entre les mailles de ses filets, il y a plusieurs mois de cela. À présent, elle se hâte vers cet endroit qu'elle n'a fui qu'à regret.

— Clara ! Attends-nous !

Ses amis l'ont rattrapée. Elle ralentit, puis s'arrête complètement, prise de pitié pour Guillermo qui traîne la jambe plusieurs mètres derrière les autres. C'est tous ensemble qu'ils parviennent à la Maison des enfants.

Assise sur un muret en face de la grande bâtisse, les jambes dans le vide et l'air imperturbable, Ana les regarde s'approcher. Maria se précipite sur elle, manquant la faire tomber de son perchoir. Ana passe une main brève et rassurante dans les cheveux de la fillette, qui se niche contre elle, tout heureuse.

— Je t'attendais, dit-elle simplement à Clara qui lui adresse un large sourire.

Elle descend du mur et fait face à ses amis.

— J'en ai marre de cette vie, leur déclare-t-elle. J'ai envie d'autre chose maintenant. J'ai envie qu'on me donne une chance. Tu peux me présenter à Don Armindo, Clara ? Je voudrais…

Elle laisse sa phrase en suspens, regardant tour à tour chacun de ses amis.

— Tu voudrais apprendre à lire ? complète Clara à sa place.

— Ouais… et dormir dans un lit, aussi. C'est possible, ça ?

Clara hoche la tête.

— Je crois, oui. Viens avec moi. Je vais te le présenter et il t'expliquera tout le fonctionnement de son association.

Elle se dirige vers la maison, aussitôt rejointe par Ana.

Arrivée devant la porte, elle se retourne, cherchant le regard de Rafaele. Celui-ci hésite quelques secondes. Il n'a jamais voulu, ne veut toujours pas entrer dans cette maison et pourtant… Pourtant, après les événements de ces derniers temps, il sait au plus profond de lui qu'il ne laissera pas Clara prendre un chemin différent du sien. Et le meilleur des chemins ne peut être celui de la rue.

Un long moment, Clara et lui se regardent sans rien dire, puis Clara lui tend la main. Maria, semblant comprendre ce qui est en train de se jouer, se précipite soudain entre eux.

— Qu'est-ce que vous faites ? lance-t-elle. Vous allez pas demander à Don Armindo de rester à la Maison des enfants ? Vous allez pas faire ça ? Ana, Clara peut t'apprendre à lire, elle ! T'as pas besoin d'aller t'enfermer là-dedans !

Ana lui sourit d'un air las.

— Don Rodrigo est mort, dit-elle d'une voix rauque.

— Ana…

Ana regarde ses amis l'air un peu perdu.

— Il est mort, répète-t-elle.

C'est plus une question qu'une affirmation. Rafaele hoche la tête et répond doucement :

— Oui.

— Alors, ça veut dire…

Elle regarde Clara qui lutte pour ne pas détourner les yeux. Rafaele sourit à Ana.

— Ça veut dire qu'à partir de maintenant, Clara est libre, murmure-t-il. Don Rodrigo ne pourra plus jamais rien exiger d'elle, ni la menacer. Et que Maria et toi, vous êtes tranquilles : il pourra jamais venir vous chercher vous non plus. À condition de pas retourner à la villa ni à l'hôtel bien sûr… Faut pas rêver : dans trois jours, quelqu'un prendra la place de Don Rodrigo et il y aura à nouveau quelqu'un à la tête de son réseau. Ça va pas s'arrêter comme ça…

Il s'avance vers Clara et s'empare de sa main, toujours tendue vers lui.

— On n'est pas obligés de tomber sous la coupe de ce futur remplaçant. On n'est pas obligés de mourir dans la rue. On peut faire autrement.

Il sent Clara serrer sa main très fort, comme pour le remercier silencieusement.

— Don Armindo, dit-elle simplement.

Elle se tourne vers ses amis.

— C'est vrai ce que dit Rafaele. Don Rodrigo cherchera plus jamais à nous retrouver. Ni à nous menacer. On est libres. Et Don Armindo peut nous aider. Il peut nous offrir une place à la Maison des enfants. Il me l'a dit plusieurs fois.

— Non, répond aussitôt Mateo en reculant d'un pas.

— Personne ne m'enfermera, renchérit Maria en se postant près de lui.

— Si, dans une maison de passe, réplique Ana.

Elle sourit à Clara.

— J'aurais jamais cru te dire ça un jour mais moi aussi, c'est ce que je veux, Clara. Je veux apprendre à lire. Je veux un toit sur la tête. Je veux plus jamais avoir peur ni froid… Je veux plus jamais voir autant de sang que l'autre jour…

Clara hoche la tête et regarde ses amis un à un. Rafaele exerce une légère pression sur la main de Clara.

— Je te fais confiance, lui souffle-t-il à l'oreille. Si tu penses qu'on sera mieux à la Maison des enfants…

— Mais tu m'as toujours dit que chez toi, c'était la rue, répond Clara n'osant croire aux paroles de Rafaele.

— C'est toi, mon chez-moi…

À quelques pas derrière Maria et Mateo, Estéban, Alejandro, Manuel et Guillermo se jettent des regards indécis.

— Et vous ? les interpelle Clara.

Manuel secoue lentement la tête.

— Je suis plutôt d'accord avec Ana, Rafaele et toi, Clara. Moi aussi, j'en ai marre de tout ça et je pense que si une solution existe, alors autant la tenter…

Maria se retourne brusquement et lance à son frère un regard affolé.

— Je veux pas y aller, le prévient-elle. Moi, je veux pas qu'on m'enferme !

Un infime soupir échappe à Manuel et il poursuit d'une voix douce :

— Mais je laisserai pas Maria. Je lui ai promis de veiller sur elle. Si elle n'y va pas, moi non plus.

Tous les yeux se tournent alors vers Guillermo, Estéban et Alejandro. Celui-ci vient se ranger aux côtés de Maria et Mateo.

— Moi non plus, je veux pas qu'on m'enferme…

Le regard d'Estéban passe d'un groupe à un autre, hésitant. Guillermo, quant à lui, ne réfléchit même pas. Pour lui, la question ne se pose pas. Il est tout à fait conscient que sans Juan pour le protéger, sa jambe ne fera que l'handicaper davantage. Il ne survivra pas longtemps dans la rue. En plus, après Juan, c'est en Clara qu'il a le plus confiance. Il n'est pas sûr que les autres lui permettront de rester avec eux, peut-être le considéreront-ils comme une charge maintenant que Juan n'est plus là pour le défendre.

— Moi, je veux bien venir à la Maison des enfants avec vous, déclare-t-il.

Chapitre 31

Estéban se mord la lèvre. Au fond, lui aussi voudrait bien un toit sur la tête. Mais comme Alejandro et Maria, un toit signifierait pour lui l'enfermement. Il n'est pas une fille, il court moins de danger dans la rue que Clara ou Ana. Et puis, Mateo, son meilleur ami, veut rester dans la rue lui aussi.

— Moi, j'y vais pas, finit-il par lâcher.

Le silence retombe, lourd et angoissant. Puis la petite voix de Maria s'élève.

— C'est réglé alors ? À la majorité ? On reste comme on est, et voilà...

Sa voix flanche sur les derniers mots, incertaine. Clara ouvre la bouche, indignée. Cela fait des années qu'elle essaye de convaincre Rafaele de donner une chance à la Maison des enfants et maintenant qu'il accepte enfin de l'écouter, ses amis viendraient lui mettre les bâtons dans les roues ? Pas question ! Elle sait bien, cependant, que, séparé, leur groupe réduit considérablement ses chances de survie. Aucun d'entre eux n'a jamais mangé à sa faim ni dormi dans un vrai lit. Ils sont voleurs, bagarreurs et persifleurs, tout ce que la belle société réprime. Mais ils possèdent au moins une chose : la solidarité. Une solidarité qui les aide à vivre. Clara n'a pas le droit de briser ça et elle le sait. Avec un soupir, elle referme la bouche, prête à se résigner lorsqu'Alejandro répond à Maria :

— Non.

Alejandro sait que la mort de Juan a laissé vacante la place de chef. Il était un bon chef. Et si Alejandro a appris quelque chose de Juan, c'est cet esprit de justice, cette envie de toujours être équitable et prêter attention à chacun d'entre eux. Et soudain, Alejandro sait précisément ce que Juan aurait fait à cet instant présent s'il avait été là.

— Non, poursuit-il, on reste pas comme on est. Si Ana, Clara, Rafaele et Guillermo veulent aller voir Don Armindo, c'est leur droit.

— Mais on peut pas se séparer, proteste Maria. Rappelle-toi quand Clara et Rafaele ont cassé le groupe la dernière fois, c'était déjà dur alors maintenant… Maintenant que Juan et Sole ne sont plus là… on ne peut pas rester que tous les cinq… on n'y arrivera jamais.

— Mais on peut pas les empêcher de partir, objecte Alejandro. On n'est pas Don Rodrigo : on ne retient personne prisonnier.

Il se tourne vers Ana, Clara, Rafaele et Guillermo qui se consultent du regard, hésitants et mal à l'aise.

— Allez-y. Si vous pensez que c'est mieux pour vous, allez-y. On sait jamais, peut-être que ça vous conviendra d'être enfermés. Sinon, vous pourrez toujours retourner dans la rue avec nous…

Il leur adresse un hochement de tête presque amical, puis se détourne et s'éloigne dans la rue. Avec une grimace de regret à l'intention de Clara et Ana, Maria lui emboîte le pas, aussitôt suivie par Manuel, Estéban et Mateo. Les quatre autres restent immobiles, regardant avec ahurissement leurs amis s'en aller. Aucun d'eux n'a vraiment compris ce qu'il s'était passé. Un quart d'heure plus tôt, ils étaient ensemble, à tenter d'assimiler les morts de Juan et de Soledad et voilà que maintenant, presque sans heurt, le groupe s'est scindé en deux.

Un long moment, ils restent là sans bouger. Puis, d'un air décidé, Clara frappe à la porte de la Maison des enfants.

Chapitre 32

L'aéroport est bondé. Traînant sa valise d'une main, Cécilia agrippe nerveusement la chemise de Pedro de l'autre. Il ne manquerait plus qu'ils se perdent maintenant ! On ne sait jamais, ils pourraient ne plus se retrouver et manquer l'avion. Quelle idée aussi, de faire des aéroports aussi grands ! Cécilia est déjà venue ici. Une fois, il y a huit ans. Mais elle ne se rappelait pas que c'était aussi grand et plein de monde. Il faut dire qu'elle était sûrement plus occupée à lier connaissance avec ses parents qu'à regarder autour d'elle.

Pedro non plus ne semble pas rassuré. Il cherche anxieusement des yeux ses parents, à quelques mètres devant eux. Quand ceux-ci stoppent soudain, c'est tout juste s'il a le temps de s'arrêter pour ne pas les heurter. En revanche, Cécilia, en plein élan, continue sur sa lancée, écrasant copieusement les pieds de son ami.

— Aïe !

— Désolée. Ça y est ? C'est ici ?

Antoine désigne du menton le numéro qui s'affiche

au-dessus de leurs têtes et prend son fils par les épaules.

— Alors… prêt ?

Pedro hoche la tête, l'air incertain.

— J'aurais voulu que vous veniez avec moi, tu sais…

Chloé déboule à son tour, un peu essoufflée.

— Et moi alors, qu'est-ce que j'aimerais venir avec vous ! s'exclame-t-elle.

Cécilia lui sourit.

— Je t'écrirai, promis. Et je prendrai plein de photos pour te montrer.

Elle se tourne vers sa mère.

— Maman, tu as pris l'appareil photo, hein ?

Valentine tapote son sac d'un air entendu.

— Il est là.

Fabien et Benjamin surgissent à leur tour.

— On vous avait perdus avec tout ce monde.

— Heureusement que vous nous avez retrouvés, s'écrie Cécilia en se précipitant vers son père. C'est toi qui as les billets !

Elle tend la main d'un geste autoritaire. Fabien sort les billets de sa poche et les lui remet sous le regard jaloux de Chloé.

— J'aurais trop aimé venir, soupire-t-elle. Qu'est-ce que je vais faire pendant ce temps-là, toute seule ?

— Tu viendras à la maison, propose Judith. Pedro m'a dit que tu adorais les bébés. Tu pourras voir Faustine et Amélie tant que tu veux.

Pedro esquisse un sourire attendri en pensant à ses petites sœurs, restées sous la surveillance de leurs grands-parents.

— Tu les embrasseras fort pour moi, Chloé. Elles auront sûrement bien grandi quand on reviendra. En trois semaines, les bébés changent tellement vite !

Chapitre 32

— Trois semaines, rêve Cécilia tout haut. Trois semaines en Colombie ! C'est génial, c'est…

Une voix dans un haut-parleur l'interrompt. Se diffusant à travers l'aéroport, elle prie les passagers pour Bogotá de procéder à l'enregistrement. Si Pedro a un peu de mal à quitter ses parents, Cécilia, elle, embrasse distraitement son père et sa sœur et se précipite au guichet, les billets à la main.

*

Cécilia ne tient pas en place. Elle a toujours voulu prendre l'avion, n'ayant guère de souvenir de son premier voyage dans les airs. Mais à présent, impatiente, elle n'a plus qu'une envie : que l'avion atterrisse. Elle se penche vers le hublot, pesant de tout son poids sur Pedro et scrute les nuages. Non, l'avion n'a pas perdu d'altitude, ce qui serait par ailleurs surprenant après une heure de vol seulement !

Avec un soupir, elle se laisse retomber sur son siège, arrachant au passage un « aïe » mécontent à Pedro qui commence à se sentir un peu malmené. Cinq minutes ne se sont pas écoulées que Cécilia l'escalade de nouveau pour accéder au hublot.

— Cilia, tu veux qu'on change de place ? propose Pedro mi-amusé mi-exaspéré.

De l'autre côté de l'allée, Valentine allonge le bras et flanque une tape affectueuse sur le bras de sa fille.

— Calme-toi, Cécilia ! Tu ne peux pas rester tranquille quelques minutes ?

Cécilia lui jette un regard incrédule.

— Bien sûr que non, maman ! Comment veux-tu que je reste tranquille alors que dans quelques heures à peine, on sera en Colombie ? Depuis le temps que j'attends ça !

Elle se tourne vers Pedro.

— Peut-être qu'on va se rappeler des choses ! Je sais pas, moi, peut-être qu'on va reconnaître un endroit, qui sait ? Ou peut-être que je vais me souvenir pour qui j'ai fait ce collier. Tu sais, le collier de perles…

Pour la énième fois, Pedro écoute Cécilia lui raconter son seul souvenir précis lié à son enfance en Colombie. Cette histoire de collier, il l'a tellement entendue qu'il est presque capable, comme Cécilia, d'imaginer la texture des perles sous ses doigts.

Lui, ne nourrit pas autant d'espoir que Cécilia quant à ce voyage. S'il est curieux de découvrir le pays dans lequel il est né, il n'en espère rien et ne croit pas au coup des « souvenirs miracles » comme il appelle secrètement les espérances de son amie. Pourtant, avec sa patience habituelle, il écoute Cécilia sans chercher à l'interrompre.

— Et toi ? De quoi tu te rappelles exactement ?

— Tu le sais, tu m'as déjà posé la question plein de fois.

— Ce n'est pas grave. J'ai encore envie de l'entendre, raconte-moi !

Pedro fronce les sourcils et réfléchit un instant.

— Je me rappelle avoir eu froid. Très froid. Et faim aussi… Je me rappelle un jeu, tu sais, celui avec les cailloux…

Aussitôt, Cécilia sort de sa poche quelques cailloux et les étale sur la tablette devant elle. C'est une vieille habitude qu'elle a toujours eue. Au grand désespoir de sa mère, où qu'elle aille, elle s'est toujours penchée sur les chemins pour ramasser les plus jolis cailloux qu'elle puisse trouver, les fourrant dans ses poches jusqu'à leur déchirure. Chloé trouve cela plutôt bizarre.

— Des cailloux, quelle idée, grommelle-t-elle chaque fois que sa sœur se lance dans son passe-temps favori.

Contrairement à Cécilia, elle ne trouve pas qu'un caillou puisse être joli et si, toutefois, elle en voit un qui lui plaît, elle le regarde trente secondes et le laisse par terre. Pourquoi s'encombrer d'un caillou ?

Elle en tend quelques-uns à Pedro qui s'en empare vivement, les tourne et les lance plusieurs fois dans sa main en chantonnant un air espagnol aux paroles sans queue ni tête. Brusquement, Benjamin se penche vers l'allée qui les sépare, manquant au passage d'éborgner Valentine qui se dit qu'elle n'a pas plus de chance que Pedro avec son voisin de vol.

— Je connais cette comptine ! s'exclame Benjamin d'un ton surpris. Mon fils la chantait souvent ! Ce jeu avec les cailloux était très en vogue il y a un temps parmi les enfants de Bogotá.

— Décidément, remarque Cécilia, Pedro pourrait vraiment être ton fils ! Si, en plus d'avoir le même prénom et le même âge, il a les mêmes jeux !

Benjamin a un sourire un peu triste.

— Oui, ça aurait pu, soupire-t-il.

Cécilia lui adresse une grimace désolée.

— Pardon. J'aurais pas dû dire ça. Mais on t'aidera, tu sais. Une fois à Bogotá, on cherchera la trace de ton fils ensemble !

Elle regarde sa montre d'un geste impatient et, de nouveau, se penche vers le hublot. En reculant le plus possible au fond de son siège d'un air résigné, Pedro se dit que les dix prochaines heures de vol vont être longues.

Chapitre 33

— Tiens ! Cadeau !

Rafaele tend à Maria deux petits sacs de toile. La fillette les renverse sur la couverture sur laquelle elle est assise, libérant une pluie de perles multicolores. Lentement, elle fait jouer ses mains dans les perles et lève la tête vers Rafaele.

— C'était pas la peine, tu sais, murmure-t-elle. Sans Ana et Clara, je fais beaucoup moins de choses. Alors, des perles, j'en ai encore.

Rafaele lui jette un regard en biais. Maria lui semble plus pâle et amaigrie qu'avant.

— Ça marche pas bien, le commerce ? demande-t-il, mine de rien.

Les yeux de Maria s'assombrissent et elle le fixe avec colère.

— Bien sûr que non, ça marche pas ! Je suis toute seule maintenant ! J'ai jamais eu la patience de Clara, moi ! J'arrive pas à enfiler des perles des heures d'affilée sans m'arrêter ! Alors je vais moins vite, je fais moins d'objets et je gagne moins d'argent. Vous aviez pas le droit de nous laisser comme ça, tous les quatre ! On avait promis de pas se séparer !

Rafaele hausse les épaules, l'air mi-coupable mi-fataliste. Ce que dit Maria est vrai. Ils s'étaient promis de rester ensemble et Guillermo, Ana, Clara et lui ont trahi leur promesse.

Contre toute attente, Rafaele ne le regrette pas. Clara avait raison, finalement : la vie hors de la rue, ce n'est pas si mal. C'est même plutôt bien. Il n'aurait jamais cru, un jour, connaître le luxe de dormir dans un vrai lit et de manger à sa faim.

Toutefois ce qu'il aime par-dessus tout à la Maison des enfants, c'est le foot. Shooter dans une canette de soda avec Juan et Manuel a toujours été l'un de ses passe-temps favoris. Seulement jouer avec un ballon dans une véritable équipe, c'est encore mieux.

Les pensées de Rafaele sont interrompues par le regard furibond que Maria darde sur lui. Avec une mimique gênée, il ouvre son sac à dos et en sort un sachet de papier qu'il pose devant elle. Maria le déchire sans rien dire puis se jette sur le pique-nique emballé à l'intérieur, ignorant les bracelets et animaux de perles l'accompagnant que Clara et Ana ont rajouté dans le sac. Alors qu'elle engouffre son repas en prenant soin d'en mettre de côté pour son frère, elle ne quitte pas Rafaele des yeux, l'air toujours aussi furieux. Rafaele soupire, mal à l'aise, incapable de soutenir le regard noir de la fillette.

Un sourire ironique lui échappe alors qu'il s'insulte lui-même intérieurement. Il a volé, menti pendant des années. Il a maintes fois échappé aux « marchands », survécu à un coup de couteau et s'est déjà battu contre bien plus fort et plus âgé que lui… et malgré cela, le voilà incapable de soutenir le regard d'une enfant de dix ans !

Chapitre 33

Maria est minuscule, toute menue, ses dix printemps n'en paraissent guère plus de huit mais elle est capable de tenir tête à son frère et à ses amis, tous plus âgés qu'elle, avec une obstination impressionnante. Même l'autorité de Juan et le caractère piquant de Soledad n'ont jamais eu raison de la petite Maria. Et maintenant qu'ils ne sont plus là, ni Clara dont la douceur et la gentillesse envoûtent mine de rien tout le monde, ni Manuel son frère adoré, son modèle depuis toujours, n'y parviennent davantage. Tous deux ont essayé pourtant de l'attirer vers la Maison des enfants mais en vain. Maria est une véritable gosse des rues, pleine de répartie, coléreuse et rusée, qui ne se laisse pas facilement convaincre quand elle a décidé quelque chose. Rafaele ne peut qu'admirer son aplomb.

Il revoit soudain Maria, toute petite, la première fois que leurs chemins se sont croisés. Elle avait tout juste cinq ans et son bras, balafré, témoignait de la dernière bagarre familiale qui les avait poussés, elle et Manuel, à quitter leur foyer. Rafaele s'en souvient comme si c'était hier. Il revenait du marché avec Clara et leur ami Marco. À l'époque, ils n'avaient guère plus de dix ou onze ans, en paraissaient beaucoup moins, et attiraient davantage la compassion qu'aujourd'hui. Les colliers de perles se vendaient plus facilement, les conducteurs acceptaient plus volontiers un petit nettoyage sur les pare-brise de leurs voitures. Ils avaient gagné une jolie somme d'argent ce jour-là et Clara avait réussi à chaparder un saucisson entier et une grosse miche de pain.

Alors qu'ils attaquaient leur festin à pleines dents, une minuscule petite fille s'était matérialisée devant eux. Amérindienne elle aussi, elle avait de longues nattes à moitié défaites, un bras en piteux état et les joues barbouillées. Elle était vêtue d'une robe blanche qui faisait ressortir la couleur mate de sa peau, ses yeux sombres et ses cheveux aussi noirs que des plumes de corbeau. Sans aucune timidité, elle avait tendu la main vers eux, fixant le saucisson avec une gourmandise non dissimulée.

— Tu m'en donnes ? avait-elle demandé franchement à Rafaele.

Interloqués, Rafaele, Clara et Marco s'étaient regardés. La large coupure sur le bras de l'enfant avait attendri Clara qui lui avait soigneusement découpé une tranche de saucisson et un morceau de pain. Aussitôt, la fillette s'était retournée et avait lancé d'une voix claire :

— C'est bon, tu peux venir !

Et un enfant à peine plus jeune qu'eux avait surgi du coin de la rue. Contrairement à sa sœur, il avait rougi et hésité à prendre le pain que lui donnait Clara. Il portait une guitare en bandoulière, avait les cheveux coupés au bol, arborait un air gauche et timide. Sans vraiment savoir pourquoi, Rafaele l'avait aussitôt pris en sympathie. Les deux nouveaux arrivants s'étaient assis avec eux, partageant leur repas. Ils n'avaient encore échangé aucune parole lorsque Juan, Sole, Alejandro et Estéban avaient fait leur apparition. À onze ans, Juan était déjà costaud avec des intonations de leader dans la voix.

— C'est qui, eux ? avait-il lancé d'un air bravache.

Sans paraître nullement impressionnée par ce jeune coq qui faisait le double de sa taille, la fillette s'était levée.

— Je m'appelle Maria. Et lui, c'est mon frère, Manuel.

Juan avait regardé la guitare avec intérêt.

— Joue-nous quelque chose, avait-il ordonné.

— Et en échange, tu lui donnes quoi ? avait demandé Maria, une pointe de défi dans la voix.

— Vous êtes tout seuls ?

— Ouais.

— Alors, en échange, je vous chasse pas d'ici et je vous tabasse pas pour avoir mangé ma part de saucisson ! avait répondu Juan mi-figue mi-raisin en jetant un coup d'œil envieux à la charcuterie déjà aux trois quarts entamée.

Maria avait ri.

— Marché conclu !

Oui, toute petite, Maria avait déjà cet aplomb et cette impertinence qui ne l'ont pas quittée. Attendri par ce souvenir, Rafaele sourit.

— Tu te souviens de la guitare de Manuel ? demande-t-il à brûle-pourpoint.

— Laquelle ? La première ou celle qu'il a perdue l'autre jour, quand…

— La première.

— Ben oui, pourquoi ?

Maria fronce les sourcils, surprise par la question de Rafaele.

— Pour rien, répond celui-ci. Et tu te rappelles ce qui lui est arrivé à cette guitare ?

Maria le dévisage, interloquée, tentant vainement de faire le lien entre les reproches qu'elle a adressés à Rafaele et la guitare de son frère.

— Oui, répond-elle enfin. Elle a été cassée dans une bagarre. Manuel l'a fracassée sur la tête d'un type deux fois plus grand que lui parce qu'il m'avait frappée.

Rafaele hoche la tête.

— Et à ton avis, pourquoi ?

— Ben… Parce que le type m'avait frappée, répète-t-elle sans comprendre où Rafaele veut en venir.

— Non, je veux dire, à ton avis, pourquoi ton frère a-t-il sacrifié le seul objet qu'il possédait ?

Maria reste muette, de plus en plus perplexe.

— Parce que tu es sa sœur et qu'il ferait n'importe quoi pour toi, répond finalement Rafaele à sa place. Y compris rester vivre dans la rue alors qu'au fond de lui, Manuel veut plus que tout venir à la Maison des enfants. Peut-être que cette fois, Maria, c'est à toi de le protéger en acceptant de quitter la rue… tu ne crois pas ?

Ça y est, le voilà établi le fameux lien entre les reproches et la guitare ! De nouveau, Maria fixe Rafaele de son œil le plus noir. Mais cette fois, Rafaele ne baisse pas les yeux. Soutenant le regard de braise de la fillette, il se jure intérieurement que la même scène se répétera, encore et encore, jusqu'à ce qu'elle accepte de le suivre !

*

Assise à une table, penchée sur un cahier, Ana trace avec application les lettres de l'alphabet, tentant de mémoriser chacune d'entre elles. En face d'elle, plus avancée dans l'apprentissage, Clara déchiffre à mi-voix le texte d'un livre. Don Armindo surgit soudain dans la pièce, suivi de deux enfants d'une huitaine d'années.

— Alors ? Ça avance ?

Ana lui tend religieusement le cahier et Don Armindo parcourt du regard le tracé maladroit des lettres.

— C'est bien, approuve-t-il. Et toi, Clara ?

— Chapitre trois, répond Clara sans lever les yeux de son livre.

Don Armindo sourit.

Chapitre 33

— L'heure est écoulée, c'est assez pour aujourd'hui. José est en train de rassembler des joueurs pour un match de foot. Vous pouvez aller voir si vous voulez. Rafaele y est déjà.

Aussitôt, Clara pose le livre et saute sur ses pieds mais Ana semble hésiter.

— Je voudrais continuer, dit-elle. Vous pouvez m'aider ?

Paraissant soudain se rappeler une règle précise, elle ajoute :

— S'il vous plaît ?

— Bien sûr, répond Don Armindo.

Il se tourne vers les trois autres.

— Qui reste avec nous ?

Clara secoue la tête.

— Je vais rejoindre Rafaele !

— Moi aussi, renchérit le petit garçon à ses côtés. Je veux aller jouer au foot.

— Et toi, Pilar ?

La fillette vient s'asseoir à côté d'Ana.

— Moi, je veux lire, déclare-t-elle.

Avec un signe de main à l'intention d'Ana, Clara tourne les talons, immédiatement suivie par le petit garçon.

— On se dépêche, ordonne-t-il. Ils sont en train de faire les équipes et je veux jouer.

Il presse le pas, imité par Clara. Lorsqu'ils arrivent sur le terrain de foot, les trois quarts des équipes sont déjà constituées. Le petit garçon se précipite vers les joueurs. Clara, repérant Guillermo assis sur une barrière, le rejoint tout en suivant distraitement des yeux le début du match. Du terrain, Rafaele lui adresse un sourire et elle lui envoie un baiser du bout des doigts avant de reporter son attention sur Guillermo.

— Ça va ?

— Ouais… J'aimerais bien pouvoir jouer, moi aussi… Mais c'est sympa quand même de regarder.

Clara hoche la tête, compatissante. Elle sait combien Guillermo aimerait pouvoir courir comme tous les joueurs devant eux. Mais elle voit aussi qu'il est content d'être là. Comme Clara, il se plaît à la Maison des enfants et ne regrette pas son choix. Ana non plus semble-t-il. Seul Rafaele est un peu plus mitigé, ayant plus de mal que les autres à se plier aux règles qui régissent l'association.

Ici, tout est radicalement différent de ce qu'ils connaissent. Pour commencer, ils dorment dans un vrai lit. Les premières nuits, Guillermo a dormi sous son lit, tout habitué qu'il était à la dureté du sol. Il lui a fallu quelque temps pour parvenir à s'endormir sur le matelas moelleux mais maintenant, il ne pourrait plus s'en passer. Rafaele, quant à lui, a franchement fait la tête au début en découvrant que les dortoirs n'étaient pas mixtes et qu'il ne dormirait donc pas avec Clara. Mais il a vite apprécié avoir des draps propres et un matelas confortable. Et puis, au fond, les dortoirs séparés sont la seule véritable contrainte des lieux. La journée, chacun peut sortir à sa guise et retrouver la rue, à la seule condition de ne pas introduire de drogue à la Maison des enfants et de rentrer avant la nuit.

Ceux qui le souhaitent peuvent rester toute la journée. Le matin, deux professeurs, señor et señora Torres, viennent donner des cours. Ils s'adaptent à chaque enfant, à chaque niveau, avec une pédagogie exemplaire et parviennent à donner le goût de l'étude à tous ces gamins, qui, pour la plupart, n'ont jamais vu un livre de leur vie. Anciens instituteurs à la retraite, ils se consacrent maintenant bénévolement à la Maison des enfants. Tous deux sont très appréciés, ici. L'après-midi, Don Armindo prend le relais en donnant des cours à qui le veut, comme il le fait en ce moment avec Ana et la petite Pilar.

Les premiers enfants qu'il a accueillis, Hugo, Penelope et Vittorio, sont adultes à présent et participent activement à la vie de la maison.

Vittorio, sportif acharné, organise des entraînements de foot. Trois fois par an, il sélectionne les meilleurs joueurs et les fait participer à des tournois dans de véritables clubs de foot. Son équipe a toujours beaucoup de succès.

Penelope, passionnée de musique, chante comme un rossignol et joue du piano et du violon. Elle enseigne son savoir à ceux qui en éprouvent l'envie.

Hugo seconde Don Armindo. Tous deux, avec soin, dressent le profil de chaque enfant et passent beaucoup de temps dans la rue à faire connaissance avec les *gamines* et à leur parler de la Maison des enfants pour essayer de les y attirer. Ils n'ont qu'un but : sortir de la rue le plus de *gamines* possible.

L'association accueille en ce moment près de quatre-vingts enfants et adolescents âgés de cinq à dix-sept ans environ. Si la plupart logent sur place, d'autres, comme Clara l'a fait pendant des années, viennent de manière occasionnelle. Don Armindo ne les force en rien. Ni le foot ni la musique, ni les nombreuses autres activités proposées ne sont obligatoires. L'envie d'étudier non plus. Généralement, elle vient avec le temps. Chacun est libre de retourner dans la rue si ça lui chante. Mais, la plupart du temps, les *gamines* qui entrent ici décident d'y rester. Ils prennent vite goût à avoir un toit sur la tête. Les seules obligations : tour de ménage, de vaisselle et d'aide à la cuisine, ne sont guère considérées comme des corvées. Les enfants sont bien trop habitués à la dure loi de la rue : pour eux, laver des assiettes ou passer le balai n'est rien. Quant à la cuisine, elle est généralement assimilée à un véritable privilège. Avec le mal qu'ils ont à se nourrir dans la rue, faire la cuisine est un réel plaisir. Sans compter que Mariana, la cuisinière, est aimée de tous.

Oui, les enfants des rues se plaisent avec Don Armindo. Il leur consacre son temps, sa vie. Apprivoiser les *gamines* demande une patience infinie. C'est se heurter au persiflage, aux moqueries, à la méfiance. Au début, Don Armindo idéalisait les *gamines*. Il les imaginait comme de pauvres gosses perdus, à qui il suffisait de tendre la main. Puis, il les a découverts dans toute leur splendeur. Voleurs, menteurs, bagarreurs, souvent drogués et violents. Et malgré tout, il les aime. Il aime leur orgueil, cette crainte qu'ils ont de perdre leur liberté tout en rêvant secrètement d'une vie meilleure. Il aime leur air bravache qui dissimule tant de souffrance. Et, par-dessus tout, il admire leur rage de vaincre.

*

Installée dans la cour intérieure, leurs voix s'élevant dans le ciel, la chorale de Penelope s'en donne à cœur joie, accompagnée à la guitare par deux jeunes garçons. Un peu à l'écart, les violonistes, qui ont déjà joué, rangent leurs instruments. Accoudés à la fenêtre, les pianistes, qui n'ont pas eu le privilège de jouer dehors, accompagnent à mi-voix la chorale. Quand la dernière note de musique s'éteint, Penelope frappe dans ses mains.

— C'est fini pour aujourd'hui !

La chorale se disperse sous les regards admiratifs d'Ana et de Clara. Elles ont assisté à toutes les leçons de musique qu'a données Penelope aujourd'hui. Ana a beaucoup aimé. C'est surtout le violon qui l'attire. Jamais elle n'avait pensé qu'un instrument puisse avoir un son aussi pur. Le premier violon du petit groupe, une fillette d'une dizaine d'années, lui a donné des frissons. Elle aurait bien aimé que Rafaele et Guillermo soient là pour entendre ça mais ils ont passé la journée dans la rue. Clara voulait aller avec eux mais Ana a entendu les premières notes de violon et a supplié son amie de venir avec elle assister aux leçons. Ana y a pris beaucoup de plaisir mais la musique fait trop de peine à Clara. Elle ne peut s'empêcher de penser à quel point Manuel serait heureux ici avec sa guitare. Et surtout, elle pense à Soledad. Soledad qui aimait tant chanter…

— Ça vous a plu ? les interpelle Penelope.

Clara s'aperçoit alors qu'Ana et elle sont les seules à être restées dans la cour.

— Oui, beaucoup, répond Ana.

— Et toi ? demande Penelope en se tournant vers Clara.

Clara hésite une seconde.

— Oui, finit-elle pas répondre.

Puis, elle ajoute doucement :

— J'avais une amie qui aimait beaucoup la musique et qui chantait très bien. Elle avait une très belle voix, une voix grave… Je suis sûre qu'elle aurait aimé faire partie de ta chorale.

Penelope qui a noté le passé dans les paroles de Clara lui sourit gentiment. Clara sent Ana se raidir à ses côtés et elle ajoute aussitôt, tentant de faire oublier l'allusion à Soledad :

— Ana et moi, on a aussi un ami qui joue de la guitare. Il joue bien. Moi, je sais pas tellement chanter et j'ai jamais touché à un instrument de ma vie. Mais j'ai bien aimé, c'était très beau. Et la petite fille avec le violon joue vraiment bien.

— C'est Celina, répond Penelope. Elle est douée n'est-ce pas ? Elle est ici depuis qu'elle a cinq ans. Elle était toute petite quand elle est arrivée et elle a tout de suite voulu apprendre à jouer du violon. J'ai vu dès le début qu'elle avait du talent. D'ici peu de temps, elle jouera mieux que moi. Bientôt, je ne pourrai plus rien lui apprendre.

— Et toi ? Tu joues depuis longtemps ?

— Du violon ? Depuis plus de vingt ans mais je préfère le piano. Don Armindo m'a fait prendre des cours quand j'étais petite.

— Plus de vingt ans, répète Ana songeuse. Ça fait plus de vingt ans que tu es ici ? Et tu n'as jamais eu envie de partir ?

— Mais non, je suis heureuse ici. Don Armindo est comme un père pour moi. Il m'a recueillie quand j'étais encore enfant, c'est lui qui m'a élevée et qui m'a sortie de la rue. Il m'a tirée des griffes d'un « marchand », je lui dois la vie.

— C'est vrai ? demande Clara. Moi aussi c'est comme ça que je l'ai connu.

— Je sais, répond Penelope.

Clara fronce les sourcils tandis que la violoniste poursuit :

— Je te connais, Clara, plus que tu ne le crois. Don Armindo m'a souvent parlé de toi. Ça fait des années qu'il espère te convaincre de rester ici. Il était très inquiet de ne plus te voir. Il t'a cherchée longtemps…

Elle hésite un instant puis murmure :

— Il t'a trouvée d'ailleurs mais… Il ne savait pas comment te tendre la main sans te créer d'ennui… Il était très soucieux à ton sujet.

Clara s'assombrit, se demandant ce que Penelope et surtout Don Armindo connaissent des événements qui ont jalonné sa vie ces derniers mois. Ils en savent visiblement plus qu'elle ne le voudrait. Elle jette un rapide coup d'œil à Ana mais celle-ci fixe le sol d'un air indéchiffrable. Sentant le trouble de Clara, Penelope n'insiste pas et reprend sur un ton plus léger :

— Il était vraiment content que tu te sois décidée à venir et que tu aies emmené Rafaele, Guillermo et Ana avec toi. Il t'aime bien, Don Armindo. Tu sais ce qu'il m'a dit ? Que tu lui rappelais Hugo et moi quand il nous a connus. Hugo est mon frère, tu le savais ? On est jumeaux. Et au début, on ne voulait pas venir non plus. Finalement, on ne regrette pas. Vittorio est venu juste après. On est ensemble, maintenant, lui et moi. Tu vois, j'ai une famille ici.

Clara entortille ensemble son collier et une mèche de ses cheveux d'un air malheureux.

— Moi aussi, j'avais une « famille » dans la rue, explique-t-elle. Enfin, c'est tout comme. Avant, j'avais ma mère et mon petit frère mais…

D'un geste fataliste, elle écarte légèrement les bras et les laisse retomber le long de son corps.

— Maintenant, poursuit-elle, ma « famille », c'est mes amis. Mais il n'y a qu'Ana, Rafaele et Guillermo qui soient ici.

Ana la tire brusquement par la manche et lui jette un regard noir, comme si elle craignait que Clara ne s'épanche trop. Au même moment, Rafaele et Guillermo surgissent dans la cour. Le visage de Clara s'éclaire. Elle embrasse Rafaele avant de demander précipitamment :

— Alors ? Vous les avez vus ?

— Ouais, c'était le jour du marché, aujourd'hui. On est allés les rejoindre, Guillermo s'est mis aux perles pour aider Maria, et moi, j'ai repris ma place de laveur de pare-brise, répond Rafaele.

— On a donné l'argent qu'on a gagné à Maria, précise Guillermo. Elle le partagera avec les autres. Elle aime pas vendre les perles toute seule, Clara, tu sais. Tu lui manques. En plus, elle est beaucoup moins productive que toi. Alors, elle a beaucoup moins de choses à vendre.

Clara grimace, l'air coupable.

— Tu sais, poursuit Rafaele, Manuel m'a posé plein de questions : ça le tente vraiment de venir ici. Quand on lui a dit qu'on vous avait laissées au milieu d'une chorale et d'un groupe de musiciens, il en bavait d'envie. Je suis sûr qu'il finira par convaincre Maria de nous rejoindre.

— Tu parles, rétorque Ana. C'est toujours Maria qui arrive à convaincre Manuel !

Rafaele ne dit pas que chaque jour, il se rend auprès de la petite fille pour essayer de la faire changer d'avis. Il passe aussi sous silence le fait qu'Alejandro et Mateo sont encore plus braqués que Maria et qu'Estéban restera à coup sûr avec eux. Une fois de plus, la culpabilité lui mord le cœur. En soufflant sur son épi pour dégager ses yeux, il tente de chasser ce désagréable sentiment et se tourne vers Ana.

— On a vu ta sœur aussi sur le marché. Elle nous a dit que tu étais allée voir ta mère avec Don Armindo. Tu nous en avais pas parlé…

— Ouais, on est allés la voir l'autre jour, répond Ana d'un ton morne, Don Armindo voulait lui parler de moi. Quand on est arrivés, il m'a posé plein de questions sur ma famille, je pensais que c'était par curiosité mais l'autre jour, il a vraiment voulu qu'on aille voir ma mère. Il a essayé de voir si c'était possible que je retourne vivre avec elle. Mais ma mère a pas assez d'argent. En plus…

Elle s'interrompt un instant et reprend à voix basse :

Chapitre 33

— En plus, je crois pas qu'elle veuille vraiment de moi sous son toit : je lui rappelle pas des bons souvenirs… Quand elle me voit, elle pense à mon père.

Ana n'évoque que très rarement son père et la manière dont elle a été conçue. Elle a dû avoir avec sa mère une conversation qui l'a particulièrement remuée pour y faire allusion. Clara lui pose une main compatissante sur le bras mais Ana la repousse d'un geste de la main, balayant du même coup son accès de mélancolie.

— Don Armindo a proposé à ma mère de s'occuper de Pablo et de Luisa. Ils vivent presque plus au bidonville maintenant. Ils sont trop grands, ils ramènent plus assez d'aumône. Ma mère a dit qu'elle y réfléchirait. Elle trouve que Pablo file un mauvais coton, il fréquente des types pas clairs, beaucoup plus grands que lui… Il serait sûrement mieux ici. Luisa aussi. Ce serait cool s'ils venaient…

Clara et Rafaele échangent un regard. Don Armindo ne serait-il pas un peu magicien ? Grâce à lui, Ana a, semble-t-il, vraiment pu discuter avec sa mère même si cela s'est révélé un peu houleux. Cela a dû être douloureux. Les origines d'Ana ne sont pas faciles à accepter mais une bonne discussion vaut certainement mieux que la distance habituelle qui existe entre Ana et sa mère. Et puis cela aura eu le mérite de la faire parler un peu, elle qui est tellement silencieuse depuis cette horrible nuit que tous aimeraient oublier. Rafaele croise secrètement les doigts pour que Pablo et Luisa rejoignent eux aussi la Maison des enfants. Nul doute, si cela arrive, qu'il considérera définitivement Don Armindo comme un véritable magicien !

Chapitre 34

Le marché de Bogotá semble immense aux yeux de Pedro et de Cécilia. Cela fait déjà cinq jours qu'ils ont posé le pied en Colombie. Cinq jours que Cécilia cherche en vain autour d'elle quelque chose qui pourrait ressembler à un souvenir. Mais il n'y a rien. Rien qui lui soit familier.

Il lui semble de surcroît que les gens les regardent bizarrement, elle et Pedro. Deux Amérindiens bien habillés qui font du tourisme avec des Européens, par ici, ça se remarque. Cécilia a tout de suite vu que les Indiens qu'ils ont pu croiser mendient pour la plupart et que les gens leur jettent des regards méprisants. Cécilia ne savait pas qu'ici, les Amérindiens étaient rejetés à ce point. Benjamin le lui a expliqué mais même sans cela, elle l'aurait constaté d'elle-même.

Elle se demande où elle doit aller pour que sa couleur de peau et ses yeux en amande passent inaperçus. En France, on l'identifie immédiatement comme étrangère. Il n'y a plus le moindre accent dans sa voix sauf à de rares moments quand elle s'énerve ou se laisse emporter par la joie. Comme si les émotions redonnaient à sa voix le souvenir de ses origines. Elle s'habille, se coiffe, vit de manière tout à fait européenne. Pourtant, sa peau et la forme de ses yeux crient à tout le monde ses origines étrangères.

Ici, en Colombie, dans le pays où elle est née, Cécilia pensait passer inaperçue mais même là, elle se rend compte qu'elle est différente. Elle est bien obligée de constater qu'ici, les Amérindiens sont une minorité. Une minorité pas très appréciée qui plus est ! Non, même dans sa ville natale, Cécilia ne se sent pas chez elle.

C'est différent pour Pedro. Lui, la plus grande désillusion de sa vie, il l'a déjà eue avec Benjamin. Contrairement à Cécilia, il n'a jamais pensé trouver ici son Eldorado. Cependant, à peine a-t-il entendu quelques mots d'espagnol que tout lui est revenu, à la grande frustration de Cécilia. Et pourtant, tout comme elle, il avait totalement cessé de le parler.

La voix de son ami tire brusquement Cécilia de ses réflexions :

— Cilia, tu viens ? On va finir par perdre ta mère et Benjamin si on continue à traîner…

Cécilia esquisse un sourire moqueur : comme si perdre Benjamin et Valentine était possible ! Avec leur peau, leurs cheveux clairs et la haute taille de Benjamin, ils sont faciles à repérer, même dans une foule ! Et Valentine, en véritable mère poule, ne les lâche pas du regard. Pour se perdre, il faudrait vraiment le vouloir.

Cécilia hâte cependant le pas, rattrapant sa mère et Benjamin en admiration devant des tentures. Cécilia y jette un rapide coup d'œil et soupire. Faire les marchés avec Valentine a toujours relevé du supplice. Elle peut passer un temps fou devant un stand et, bien entendu, elle a tellement peur que Cécilia se perde qu'elle lui interdit de partir devant. En plus, la plupart du temps, elle n'achète rien. Cela rend Cécilia complètement folle : devoir attendre pour rien l'impatiente et elle a pitié du pauvre vendeur qui doit croire jusqu'à la dernière minute que Valentine va acheter quelque chose. Discrètement, Cécilia fait signe à Pedro d'avancer un peu mais sa mère la repère au moment où elle s'apprête à filer.

— Reste avec nous regarder les jolies tentures, Cécilia.

La jeune fille grimace.

— Ça m'intéresse pas vraiment. J'avance un peu avec Pedro, d'accord ? On vous attendra un peu plus loin.

— Non, restez avec nous. Il y a trop de monde ici. On n'en a pas pour longtemps.

— Tu dis toujours ça et ce n'est jamais vrai ! Tu vas encore y passer des heures !

— Je ne veux pas que vous partiez tout seuls. Reste là.

Voyant le regard de Cécilia s'assombrir, Pedro intervient :

— Elle ne sera pas toute seule, Valentine. Je vais avec elle.

— SURTOUT PAS ! Pedro, tu ne bouges pas d'ici. Vous restez avec moi tous les deux.

Pedro et Cécilia échangent un regard amusé. Judith a dû menacer Valentine. Ils l'entendent d'ici : « Si jamais tu perds mon fils... » Au bout d'un temps qui paraît interminable à Cécilia, Valentine et Benjamin – sans rien acheter, elle l'aurait parié ! – abandonnent enfin les tentures. La foule est si compacte qu'ils ont du mal à traverser le marché. Cécilia songe avec envie à une terrasse de café et à un bon thé glacé quand Pedro s'exclame :

— Regarde !

Assis sur une couverture, un petit Amérindien enfile des perles de toutes les couleurs. Devant lui s'étale un large choix de colliers, bracelets, chouchous et animaux de perles.

— J'achèterais bien un bracelet à Candice, dit Pedro. On s'arrête ?

Cécilia approuve et s'agenouille, regardant avec attention les objets de perles. Elle jette un coup d'œil malicieux à Pedro qui s'applique à trouver quelque chose de joli pour Candice. Elle s'abstient de tout commentaire mais sourit discrètement. Son ami serait-il amoureux ? Elle sait que Candice et lui se sont embrassés mais Pedro ne lui en a pas dit davantage. Avec un haussement d'épaules, elle se plonge dans la contemplation des objets devant elle. Valentine et Pedro se penchent à leur tour.

— Regarde, Maman ! Tu ne crois pas que ça plairait à Chloé ? demande Cécilia en tendant l'index vers un porte-clés en forme d'ourson.

— Oui, c'est joli, approuve Valentine. Choisis-lui aussi un bracelet, Cécilou.

Alors que Cécilia compare les bracelets, une adolescente surgit d'on ne sait où et laisse tomber un sac de toile sur les genoux de l'enfant. Celui-ci lève les yeux, sourit et renverse le sac d'où s'écoulent en cascade divers objets de perles. Puis, il se lève, parlant à la nouvelle venue trop vite pour que Cécilia puisse comprendre quoi que ce soit. L'adolescente vide ses poches, faisant tomber devant Cécilia des chouchous multicolores qu'elle étale prestement sur la couverture. Ses cheveux sont noués en une longue queue-de-cheval maintenue par un chouchou manifestement réalisé par la même main que les autres. Surprenant le regard admiratif de Cécilia, elle lui en fourre plusieurs dans les mains.

— Tu peux en choisir un si tu veux, lui dit Valentine.

Après avoir hésité quelques instants, Cécilia désigne au petit Amérindien l'ourson, un bracelet et un chouchou bleu.

De son côté, Benjamin s'empare d'un porte-clés en forme de grenouille et Pedro de deux assortiments de colliers et bracelets pour Judith et Candice. Après un temps de réflexion, il opte aussi pour un joli mobile garni de papillons et de libellules aux couleurs pastel. Il est un peu cher mais a dû être long à confectionner. Il ira très bien dans la chambre de Faustine et d'Amélie. Au moment où il tend une poignée de pièces au petit vendeur, il croise le regard de l'adolescente. Plissant ses yeux pas tout à fait bridés, elle le fixe bizarrement. Un Indien qui achète quelque chose sur le marché, décidément, cela semble curieux par ici. Mal à l'aise, Pedro détourne les yeux.

— Garde le tout, lance-t-il à l'enfant qui tente laborieusement de compter sur ses doigts, s'emmêlant dans les pièces de monnaie.

Un large sourire aux canines manquantes lui répond. Pedro se relève et attend que Valentine et Benjamin aient fini de payer. Il est plutôt satisfait de ses achats et espère de tout son cœur que son cadeau plaira à Candice.

*

Assis à une table, Pedro engouffre son repas à toute allure. Depuis qu'il est en Colombie, il a beaucoup plus d'appétit que d'habitude.

— C'est à cause du changement d'air, affirme Valentine.

— Et de l'émotion, ajoute Cécilia.

Il est vrai que des émotions, en peu de temps, Pedro en a eu beaucoup. Se retrouver ainsi, dans le pays de son enfance, après toutes ces années, lui paraît vraiment étrange. S'il n'a rien reconnu de précis, tout lui est cependant familier. Les gens, la langue, le mépris porté sur les Indiens, le paysage montagnard au-delà de la ville, l'architecture, rien de cela ne lui est inconnu. C'est comme s'il avait toujours parlé l'espagnol, sans cette coupure longue de huit ans, comme s'il n'avait jamais cessé de courir dans les rues de Bogotá, comme s'il avait toujours lu du mépris dans les yeux des gens face à la couleur de sa peau.

Au fond, il se demande si ce n'est pas pour cela qu'il a toujours douté de l'amour de ses parents et a toujours été si timide et méfiant sans raison particulière. Quand on sait qu'on attire le mépris, n'est-il pas normal de ne pas s'attendre à l'amour et d'avoir tendance à se méfier d'autrui ? Pedro ne se rappelait pas que les Amérindiens avaient une telle réputation ici mais il n'en a pas du tout été étonné. Sans doute l'a-t-il en réalité toujours su.

Quand il a vu le petit vendeur de perles ce matin au marché, il a su tout de suite qu'un jour, il avait été à sa place. Peut-être pas en train de vendre des objets de perles mais dans une situation similaire. Aucun souvenir précis ne lui est venu à l'esprit mais il l'a su.

La veille, Benjamin les a fait monter en funiculaire au sommet du Monserrate. De là, à plus de trois mille cent mètres d'altitude, ils ont profité d'une vue magnifique sur la ville. Ils sont redescendus en téléphérique et cela a été un vrai régal visuel. Mais malgré la vue imprenable, Pedro a surtout été marqué par le bidonville qu'il a pu contempler de loin. Devant les kilomètres de baraques en tôle et les ordures entassées, Cécilia a été horrifiée. Mais pas Pedro. C'était comme s'il avait toujours connu cet endroit. Il a immédiatement compris qu'il avait vécu là.

Chapitre 34

— *El paraiso*[1], a-t-il murmuré sans même savoir d'où lui venaient ces mots.

Benjamin a approuvé :

— *El paraiso*, oui. C'est comme ça qu'on nomme cet endroit. Comment le sais-tu ?

— Je connais, a simplement répondu Pedro.

Une fois encore, aucun souvenir précis n'accompagnait ce constat. Il le savait voilà tout. Cécilia n'a pas entendu ces paroles et Pedro a fait signe à Benjamin de ne pas lui en demander davantage. Il n'a rien voulu dire à son amie qu'il sent mal à l'aise et frustrée. Il voit bien qu'elle est déçue. Elle ne s'attendait pas à cela en venant à Bogotá. Mais pour lui, tout est une évidence. Tout ce qu'il voit, il le connaît.

Tirant Pedro de ses pensées, le serveur arrive pour leur proposer la carte des desserts. Pedro remarque le regard étrange qu'il pose sur Cécilia et lui. Il hausse imperceptiblement les épaules mais Cécilia, qui, elle aussi, a surpris la mimique du serveur, a un geste d'humeur.

Elle se tourne vers Benjamin.

— Ça a toujours été comme ça ? Ça l'était déjà quand tu vivais ici ?

— Oui, répondent Benjamin et Pedro d'une même voix.

Cécilia lance à son ami un regard étonné.

— Mais pourquoi ? interroge-t-elle, des accents douloureux dans la voix. Qu'est-ce qu'ils ont fait de mal, les Amérindiens ?

Benjamin soupire.

— Rien, répond-il, ils n'ont rien fait de mal. Mais tu connais l'histoire de l'Amérique, Cécilia, n'est-ce pas ? Quand les Européens sont arrivés, ils ont chassé ceux qui vivaient là, ont pris leurs terres… La haine contre les Amérindiens a

[1] *El paraiso* signifie « le paradis ». On nomme ainsi le bidonville car, situé à plus de 3 200 mètres d'altitude, il domine la ville.

toujours existé. Ceux qui viennent en ville sont mal acceptés. Et encore, ils le sont beaucoup mieux qu'il y a quelques années.

— Mais c'est complètement injuste, s'indigne Cécilia.

— Oui, c'est injuste. Mais ça passera. Un jour viendra où plus personne ne remarquera la différence. Le monde est cruel et injuste mais il n'est pas forcément figé.

Devant l'air affligé de Cécilia, Pedro lui pose une main apaisante sur le bras.

— Ce n'est pas ce dont tu avais rêvé, n'est-ce pas ?

Cécilia, boudeuse, lâche du bout des lèvres :

— J'ai pas de rêve. Pour quoi faire ? Ou ils ne se réalisent pas ou alors ils se réalisent de travers ! Mon rêve, c'était de revenir ici. Et maintenant que j'y suis, je me demande pourquoi j'en rêvais.

Valentine affiche un air peiné.

— Comment peux-tu dire ça, Cécilia ? Depuis le temps que tu nous répètes que tu veux aller en Colombie ! Tu te rends compte de l'organisation que ça nous a demandée ? Du prix du voyage ? Les billets d'avion, l'hôtel ? Et de la joie qu'on se faisait, ton père et moi, de t'offrir enfin ce que tu voulais ?

— Je sais, maman. Et… je vous en suis vraiment reconnaissante, je t'assure. Vraiment. C'est juste qu'en venant ici, je pensais découvrir qui je suis réellement et que je le sais toujours pas. Je me sens juste comme une misérable Amérindienne qu'on n'ose même pas mépriser à cause de sa condition de touriste !

En entendant ça, Pedro a mal pour son amie.

— Tu en retrouveras d'autres, des rêves, lui dit-il gentiment. Peut-être qu'en fait, pour accepter ton présent, il faut que tu admettes que tu ne pourras jamais vraiment connaître ton passé. Peut-être qu'il te faut te contenter de l'imaginer…

Chapitre 34

En prononçant ces mots, il pense soudain à Candice, se rappelant qu'elle lui a dit un peu la même chose il n'y a pas si longtemps, juste avant qu'ils ne s'embrassent pour la première fois. Avec un sourire attendri, il comprend maintenant tout à fait ce qu'elle a voulu dire.

— Mais j'ai pas envie de me contenter de l'imaginer, proteste Cécilia. Moi ce que je veux, c'est savoir !

— Demain, on va voir le foyer où on a vécu juste avant d'avoir été adoptés, je ne pense pas que tu trouves beaucoup de réponses là-bas mais qui sait, tu apprendras peut-être quelque chose.

— Si j'étais toi, tempère Benjamin, je ne compterais pas trop là-dessus. Je doute que tu y apprennes grand-chose. Mais…

Pensif, il se gratte doucement le menton du pouce en regardant tour à tour Pedro et Cécilia.

— Vous ne saurez probablement jamais tout ce que vous voudriez savoir sur votre passé mais je peux peut-être vous aider à connaître quelque chose qui fait partie de votre histoire… Ça vous dirait d'aller voir un de mes amis ? Un Amérindien justement ?

Les yeux de Pedro s'arrondissent.

— Tu as des amis amérindiens ?

— Oui. La famille de ma femme, Isabel… Je m'entends très bien avec son père, on n'a jamais perdu le contact. Il vit un peu loin mais ça vaut peut-être le coup de faire des kilomètres, non ?

Cécilia sourit.

— Pourquoi pas ? Avec plaisir, merci Benjamin !

Son sourire s'efface en voyant arriver le serveur.

— Encore lui, il a pas intérêt à me regarder bizarrement… J'ai pas encore choisi, j'y comprends rien de toute façon à cette carte… Je connais pas tous ces desserts.

Dulce de leche

Pedro jette un coup d'œil rapide à la carte.

— Prends une *oblea* avec de la *dulce de leche*, conseille-t-il. Tu adorais ça quand tu étais petite.

Cécilia le dévisage, surprise.

— Comment ça, j'adorais ça quand j'étais petite ?

— Oui, ça se vend beaucoup dans les rues. C'est une sorte de galette avec de la confiture de lait. Parfois, j'en volais pour toi tellement tu les aimais.

— Ah bon ? Tu ne m'avais jamais dit ça…

Pedro fronce les sourcils, réfléchissant à ses propres paroles.

— Non, répond-il lentement, en fait, je n'y ai pas repensé depuis des années mais ça vient de me revenir.

— Comme ça, d'un coup ?

— Oui, en lisant le nom sur la carte.

Il se revoit soudain, enfant, tendant avec fierté l'objet de sa gourmandise à une Cécilia ravie. L'espace d'un instant, il la revoit mordre à pleine dent dans l'*oblea*, la confiture de lait lui dégoulinant le long du menton, avant, d'un air coupable, d'en proposer un morceau à Pedro. Il sent presque dans sa bouche la saveur sucrée *del dulce de leche*. Se passant la langue sur les lèvres, il déclare :

— Je vais prendre ça moi aussi !

Et peu de temps après, tous deux croquent avec enthousiasme dans les fines galettes. Sentant le goût sucré de la *dulce de leche* leur envahir le palais, ils échangent un regard complice, la même pensée leur vient à l'esprit : les *obleas* ont une saveur unique, une saveur d'enfance.

Chapitre 35

— Voilà. C'est ici.

Pedro et Cécilia s'arrêtent net devant le bâtiment que leur désigne Benjamin. Gris et terne, il ne ressemble guère à l'idée qu'on se fait d'un lieu hébergeant des enfants.

— C'est plus accueillant à l'intérieur, précise Benjamin comme s'il lisait leur pensée.

— On peut entrer ? demande Cécilia.

— Bien sûr, on est là pour ça. J'ai prévenu de notre arrivée, vous êtes attendus.

Alors que Benjamin appuie sur la sonnette, Valentine recule de quelques pas afin de mieux voir la bâtisse dans son ensemble.

— Moi aussi, cela m'a fait un drôle d'effet, le jour où je suis venue te chercher ici, dit-elle à sa fille. Cela paraît tellement triste vu de l'extérieur.

Cécilia s'apprête à répondre mais la porte s'ouvre à cet instant précis, laissant apparaître une femme tenant par la main un petit garçon de quatre ou cinq ans. Benjamin lui adresse quelques mots en espagnol, si vite que Cécilia n'en saisit pas la moindre parole et la femme leur fait signe de la suivre.

Alors qu'ils longent un grand couloir, Cécilia constate que Benjamin n'a pas menti : l'intérieur est nettement plus engageant que l'extérieur. Des carreaux bleus et blancs aux multiples motifs arrondis ornent les murs. Le petit garçon devant eux, un bras tendu sur sa droite, effleure chaque carreau à sa hauteur du bout des doigts. Cécilia manque lui marcher sur les talons, hypnotisée par sa main virevoltant sur les murs, lorsqu'il s'immobilise brusquement devant la porte que la jeune femme vient d'ouvrir.

Elle les fait entrer dans un bureau et les invite à s'asseoir. Le petit garçon ne franchit pas le seuil et s'installe dans le couloir contre le mur, à même le sol, un pouce dans la bouche.

Cécilia prend place sur une chaise et laisse son regard errer sur les dessins d'enfants qui couvrent les murs. Elle n'essaye même pas de comprendre l'échange en espagnol entre la femme et Benjamin. Cela va trop vite pour elle mais elle devine que tous deux se connaissent. Benjamin est déjà venu ici. Comme il l'a expliqué la veille à Valentine, c'est là qu'il a cru retrouver la piste de son fils. C'est cet endroit qui l'a mené à Pedro. Cécilia essaye de saisir quelques mots, renonce aussitôt et se concentre sur les dessins.

Elle est surprise de voir à quel point ils contrastent entre eux. Certains sont lumineux, colorés de ciels bleus, de soleils aux coins des feuilles, de maisons aux tuiles rouges et aux feux de cheminées et de bonshommes qui se tiennent par la main. D'autres sont entièrement gris, tourbillons à peine esquissés, grands traits rageurs ou visages grimaçants. Cécilia ne comprend pas ce qu'ils font là. Pourquoi accrocher des dessins aussi tristes, aussi ternes ?

Chapitre 35

L'un d'eux l'interpelle particulièrement : une sorte de bonhomme têtard à moitié recouvert par des traits de crayons si appuyés qu'ils ont transpercé la feuille par endroits. La physionomie du bonhomme, un simple corps d'où sortent pêle-mêle jambes et bras sans pied ni main, pourrait laisser croire à l'œuvre d'un enfant de trois ans à peine mais son visage semble plus travaillé et a une expression de souffrance si profonde que Cécilia en frémit. C'est tout juste si elle n'entend pas les cris du bonhomme sur la feuille. Elle se dit que l'enfant qui l'a dessiné doit être plus âgé qu'il n'en paraît au premier abord puis se ravise. Après tout, il n'est peut-être pas impossible qu'un très jeune enfant sache si bien exprimer la douleur à travers un dessin.

Elle sent alors une légère bourrade sur sa gauche.

— Cécilia ? lui souffle Pedro. Cécilia !

Détachant à grand-peine ses yeux du dessin, Cécilia lui jette un rapide regard. Pedro lui désigne Benjamin du menton et elle s'aperçoit alors qu'il parle désormais en français, traduisant chaque parole de la jeune femme.

— … Je vais ressortir les dossiers, on verra si on trouve quelque chose. En quelle année ont-ils été adoptés ?

— 1992. Au début du mois d'avril 1992, répond Valentine dont les paroles sont aussitôt traduites par Benjamin.

La jeune femme se lève et ouvre un grand placard mural dans lequel elle fouille quelques instants. Tendant le cou avec curiosité, Cécilia aperçoit des étagères croulant sous les classeurs. Au bout de quelques instants, la femme revient s'asseoir, deux dossiers d'un rouge passé dans les mains.

— J'ai pris aussi celui de l'année 1991, précise-t-elle en feuilletant l'un des classeurs. Je ne sais pas combien de temps ils ont passé avec nous. Probablement pas plus de quelques mois. C'est un lieu de transition ici, vous comprenez ? Les enfants qui vivent là ont tous été déclarés comme étant adoptables. Ils sont tous en attente d'une famille...

Elle s'interrompt, et leur désigne une feuille du bout de l'index, tournant le classeur vers eux. Cécilia et Pedro se penchent avec curiosité sur le papier tandis que Benjamin achève de traduire les paroles de la jeune femme.

Au milieu d'une liste de noms, Cécilia déniche les leurs la première et les montre à Pedro. Vient d'abord son nom :

Perez Cecilia : alrededor de 6 años de edad. Llegó : el 17 de febrero de 1992. Adopción : el 4 de abril de 1992 (Francia)[1]

Puis, une ligne plus bas, celui de Pedro :

Solis Pedro, alrededor de 6 años de edad. Llegó : el 17 de febrero de 1992. Adopción : el 4 de abril de 1992 (Francia)[2].

Les noms et adresses de leurs parents ont été rajoutés un peu plus bas.

— Perez et Solis ? Ce sont nos vrais noms ? demande Cécilia.

La femme secoue la tête.

— Probablement pas. En général, les enfants qui arrivent ici ne connaissent pas leurs noms de famille. Parfois, il est même impossible de savoir leurs prénoms. Mais il faut bien leur donner une identité. Alors, on leur donne un nom fictif. C'est la même chose pour les dates de naissance.

[1] « Perez Cecilia : environ 6 ans. Arrivée : le 17 février 1992. Adoption : le 4 avril 1992 (France) ».

[2] « Solis Pedro, environ 6 ans. Arrivée : le 17 février 1992. Adoption : le 4 avril 1992 (France) ».

Chapitre 35

Cécilia frémit, une idée qui ne lui était jamais venue lui traverse l'esprit.

— Mon prénom aussi, ce n'est peut-être pas le « vrai » alors ?

Si elle s'est souvent demandé quelle était sa véritable date de naissance, elle n'avait jamais pensé que son prénom ne puisse pas être celui d'origine. Elle a même toujours été persuadée que c'était la seule chose qui lui restait de ses parents biologiques. Pedro, sentant son trouble, lui pose aussitôt une main apaisante sur le bras.

— Je t'ai toujours appelée « Cécilia », j'en suis certain. Depuis que je te connais, avant de venir ici. C'est ton vrai prénom.

Cécilia ne cherche pas à savoir s'il dit cela uniquement pour la rassurer ou s'il se souvient réellement de la manière dont il la nommait quand ils étaient petits. Elle préfère ne pas avoir à se poser cette question et se dire que son prénom est bien le sien. Enfin presque, à un accent près : manifestement, celui-ci n'est pas d'origine et a été rajouté lors de son arrivée en France, volontairement ou par erreur. Mais tant pis pour l'accent sur le « e » de son prénom. Ce qui compte, c'est que celui-ci soit bien le vrai.

— Et c'est tout ? demande-t-elle. Vous n'avez rien d'autre sur nous ?

Avec le léger décalage que demande la traduction des paroles de Cécilia, la femme répond tout en feuilletant le dossier :

— Il doit y avoir vos fiches de renseignement là-dedans. Mais tu n'apprendras certainement pas grand-chose de plus… Attends voir…

Cécilia se retient de lui arracher le classeur des mains pour regarder par elle-même. Cette femme lui paraît beaucoup trop lente, comme si elle ne comprenait pas le sentiment d'urgence que Cécilia ressent devant cet énorme dossier qui contient sûrement une part de son passé.

Enfin, elle voit les pages s'arrêter de tourner et le classeur prendre place devant elle. La fiche de renseignements fait à peine plus d'une demi-page et indique bien peu de choses. Avec l'aide de Pedro, Cécilia déchiffre à mi-voix les informations qu'elle connaît déjà. En dehors d'un nom et d'une date de naissance fictifs, le formulaire indique seulement qu'elle a été trouvée dans la rue durant l'automne 1991 et qu'elle est restée quelques semaines dans un foyer avant de se retrouver ici en attente d'une adoption. Le seul élément qui intéresse Cécilia est la photographie agrafée sur la feuille. Elle reconnaît à peine cette fillette à l'air boudeur et aux cheveux emmêlés qui fixe l'objectif d'un regard méfiant. Valentine effleure le cliché du bout des doigts.

— C'est la même photo qu'on nous a envoyée juste avant qu'on vienne te chercher, murmure-t-elle.

Valentine sort son portefeuille de son sac et l'ouvre. Derrière un film transparent, à côté d'une photo de Chloé bébé, Cécilia découvre en effet la même photographie que dans le dossier.

— C'est la première image que nous ayons eue de toi, précise Valentine en caressant du bout des doigts la joue de sa fille.

Cécilia sourit malgré la cuisante déception de ne rien avoir appris d'autre sur elle-même et tourne la page afin de lire la fiche de Pedro. Les renseignements sont exactement les mêmes mais aucune photo ne les accompagne.

— Pourquoi il n'y a pas de photo, comme pour moi ? demande Cécilia.

— Elle a dû se perdre, répond la femme avec un haussement d'épaules. Ou alors elle n'a jamais été prise, c'est possible aussi.

Cécilia se tourne vers Benjamin.

Chapitre 35

— Quand tu es venu ici pour chercher ton fils, tu as vu cette fiche ?

Benjamin hoche la tête, devinant ce que pense Cécilia.

— S'il y avait eu une photo, remarque celle-ci avec amertume, tu aurais su tout de suite que Pedro n'était pas ton fils. Il y aurait dû y avoir une photo… C'est vraiment mal fait, il y a si peu de choses précisées là-dedans… Il n'y a même pas les coordonnées du foyer où l'on a été entre la rue et ici…

Benjamin, bien placé pour comprendre la désillusion de Cécilia, lui sourit gentiment.

— Tu sais, explique-t-il, il y a tellement d'enfants laissés à l'abandon en Colombie qu'il est difficile d'assurer à tous un véritable suivi. Il y a beaucoup d'enfants qui sont recueillis dans des centres puis se retrouvent de nouveau à la rue sans qu'on sache vraiment pourquoi… La plupart de ces centres ne font même pas de recherches pour retrouver leurs familles. Ici, de nombreuses personnes considèrent les enfants des rues comme un véritable fléau et pensent que le fait qu'ils soient confiés à l'adoption et partent dans un autre pays est une bonne chose. Il ne reste guère de traces des enfants qui sont adoptés ni de ceux qui retournent à la rue… Ils sont si nombreux…

Cécilia grimace et se tourne vers la femme.

— Vous étiez là en 1992 ? Vous vous rappelez les enfants qui sont passés dans cette maison ? Vous vous rappelez de… nous ?

La femme secoue la tête.

— Non, je ne travaille ici que depuis trois ans. Si tu veux, tu peux voir señora Lopez, elle est là depuis des années… Tu peux lui poser la question mais je doute qu'elle se souvienne de tous les enfants qu'elle a vus défiler ici… Mais on peut toujours essayer.

Elle appelle alors d'une voix forte, faisant sursauter Cécilia :

— Ruben ?

L'enfant assis dans le couloir se lève et s'avance vers la porte, jetant un regard interrogateur à l'intérieur de la pièce. La femme lui adresse quelques mots en espagnol et il part en courant. Cécilia entend le bruit de ses pas précipités se perdre dans le long corridor.

— Ruben est allé chercher señora Lopez, explique la jeune femme. En attendant, vous pouvez toujours jeter un coup d'œil à ceci.

Et elle pose sur le bureau une grande enveloppe en papier brun. Cécilia y déchiffre les mots : *Fotografías – 1992.* Plongeant sa main dans l'enveloppe, elle en tire une douzaine de photographies qu'elle étale sur le bureau. Pedro s'empare aussitôt de l'une d'elles et l'examine en plissant les yeux. Sur le cliché, une dizaine d'enfants prennent la pose, assis en rangs sur des bancs à la manière d'une photo de classe.

— Non, murmure-t-il en réponse à la question muette de Cécilia.

Il tend la photo à Valentine en quête de confirmation. À son tour, celle-ci secoue négativement la tête. Pedro et Cécilia se penchent sur les autres clichés, scrutant attentivement chacune d'entre elles. Les enfants photographiés ont tous un air grave, parfois un peu perdu. Aucun ne sourit et beaucoup fixent l'objectif avec méfiance. Leurs habits paraissent propres mais usés et rarement à leur taille. Ils n'ont guère plus de sept ans, ce qui paraît plutôt cohérent si l'on considère que le centre où ils se trouvent n'accueille que des enfants en attente d'une adoption : au-delà de sept ans, quelle chance véritable leur reste-t-il d'être adoptés ?

Cécilia contemple, avec une attention démesurée, les visages enfantins mais aucun ne ressemble ni à elle ni à Pedro. Avec un soupir résigné, elle tend chaque cliché à sa mère après l'avoir regardé mais Valentine non plus ne reconnaît pas les enfants.

Au moment où Pedro repose la dernière photographie, le petit Ruben entre dans la pièce, talonné par une femme d'une cinquantaine d'années. Elle salue le petit groupe et écoute sa collègue lui expliquer la situation. Puis elle adresse à Pedro et Cécilia un sourire bienveillant.

— Bonjour. Je suis señora Lopez, la directrice du centre, se présente-t-elle en français avec un fort accent.

Cécilia sourit largement, heureuse de pouvoir se passer de la traduction de Benjamin.

— Moi, c'est Cécilia, se présente-t-elle aussitôt. Et lui, c'est Pedro. Nos parents sont venus nous chercher ici, il y a neuf ans, quand on a été adoptés.

— Je sais, opine señora Lopez, c'est ce que vient de m'expliquer Diana.

Cécilia hésite un instant puis décide d'aller droit au but :

— Est-ce que vous vous souvenez de nous ? Ou de quoi que ce soit nous concernant ? On a séjourné ici de…

Elle jette un regard rapide au classeur toujours grand ouvert sur le bureau.

— … février à avril 1992.

Cécilia surprend comme un air de compassion sur le visage de sa mère et de Benjamin. Sans doute pensent-ils que son acharnement à ne pas renoncer à obtenir le moindre indice sur son passé est une cause perdue. Mais Cécilia s'en moque : quitte à se battre contre des moulins, elle ne laissera passer aucune chance d'apprendre quelque chose.

Elle fixe la directrice avec espoir, faisant glisser le dossier vers elle. Señora Lopez laisse courir ses yeux sur les formulaires.

— Cecilia Perez et Pedro Solis, prononce-t-elle lentement. Cecilia et Pedro…

Elle contemple longuement la photo de Cécilia enfant.

— « *Los inseparables* », murmure-t-elle. C'est comme ça qu'on vous appelait tous les deux. Je me souviens de vous, oui. Vous n'êtes pas restés longtemps ici mais je me rappelle à cause du lien qui vous unissait. Des hurlements que vous avez poussés quand vos parents sont venus vous chercher et que vous avez été séparés.

Pedro et Cécilia se regardent furtivement avant de reporter leur attention sur la directrice. Tous deux se rappellent très bien ce moment.

— Vous étiez arrivés ici, collés l'un à l'autre, poursuit señora Lopez. On aurait aimé vous faire adopter par la même famille même si vous n'étiez pas frère et sœur. Mais à l'âge que vous aviez, une double adoption aurait été inespérée… C'était déjà une grande chance que vous puissiez être tous deux adoptés par des familles françaises. Même si vos familles habitaient à cinq cents kilomètres l'une de l'autre, au moins, vous étiez dans le même pays… Je suis contente que vous ayez pu rester en contact.

Pedro fronce les sourcils.

— Vous faites erreur, avance-t-il presque timidement. On n'habite pas loin l'un de l'autre, à une dizaine de kilomètres seulement.

Cécilia approuve de la tête mais surprend au même moment le regard indécis de sa mère.

— Ça n'a pas toujours été le cas ? demande-t-elle à Valentine. On n'a pas déménagé, n'est-ce pas ? Depuis que je suis arrivée, on a toujours habité au même endroit.

— Nous oui, répond Valentine, évasive.

— Mais pas moi ? interroge Pedro surpris.

Chapitre 35

Valentine hésite un instant.

— En fait, finit-elle par répondre, quand ils t'ont adopté, tes parents habitaient en Haute-Normandie, à Rouen. Tu ne t'en souviens pas ?

Pedro fouille dans sa mémoire.

— Je me souviens qu'on habitait dans un autre appartement au début mais pas que c'était à Rouen. J'ai toujours cru que c'était aussi à Lyon. En fait, je me suis jamais posé la question… J'étais petit, non ? On a déménagé peu de temps après mon arrivée, je crois ?

Valentine hoche la tête.

— Un an après. Tu avais sept ans.

— Ah… Ça ne m'a pas beaucoup marqué, je me souviens à peine de l'autre appartement. Quant à savoir où il était… Mes parents ne m'en ont jamais parlé. Comment ça se fait qu'ils aient déménagé si loin ?

À l'instant même où il prononce ces paroles, devant l'air indécis et un peu gêné de Valentine, il devine la réponse.

— À cause de moi ?

— Non… Non, pas à cause de toi… *pour* toi. Je ne suis pas la mieux placée pour te parler de ça, Pedro. C'est avec tes parents que tu devrais en discuter…

— Ils sont pas là, objecte Cécilia. Alors explique-lui, toi, si tu le sais.

— Je crois que tes parents ont déménagé pour que tu puisses te rapprocher de Cécilia, murmure Valentine. La première année… ça a été compliqué pour toi de t'adapter à ta nouvelle vie, Pedro, tu sais… Tu parlais très peu, tu pleurais beaucoup, tu criais la nuit… et tu réclamais Cécilia. Tu la réclamais tout le temps. Avec tes parents, nous nous sommes revus quelque temps après votre arrivée. On a tout de suite constaté qu'il existait un lien très fort entre vous. Et on s'est dit qu'il était important de maintenir ce lien. Et les deux fois où vous vous êtes revus avec Cécilia, à ces moments-là, d'après tes parents, tu étais méconnaissable : tu souriais, tu parlais, tu paraissais heureux. Revoir Cécilia devait te rassurer. Elle te manquait. Au bout d'un an, comme tu avais toujours de grosses difficultés à t'adapter, Judith et Antoine se sont dit que si voir Cécilia te rendait plus heureux, alors il serait bien qu'ils se rapprochent d'elle pour que tu puisses la voir plus souvent. Et ils sont venus habiter à Lyon, la ville la plus proche de chez nous.

Pedro n'en revient pas.

— Ils ont déménagé à plus de cinq cents kilomètres pour moi ? Ils ont changé de ville, de travail, de maison… pour moi ?

— Pour t'aider à aller mieux, oui. Pour que tu sois plus heureux.

Pedro n'ajoute rien. Plus bouleversé qu'il ne le voudrait, il pense à toutes les fois où il a opposé à ses parents un silence farouche en réponse à leurs sollicitations, à la colère et à la rancune qu'il a ressenties contre eux récemment et il s'en veut. Il a tant douté de l'amour qu'ils lui portaient, pourtant… pourtant, ceux-ci lui en apportent sans cesse de nouvelles preuves.

Cécilia et Pedro n'apprendront rien de plus de señora Lopez. Si elle se souvient d'eux, elle ne peut leur dire d'où ils viennent ni même leur donner le nom du premier foyer qui les a accueillis. Ils n'auront pas découvert grand-chose mais Pedro repart, le cœur un peu plus léger et débordant de reconnaissance envers ses parents.

En sortant du centre, il repère un marchand ambulant dans la rue et se précipite pour lui acheter des *obleas*, heureux, aujourd'hui, de ne pas avoir besoin de les voler.

Chapitre 36

L'infirmerie de la Maison des enfants a des murs blancs, des lits et des draps blancs, un mobilier blanc. Clara, guère habituée à cet univers uni et aseptisé, se concentre sur les seules touches de couleurs de la pièce qui résident dans les affiches accrochées au mur. Elle les regarde l'une après l'autre mais ne les comprend pas toutes. Leurs dessins ne lui paraissent pas toujours explicites et, en tant que lectrice novice, elle ne saisit pas la totalité des textes. Peu importe.

Assise à côté d'elle, Ana déchiffre à mi-voix une brochure médicale.

— Ça veut dire quoi « sida » ? demande-t-elle sans lever les yeux.

Clara a un geste d'ignorance.

— Je sais pas.

Au même moment, la porte s'ouvre sur Penelope et l'infirmière.

— Ça va ? demande celle-ci. On ne vous a pas trop fait attendre ?

Clara hausse les épaules, évitant de répondre. Ici, tout le monde insiste beaucoup sur la politesse mais également sur la franchise. Or, rester poli sans mentir se révèle parfois difficile. Et Clara estime avoir bien mieux à faire qu'attendre trois quarts d'heure dans une pièce trop blanche sans même en connaître la raison. Ana, qui ne voit pas l'utilité de s'embarrasser de conventions sociales, réagit, elle, au quart de tour :

— Ça fait des heures qu'on est là ! lance-t-elle d'un air agacé en braquant un regard noir sur Penelope et l'infirmière.

— J'en suis désolée, répond calmement celle-ci. Mais maintenant que nous sommes là, nous allons pouvoir discuter un peu.

Clara et Ana échangent un regard las. L'une comme l'autre trouvent qu'ici, on discute un peu trop. Habituées à vivre dans la rue, elles prônent l'action avant tout. Si elles avaient perdu leur temps à discuter sans cesse, elles n'auraient jamais survécu dehors.

L'infirmière s'assied en face d'elles et dépose deux grandes enveloppes sur la petite table qui les sépare.

— Ce sont les résultats de votre examen médical, indique-t-elle.

Clara et Ana se regardent de nouveau. Aucune d'entre elles n'aime repenser à l'examen complet qu'elles ont subi. Ana a carrément mordu le dentiste sitôt qu'il a approché la main de sa bouche. Elle a ensuite expliqué que c'était par réflexe, profondément gênée bien que le dentiste lui ait soutenu que ce n'était pas la première fois que cela lui arrivait.

Deux heures plus tard, elle a catégoriquement refusé de se déshabiller lors de l'examen gynécologique. Penelope a dû intervenir et a mis un long moment à la convaincre de se laisser faire.

Quant à Clara, pourtant endurcie par sa vie dans la rue,

elle a manqué s'évanouir lors de la prise de sang à la vue du liquide rouge qui emplissait la seringue.

— Et alors, ça donne quoi ? lance Ana d'un ton dégagé, pressée d'en finir.

Ni elle ni Clara ne sont particulièrement inquiètes à propos de ces résultats d'examen. Toutes deux se sont faites depuis longtemps à l'idée qu'elles n'attendraient pas l'âge adulte. Elles se sont toujours dit que si elles ne mouraient pas dans un règlement de compte, ce serait le froid qui les tuerait. À moins qu'elles ne se retrouvent enrôlées et peut-être tuées dans une guérilla dont elles ignorent tout.

Elles sont venues à la Maison des enfants dans l'espoir d'améliorer leur vie actuelle mais ne se font aucune illusion quant à leurs perspectives d'avenir. Elles ne se sont jamais projetées plus loin que les trois jours suivants. Elles ont toujours su que la minute qu'elles vivaient à l'instant pouvait être la dernière et s'en sont accommodées. Alors qu'importent les résultats des examens. Cela ne changera rien.

L'infirmière n'est pas étonnée par leur indifférence. Elle soigne des enfants des rues depuis des années et a depuis longtemps compris cette vision des choses, fataliste mais tellement vraie. Elle a déjà vu des enfants auxquels elle venait d'annoncer une mort prochaine accueillir cette nouvelle d'un haussement d'épaules et retourner dans la rue. Souvent, c'est le sida. La drogue et la prostitution font beaucoup de victimes parmi les *gamines* de Bogotá.

Heureusement aujourd'hui, elle n'aura pas de mauvaise nouvelle à annoncer. Contre toute attente, les résultats médicaux d'Ana et de Clara ne sont pas catastrophiques : quelques infections bénignes, une malnutrition évidente mais rien qui ne mette leurs vies en danger. Étrangement, les examens gynécologiques ne se sont pas révélés trop mauvais et les filles n'ont trace ni d'hépatite ni de séropositivité. L'infirmière trouve cela étonnant. Avec précaution, elle aborde le sujet de la prostitution, entraînant un nouvel échange de regards exaspérés entre Clara et Ana.

— Pourquoi vous posez la question, crache Ana, puisque vous connaissez la réponse ? Faut bien vivre et on est des filles : vous le savez, non ?

— Je sais, oui, répond l'infirmière. J'en ai vu défiler des jeunes filles dans votre cas et toutes se livraient à la prostitution… Mais j'en ai rarement vu s'en sortir indemnes. À votre âge, généralement, elles ont toutes attrapé une maladie grave et la plupart sont déjà tombées enceintes. Pas vous…

— On sait comment faire pour l'éviter, dit Ana en haussant les épaules.

Elle désigne du doigt l'une des affiches gaiement colorées sur laquelle figure un préservatif.

— C'est le *deal*, ajoute-t-elle. Si les hommes veulent pas de capote, alors c'est qu'ils nous auront pas.

L'infirmière hoche pensivement la tête, intriguée. Jamais encore, elle n'a entendu parler d'un *deal* pareil de la part de prostituées aussi jeunes qu'Ana et Clara. La plupart du temps, elles ignorent totalement jusqu'à l'existence même du préservatif. Et ce ne sont pas les hommes qu'elles vont voir qui les en avertissent.

Certains, séropositifs, contaminent volontairement des enfants en raison d'une cruelle croyance selon laquelle le virus les quittera pour aller se loger dans l'enfant. Selon cette superstition, plus ce dernier est jeune, plus le « traitement » est efficace. Des centaines de petits Colombiens se sont fait contaminer de la sorte dans des tournantes organisées.

Chapitre 36

D'après ce que Penelope a révélé à l'infirmière, Clara et Ana sont dans la rue depuis qu'elles sont petites. Il est surprenant qu'elles s'en soient si bien tirées.

— Qui vous a appris ça ? demande-t-elle. À vous servir d'un préservatif je veux dire.

— Ma mère, répond Ana du bout des lèvres.

Elle ne précise pas qu'à l'âge de huit ans, sa mère l'a emmenée pour la première fois avec elle dans une maison de passe après lui avoir fait un cours entier sur la sexualité et la contraception. Elle passe sous silence qu'elle lui a appris comment tromper les hommes en leur faisant croire éternellement à sa virginité parce que, soi-disant, cela les excitait plus et qu'ils payaient davantage. Sofia n'a pas transmis à sa fille ce que transmettent habituellement les autres mères mais elle lui a appris cela : à plaire aux hommes pour qu'ils la paient mais également à s'en protéger.

— Pas la peine que tu fasses la même erreur que moi et que tu te retrouves toi aussi à élever l'enfant d'un de ces types. Pas la peine non plus que tu te chopes une saleté. Plus t'apprends tôt, mieux c'est, disait-elle souvent en pleine démonstration avec une banane dans la main et un préservatif dans l'autre.

Et Ana, « l'erreur », « la fille d'un sale type », a toujours scrupuleusement suivi les conseils de sa mère. Clara et Soledad, en visite au bidonville, ont elles aussi plusieurs fois assisté aux enseignements de Sofia. Sous les yeux ahuris, puis habitués des trois fillettes, la mère d'Ana illustrait parfois ses propos avec le jeune garçon habitant dans la baraque de tôle voisine. Contre quelques pièces et un plaisir évident, il a souvent accepté de servir de cobaye à l'enseignement prostitutionnel d'Ana et de ses amies.

— Tu as de la chance que ta mère t'ait appris cela, remarque innocemment l'infirmière. Elle t'a sans doute sauvé la vie.

De la chance, tout est relatif. Ana ne répond pas, se contentant d'un haussement d'épaules. L'infirmière semble réfléchir un instant, cherchant ses mots, puis finit par ajouter doucement :

— Vous n'êtes sans doute pas prêtes à parler de tout cela avec moi. Peut-être même ne souhaitez-vous pas en parler du tout, peut-être que vous voulez juste commencer une nouvelle vie et tout oublier. Mais vous avez vécu des choses terribles. La vie dans la rue, la prostitution. Tout ce que Don Rodrigo et d'autres hommes ont pu vous faire, ils n'en avaient pas le droit. Cela s'appelle de la pédophilie et c'est puni par la loi. Personne ne devrait subir de telles choses.

Surprenant les regards gênés que se lancent Ana et Clara, l'infirmière les observe quelques secondes et poursuit :

— Ce sont de véritables traumatismes que vous avez vécus et cela peut avoir des répercussions sur vos vies. Vous aurez besoin d'en parler un jour. Alors sachez que je suis là. Il y a aussi une psychologue à la Maison des enfants, qui pourra vous écouter et vous venir en aide. Ne restez pas seules avec ces souvenirs. Ici, il y aura toujours quelqu'un pour vous écouter.

*

C'est avec un soulagement évident que Clara et Ana échappent enfin à l'atmosphère incolore et angoissante de l'infirmerie. Alors qu'elles s'apprêtent à rejoindre Rafaele et Guillermo, elles croisent Don Armindo qui se dirige vers l'infirmerie, soutenant une adolescente blafarde au ventre arrondi qui tente mollement de se débattre en balbutiant quelques paroles inaudibles. Clara se plaque contre le mur pour les laisser passer mais a le temps de distinguer le regard vide aux pupilles largement dilatées de la fille et ses bras couverts de bleus. Elle la suit des yeux, ne pouvant que souligner le saisissant contraste entre la maigreur excessive de l'adolescente et l'arrondi de son ventre.

Penelope, qui sort de l'infirmerie, pousse une exclamation et se précipite pour aider Don Armindo. Ensemble, ils entrent dans la pièce et claquent la porte derrière eux.

— Toxico, diagnostique Ana avec un haussement d'épaules.

Elle descend l'escalier en hâte, heureuse de pouvoir sortir mais Clara reste figée sur place, les yeux rivés sur la porte close de l'infirmerie.

Lors de ses « expéditions » imposées par Don Rodrigo, elle est allée plusieurs fois livrer des sacs de cocaïne entiers dans des lieux emplis de toxicos. Alors qu'elle tendait sa marchandise à des dealers visiblement en pleine forme, elle voyait déambuler autour d'eux des fantômes aux regards vitreux et aux réflexes ralentis. Elle est vite devenue capable d'identifier la manière même dont ils s'administraient la drogue au vu de leurs veines abîmées ou de leurs doigts jaunis par la pipe.

Javier lui a montré comment se faire un rail de coke une fois : « simple, rapide et efficace » a-t-il précisé en le lui proposant mais Clara l'a refusé sans hésiter.

Clara sent son cœur se serrer en pensant à Juan, prenant soudain conscience à quel point il a été un bon chef pour eux. Il n'était pas toujours tendre mais il les a toujours protégés, que ce soient des autres bandes ou de cette fameuse poudre blanche dont, paraît-il, la Colombie est la première productrice du monde.

Dulce de leche

Penelope a dit à Clara l'autre jour qu'elle était étonnée qu'une telle solidarité ait existé dans leur bande. Elle lui a dit que dans toutes les *galladas* qu'elle avait pu connaître jusque-là, si, bien entendu, l'aide commune à la survie était primordiale, il n'existait pas de véritable amitié entre les *gamines*.

« Pour vous, ça a l'air différent, vous avez l'air vraiment de tenir les uns aux autres » a-t-elle remarqué. Et Clara n'a pu qu'approuver.

Un jour particulier revient à la mémoire de Clara, des années auparavant. Âgée d'environ dix ans à l'époque, elle se souvient très clairement, perchée sur un toit en compagnie de Rafaele et de Marco, avoir observé Juan et Alejandro se faire courser par un homme auquel ils venaient de voler une sacoche.

Clara s'était demandé si c'était ou non le moment de leur porter secours quand un pied surgi de nulle part avait soudain fait trébucher l'homme qui s'était étalé de tout son long dans la poussière, permettant à ses compagnons de prendre la fuite. L'homme, comprenant qu'il ne pourrait plus rattraper les jeunes voleurs, avait fait volte-face et un enfant avait surgi de l'ombre, le suivant des yeux.

Après quelques minutes, les deux garçons étaient revenus dans la rue pour ramasser les quelques pièces qu'ils avaient laissées tomber dans leur fuite. Et Clara, estomaquée, les avait alors vus, du haut de son toit, se faire eux-mêmes voler à l'arraché la sacoche dûment acquise par l'enfant qui avait fait un croche-patte à l'homme.

Sans même se consulter, Rafaele, Marco et elle avaient réagi au quart de tour et avaient coincé le petit voleur au détour d'une rue. Celui-ci s'agrippait furieusement à la sacoche quand leurs amis les avaient rejoints, essoufflés et honteux de s'être ainsi laissé avoir. Ils étaient cinq à encercler l'enfant, un peu plus jeune qu'eux, qui refusait malgré tout de lâcher son butin. Il était particulièrement menu mais l'air de défi dans ses yeux contrastait avec la finesse de son corps et il leur tenait tête, sachant pourtant pertinemment qu'il n'avait aucune chance. Juan avait tendu une main autoritaire :

— Rends-nous ça !

Et l'enfant avait secoué lentement la tête s'accrochant à la sacoche de toutes ses forces.

— Rends-la-nous ! avait insisté Juan.

Devant l'obstination muette du petit, Alejandro s'était avancé, prêt à lui arracher violemment la sacoche et à le punir d'une bonne claque mais Juan l'avait arrêté.

— Vas-y doucement, c'est qu'un môme… En plus, c'est une fille.

Clara avait plissé des yeux étonnés et fixé l'enfant plus attentivement. C'était une fille, en effet. Ses cheveux, comme les siens, étaient coupés court et elle était vêtue de vêtements de garçon mais si on l'observait bien, on pouvait distinguer, sous une épaisse couche de crasse des traits féminins.

— J'suis pas une fille ! avait-elle jeté hargneusement.

— D'accord, t'es pas une fille, avait répondu Juan. Mais tu vas quand même nous rendre ça. C'est nous qui avons réussi à la prendre !

— Peut-être mais c'est moi qui ai empêché le type de vous rattraper. Donc, la sacoche est pour moi !

Juan avait froncé les sourcils, perplexe, et Clara lui avait expliqué le coup du croche-patte. Juan avait franchement souri.

— C'est vrai ? C'est toi qui l'as fait tomber ?

— Ouais.

— Et tu veux pas nous rendre la sacoche ?

— Non !

— Mais t'as remarqué qu'on était plus nombreux que toi, fillette ?

— Oui, mais la sacoche est pour moi… et j'suis pas une fille !

Juan avait éclaté de rire.

— Elle a du cran, avait-il dit à ses camarades. Elle me plaît trop !

Puis il avait adressé un large sourire à la fillette et ajouté :

— De toute façon, on va te la prendre. Alors, soit on te l'arrache des mains et tu repars sans rien, soit tu me la donnes bien gentiment et on partage ce qu'il y a à l'intérieur… d'accord ?

Ce jour-là, Ana, car c'était elle, avait rejoint la bande. Cette scène résumait tout à fait Juan et la bienveillance qu'il dissimulait sous des airs bourrus mais qui était toujours prête à se manifester.

Clara secoue la tête, tentant de chasser ses pensées : penser à Juan lui fait encore trop mal. Luttant contre elle-même, elle reporte son attention sur la porte de l'infirmerie, essayant de deviner ce qu'il s'y passe. Au même instant, celle-ci s'ouvre sur Penelope.

— Tu es encore là, Clara ? demande-t-elle en lui souriant et en refermant soigneusement la porte derrière elle.

Clara hoche la tête et désigne du menton la porte close.

— C'est qui ? interroge-t-elle. La fille à l'intérieur.

Penelope fronce les sourcils et Clara se mord les lèvres, craignant d'avoir commis un impair. Sa question est-elle mal placée ? Impolie ? Les règles de convention qui semblent régir la société lui posent problème. Habituée à la rudesse de la rue, elle ne sait jamais trop comment s'en accommoder. Mais Penelope ne paraît pas être dérangée par sa question.

— Inès ? C'est une jeune fille que nous avons déjà tenté d'aider. Elle a vécu ici un temps et puis est retournée dans la rue. Don Armindo l'a vue ce matin et a voulu lui tendre la main de nouveau.

— Elle est enceinte…

— Oui. Et elle n'a que quatorze ans. Nous avons déjà accueilli de très jeunes filles enceintes comme elle, tu sais. D'ailleurs, Don Armindo aimerait fonder un foyer pour les très jeunes mères… mais il faut déjà faire tourner celui-ci…

— Être enceinte, c'est pas son seul problème, remarque Clara. C'est une junkie aussi…

Sitôt ces mots prononcés, elle les regrette déjà, persuadée que ce genre de remarque non plus n'est pas conventionnel mais Penelope ne s'en formalise pas.

— Eh bien… oui, répond-elle simplement.

— Il va naître comment son bébé ? S'il naît ?

Penelope hésite un instant puis soutient le regard interrogateur de Clara.

— Il risque de naître prématurément, répond-elle. C'est-à-dire en avance, et d'avoir de gros problèmes de santé, des problèmes de croissance… Il risque d'être lui aussi dépendant à la drogue à la naissance… S'il vit. Ce qui n'est pas certain.

— Parce que sa mère se drogue ?

— Oui.

Clara, rongée par la culpabilité, se détourne brusquement et descend l'escalier au pas de course, se laissant tomber sur la dernière marche. Peut-être a-t-elle transporté la drogue qui empoisonne le bébé de cette fille. Qu'elle l'ait voulu ou non, elle s'est rendue complice du trafic de drogue qui sévit en Colombie. En jouant les livreuses pour Don Rodrigo, peut-être a-t-elle bien malgré elle conduit plusieurs bébés à la mort. Si la jeune fille qu'elle vient de voir est dans cet état, elle en est indirectement responsable. Il lui semble tout à coup, qu'autour d'elle, l'air devient plus oppressant.

Elle entend derrière elle le pas de Penelope dans l'escalier. Celle-ci s'assied à ses côtés sans rien dire. Clara lui jette un regard en biais mais l'expression de l'infirmière est si impassible qu'elle ne sait quoi penser.

— Je me suis jamais droguée, moi, finit par murmurer Clara sans réellement savoir la raison de ces paroles.

Penelope hoche la tête et lui adresse un léger sourire.

— Pas vraiment, en tout cas, poursuit Clara. Pas de la coke. Juste de la colle de temps en temps, c'est tout…

Elle prend une grande inspiration, repensant à la cocaïne qu'elle livrait aux dealers sous les yeux mornes de ceux qui ne semblaient guère plus vivants que des fantômes.

— Je me suis jamais droguée mais…

Elle s'interrompt alors qu'une nouvelle vague de culpabilité l'envahit et fixe le sol sans prononcer une parole de plus, l'image insistante d'Inès et de son gros ventre dansant devant ses yeux.

Penelope lui pose gentiment une main sur le bras.

— Ce n'était pas ta faute, Clara.

Clara la regarde furtivement, se demandant ce que Penelope sait exactement sur elle. Une fois de plus, elle devine que la jeune femme connaît à son sujet bien plus que ce que Clara ne voudrait.

— Ce n'était pas ta faute, répète Penelope. Et ce n'est pas tellement la faute d'Inès non plus. Vous n'êtes que des instruments dans un système qui vous dépasse. Tu n'es pas responsable de l'état d'Inès ni de celui dans lequel naîtra son enfant. Tu n'es pas responsable de l'état de tous les junkies qui meurent à petit feu dans la ville.

— Un peu, si, quelque part, souffle Clara.

Avant même que Penelope ait pu ouvrir la bouche, Ana surgit devant elle.

— Clara, viens voir !

Ana a les yeux qui brillent et le sourire aux lèvres. Clara ne lui a pas vu une telle expression depuis longtemps.

— Voir quoi ? demande-t-elle, intriguée.

— Une surprise !

Avec un signe de la main pour Penelope avec qui elle est finalement plutôt contente d'éviter une conversation, Clara se lève et suit Ana qui repart déjà vers la sortie.

Elle cligne des yeux en entrant dans la cour, éblouie par le contraste du soleil extérieur après l'ombre de la maison. Plissant les paupières, elle distingue Rafaele et Guillermo qui lui tournent le dos. Ana les rejoint et tous deux se retournent, laissant apparaître derrière eux deux personnes à l'air indécis. Clara sent son cœur faire un grand bond dans sa poitrine lorsque Maria se jette à son cou et que Manuel lui adresse un léger sourire par-dessus l'épaule de sa sœur.

Chapitre 37

Lorsque le car s'arrête dans un grand nuage de poussière, Cécilia pousse un soupir de soulagement. Malgré la pastille que lui a fait avaler sa mère, elle a mal au cœur. Valentine a des crampes et Pedro s'étire, à moitié endormi, la peau moite de sueur. Seul Benjamin affiche un grand sourire. À peine est-il descendu du car qu'une jeune femme se précipite à sa rencontre et l'enlace avant d'embrasser tour à tour Valentine, Cécilia et Pedro avec un naturel déconcertant. Benjamin la prend par les épaules.

— Je vous présente Bianca, ma belle-sœur.

Puis, se tournant vers celle-ci, il lui parle à toute vitesse dans une langue inconnue de Cécilia. Croyant vaguement distinguer la sonorité de leurs prénoms, elle fronce les sourcils et demande à Pedro :

— C'est de l'espagnol, ça ?

— Non, je ne crois pas… Ou alors, c'est un espagnol très bizarre…

Benjamin se met à rire.

— C'est un dialecte amérindien, explique-t-il. Mais Bianca parle aussi l'espagnol bien sûr.

Il adresse une mimique désolée à Valentine et Cécilia.

— Pas le français en revanche, désolé, mais…

— … tu nous traduiras, achève Cécilia avec un haussement d'épaules résigné.

Heureusement que Benjamin est trilingue car même lorsque Bianca s'exprime en espagnol, Pedro ne comprend quasiment rien. Elle parle à toute allure et ne tient pas en place. Elle bouge tout le temps, fait de grands gestes, rit beaucoup. Pedro n'a jamais vu quelqu'un d'aussi vif et spontané.

Aussi est-il surpris lorsque Bianca leur présente son père. Autant sa fille est vive et joyeuse, autant le vieil homme est grave et calme. Lui aussi parle espagnol mais après s'être longtemps entretenu avec Benjamin en dialecte, il se tourne vers Cécilia, la prend par les épaules et lui parle doucement, toujours dans la même langue. Cécilia lance à Benjamin un regard interrogateur.

— Il te dit que tu es une très jolie jeune fille, explique Benjamin, et que tu dois être fière de tes origines. Si tu veux, il peut te raconter l'histoire de sa famille.

Cécilia rougit légèrement.

— Dis-lui merci… et que je veux bien connaître son histoire.

— Dis-le-lui toi-même, répond Benjamin, il parle espagnol, tu sais. Et toi aussi, tu peux le parler.

Dans un espagnol un peu hésitant, Cécilia lui traduit ses propres paroles. Le vieil homme se tourne alors vers Pedro.

— D'après ce que m'a dit Benjamin, tu m'as l'air d'être un garçon courageux et sympathique, Pedro, et j'aurais aimé que tu sois vraiment le fils d'Isabel. Mais nous pourrons faire tout comme, n'est-ce pas ? Je serai ton grand-père le temps d'une journée.

Même s'il ne saisit pas chacun des mots, Pedro comprend l'essentiel.

— Je veux bien être votre petit-fils aujourd'hui, répond-il en souriant.

— Alors, entre, mon petit-fils, et fais comme chez toi.

Et il s'efface du seuil pour le laisser entrer. À peine Pedro a-t-il franchi la porte qu'il remarque la photo encadrée sur une petite commode. Il reconnaît immédiatement Isabel, la femme de Benjamin. Sur ses genoux, le petit garçon est un peu plus âgé que sur le premier cliché qu'avait vu Pedro. Deux ans à peu près. Il sourit largement, la main tendue devant lui, comme s'il voulait attraper quelque chose. L'appareil photo peut-être.

Pedro contemple le visage épanoui de l'enfant. Il a l'air tellement heureux, il ne se doutait pas, à ce moment-là, que le destin le frapperait si cruellement. Est-il toujours vivant ? Et si oui, se souvient-il de ses parents, lui ? Peut-être reconnaîtrait-il Benjamin si celui-ci parvenait enfin à le retrouver. Il est amérindien, comme Pedro, du moins à moitié, a le même âge, le même prénom. Cela aurait pu être lui.

Le regard de Pedro glisse sur une deuxième photographie sur laquelle posent deux fillettes. La plus grande, l'air un peu timide, ne regarde pas l'objectif en face et affiche un sourire discret. La cadette rit aux éclats. Bianca, qui a surpris le regard de Pedro, vient se poster à ses côtés.

— C'est ma sœur, Isabel, et moi. Quand on était petites.

— J'avais deviné, répond Pedro. Vous n'avez pas changé, vous avez le même sourire. Et votre sœur ressemble énormément à son fils sur cette photo.

— Oui, approuve Bianca. Je suis sûre que même aujourd'hui, il lui ressemble beaucoup.

Pedro comprend que Bianca est persuadée que son neveu est vivant et que, comme Benjamin, elle espère toujours le retrouver. Il a mal pour eux de ne pas être cet enfant-là, tant attendu après toutes ces années.

Se détournant brusquement des photos, il observe la maison dans laquelle il vient d'entrer. C'est plus une cabane qu'une maison en réalité, entièrement construite en rondins de bois, comme dans les films. Les yeux de Pedro font rapidement le tour de la pièce. Elle n'est pas bien grande. Sur la droite, un coin cuisine, avec une table et un poêle. De l'autre côté, un lit, avec une simple tenture en guise de séparation. Une fillette de cinq ou six ans y est profondément endormie, un gros chat blotti contre son épaule. Pedro voit immédiatement qu'il s'agit de la fille de Bianca tant elle ressemble à la plus jeune enfant de la photo. Au-dessus d'elle, accroché au plafond, pend un cercle entrelacé de fils formant comme une toile d'araignée, le tout agrémenté de perles et de plumes.

Le beau-père de Benjamin, qui a suivi son regard, explique :

— C'est un attrapeur de rêves. Il capture les cauchemars et ne laisse passer que les jolis rêves.

— C'est très joli, commente Cécilia. Ça marche pour de vrai ?

— C'est une croyance très répandue chez les Ojibwés, une tribu indienne d'Amérique du Nord. Ce n'est pas ma tribu mais… cette tradition s'est perpétuée un peu partout… Et je pense que ça marche, oui.

Cécilia sourit à Pedro.

— Toi qui fais souvent des cauchemars, c'est ça qu'il te faudrait !

Chapitre 37

— C'est vrai ? demande le vieil homme. Tu fais beaucoup de cauchemars, Pedro ?

— Assez souvent, répond évasivement le garçon.

Le beau-père de Benjamin l'observe un instant, décroche l'attrapeur de rêves et le lui tend.

— Tiens, tu l'accrocheras au-dessus de ton lit.

— Oh non, proteste Pedro gêné. Il ne faut pas, gardez-le.

Il désigne la fillette endormie.

— C'est elle qui va faire des cauchemars après !

— J'en ferai un autre ce soir, ne t'inquiète pas pour ça.

— Mais…

— C'est un cadeau, Pedro, accepte-le, intervient Benjamin. N'oublie pas que tu es son petit-fils le temps d'une journée.

Du bout des doigts, Pedro caresse les longues plumes.

— Merci monsieur, murmure-t-il.

— Appelle-moi Alejo.

— Merci Alejo.

— Ce n'est pas un prénom indien, *Alejo*, observe Cécilia, *Bianca* non plus d'ailleurs… Ni *Pedro* et *Cécilia,* en fait.

— Non, répond Alejo. Ce sont des prénoms espagnols. Quand je suis né, une loi interdisait de donner des prénoms indiens. Mes parents n'ont pas voulu aller contre. Ils avaient suffisamment de problèmes comme ça, ils n'ont pas cherché à s'en créer davantage. Ils sont venus s'installer ici, dans cette réserve, loin de leur famille et ils ont tenté de vivre comme on voulait le leur imposer. Quand j'y réfléchis, je le regrette. J'ai été élevé avec une culture indienne dans un environnement entièrement colombien. Mes parents ont tout fait pour s'intégrer mais on n'a pas voulu d'eux. Ils auraient peut-être mieux fait de rester avec leur famille. Au moins aurais-je grandi avec les miens.

Au fur et à mesure que Benjamin traduit les paroles d'Alejo, Cécilia comprend qu'elle a devant elle un autre déraciné.

— Et leur famille, elle est où maintenant ? demande-t-elle.

— Tu as entendu parler des Kogis ?

Cécilia secoue la tête.

— Les Kogis sont des Indiens, explique Alejo. Il existe plusieurs tribus indiennes tu sais ?

— Oui. Les Cherokees, par exemple ? ou les Quileutes ou… les Ojibwés, comme vous avez dit tout à l'heure ?

— Par exemple, oui. Sauf que les tribus que tu viens de citer vivent en Amérique du Nord. Moi, je suis un Kogi. Mes ancêtres avaient des terres en Colombie. On les leur a prises. Chaque fois qu'ils ont voulu s'installer ailleurs, on les a chassés. Ils ont été contraints de s'installer de plus en plus haut dans les montagnes. Ils ont d'abord été chassés par les conquistadors espagnols, puis par la guérilla. Tout ça parce qu'ils n'ont pas voulu renoncer à vivre comme ils l'entendaient[1].

Pedro et Cécilia se regardent, attristés. Au moment où Cécilia, pleine de compassion pour Alejo, s'apprête à ouvrir la bouche, un grand bruit se fait entendre du côté du lit. La petite fille s'est réveillée, et, apercevant Benjamin, a sauté d'un bond sur le plancher. À présent, elle court vers lui, les bras grands ouverts.

— *Tío*[2] Ben, s'écrie-t-elle en se jetant à son cou.

Benjamin la soulève, la serrant dans ses bras.

— *Hey, cariña ¿Cómo estás tú?* [3]

— *Bien.*

[1] Les Kogis sont les descendants des Tayronas. Autrefois massacrés par les *conquistadores*, ils sont aujourd'hui pris entre les paramilitaires et les mouvements de guérilla, se retrouvant de plus en plus dépossédés de leurs terres. Depuis les années 1990, une association française, « Tchendukua, Ici et ailleurs », mobilise des dons afin de racheter leurs terres aux Kogis.

[2] « Oncle ».

[3] « Eh, ma chérie, comment vas-tu ? ».

Chapitre 37

Blottie contre l'épaule de Benjamin, la fillette observe avec méfiance Pedro, Cécilia et Valentine. Benjamin s'avance vers eux et la dépose par terre.

— Je vous présente ma nièce, Paola.

Pedro et Cécilia la saluent mais elle n'a d'yeux que pour Valentine. Alors que celle-ci s'approche d'elle, elle tend la main vers les longs cheveux blonds, l'air ébloui.

En un éclair, Valentine revoit Cécilia huit ans plus tôt, attrapant sa chevelure à pleines mains. Souvent, elle s'est demandé si son premier contact avec sa fille se serait si bien passé si cette dernière n'avait été aussi captivée par sa blondeur. Un coup d'œil vers Cécilia lui indique que celle-ci a eu les mêmes pensées. Elles se sourient, échangeant un regard complice et Cécilia, du bout des doigts, caresse doucement les longues mèches blondes.

*

Les deux jours chez Alejo ont passé trop vite. Des heures durant, l'homme leur a conté la vie de son peuple, parfois relayé par Bianca et même la petite Paola. Manifestement, grand-père et petite-fille s'adorent. En les voyant ensemble, Pedro se dit que le fils de Benjamin aussi devait être aimé, comme Paola, par toute la famille. Son regard s'attardant de nouveau sur les photos, il croise les doigts, souhaitant très fort que le petit garçon qui sourit sur le papier glacé ait pu grandir et soit toujours vivant quelque part. Pedro est heureux d'avoir connu la famille de Benjamin. Les histoires d'Alejo résonnent encore dans sa tête et il se jure de ne pas les oublier. Au moment même où il formule intérieurement cette promesse, Alejo tire un livre d'une étagère et le tend à Cécilia.

— C'est pour vous deux, précise-t-il.

— Qu'est-ce que c'est ?

— Un livre de légendes indiennes. Benjamin vous le traduira. Vous découvrirez ainsi la beauté de la culture amérindienne.

Le regard de Cécilia s'attarde sur le livre, puis sur le miroir accroché près de la porte. Durant quelques secondes, elle contemple pensivement son reflet, ses yeux sombres en amande, sa peau mate. C'est bien le reflet d'une Indienne qu'elle voit dans le miroir mais appartient-elle réellement au peuple indien ? Jusqu'à maintenant, elle ne connaissait rien de la culture indienne. Elle a été élevée en France, vit à l'européenne et, pendant des années, chaque fois qu'elle pensait à ses origines, elle se définissait simplement comme étant colombienne.

— Qui est-on vraiment, Pedro et moi, demande-t-elle à voix haute, français, colombiens, ou indiens ? C'est quoi qui compte le plus ? Le pays où l'on est né ou celui où l'on vit ? Ou la couleur de notre peau ?

— Vous êtes les trois à la fois, répond Alejo. Vous êtes en même temps français, colombiens et indiens. Et cela fait de vous un mélange merveilleux. Un mélange unique de culture et d'histoire…

Cécilia serre très fort le livre contre sa poitrine. Elle croise le regard de Pedro et sourit. Alejo a raison. En fin de compte, ils ne sont pas déracinés. Ils ont simplement des racines différentes, chacune les rattachant à un petit bout d'histoire.

Chapitre 38

Rafaele soupire d'aise en se retrouvant dans la rue. S'il commence à s'habituer à la Maison des enfants et à accepter l'aide de Don Armindo, il n'est cependant pas fâché de retrouver de temps en temps l'animation des rues de Bogotá… et sa liberté.

Ce n'est pas qu'il se sente prisonnier dans ce foyer mais, là-bas, il existe certaines règles auxquelles il doit apprendre à se soumettre. Rafaele n'a jamais connu, n'a jamais respecté aucune règle si ce n'est celles dictées par Juan. Les seules lois qu'il connaît sont celles de la rue, de la hiérarchie entre *gamines*, de la rivalité entre bandes. Et ces lois diffèrent radicalement de celles qu'il peut y avoir à la Maison des enfants. Rafaele a parfois du mal à concevoir qu'une vie puisse être basée sur tant de règles. Jusque-là, il ne connaissait rien à tous ces codes de politesse et ne s'en sortait pas plus mal. Don Armindo a voulu faire de sa Maison un lieu très libre mais cela n'a rien à voir avec la liberté de la rue. Alors, quand il la retrouve, Rafaele se sent bien.

Il entraîne d'un pas vif Clara à ses côtés, essayant de contenir son irritation lorsque celle-ci ralentit devant les panneaux dont elle déchiffre les écritures avec une facilité croissante. Rafaele ne comprend pas le pouvoir que semblent exercer les mots sur Clara ou Ana. Elles passent ensemble des heures à tenter de lier les lettres entre elles pour leur donner un sens. Guillermo s'y intéresse vaguement et a accepté, plus par curiosité qu'envie, d'intégrer la classe de señor Torres le matin, mais Rafaele, lui, n'essaye même pas. Pour lui, les mots n'ont guère d'intérêt. Il s'est cependant juré qu'il ferait quelque chose de sa vie.

Avec l'aide de Don Armindo, il réussira à gagner de quoi vivre sans vol, sans drogue mais sans lecture non plus a-t-il décidé. Il aura un métier et offrira à Clara tout ce que Juan et Sole n'auront jamais eu. Juan, qui a toujours veillé sur sa petite bande, serait heureux de voir ses amis s'en sortir, Rafaele en est certain. Pas une seule fois entre lui et les autres, les noms de Juan et de Soledad n'ont été prononcés. Et probablement ne le seront-ils jamais. Ne pas mettre de mots sur ce qui fait mal, telle est l'une des lois de la rue, et ces lois-là, Rafaele n'a aucun mal à les suivre. Pour Juan et Soledad, pour la vie qu'ils n'auront pu poursuivre, Rafaele se promet qu'il vivra la sienne avec autant plus d'intensité.

Et lorsqu'ils débouchent sur une petite place, résolu à profiter de cette nouvelle vie qui est désormais la leur, Rafaele s'arrête brusquement et plaque Clara contre un arbre, l'embrassant à pleine bouche. Celle-ci rit doucement en nouant les bras autour de son cou et Rafaele écarte les longues mèches brunes qui lui couvrent le visage. Du bout des doigts, il caresse la cicatrice qui orne désormais sa tempe et se promet que plus rien, jamais, ne marquera ainsi sa peau. Et lorsque les lèvres de Clara se posent sur les siennes, il pressent, de source sûre, qu'elle et lui auront un avenir. Ils auront accès à une vie meilleure même si cela signifie renoncer à une part de liberté. Ensemble, un jour, ils auront un toit bien à eux sur la tête, et suffisamment d'argent pour vivre. Ils pourraient même fonder une famille, avoir des bébés qui ne connaîtront jamais la vie dans la rue.

Rafaele n'a aucune idée de la manière dont il obtiendra tout cela. En premier lieu, il lui faudra un métier bien sûr, mais lequel ? Il n'en connaît pas tant que ça. Que font les gens au juste pour gagner leur vie ? Et quels sont les métiers qui ne nécessitent pas d'apprendre à lire ? Peut-être, finalement, n'aura-t-il d'autres choix que d'apprendre à déchiffrer ces étranges caractères qui semblent tant attirer Clara et Ana. Il faudrait qu'il en parle à Don Armindo.

Jusque-là, c'est surtout Clara qui a parlé pour eux deux. Guillermo et Ana se sont livrés plus facilement que Rafaele à Don Armindo. Même Manuel et Maria, arrivés tout récemment à la Maison des enfants, lui ont fait plus rapidement confiance que Rafaele. En se retrouvant face à Don Armindo pour la première fois, Manuel et Maria n'avaient pas beaucoup d'exigences : Manuel a demandé si on pouvait lui prêter une guitare et Maria si elle pouvait laisser pousser ses cheveux !

Dès le lendemain, Don Armindo mettait une guitare entre les mains de Manuel et l'envoyait rejoindre le cours de musique de Penelope. Puis il a donné tout un lot de barrettes à Maria en lui expliquant qu'ici, elle ne craignait rien des réseaux de prostitution et qu'il lui était désormais inutile de se faire passer pour un garçon. Depuis, Maria place chaque jour avec beaucoup de soin la plus petite barrette dans ses courtes mèches, attendant avec impatience que ses cheveux soient assez longs pour pouvoir se faire de « vraies coiffures ».

Si Rafaele est heureux que Manuel et Maria les aient rejoints, il continue cependant à s'inquiéter à propos de Mateo, d'Estéban et d'Alejandro. Eux, ne se laisseront sûrement pas convaincre de venir à la Maison des enfants. Rafaele se sent toujours autant coupable de les avoir laissés. Être trois quand on vit dans la rue, ce n'est pas assez. Il craint pour l'avenir de ses amis, désormais livrés à eux-mêmes.

— À quoi tu penses ? demande Clara en le regardant avec curiosité.

— Apprends-moi à écrire ton nom, répond abruptement Rafaele, ses propres paroles l'étonnant lui-même.

Clara, surprise, hausse les sourcils.

— Apprends-moi, répète-t-il doucement.

S'agenouillant auprès de l'arbre, Clara trace avec lenteur les lettres de son prénom dans la terre poussiéreuse. Les lèvres pincées, dans un air d'intense concentration, Rafaele, de la pulpe de l'index, reproduit les lettres de manière quelque peu inégale mais juste.

— J'écris ton nom, souffle-t-il.

— Tu écris mon nom, confirme Clara.

À son tour, elle trace quelques lettres dans la poussière.

— R.A.F.A.E.L.E, épelle-t-elle. Moi aussi j'écris ton nom.

Elle se serre contre lui et tous deux contemplent les lettres de leurs noms qui se détachent sur la terre entre les racines de l'arbre.

Chapitre 39

Plantée devant le miroir de la salle de bains, Cécilia contemple pensivement le teint sombre de sa peau, la couleur de ses yeux et de ses cheveux, réfléchissant à toutes les surprises que lui ont réservées ces moments passés dans son pays d'origine.

Arrivée à la fin de son séjour en Colombie, Cécilia doit admettre que si elle a d'abord été déçue, elle a aussi fait de belles découvertes. Benjamin a été un guide formidable. À Bogotá, il leur a fait visiter la *Candelaria*, le quartier historique de la ville avec ses ruelles pavées, ses maisons colorées, le jardin botanique avec ses magnifiques orchidées et son *mariposario*. Ils ont aussi découvert plusieurs musées qui ont captivé Valentine et Pedro, heureux d'en apprendre davantage sur la culture colombienne mais qui ont laissé Cécilia perplexe : au musée de l'Or, alors que sa mère s'extasiait sur les pièces finement travaillées, elle ne pouvait s'empêcher de penser au pillage qu'ont fait subir les conquistadors espagnols aux peuples aborigènes.

Elle a largement préféré admirer le soleil se coucher sur la ville du haut *del Cerro Monserrate* où ils sont retournés plusieurs fois.

Dulce de leche

Ils ont aussi passé beaucoup de temps hors de la capitale et ont découvert, émerveillés, le Festival du vent et des cerfs-volants de Villa de Leyva. Cécilia et Pedro ont passé des moments magiques à fabriquer puis à voir voler des cerfs-volants de toutes les couleurs. Et c'est un incroyable sentiment de liberté qu'a éprouvé Cécilia en les voyant s'envoler.

Elle a aussi été époustouflée par les mines de sel à Nemocón et par la beauté des paysages du parc naturel de La Chorrera.

Si Benjamin ne leur a rien caché du côté sombre de la Colombie, leur parlant longuement des enfants en haillons rassemblés en masse pour voler ou mendier quelques sous et des trafics de drogue sévissant à travers le pays, il a su leur montrer également toute la beauté des terres colombiennes.

Cécilia retiendra de son séjour dans son pays d'origine la dureté et le chagrin que lui cause l'histoire des Amérindiens, les enfants des rues et les champs de coca s'étendant à perte de vue mais lui resteront aussi le parfum des orchidées, le souvenir des cerfs-volants tourbillonnant dans le vent et la saveur *del dulce de leche*. Il lui restera le son des légendes indiennes et les paroles réconfortantes d'Alejo. Il lui restera l'acceptation d'elle-même car, devant le miroir, elle se regarde pour la première fois telle qu'elle est réellement et non telle qu'elle voudrait être. Jamais elle ne ressemblera à sa mère ni à sa sœur. Elle se ressemble à elle-même et ce n'est déjà pas si mal.

Lentement, elle s'empare du chouchou de perles acheté au marché et attache ses cheveux en une longue queue-de-cheval. Puis elle enfile les bracelets, contemple les perles colorées et revient à son propre reflet.

De nouveau, les paroles d'Alejo lui reviennent en mémoire. Elle peut choisir de privilégier une seule part d'elle-même : française, amérindienne, colombienne. Elle peut choisir… ou pas. Pourquoi choisir quand on peut être tout cela à la fois ?

Chapitre 39

Un sourire franc se forme peu à peu sur les lèvres de Cécilia. Dans sa tête résonnent les paroles d'Alejo, se mêlant à la berceuse que Valentine lui a si souvent chantée pour l'endormir et aux premiers mots du livre de légendes indiennes qui ne la quitte plus :

Au début, il y avait la Mère. Tout était obscur. Il n'y avait pas de soleil, pas de lune. La mer était partout. La mer était la mer, puis est venu le monde...[1]

Le monde de Cécilia, lui, semble s'éclairer. Aujourd'hui, pour la première fois, en contemplant son reflet dans le miroir, elle se trouve jolie.

*

— Ça te va bien cette coiffure, remarque Pedro quand Cécilia sort enfin de la salle de bains.

Cécilia le remercie d'un sourire puis demande :

— Où est ma mère ?

— En bas, dans le hall, répond Pedro. Elle nous attend. Mais elle n'est pas très motivée pour sortir sans Benjamin, tu sais. Officiellement, elle a mal à la tête… Officieusement, je crois qu'elle a peur de se perdre !

Cécilia se met à rire.

— Ça ne m'étonne pas !

Presque aussitôt, son rire fait place à une grimace.

— On part dans quatre jours, grogne-t-elle. Je ne veux pas perdre une journée à ne rien faire ! Je voudrais voir le plus de

[1] JULIEN Eric, *Le Chemin des neuf mondes*, Paris, Albin Michel, 2001, 304 pages. Extrait d'une version d'une légende bien connue de la mythologie kogi.

choses possible. Et j'aimerais bien retourner au marché où on est allés l'autre fois.

— Je ne crois pas que ta mère sera d'accord.

— Moi non plus… Mais on va y aller quand même !

— Elle ne voudra jamais.

— Eh bien, on ne va pas lui demander son avis ! On va y aller seuls, en cachette.

Pedro secoue la tête, particulièrement ennuyé. Il n'a aucune envie de contrarier Valentine. Elle aura tôt fait de s'apercevoir de leur disparition et elle sera folle d'inquiétude.

Mais il n'a jamais su résister à Cécilia et quelques instants plus tard, les voilà qui se faufilent tous deux dans le hall de l'hôtel. Pedro croise les doigts pour que Valentine les aperçoive immédiatement mais elle est en grande conversation avec l'hôtesse d'accueil. C'est le cœur lourd de culpabilité qu'il franchit la porte avec Cécilia, se glissant discrètement dans la rue.

*

Le marché a beau être bondé et bruyant, tout ce que Pedro n'aime habituellement pas, il y règne une ambiance qui l'attire, le séduit. Il s'y sent presque chez lui, trouvant quelque chose de rassurant et de familier à cette foule aux couleurs vives et à la sonorité quasiment musicale. Cécilia aussi semble à son aise, contemplant chaque stand et reniflant les effluves d'herbes, d'épices et de fruits exotiques avec une curiosité et un plaisir évidents.

— Viens, l'interpelle-t-elle. On n'est pas encore passés par là !

Chapitre 39

Pedro la suit sans protester, heureux de voir qu'elle paraît surmonter sa déception première et se sentir bien sur le sol de leur enfance.

Alors qu'ils débouchent sur une petite rue juste à la fin du marché, il fronce soudain les sourcils, sentant comme un grand froid l'envahir, un sentiment indéfinissable, à la fois effrayant et familier.

— Cilia…

— Qu'est-ce que tu fais ? s'impatiente son amie en le tirant par la main.

Pedro se rend compte qu'il s'est arrêté net. Les gens autour de lui le bousculent et Cécilia le dévisage d'un air mécontent.

— Avance, on gêne tout le monde, là !

— Viens !

Se dégageant brusquement de l'emprise de Cécilia, il court presque, aussi vite que la foule le lui permet, dépassant les derniers vendeurs. À l'angle d'une rue, il s'arrête de nouveau, regarde un court instant autour de lui et repart au pas de course, des images défilant à toute vitesse dans sa tête, trop rapidement pour qu'il puisse réellement les saisir mais pleines de sens, oh oui, pleines de sens. Il entend derrière lui le souffle saccadé de Cécilia, sent l'inquiétude percer dans sa voix alors qu'elle le rejoint et lui attrape de nouveau la main.

— Pedro, qu'est-ce que tu fais ? Où tu vas ? Il faut qu'on retourne sur le marché ! On va se perdre !

— Viens !

Il serre fort la main de Cécilia, l'entraînant dans son sillage.

— Je connais… Je crois que je connais cet endroit. Viens, il faut aller là, il y a… une laverie automatique, là, au coin de la rue et après…

Il ferme les yeux quelques secondes, se concentre.

— … après, il y a une place… avec une fontaine. Viens !

— Qu'est-ce que tu racontes ?

Cécilia, essoufflée, tente difficilement de rester à la hauteur de son ami.

— On va se perdre !

Un bref instant, Pedro ralentit mais son hésitation s'estompe aussitôt devant des images successives sorties du plus profond de sa mémoire, des images floues puis de plus en plus nettes, de plus en plus réelles au fur et à mesure qu'il avance. Pedro a déjà marché dans ces rues, il en est certain. C'est un trajet connu, un trajet familier, maintes et maintes fois parcouru qu'il retrace instinctivement, qu'il pourrait presque, il en est sûr, faire les yeux fermés. Il doit, il le sait, suivre son chemin, atteindre la petite place et sa fontaine.

— La fontaine, balbutie-t-il, le cœur au bord de l'explosion. Cilia, il faut aller à la fontaine, on avait… on avait rendez-vous, tu te rappelles ? C'est là qu'on se donnait rendez-vous…

— Rendez-vous avec qui ? Mais qu'est-ce que tu racontes ?

Cécilia s'arrête brusquement et tire Pedro par le bras, le coupant net dans son élan.

— Tu divagues complètement, là ! Allez, on rentre !

Sans un mot, Pedro lui désigne du menton quelque chose derrière son dos. Cécilia se retourne lentement et contemple la laverie automatique au coin de la rue, exactement comme Pedro le lui a dit quelques instants auparavant.

— OK, murmure-t-elle. OK… Et maintenant, il y a quoi, tu dis ?

— Une fontaine. Une place avec une fontaine… juste là-bas derrière.

— Tu es sûr ?

Pedro plisse les paupières et hoche la tête, les images se bousculant dans son esprit.

Chapitre 39

— Alors, viens, on y va !

À présent, c'est Cécilia qui le tire à sa suite et Pedro qui hésite. Une fontaine, oui et après ? Mais il n'a pas le temps de se poser davantage de questions qu'elle est là, juste devant lui. Une fontaine de pierres, toute simple, au centre d'une petite place. Pedro s'approche, hésitant, passe les doigts sous le mince filet d'eau glacée, puis les essuie machinalement sur son jean. Cécilia s'assied sur le bord la fontaine et l'observe en souriant.

— Tu t'es souvenu de ça ! Tu as reconnu un endroit, tu te rends compte ?

Pedro ne lui dit pas qu'il a également reconnu le bidonville l'autre jour. Il regarde autour de lui, cherchant à comprendre pourquoi ce lieu s'est imposé à lui avec autant de certitude. Il devait être important mais pour quelle raison ? Il laisse ses yeux s'attarder sur le petit café en face de la fontaine, sur les pavés de la place, sur l'arbre au pied duquel s'embrassent deux adolescents, sur des oiseaux se disputant un morceau de pain, sur un petit groupe d'hommes fumant et discutant avec animation. Cette place n'a rien d'extraordinaire si ce n'est le fait qu'il est sûr de la connaître. Rien d'autre. Plus aucun souvenir ne lui vient à l'esprit. Dans sa tête, le tourbillon d'images s'est estompé aussi vite qu'il est venu et ne lui reste plus qu'une vague impression de familiarité pour ce lieu vers lequel ses pas l'ont conduit avec tant d'évidence quelques instants plus tôt. Avec un léger haussement d'épaules, il jette un coup d'œil à sa montre et désigne le café à Cécilia.

— Viens, on a juste le temps d'aller boire quelque chose avant que ta mère ne commence à s'inquiéter.

Cécilia fronce les sourcils, étonnée.

— Et c'est tout ? Tout ça pour ça ? On boit un verre et on repart ?

— Mais qu'est-ce que tu veux qu'on fasse ? Elle te rappelle

quelque chose à toi, cette fontaine ? Je sais juste qu'on venait là avant mais… mais après tout, elle ne va pas nous parler la fontaine !

Cécilia semble déçue mais Pedro, lui, ne ressent rien d'autre qu'une simple envie de se désaltérer. Il a reconnu un chemin, s'est souvenu d'un endroit, y est allé. C'est tout, il n'attend rien d'autre de ce petit périple.

Buvant un thé glacé à petites gorgées, assis à la terrasse du café, il sent le regard de Cécilia peser sur lui. Il devine l'avalanche de questions qu'elle se retient de lui poser. Évitant soigneusement de regarder son amie en face, il dépose distraitement quelques pièces sur la table et laisse errer son regard du côté de la fontaine au bord de laquelle les deux jeunes qui s'embrassaient sous l'arbre tout à l'heure sont maintenant assis.

— Pedro ? l'appelle doucement Cécilia.

Pedro lui désigne la fontaine du doigt.

— Je crois que c'était un point de rencontre pour nous, quand on était petits. Un endroit où on se rejoignait. C'est tout, je peux rien te dire de plus, Cilia.

Cécilia lui sourit gentiment.

— C'est déjà pas si mal, répond-elle.

Finissant son verre d'un trait, elle se lève et se dirige vers la fontaine, espérant manifestement que celle-ci réveille également en elle quelques souvenirs. Pedro lui emboîte le pas et grimace lorsque le jeune couple rit en les voyant approcher. Le garçon leur lance quelques mots en espagnol, prononcés si vite que Pedro n'en comprend pas le sens mais en saisit tout de même le ton goguenard.

À ses côtés, Cécilia, ignorant l'air moqueur de l'adolescent, avance vers la fontaine, espérant de toutes ses forces que celle-ci lui révèle les secrets perdus dans les méandres de sa mémoire. Une fois de plus, c'est à Pedro et non à elle que les souvenirs reviennent. Sa propre mémoire lui semble décidément inaccessible.

Ruminant ce frustrant sentiment d'injustice, elle sent soudain Pedro se figer à côté d'elle. Elle lui jette un regard et fronce les sourcils. Son ami, totalement immobile, souffle suspendu, fixe la fontaine. De quoi se rappelle-t-il de nouveau ? L'observant plus attentivement, elle se rend compte que ce n'est pas la fontaine que regarde Pedro mais les deux jeunes assis sur le rebord. Amérindiens eux aussi, sans doute un peu plus âgés qu'elle et Pedro, eux aussi les observent. Le garçon paraît se moquer d'eux mais c'est la fille qui semble retenir l'attention de Pedro. Elle aussi le regarde et Cécilia voit sur son visage se peindre une étrange expression. Sans comprendre, elle secoue légèrement Pedro, l'appelant d'un ton pressant, souhaitant soudain ardemment partir d'ici et rejoindre Valentine.

— Pedro ? Pedro !

Mais Pedro ne répond pas, il fixe la fille en face d'eux. Celle-ci, sans le quitter des yeux, se lève lentement puis s'immobilise. Son regard semble soudé à celui de Pedro et, malgré la distance qui les sépare, Cécilia la voit se mettre à trembler. Son compagnon, sentant lui aussi l'étrange ambiance, la tire par le bras et lui adresse quelques mots que Cécilia ne comprend pas. Devant l'absence de réaction de sa compagne, il dévisage tour à tour Pedro et Cécilia d'un air perplexe, soufflant sur la mèche rebelle qui lui tombe sur les yeux.

Son regard croise celui de Cécilia et elle hausse les épaules, esquissant un geste d'ignorance puis, soudain, se fige à son tour, écarquille les yeux, regardant intensément le jeune Indien. Une cicatrice lui coupe le sourcil gauche en deux et, venus d'on ne sait où, des cris résonnent dans la tête de Cécilia et elle sait, de source sûre, sans parvenir à l'expliquer, que c'est une petite pierre tranchante lancée par un enfant qui a formé cette cicatrice.

Dulce de leche

En un éclair, elle voit devant elle l'image d'un petit garçon, le sourcil en sang, et se voit elle-même ramasser la pierre qui l'a blessé et la jeter avec rage en direction d'autres enfants qui s'enfuient en riant. Leurs voix semblent exploser dans la tête de Cécilia et, soudain, elle se rend compte qu'elle comprend ce qu'ils disent. Le visage de l'enfant au sourcil ensanglanté se superpose à celui du jeune garçon qui se tient devant elle et une foule d'images surgies du néant s'offrent brusquement à Cécilia. Elle comprend que plus jamais elle n'enviera Pedro et sa capacité à se rappeler ce qu'elle ignore car les souvenirs tant attendus, tant désirés, sont là, à portée de sa main.

À ses côtés, elle sent les doigts de Pedro s'emparer des siens et elle s'oblige à détacher son regard du jeune Indien pour jeter un coup d'œil furtif à son ami. Sa main serre celle de Cécilia mais ses yeux restent braqués sur la fille près de la fontaine. Cécilia l'observe à son tour, et, comme si elle l'avait senti, la jeune Indienne se tourne vers elle. Cécilia sent alors une main invisible lui serrer le cœur car ce sont les yeux de Pedro et son regard de velours qu'elle voit posés sur elle. Cette fille a exactement les mêmes yeux que lui et ses lèvres, légèrement entrouvertes, laissent deviner des incisives un peu écartées, les dents du bonheur comme on dit, tout comme les siennes.

Oui, c'est le visage de Pedro que Cécilia a devant elle, en plus fin, plus féminin mais la ressemblance est bel et bien là. La fille écarte machinalement une mèche de cheveux, révélant sur sa tempe une blessure mal cicatrisée, plutôt disgracieuse, et elle esquisse un pas vers Pedro et Cécilia. Et Cécilia se met à trembler, violemment, sans pouvoir se contrôler car la jeune Indienne, d'un simple mouvement, en rejetant ses cheveux en arrière, a dévoilé le collier autour de son cou. Parmi les nuances de rouge et de bleu qui le compose, brille au soleil une unique perle verte.

Notes

Les personnages de *Dulce de leche* sont nés d'un film que j'ai vu étant enfant et qui m'a beaucoup marqué. À la suite de cela, je me suis renseignée sur la Colombie et ses *gamines*, par le biais de livres, d'une exposition et de discussions avec une connaissance colombienne. Avec *Dulce de leche*, j'ai avant tout souhaité écrire pour souligner l'importance de ne pas oublier les enfants des rues, de Colombie ou d'ailleurs.

Ci-dessous, un long métrage et trois ouvrages qui m'ont particulièrement inspirée pour écrire cette fiction :

GAVIRIA Víctor, GOGGEL Erwin, *La Petite Marchande de roses* (1998), Colombie, 118 minutes.

MEUNIER Jacques, *Les Gamins de Bogotá*, Payot, 2001, 191 pages.

PELISSIÉ DU RAUSAS Christophe, *Au plus petit d'entre les miens – Les Gamins de Colombie*, Fayard, 1987, 168 pages.

SANCHEZ Sandra-Liliana, *Les Oubliés de Bogotá*, Michel Lafon, 2003, 240 pages.

Mirabelle Borie

Mirabelle Borie est née en 1985. Elle vit à Lyon mais préfère plus que tout endroit le petit village ardéchois dont sa famille est originaire.

Elle a toujours aimé lire et écrire, passion qu'elle transmet à ses enfants. Elles passent ensemble de longs moments à inventer des histoires et ne se lassent jamais de découvrir de nouveaux livres.

Outre ses livres et son stylo, elle ne se sépare que rarement de son appareil photo et a un goût bien prononcé pour les activités manuelles.

Dulce de leche est son premier roman.

Découvrez les dernières parutions de la collection

ÉLECTROGÈNE

Mona, lycéenne lumineuse, a tout pour être heureuse : une chouette famille, du talent pour le dessin – passion dont elle veut faire son métier – et depuis peu, un amoureux prévenant et merveilleux. Elle ne remarque pas qu'insidieusement, ce dernier l'enferme dans une étreinte malsaine, transformant son existence en cauchemar. Qui aurait cru que Mona ressemblerait un jour à ce tableau qu'elle a tant étudié, celui de la *Femme qui pleure* ? Autour de la jeune fille gravitent Marin, son meilleur ami, Lya, voisine dont elle ravive le passé douloureux, Esther, alliée inattendue, et Cassien, poète et témoin de la cruauté humaine sous toutes ses formes. Tous mêlent leurs destins au sien, pour l'aider à s'échapper de cette toile dans laquelle tant d'autres avant elle sont tombées.

Accroché au versant du mont Gris et cerné par Bois-Sombre se trouve Malombre, hameau battu par les vents et la complainte des loups. C'est là que survit Rouge, rejetée à cause d'une particularité physique. Rares sont ceux qui éprouvent de la compassion à son égard. Car on raconte qu'il ne faut en aucun cas toucher la jeune fille sous peine de finir comme elle : marqué par le Mal. Lorsque survient son premier sang, les villageois sont soulagés de la voir partir, conformément au pacte maudit qui pèse sur eux. Comme tant d'autres jeunes filles avant elle, celle que tous surnomment la Cramoisie doit s'engager dans les bois afin d'y rejoindre l'inquiétante Grand-Mère. Est-ce son salut ou bien un sort pire que la mort qui attend Rouge ? Nul ne s'en préoccupe et nul ne le sait, car aucune bannie n'est jamais revenue…

À 17 ans, Mélody pensait avoir tout perdu. Son âme sœur l'a quittée à jamais. Désormais seule sur scène, elle se raccroche à son violon pour honorer la mémoire de leur amour. Sa mère lui impose un déménagement, loin de la tumultueuse vie parisienne, espérant ainsi lui redonner espoir. Oscillant entre rêves et réalité, la jeune fille se confronte aux fantômes de son passé, tout en se laissant porter par un incroyable enchaînement d'événements : la rencontre avec une âme aussi torturée que la sienne et une master class à Londres lui laissent à penser que tout n'est pas terminé pour elle... Serait-ce possible que le destin lui ait réservé ce dont elle n'osait plus rêver ?

Reproduit et achevé d'imprimer en août 2020
par Abedik, en Pologne,
pour le compte de Gulf stream éditeur,
31, rue Alfred-Riom
44100 Nantes
www.gulfstream.fr
Dépôt légal 1re édition : janvier 2021